L'autre homme de ma vie

Du même auteur
aux Éditions J'ai lu

DUO À TROIS
N° 8217
DUO À QUATRE
N° 8385
UN BÉBÉ ? NON MERCI...
N° 9034

EMILY
GIFFIN

L'autre homme de ma vie

ROMAN

Traduit de l'anglais (États-Unis)
par Alice Delarbre

J'AI LU

Titre original :
LOVE THE ONE YOU'RE WITH

1

C'est arrivé exactement cent jours après mon mariage avec Andy, à l'heure précise, pour ne pas dire la minute, de la cérémonie : trois heures et demie. Non que je sois une jeune épouse consignant avec une ferveur excessive les détails insignifiants de son histoire. Non, je souffre d'un léger TOC qui me force à les retenir. J'ai pour habitude de compter les choses les plus inutiles, comme la quantité de pas séparant mon appartement de la station de métro la plus proche (trois cent quarante et un avec une paire de chaussures confortables, une douzaine de plus avec des talons), la fréquence ridicule à laquelle l'expression « le courant passe » est prononcée dans chaque émission du *Bachelor* (toujours entre guillemets), les garçons que j'ai embrassés en trente-trois ans (neuf). Ou, comme en cet après-midi pluvieux et glacial du mois de janvier, le nombre de jours que comptait mon mariage quand je l'ai reconnu, sans la moindre hésitation, à l'angle de la Onzième et de Broadway.

En apparence (disons pour un chauffeur de taxi qui observerait les piétons imprudents traversant en dehors des clous quelques secondes avant que le feu ne change de couleur), ce n'était qu'une scène urbaine ordinaire : deux étrangers, sans rien d'autre en commun que leurs banals parapluies noirs, qui échangent, en se croisant sur la chaussée, un regard fugace et un bonjour de circonstance, distant mais cordial, avant de poursuivre leur route.

En réalité, c'était une tout autre histoire. L'estomac noué, je me suis traînée d'un pas incertain jusqu'au trottoir puis dans un *diner* quasiment vide près d'Union Square. On aurait dit que je venais de voir un fantôme. J'avais entendu cette expression des milliers de fois, mais elle n'avait jamais pris sens avant cet instant. J'ai fermé mon parapluie et ouvert mon manteau, mon cœur battant toujours la chamade. Tout en observant une serveuse qui essuyait une table d'une main décidée et experte, je me suis demandé pourquoi j'étais aussi surprise par cette rencontre qui relevait de l'évidence. Pas avec la grandiloquence d'un coup du destin, non, plutôt avec le calme et l'obstination d'une histoire inachevée se rappelant au bon souvenir de qui souhaite l'oublier.

Après ce qui m'a semblé une éternité, la serveuse a remarqué ma présence derrière le panneau « Merci d'attendre ici qu'on vienne vous placer ».

— Pardon, je ne vous avais pas vue. J'aurais dû retirer l'écriteau après la cohue du déjeuner. Allez-y, asseyez-vous où bon vous semble.

Son expression d'empathie m'a paru si singulière que j'ai songé qu'elle travaillait peut-être aussi au noir comme voyante. Après avoir envisagé de me confier à elle, je me suis glissée sur la banquette en vinyle rouge d'un box au fond du restaurant, en me jurant de ne jamais en parler. L'évoquer avec une amie reviendrait à trahir mon mari. En discuter avec Suzanne, ma sœur aînée et la reine du cynisme, risquerait de déclencher une avalanche de remarques caustiques sur le mariage et la monogamie. Écrire à son sujet dans mon journal consisterait à lui accorder de l'importance, ce que j'étais précisément décidée à éviter. Et l'avouer à Andy serait à la fois idiot, suicidaire et méchant. Un mensonge par omission entacherait peut-être notre mariage tout neuf ; il me semblait malgré tout un moindre mal.

— Qu'est-ce que je vous sers ? m'a interrogée Annie (c'est le prénom qu'indiquait son badge).

Ses boucles rousses et ses taches de rousseur éparses m'ont fait penser à la chanson *The Sun Will Come out Tomorrow*.

Je n'avais envie que d'un café, mais me rappelant mon passé de serveuse et ma déception quand on me commandait en tout et pour tout une boisson, même pendant l'accalmie entre deux services, j'ai aussi demandé un bagel aux graines de pavot et au fromage.

— Parfait, a-t-elle dit en hochant la tête.

Je l'ai remerciée en souriant. Puis, alors qu'elle pivotait vers la cuisine, j'ai poussé un soupir et fermé les yeux, m'efforçant de me concentrer sur une chose : Andy. J'aimais tout en lui, y compris ce qui aurait exaspéré la plupart des filles. J'étais attendrie par son incapacité à retenir les noms (il appelait mon ancien patron Fred au lieu de Frank, c'était systématique) et les paroles des chansons les plus connues (« Billie Jean is not my *mother* »). Je m'étais contentée de secouer la tête en haussant les épaules quand il avait donné au même mendiant de Bryant Park un dollar chaque jour pendant près d'une année – mendiant qui était vraisemblablement un arnaqueur roulant en Range Rover. J'aimais son assurance et sa compassion. J'aimais sa bonne humeur, qui s'accordait avec son physique sans prétention de blond aux yeux bleus. Je m'estimais chanceuse de partager la vie d'un homme qui, même après quatre ans de relation, continuait à se lever au restaurant quand je revenais des toilettes et à tracer des cœurs asymétriques sur la buée du miroir de notre salle de bains. Andy était amoureux de moi, et je n'avais pas honte de reconnaître que c'était la principale raison d'être de notre couple, de mon amour pour lui.

— Vous voulez votre bagel toasté ? a crié Annie de derrière le comptoir.

— Oui, ai-je répondu, bien que ça me fût égal.

J'ai laissé mon esprit vagabonder jusqu'au soir où Andy m'avait demandé ma main à Vail, me souvenant de la façon dont il avait feint de laisser tomber son portefeuille pour se retrouver à genoux (une manœuvre manifestement répétée). Je me suis rappelé le champagne que je buvais et l'éclat de la bague éclairée par le feu de cheminée. Je m'étais dit : Ça y est. Le moment dont toutes les filles rêvent est arrivé. Le moment dont *je* rêvais, que j'attendais, que j'espérais.

Annie m'a apporté mon café, et j'ai placé mes mains autour de la tasse pour me réchauffer. Je l'ai portée à mes lèvres pour en prendre une gorgée, tout en songeant à notre année de fiançailles, un tourbillon de fêtes et de projets de mariage. Un an de conversations sur le tulle et les costumes, sur les valses et le gâteau au chocolat blanc. Aboutissant à cette nuit féerique. Je me suis souvenue de nos yeux brouillés de larmes au moment de l'échange des vœux. De notre première danse sur *What a Wonderful World*. Les toasts chaleureux et spirituels portés en notre honneur – tous les clichés qui s'avéraient dans notre cas : *ils étaient faits l'un pour l'autre... un amour sincère... le destin*.

J'ai repensé à notre départ pour Hawaï, le lendemain matin, le vol en première classe, main dans la main, les éclats de rire au souvenir de toutes les petites imperfections de la veille : *Tu crois qu'on voit suffisamment le décor sur la vidéo ? Et cette saucée qu'on s'est prise en allant à la réception ! Tu avais déjà vu ton frère James aussi fait ?* Je me suis rappelé notre lune de miel, les balades au coucher du soleil, les dîners aux chandelles et une matinée, en particulier, sur une plage retirée en forme de demi-lune, Lumahai, sur la côte au nord de Kauai. Son sable blanc et doux, ses immenses pierres de lave jaillissant de l'eau turquoise : je n'avais jamais vu d'endroit plus époustouflant sur terre. J'étais en train d'admirer le paysage, quand Andy avait posé son livre sur notre immense serviette de plage pour prendre mes mains entre les siennes. Puis il m'avait embrassée. Je lui avais rendu son baiser, tout en cherchant à capturer cet instant. Le bruit des vagues, la fraîcheur de la brise marine sur mon visage, l'odeur des citrons mêlée à celle de la lotion solaire parfumée à la noix de coco. Quand nos lèvres s'étaient séparées, j'avais dit à Andy que je n'avais jamais été aussi heureuse. C'était la vérité.

Le meilleur était devant nous. C'est bien après le mariage et la lune de miel, bien après que nous avions rangé les cadeaux utiles dans notre minuscule appartement de Murray Hill – et relégué les autres dans notre local de stockage du centre-ville –, que le meilleur est arrivé. Quand nous nous sommes installés dans notre routine mari-femme. C'était naturel, facile et sincère. Le meilleur se produisait chaque matin, lorsque nous sirotions notre café et discutions tout en nous préparant pour la journée de travail ; il se produisait plusieurs fois par jour quand son nom apparaissait dans ma boîte de réception ; il se produisait le soir, alors que nous compulsions les menus des services de livraison à domicile pour choisir ce que nous allions manger en nous promettant qu'un jour très prochain nous inaugurerions notre cuisinière. Le meilleur advenait à chaque massage de pieds, à chaque baiser. Chaque fois que nous nous déshabillions ensemble dans le noir.

Mon esprit s'est attardé sur tous les détails qui constituaient les cent premiers jours de notre mariage, à Andy et moi. Pourtant, quand Annie m'a servi mon bagel, j'étais retournée au milieu de la rue, mon cœur battait à cent à l'heure. J'avais beau être immensément heureuse de ma vie avec Andy, je ne réussirais pas à oublier de sitôt la façon dont ma gorge s'était serrée en revoyant ce visage. Et que je crève d'envie de l'oublier n'y changeait rien. Au contraire, même.

J'ai jeté un coup d'œil honteux à mon reflet dans le miroir jouxtant la table. Ce n'était pas le moment de me préoccuper de mon apparence, et encore moins de me réjouir en découvrant que, contre toute probabilité, pour un après-midi de shopping sous la pluie, mes cheveux s'étaient singulièrement bien comportés. Mes joues étaient teintées d'un rose léger, ce que j'ai attribué au froid. Et à rien d'autre.

C'est alors que mon téléphone portable a sonné. J'ai reconnu sa voix au bout du fil. Une voix que je n'avais pas entendue depuis huit ans et seize jours.

— C'était vraiment toi ? a-t-il demandé.

Sa voix était encore plus grave que dans mon souvenir. À part ce détail, j'ai eu l'impression de replonger dans le passé. De reprendre une conversation interrompue quelques heures auparavant seulement.

— Oui, ai-je répondu.

— Et tu as toujours le même numéro de portable.

Après un très long silence que je me suis obstinée à ne pas briser, il a ajouté :

— Il y a certaines choses qui ne changent pas, je suppose.

— Oui, ai-je répété.

Parce que, même si ça me faisait horreur de le reconnaître, il avait parfaitement raison.

2

Mon film préféré de tous les temps est sans doute *Quand Harry rencontre Sally*. Et ce pour un tas de raisons : le charme eighties qui s'en dégage, l'alchimie étrange entre Billy Crystal et Meg Ryan, l'orgasme au Katz's Deli. Mais, par-dessus tout, pour les couples de petits vieux qui, juchés sur leur canapé, évoquent, le regard pétillant, leur rencontre.

La toute première fois que j'ai vu ce film, je n'avais que quatorze ans. Je n'avais jamais embrassé personne, et, pour reprendre une des expressions fétiches de ma sœur Suzanne, je n'étais pas pressée d'enlever ma culotte pour un garçon. Elle tombait amoureuse et finissait le cœur brisé plus souvent que je n'allais chez l'orthodontiste, et il n'y avait rien là-dedans qui me semblait particulièrement amusant.

Pourtant, je me souviens m'être demandé, dans cette salle de cinéma glaciale, où se trouvait mon futur mari à cet instant précis et à quoi il ressemblait. Était-il à son premier rendez-vous, main dans la main avec une fille dont il n'était séparé que par un paquet de bonbons et une bouteille de Sprite ? Ou était-il plus vieux que moi, déjà à la fac et un parfait séducteur ? Était-il le quarterback vedette de l'équipe de foot ou jouait-il du tambour dans la fanfare ? Le rencontrerais-je dans un vol pour Paris ? Au cours d'une réunion de travail décisive ? Ou dans une allée de l'épicerie de ma ville natale ? Je nous ai vus raconter notre histoire, les doigts entrelacés, comme ces couples énamourés sur le grand écran.

Il me restait encore à découvrir que les choses sont rarement aussi simples et claires que les relatent, façon documentaire, ces acteurs, les yeux pleins d'étoiles. Avec le temps, j'ai compris que les couples mariés s'autorisent presque toujours, pour ces récits, une licence poétique, une touche de romantisme ou un lustre excessif. À moins d'épouser son chéri du lycée (et même parfois dans ce cas-là), la vérité est bien souvent moins reluisante que la version officielle. On préfère oublier ou du moins passer sous silence les gens, les endroits et les événements qui ont participé à cette rencontre. Ce qui permet, au final, d'y apposer une belle étiquette – celle du hasard ou du destin.

Peu importe le nom qu'on lui donne, l'histoire de chaque couple possède deux versions : celle, officielle, que l'on peut partager sur un divan, et l'autre, non censurée, qu'il vaut mieux enterrer. Andy et moi n'étions pas différents. Nous avions aussi les deux variantes.

Elles commençaient de la même façon : l'arrivée d'une lettre par un après-midi moite et étouffant, l'été après mon bac, quelques semaines avant que je ne quitte Pittsburgh pour l'université de Wake Forest et son superbe bâtiment de brique découvert dans un catalogue. J'avais sélectionné cet établissement parce qu'il me proposait une bourse importante. La lettre exposait par le menu cursus scolaires, internat et orientations. Mais elle contenait surtout une information que j'attendais avec impatience : l'identité de ma compagne de chambre. Elle occupait une ligne à elle seule : Margaret « Margot » Elizabeth Hollinger Graham. Je m'étais longuement attardée sur son nom, puis sur son adresse et son numéro de téléphone à Atlanta, en Géorgie, à la fois intimidée et impressionnée. Les élèves de mon lycée avaient toutes des prénoms aussi communs que Kim, Jen ou Amy. Je n'avais jamais croisé de prénom aussi original (c'était le *t* muet qui m'intriguait le plus), encore moins accompagné de deux autres. J'étais persuadée que Margot d'Atlanta serait l'une de ces beautés que l'on voyait sur le papier glacé des brochures de Wake Forest, qui portent des perles aux oreilles et des robes d'été fleuries Laura Ashley à l'occasion des matchs de football (je m'étais toujours rendue aux rencontres sportives en jean et en sweat-shirt). J'étais convaincue qu'elle avait un petit ami, et je me la suis imaginée le plaquant sans manières à la fin du semestre pour un gars dégingandé étudiant en lettres classiques comme celui qui était représenté en train de jouer au frisbee pieds nus dans la même brochure.

J'étais rentrée en courant dans la maison pour annoncer la nouvelle à ma grande sœur. Suzanne était étudiante en deuxième année à la fac de Penn State et très au fait question cothurnes. Je l'avais trouvée dans sa chambre, occupée à s'appliquer une épaisse couche d'eye-liner bleu électrique tout en écoutant *Wanted Dead or Alive*, de Bon Jovi, sur son ghetto blaster.

Je lui avais lu l'état civil complet de Margot avant de lui livrer mes prédictions avec un accent du Sud façon *Potins de femmes*, ma meilleure référence cinématographique en la matière. J'avais même agrémenté mon délire de la présence de Scarlett O'Hara et d'une tonne de servantes dans une demeure à colonnades. C'était avant tout une plaisanterie, mais j'étais aussi prise de l'angoisse subite d'avoir choisi le mauvais établissement. J'aurais dû opter pour Pitt ou Penn State, comme mes amis. Je serais comme un poisson perdu en eaux étrangères, un Yankee égaré en territoire ennemi.

Suzanne s'était éloignée de son miroir en pied, incliné de façon à faire oublier qu'elle paraissait beaucoup plus jeune que son âge.

— Ton imitation est pourrie, Ellen. On dirait que tu viens d'Angleterre, pas d'Atlanta... Et puis, mince, tu pourrais donner une chance à cette nana ! Imagine, si elle te voyait, elle, comme un pur produit d'une ville industrielle, dépourvue de tout sens de la mode ?

Elle avait éclaté de rire avant d'ajouter :

— Ouais... sauf qu'elle, elle aurait raison !

— Très drôle, avais-je rétorqué sans réussir à retenir un sourire.

Ma lunatique de sœur n'était jamais aussi sympathique que quand elle s'en prenait à moi.

Elle avait continué à se tordre de rire tout en rembobinant la cassette et en hurlant : « I walked these streets, a loaded six string on my back ! » Elle s'était interrompue au beau milieu de la chanson pour lancer :

— Sérieusement, si ça se trouve, c'est la fille d'un fermier. Et tu t'entendras peut-être très bien avec elle.

— Depuis quand les filles de fermier ont-elles un nom aussi raffiné ? avais-je raillé.

— Ça ne veut rien dire, avait-elle répondu de son ton de grande sœur savante. Ça ne veut *rien* dire.

J'avais eu la confirmation de mes soupçons, quelques jours plus tard, en recevant une lettre de Margot rédigée d'une écriture régulière et adulte sur papier rose pâle avec monogramme en cursives argentées – le *G* du patronyme, plus grand, était flanqué du *M* et du *H*. Je m'étais demandé de quel membre de la famille l'absence du *E* signifiait l'éviction. Le ton était démonstratif (huit points d'exclamation en tout) tout en étant sérieux. Elle disait qu'elle avait hâte de me rencontrer. Elle avait essayé de m'appeler à plusieurs reprises, en vain (nous n'avions ni la fonction double appel ni répondeur, à ma grande honte). Elle annonçait qu'elle apporterait un petit réfrigérateur et une chaîne stéréo (qui pouvait lire les CD – et moi qui en étais encore aux cassettes !). Elle espérait que nous pourrions acheter des édredons assortis. Elle en avait repéré de jolis, rose et vert amande, chez Ralph Lauren. Elle proposait d'en prendre deux si j'étais d'accord. Si je n'aimais pas le rose, nous pourrions toujours nous tourner vers un mélange de jaune et de violet, « une valeur sûre ». Ou alors vers une « combinaison tout aussi heureuse » de turquoise et de corail. Elle n'appréciait pas beaucoup les couleurs primaires pour la décoration d'intérieur, mais restait ouverte à mes suggestions. Elle espérait « sincèrement » que je passerais une bonne fin d'été, et elle avait signé la lettre d'un « Bien amicalement, Margot », qui me paraissait plus froid et guindé qu'amical. Je n'avais jamais utilisé d'expression comme « Affectueusement » ou « Bien à vous » et m'étais promis d'essayer « Amicalement ». Ce n'était que le premier élément de la longue liste de choses que j'emprunterais à Margot.

J'avais rassemblé mon courage pour l'appeler le lendemain après-midi, un stylo et un carnet à portée de main, histoire de ne rien louper, au cas où elle proposerait, par exemple, d'assortir nos affaires de toilette – couleur pastel, naturellement.

Le téléphone avait sonné deux fois avant qu'un homme ne décroche. J'avais pensé qu'il s'agissait du père de Margot, ou peut-être du jardinier rentré se rafraîchir avec un grand verre de limonade. Le plus poliment possible, j'avais demandé à parler à Margot.

— Elle est au club, avait-il répondu.

Au *club* ? Bingo ! Nous appartenions également à un club *stricto sensu*, mais ce n'était qu'un nom pompeux pour désigner la piscine du coin, consistant en un petit bassin rectangulaire flanqué d'un côté d'un bar qui vendait des chips, de l'autre d'un plongeoir, et entouré d'un grillage. J'aurais parié que le club de Margot n'était en rien comparable. Je voyais les enfilades de courts de tennis en gazon, les sandwiches délicats servis dans de la porcelaine, le terrain de golf vallonné planté de saules pleureurs (ou de toute autre variété d'arbre qui passerait pour exotique dans le Sud).

— Puis-je prendre un message ? avait-il proposé.

Son accent du Sud était très discret. J'avais hésité et quelque peu bafouillé avant de me présenter d'une voix timide comme la future compagne de chambre de Margot.

— Oh, salut ! Moi, c'est Andy, je suis le frère de Margot.

Andy. Le prénom de mon futur mari (j'apprendrais plus tard qu'il s'agissait du diminutif d'Andrew Wallace Graham III). Il avait poursuivi en m'expliquant qu'il allait à la fac de Vanderbilt, mais que son ami d'enfance entrait en troisième année à Wake et que, secondé par ses copains, il nous initierait aux arcanes du campus, nous renseignerait sur les professeurs et les sororités pour nous éviter les ennuis et partagerait avec nous « tous les bons plans ».

Je l'avais remercié, soudain plus détendue.

— Je t'en prie... Margot va être ravie de savoir que tu as appelé. Elle voulait que vous discutiez ensemble des couvre-lits ou des rideaux, je crois. J'espère pour toi que tu aimes le rose.

— Oh, oui ! J'adore le rose.

Ce petit mensonge me poursuivrait pendant des années. Jusqu'au discours d'Andy, la veille de notre mariage, au grand plaisir de Margot et de nos amis les plus proches, qui savaient tous que je n'avais jamais été très fille pour ces choses-là.

— Mais c'est parfait ! La naissance d'une amitié au paradis rose !

J'avais souri en pensant que, quoi qu'il advienne de notre relation à Margot et moi, elle avait un frère adorable. La suite m'avait donné raison sur Andy *et* Margot. Il était effectivement adorable, et elle était tout ce que je n'étais pas. Pour commencer, nous étions physiquement à l'opposé l'une de l'autre. Elle avait des cheveux blonds, une silhouette menue mais avec des formes, un teint de porcelaine et des yeux bleus. Mes cheveux étaient foncés et mes yeux noisette, je paraissais bronzée même au cœur de l'hiver, et j'étais grande, athlétique. Nous étions aussi séduisantes l'une que l'autre, même si Margot dégageait quelque chose de doux et de malicieux alors que mes traits invitaient plus facilement à me qualifier de beauté.

Puis nous venions de milieux on ne peut plus différents. Margot vivait dans une belle demeure sur un terrain de plusieurs hectares, sublime et arboré, dans le coin le plus fortuné d'Atlanta – ce qu'on appelle une propriété. J'avais grandi dans une petite maison avec cuisine en formica orange dans le quartier ouvrier de Pittsburgh. Le père de Margot était un avocat éminent siégeant au conseil d'administration de plusieurs entreprises. Le mien était vendeur – il vendait des objets tout sauf attrayants, comme ces projecteurs que les instituteurs paresseux utilisent pour passer des films ennuyeux à leurs élèves. La mère de Margot était une ancienne reine de beauté de Charleston, avec un sens de la mode à la Babe Paley et une élégance naturelle. La mienne avait été un prof de maths de lycée sans fantaisie avant de succomber à un cancer des poumons – alors qu'elle n'avait jamais fumé –, la veille de mon treizième anniversaire.

Margot avait deux frères aînés, qui l'adoraient et la chouchoutaient l'un comme l'autre. Sa famille était l'équivalent sudiste des Kennedy, ils jouaient au football américain sur les plages de Sea Island, partaient au ski tous les hivers et fêtaient parfois Noël en Europe. Ma sœur et moi passions nos vacances sur la côte atlantique chez nos grands-parents. Nous n'avions pas de passeport, nous n'avions jamais quitté le pays et nous n'avions pris l'avion qu'une fois.

Margot, qui était pom-pom girl et avait assisté au bal des débutantes, débordait de cette assurance des gens bien nés et bien éduqués. J'étais réservée, légèrement névrosée, et, en dépit de mon désir ardent de m'intégrer, toujours plus à l'aise quand je restais à l'écart.

Malgré toutes ces différences, nous étions devenues les meilleures amies du monde. Quelques années plus tard, j'étais tombée amoureuse de son frère, qui était aussi charmant qu'adorable. Voilà une excellente histoire à confesser face à la caméra.

Pourtant, beaucoup de choses étaient arrivées entre la lettre de Margot et mon mariage avec Andy. Beaucoup. Et l'une d'elles s'appelait Leo. Leo, que j'avais aimé avant Andy. Leo, que j'avais fini par détester tout en lui conservant mon amour, bien après qu'il m'eut quittée. Leo, que j'avais enfin – *enfin !* – réussi à oublier. Et que je venais de recroiser, quelques années plus tard, dans une rue de New York.

3

— Où es-tu ? me demande-t-il.

Je prends une profonde inspiration le temps de réfléchir à ma réponse. L'espace d'un instant, je crois qu'il entend sa question au sens philosophique du terme – *Où en es-tu ?* –, et je manque de lui parler d'Andy. De mes amis et de ma famille. De ma carrière de photographe. Du bonheur d'être arrivée là où je suis. Ces réponses, il y a encore peu, je les préparais sous la douche et dans le métro, espérant une occasion, l'occasion de lui dire que je lui avais survécu et que j'étais parvenue à une félicité bien plus parfaite.

C'est seulement quand je m'apprête à lui répondre sur ce mode que je comprends : Leo me demande où je me trouve *littéralement*, si je suis assise ou debout, dans la rue ou ailleurs. Dans quel recoin de New York est-ce que je me cache pour digérer ce qui vient de se produire ?

Je suis aussi déstabilisée par sa question que si elle portait sur mon poids, mes revenus ou tout autre sujet intime que l'on n'a aucune envie d'aborder. Pourtant, en refusant d'y apporter une réponse, je crains de paraître sur la défensive ou de me montrer grossière. Plus tard, évidemment, en me repassant l'échange, je trouve la façon idéale d'éluder. *Demande à ma balance... On ne gagne jamais assez, malheureusement*. Ou, dans ce cas précis : *quelque part*.

Mais, sur le moment, je bredouille toujours une réponse maladroite. Je donne mon poids. Mon salaire au dollar près. Ou le nom du restaurant où je suis en train de prendre un café.

Trop tard pour me mordre la langue. Tant pis. Après tout, mieux vaut être direct. Les réponses évasives peuvent toujours passer pour une avance ou de la coquetterie. *Devine ? Viens me chercher, si tu veux*...

Leo réplique aussitôt « bien sûr » d'un air entendu, comme si cet endroit avait une signification particulière pour nous. Ou, pire, comme si j'étais *prévisible*. Puis il me demande si je suis seule.

Ça te regarde ? ai-je envie de rétorquer, pourtant je prononce un simple oui en forme d'invite. Comme un pion rouge cerné par deux pièces noires, attendant d'être mangé.

Évidemment, Leo ajoute :

— Parfait. J'arrive, ne bouge pas.

Puis il raccroche avant que j'aie le temps d'ouvrir la bouche. Je rabats le clapet de mon téléphone, et la panique me prend. Mon premier réflexe serait de me lever pour partir. Mais je me raisonne. Je suis capable de le revoir. Je suis une femme mature, stable, *qui aime son mari*. Quel mal y a-t-il à retrouver un ex pour une petite conversation de courtoisie ? De surcroît, en fuyant, je me prêterais à un jeu auquel je n'ai aucune raison de me prêter, si ? La partie est terminée depuis si longtemps...

Je me résous à entamer mon bagel. Il est insipide, mais je m'entête à mastiquer et à déglutir, tout en sirotant mon café. Je ne m'autorise pas d'autre coup d'œil au miroir. Je ne remettrai pas de gloss, et je ne m'assurerai pas qu'il n'y a aucune graine de pavot coincée entre mes dents. Je n'ai rien à lui prouver. Plus important encore : je n'ai rien à me prouver.

C'est la dernière pensée qui me traverse l'esprit au moment où j'entrevois son visage derrière la porte vitrée, sur laquelle la pluie dégouline. Mon cœur s'emballe de nouveau, et mes jambes se mettent à trembler. Si seulement j'avais des bêtabloquants dans mon sac, comme ceux qu'Andy avale avant une audience pour éviter d'avoir la bouche sèche et la voix hésitante. Il soutient qu'il n'est pas réellement nerveux, mais que ces manifestations physiques laissent penser le contraire. Je tente de me convaincre que, moi non plus, je ne suis pas nerveuse. Mon corps trahit ma tête et mon cœur. Ça arrive.

J'observe Leo. Il secoue d'un mouvement sec son parapluie tout en parcourant du regard la salle du restaurant, sans s'arrêter sur Annie, qui passe la serpillière sous la table d'un box. Il ne m'aperçoit pas tout de suite, ce qui me donne un léger sentiment de supériorité.

Lequel s'envole à l'instant où ses yeux trouvent les miens. Il me lance un bref sourire avant de s'approcher, tête baissée. Quelques secondes plus tard, parvenu à ma table, il se débarrasse du manteau en cuir noir que je me rappelle si bien. Mon estomac fait des bonds. J'ai peur qu'il ne se penche pour m'embrasser sur la joue. Mais non, ce n'est pas son genre. C'est celui d'Andy. Fidèle à lui-même, il fait fi des règles de politesse et se glisse sur la banquette face à moi, en secouant la tête, une, deux fois. Il est exactement comme dans mon souvenir, bien qu'un peu plus vieux et, d'une certaine façon, plus arrogant : ses cheveux ont foncé, sa carrure s'est épaissie et sa mâchoire s'est élargie. Le contraste avec Andy, aux traits fins, aux membres déliés et à la chevelure claire, est frappant. Andy est plus doux à regarder. Andy est plus doux tout court. À la façon d'une balade sur la plage. D'une sieste le dimanche. D'une évidence.

— Ellen Dempsey, dit Leo au bout d'un moment, ses yeux cerclés de noir rivés sur les miens.

Je ne pouvais imaginer meilleure entrée en matière. Je saisis l'occasion ; soutenant son regard, j'annonce avec fierté :

— Ellen *Graham*.

Son front se plisse, comme s'il réfléchissait à mon nouveau patronyme, alors qu'il pourrait instantanément faire le lien avec Margot – il la connaît. Pourtant, le déclic ne semble pas avoir lieu. Ce qui ne devrait pas me surprendre. Leo ne s'est jamais intéressé à mes amis, en particulier pas à Margot. L'indifférence était mutuelle. Après ma première vraie dispute avec Leo, qui m'avait laissée dans un état digne du casting d'*Une vie volée*, Margot avait pris les seules photos que j'avais de lui, une série de photomatons en noir et blanc, pour les déchirer d'un coup net, sur toute la longueur, le coupant, lui, en deux mais épargnant mon visage souriant.

— Tu es bien mieux comme ça, avait-elle conclu. Sans ce connard.

Voilà une vraie amie, avais-je pensé, même si j'avais dégoté un rouleau de scotch et recollé les morceaux avec soin. Je m'étais dit la même chose lorsque, à l'occasion de notre rupture définitive à Leo et à moi, elle m'avait acheté une carte de félicitations ainsi qu'une bouteille de Dom Pérignon. J'avais conservé le bouchon, autour duquel j'avais enroulé des photos de Leo, fixées à l'aide d'un élastique, et placé le tout dans ma boîte à bijoux. Margot était tombée dessus, bien des années après, en voulant me rendre une paire de créoles en or qu'elle m'avait empruntée.

— Qu'est-ce que c'est que ça ? avait-elle demandé en faisant rouler le bouchon entre ses doigts.

— Euh... on avait débouché le champagne, avais-je répondu d'un air penaud. Après Leo. Tu te rappelles ?

— Tu as gardé le bouchon ? Et ces photos ?

J'avais bafouillé que je considérais le bouchon comme un gage de notre amitié, rien d'autre – même si, à la vérité, j'étais infichue de me défaire de tout ce qui avait trait à Leo. Margot avait haussé les sourcils, sans insister, comme à son habitude dès qu'elle flairait un conflit. Ils étaient comme ça dans le Sud. En tout cas, Margot était comme ça.

Quoi qu'il en soit, j'ai le sentiment d'avoir prouvé ma loyauté envers Andy en envoyant mon nom de femme mariée au visage de Leo. Ce n'est pas une petite victoire.

Leo hausse le menton, avance la lèvre inférieure et lâche :

— Oh ? Félicitations…

— Merci.

Ma jubilation me fait légèrement honte. *Le contraire de l'amour est l'indifférence*, récité-je en silence.

— Alors, c'est qui, ce petit veinard ?

— Tu te rappelles Margot ?

— Bien sûr.

— J'ai épousé son frère. Tu l'as vu une fois, je crois.

J'ai ajouté la deuxième phrase d'un air détaché, alors que je sais pertinemment que Leo et Andy se sont croisés dans un bar de l'East Village. À l'époque, c'était une rencontre éclair, sans importance, entre mon copain et le frère de ma meilleure amie. Un échange dans le genre : *Ça va ?… Enchanté de faire ta connaissance.* Peut-être accompagné d'une poignée de mains. Un truc de garçons. Des années plus tard, bien après ma séparation avec Leo, quand Andy et moi avions commencé à sortir ensemble, j'avais analysé cette rencontre dans le moindre détail, comme n'importe quelle fille.

Le visage de Leo s'illumine soudain.

— Ce type-là ? Vraiment ? L'étudiant en droit ?

Je tressaille en percevant la pointe de dérision dans sa voix. Avait-il remarqué quelque chose à l'occasion de leur entrevue ? Signifiait-il simplement son mépris pour les avocats en général ? Avais-je, à un moment ou un autre, critiqué Andy devant Leo ? Non. C'était impossible. Il n'y avait, il n'y *a* rien de négatif ou de conflictuel chez Andy. Il n'a pas d'ennemis. Tout le monde l'aime.

Je replonge mes yeux dans ceux de Leo, en m'efforçant de ne pas être sur la défensive. Son avis n'a plus d'importance. J'acquiesce donc avec, je l'espère, calme et assurance.

— Oui. Le frère de Margot.

— Eh bien, tout s'est parfaitement goupillé, remarque Leo avec ce qui me semble un soupçon d'ironie.

— Oui, dis-je avec un sourire suffisant. En effet.

— Vous formez une grande famille heureuse.

Son ironie ne fait plus aucun doute. Je me raidis, une rage familière monte en moi. Le genre de rage que seul Leo a jamais su m'inspirer. Je baisse les yeux sur mon portefeuille dans l'idée de jeter quelques billets sur la table, puis de partir. Mais tout à coup il prononce mon prénom avec douceur, et sa main se pose sur la mienne, la recouvrant tout entière. J'avais oublié combien ses mains sont grandes. Et toujours chaudes, même au cœur de l'hiver. Je voudrais me dégager, mais j'en suis incapable. *Au moins, c'est la droite.* Ma main gauche est serrée sous la table, en sécurité. Je caresse mon alliance du pouce, et je tente de contrôler ma respiration.

— Tu m'as manqué, dit Leo.

Je le considère avec stupeur. Je lui ai *manqué* ? Impossible. Et pourtant, Leo ne ment jamais. Il dit toujours la vérité froide, implacable. Que ça plaise ou non.

— Je suis désolé, Ellen.

— Pour quoi ?

J'ai posé la question parce que, pour moi, il y a deux sortes de *désolé*. Il y a celui qui exprime le regret. Et il y a le véritable. Celui qui ne réclame rien d'autre que le pardon.

— Pour tout. *Tout*.

La totale. Je détends les doigts de ma main gauche, et je contemple mon alliance. J'ai la gorge nouée, et ma voix se réduit à un murmure :

— De l'eau a coulé sous les ponts.

Et je le pense. De l'eau *a* coulé sous les ponts.

— Je sais, répond-il. Ça ne m'empêche pas d'être désolé.

Je détourne le regard, mais je ne me résous pas à libérer ma main.

— Ne le sois pas. Tout va bien.

Les épais sourcils de Leo, au contour si net que je l'ai une fois, pour plaisanter, accusé de les épiler, se soulèvent.

— Bien ?

Ayant perçu le sous-entendu, je m'empresse d'ajouter :

— Mieux que bien. C'est merveilleux. L'idéal.

L'expression de son visage se fait soudain amusée, comme lorsque je l'aimais plus que tout et que j'étais persuadée que les choses marcheraient entre nous. Mon estomac se contracte.

— Alors, Ellen *Graham*, puisque tout va *bien*, que dirais-tu de t'essayer à l'amitié avec moi ? Ça te paraît possible ?

Je passe en revue les objections, les risques de souffrances inutiles. Malgré moi, pourtant, je hausse les épaules calmement et je chuchote :

— Pourquoi pas ?

Puis je retire ma main. Un peu trop tard.

4

En quittant le restaurant, je suis prise d'un vertige où se mêlent nostalgie, amertume et excitation. Cette combinaison inhabituelle est amplifiée par la pluie glacée, qui tombe désormais à verse. J'envisage de faire le long trajet jusqu'à la maison à pied, comme si j'avais envie d'arriver gelée, mouillée et lamentable, mais je me ravise. Il n'y a aucune raison de s'apitoyer ni de se mettre en colère.

Je me dirige donc vers le métro à grands pas sur le trottoir glissant. Bons, mauvais ou insignifiants, les souvenirs de Leo tourbillonnent dans ma tête, mais je refuse de m'y attarder. *C'est de l'histoire ancienne,* marmonné-je à haute voix en dévalant les marches d'Union Square. Sur le quai, tout en évitant les flaques, je cherche des distractions. J'achète un paquet de biscuits à un kiosque, je parcours les gros titres des tabloïds, je prête l'oreille à une discussion animée sur la politique, et j'observe un rat qui court le long des rails. Tout plutôt que de me repasser en boucle ma conversation avec Leo. Si j'ouvre les vannes, je passerai au crible le dit comme le non-dit, qui a toujours occupé une place de choix dans notre histoire. *Qu'est-ce qu'il entendait par là ? Pourquoi n'a-t-il pas parlé de ceci ou de cela ? A-t-il encore des sentiments pour moi ? Si c'est le cas, pourquoi ne les a-*

t-il pas évoqués ? Je me répète que tout cela n'a plus d'importance. Et ce depuis un moment.

Mon métro finit par arriver. C'est l'heure de pointe et toutes les voitures sont bondées ; je suis condamnée à rester debout. Je réussis à me faufiler entre une mère et sa fille, âgée d'une dizaine d'années. En tout cas, on dirait sa fille. Elles ont toutes deux le nez et le menton pointus. La gamine porte un long manteau bleu marine croisé avec une double rangée de boutons dorés ornés d'ancres. Elles discutent de leur dîner.

— Des macaronis au fromage avec des toasts à l'ail ? suggère la fillette, pleine d'espoir.

Je m'attends à une objection parentale du style : « C'est ce que nous avons mangé hier soir », mais sa mère lui répond en souriant : « Ça me semble parfait pour un temps pareil. » Sa voix est aussi douce et rassurante que le repas qu'elles vont partager.

Je pense à ma propre mère – ça m'arrive plusieurs fois par jour et, bien souvent, le déclencheur est moins évident que le tableau que j'ai sous les yeux. Mon esprit s'attarde sur la question récurrente : à quoi auraient ressemblé nos relations d'adultes ? Me serais-je défiée de ses conseils en matière de relations amoureuses ? Me serais-je rebellée contre ses désirs pour moi ? Aurions-nous été aussi proches que Margot et sa propre mère, qui se parlent plusieurs fois par jour ? J'aime à me figurer que nous aurions été confidentes. Pas le genre à échanger nos vêtements et nos chaussures en gloussant (ma mère n'était pas assez futile pour ça), non, mais suffisamment en confiance pour que je la tienne au courant de ma rencontre avec Leo. De sa main sur la mienne. De mes sentiments.

J'imagine les mots qu'elle aurait trouvés pour me rassurer : *Je suis tellement heureuse que tu aies ren-*

contré Andy. C'est le fils que je n'ai jamais eu. Je n'ai jamais ressenti la même chose pour Leo.

Elle n'aurait jamais rien dit d'aussi attendu. Je ferme les paupières et je me la représente *avant* sa maladie, ce que je n'ai pas fait depuis longtemps. Je réussis à voir ses yeux noisette en forme d'amande, semblables aux miens, sauf que les coins de ses paupières tombaient légèrement – mon père aimait répéter que c'étaient des yeux de tombeuse. Je revois également son large front lisse. Sa chevelure épaisse et brillante, toujours coiffée en un carré indémodable, suffisamment longue pour être ramenée en queue de cheval à l'occasion d'une séance de ménage ou de jardinage. Le léger écart entre ses dents de devant, et le réflexe inconscient qui la poussait à les recouvrir d'une main quand elle riait à gorge déployée. Puis je me rappelle son regard, sévère mais juste – le regard qui seyait à une prof de maths d'un grand lycée public –, et j'entends les mots qu'elle aurait prononcés avec son fort accent : *Ecoute-moi bien, Ellie. Ne donne surtout pas à cet incident une signification démesurée, comme tu l'avais fait pour votre première rencontre. Ça ne veut rien dire. Rien du tout. Parfois, les événements n'ont aucune signification.*

J'aimerais être capable de l'écouter. J'aimerais croire qu'elle peut me guider de loin, mais je sens que je m'abandonne au souvenir de cette première rencontre. Le hasard nous avait réunis, Leo et moi, au tribunal de Centre Street, où nous étions convoqués en qualité de jurés, un mardi d'octobre. Nous étions coincés ensemble dans une pièce aveugle à la mauvaise acoustique, sur des chaises pliantes en métal, avec des concitoyens qui, pour au moins l'un d'entre eux, avaient oublié d'utiliser du déodorant. Cette rencontre était tellement inattendue que je me suis longtemps figuré, bêtement, qu'elle était romantique.

J'avais vingt-trois ans et l'impression d'en compter dix de plus à cause du sentiment confus de peur et de désillusion qui naît quand on quitte le cocon de la fac pour affronter la cohue du monde réel. Surtout quand on n'a ni point d'attache ni projet, ni argent ni mère. Margot et moi nous étions installées à New York l'été précédent, juste après avoir obtenu notre diplôme. Elle avait décroché un boulot de rêve au service marketing d'une boîte de textile de luxe. J'avais reçu une proposition pour un poste de débutante à la banque Mellon de Pittsburgh et j'avais prévu de retourner dans ma ville natale vivre avec mon père et sa nouvelle femme, Sharon, qui était adorable mais peu distinguée avec ses gros seins et ses mèches. Pourtant, à force de vanter les mérites de la Grosse Pomme, Margot m'avait convaincue de la suivre. Elle m'avait expliqué que si je réussissais là, je réussirais partout. J'avais accepté à contrecœur, parce que je ne supportais ni l'idée d'être loin de Margot ni celle de voir une autre femme chez moi – chez ma *mère*.

Le père de Margot avait embauché des déménageurs pour récupérer nos affaires dans notre chambre à la fac, il nous avait acheté des allers simples pour New York et nous avait aidées à nous installer dans un trois pièces adorable à l'angle de Columbus et de la Soixante-Dix-Neuvième. Margot était arrivée avec une garde-robe flambant neuve de femme d'affaires et un attaché-case en croco. Moi, avec un diplôme de philo et une pile de tee-shirts et de shorts en jean. Je ne possédais que quatre cent trente-trois dollars, et j'avais pris l'habitude d'effectuer des retraits de cinq dollars à la fois, somme qui, à ma grande horreur, ne suffisait pas à acheter un sandwich au pastrami à Manhattan. Margot venait d'hériter de ses grands-parents maternels, et elle m'avait expliqué que ce qui était à elle était à moi car, après tout, nous étions comme des sœurs, non ?

— Par pitié, ne me force pas à vivre dans un taudis sous prétexte que c'est le seul loyer que tu es capable de te payer, m'avait-elle dit en éclatant de rire (elle était très sérieuse, pourtant).

Non seulement Margot n'avait pas besoin de se préoccuper de questions financières, mais elle n'avait aucune envie de le faire ou d'en parler. J'avais donc appris à ravaler ma fierté et à ignorer le feu de la honte qui me brûlait les joues chaque fois que j'étais contrainte de lui emprunter de l'argent. Je me répétais que la culpabilité ne servait à rien et que je me rattraperais un jour – sinon en argent sonnant et trébuchant, d'une autre façon.

Pendant près d'un mois, ce premier été à New York, je m'étais efforcée d'enjoliver mon CV, sur le fond et sur la forme, et j'avais postulé à toutes les offres sur lesquelles je tombais. Plus le descriptif du poste était ennuyeux, plus j'étais motivée, tant je faisais rimer, à l'époque, âge adulte et existence rébarbative. J'avais décroché beaucoup d'entretiens, mais aucun n'avait abouti, mes prestations ayant dû être catastrophiques. J'avais donc fini par opter pour un job de serveuse à L'Express, un café de Park Avenue qui se présentait comme un bouchon lyonnais. Les horaires étaient éprouvants (je récupérais souvent le service de nuit), et j'avais les pieds en compote, mais ce n'était pas si mal. Je gagnais bien ma vie (les pourboires sont plus généreux tard le soir), je rencontrais quantité de gens intéressants, et j'apprenais tout ce qu'il est possible de savoir sur la charcuterie, le fromage, le côtes-du-rhône et les pieds de cochon.

Entre-temps, je m'étais mise à la photographie. Ce n'était qu'un passe-temps au début, un moyen d'occuper mes journées et d'apprendre à connaître la ville. Je m'aventurais dans divers quartiers – l'East Village, Alphabet City, SoHo, Chinatown, Tribeca –, où je prenais des photos avec le 35 mm que mon père et Sharon m'avaient offert pour mon diplôme. Très rapidement, la photographie avait pris davantage de place dans ma vie. C'était devenu une occupation que non seulement je goûtais mais dont j'avais besoin, un peu comme les auteurs ressentent la nécessité de coucher des mots sur le papier ou les coureurs réguliers de sortir pour leur jogging matinal. Cette activité me remplissait de joie, donnait un objectif à mes journées qui, sinon, n'étaient que désœuvrement et solitude. Ma mère me manquait comme jamais et, pour la première fois de ma vie, je souffrais de ne pas avoir de vie amoureuse. À l'exception de mon béguin limite obsessionnel pour Matt Iannotti en troisième, je ne m'étais jamais particulièrement intéressée aux garçons. J'étais sortie avec quelques-uns, j'avais couché avec deux copains de fac (ç'avait été sérieux avec l'un, avec l'autre moins), mais je n'avais rien ressenti qui ressemblait à de l'amour. Je n'avais d'ailleurs jamais prononcé – ou écrit – ce mot à part devant ma famille ou Margot, quand nous avions un coup dans le nez. Et ça me convenait parfaitement jusqu'à cette première année à New York. Je ne saurais dire quel changement s'était opéré. C'était peut-être mon entrée dans l'âge adulte ; et le fait d'être entourée de millions de personnes, dont Margot, qui semblaient toutes avoir des rêves bien définis et quelqu'un à aimer.

Je consacrais toute mon énergie à la photographie. Je dépensais jusqu'au dernier centime pour acheter de la pellicule et je passais tout mon temps libre à prendre des clichés ou à consulter des livres, en bibliothèque ou en librairie. Je potassais aussi bien les ouvrages de référence que les œuvres des artistes célèbres. Mon bouquin préféré (Margot me l'avait offert pour mon vingt-troisième anniversaire) était *Les Américains*, de Robert Frank, une série de photographies prises dans les années 1950 à travers le pays. Ces images en noir et blanc m'hypnotisaient : chacune d'entre elles racontait une histoire. J'avais l'impression de connaître cet homme trapu penché sur un juke-box, cette femme élégante jetant un regard par-dessus son épaule dans l'ascenseur, ou cette nounou noire berçant un bébé d'un blanc aveuglant. J'étais persuadée que ce sentiment d'intimité avec le sujet, plus que n'importe quelle autre dimension, était la marque d'un grand photographe. *Si j'étais capable d'exécuter des clichés pareils, je serais comblée, même sans amoureux.*

Avec le recul, facile d'en tirer les conclusions qui s'imposaient. À l'époque, pourtant, il avait fallu que Margot mette le doigt dessus – c'est à ça que les amis servent, entre autres. Elle rentrait tout juste d'un voyage d'affaires à Los Angeles. Elle avait posé sa valise pour s'installer à la table de la cuisine et observer l'un de mes récents tirages. C'était la photo en couleur d'une adolescente en détresse, assise sur le rebord d'un trottoir de Bedford Avenue à Brooklyn. Le contenu de son sac était répandu sur le macadam alentour. Elle avait de longs cheveux roux bouclés et cette beauté naturelle de l'adolescence, que je ne percevais pas encore pleinement à l'époque, étant encore très jeune. Elle tendait une main vers un miroir brisé, effleurant, de l'autre, son front.

— Waouh, avait dit Margot en la regardant plus attentivement. Cette photo est incroyable.

— Merci, avais-je répondu avec un mélange de pudeur et de fierté.

— Pourquoi est-elle aussi triste ? avait demandé Margot.

J'avais haussé les épaules, expliquant que je parlais rarement aux sujets. Je ne le faisais que s'ils me surprenaient ou engageaient d'eux-mêmes la conversation.

— Elle a peut-être perdu son portefeuille, avait-elle suggéré.

— Ou elle a rompu avec son amoureux.

Ou bien sa mère vient de mourir.

Margot avait continué à examiner la photo, signalant que les chaussettes rouge vif de l'adolescente donnaient à l'ensemble un côté presque rétro.

— Même si, avait-elle remarqué avec son sens habituel et obsessionnel de la mode, les chaussettes montantes préparent leur retour. Que ça nous plaise ou non.

— Pas dans ma garde-robe. Mais c'est noté.

— Tes photos sont tout bonnement géniales, Ellen, avait-elle ajouté.

Elle avait hoché la tête pour accompagner ses paroles, tout en enroulant sa magnifique chevelure couleur miel en un chignon retenu par un porte-mine. J'avais tenté d'imiter sa technique une centaine de fois sans parvenir à un résultat aussi satisfaisant. Dès qu'il s'agissait de coiffure, de mode ou de maquillage, tous mes efforts pour ressembler à Margot se révélaient vains. Elle avait, une fois de plus, opiné d'un air résolu.

— Tu devrais t'y mettre professionnellement.

— Tu crois vraiment ?

Aussi bizarre que cela paraisse, je ne l'avais jamais envisagé, sans que je sache dire exactement pourquoi. Je craignais peut-être que mon talent ne soit pas à la mesure de mon enthousiasme. Je ne supportais pas l'idée d'échouer dans un domaine qui me tenait tant à cœur. L'opinion de Margot comptait beaucoup pour moi. Et même si elle avait hérité de sa bonne éducation une propension à l'hypocrisie et au compliment factice, elle n'était jamais malhonnête avec moi. Elle me livrait toujours la vérité nue – l'indice d'une amitié véritable.

— J'en suis certaine, avait-elle conclu. Tu devrais te lancer pour de bon.

J'avais suivi le conseil de Margot et m'étais mise en quête d'un boulot dans ce domaine. Je postulais à tous les postes d'assistante que je trouvais, y compris chez des photographes ringards de Long Island spécialisés dans les mariages. Mais, comme je n'avais pas de formation, j'étais refusée partout. J'avais fini par échouer à un poste d'opératrice de développement photo payé au smic dans une minuscule boutique au matériel vétuste. Il fallait bien commencer quelque part, m'étais-je seriné dans le bus qui m'emmenait vers la portion la moins riante de la Seconde Avenue pour mon premier jour, puis, plus tard, en déballant mon sandwich au beurre de cacahuètes et à la confiture dans la réserve qui sentait la cigarette et l'eau de Javel.

Le hasard a voulu que ce soit le premier boulot idéal, grâce à Quynh, la Vietnamienne mariée au fils du propriétaire. Quynh maîtrisait mal l'anglais, mais cette fille était un génie des couleurs, et elle m'en a appris bien plus sur les techniques de développement que n'importe quelle formation (j'en ai eu la confirmation quand j'ai fini par en suivre une). Chaque jour j'observais ses doigts fins et agiles maniant les pellicules, actionnant les boutons des machines pour ajouter un peu de jaune ou supprimer une pointe de bleu, afin d'obtenir les tirages les plus parfaits, et ma passion pour ma vocation récente se renforçait de jour en jour.

Voilà donc où j'en étais lorsque j'avais reçu cette maudite convocation au tribunal. Même si je ne roulais pas sur l'or, j'étais parfaitement heureuse, pleine de projets et pas franchement désireuse de mettre entre parenthèses mon travail (et ma paye) pour une obligation civique. Margot m'avait suggéré de demander conseil à Andy, qui venait d'entamer sa troisième année de droit à Columbia. Je lui avais téléphoné, et il m'avait expliqué que ce serait un jeu d'enfant d'obtenir une dispense.

— Tu ne peux pas mentir pendant l'examen des jurés, mais tu peux exagérer ta partialité. Fais sentir que tu détestes les avocats, que tu te défies des flics ou que tu méprises les riches. En fonction de l'affaire à juger.

— Facile, je méprise les riches.

Andy avait gloussé. Il savait que je plaisantais, mais il connaissait sans doute ma situation financière par le biais de Margot. Il s'était éclairci la gorge avant de poursuivre :

— Un langage corporel désordonné peut aussi t'aider. Aie l'air furax d'être là. Comme si des occupations plus importantes t'attendaient ailleurs. Croise les bras. Personne ne veut d'un juré impatient.

Je lui avais répondu que je suivrais ses conseils. J'étais prête à tout pour retrouver ma vie réglée… et mon salaire si indispensable. Et j'avais changé d'avis en un éclair quand j'avais vu Leo pour la première fois. Cet instant restera à tout jamais gravé dans ma mémoire.

Il était encore tôt, mais j'avais déjà épuisé mon stock de magazines, consulté ma montre une centaine de fois et appelé Quynh d'une cabine téléphonique pour lui dresser un état des lieux. Je venais de me rasseoir sur ma chaise et je passais le jury en revue quand je l'avais aperçu, quelques rangées devant moi, en diagonale. Il lisait la dernière page du *New York Post* en remuant la tête au rythme de la chanson que diffusait son Discman. J'avais soudain ressenti le besoin irrépressible de connaître le titre de cette chanson. Je ne sais pas pourquoi, je m'étais imaginé qu'il s'agissait de Steve Miller ou du groupe Crosby, Stills & Nash. Quelque chose de viril et de décontracté pour aller avec son Levi's délavé, sa polaire bleu marine et ses baskets Adidas noires. J'avais pu contempler son profil au moment où il jetait un coup d'œil à l'horloge murale. Son nez si particulier (Margot le qualifierait plus tard d'audacieux), ses pommettes saillantes, ses cheveux sombres qui retombaient en boucles sur la peau mate de sa nuque. Il n'était pas très grand, mais il avait le dos large et les épaules puissantes. Je l'avais sur-le-champ imaginé en train de sauter à la corde dans une salle de gym rudimentaire et de monter les marches du tribunal façon Rocky, et j'en avais déduit qu'il était plus attirant sexuellement que vraiment beau. Qu'on devait fréquemment dire de lui : « Je parie qu'il assure au pieu. » Cette pensée m'avait surprise, n'étant pas habituée à juger des inconnus sur des critères purement physiques. Comme la plupart des femmes, mes coups de cœur étaient surtout fondés sur la personnalité. Et surtout, je n'étais pas ce qu'on peut appeler une obsédée des parties de jambes en l'air. Pas encore.

Comme s'il avait lu dans mes pensées, Leo s'était retourné et m'avait décoché une œillade ironique qui disait : « Prise sur le fait », ou peut-être simplement : « Ça craint d'être juré, non ? » Ses yeux étaient si enfoncés dans leurs orbites que j'étais incapable d'en distinguer la couleur. La lumière fluorescente des néons leur donnait un air mystérieux. J'avais soutenu son regard pendant un temps qui m'avait semblé dangereusement long avant de prétendre m'intéresser au fonctionnaire qui, pour la cinquième fois au moins, nous expliquait d'une voix monotone pour quels motifs médicaux nous pouvions être excusés.

Plus tard, Leo m'expliquerait que j'avais rougi et je démentirais avec force, assurant que j'avais à peine remarqué sa présence. Nous admettrions néanmoins tous deux qu'à partir de ce moment nous avions trouvé notre devoir de juré moins pénible.

Au cours de l'heure suivante, j'avais noté le moindre mouvement de Leo. Je l'avais vu s'étirer et bâiller. Plier son journal et le glisser sous sa chaise. Sortir de la pièce d'un pas décidé et en revenir avec un paquet de biscuits au beurre de cacahuètes qu'il s'était mis à manger ostensiblement en dépit des panneaux prohibant la nourriture et les boissons. Il ne m'avait pas regardée une seule fois, mais j'avais le sentiment qu'il sentait que je l'observais, ce qui me procurait un étrange frisson d'excitation. Je n'étais pas suffisamment timbrée pour penser coup de foudre (de toute façon je n'y croyais pas), mais je n'avais jamais été aussi intriguée. C'était inexplicable.

Une bonne fée avait exaucé mon vœu le plus cher. Nous nous étions retrouvés côte à côte dans le box des jurés, à quelques centimètres l'un de l'autre. La petite salle du tribunal n'avait vraiment rien de grandiose ou de théâtral, pourtant j'avais le sentiment que quelque chose d'important était sur le point d'advenir. La proximité avec Leo impliquait à la fois tension et intimité. Je lorgnais son avant-bras puissant strié de veines bleues, et j'étais décontenancée par les papillons dans mon estomac : ils me rappelaient mon béguin pour Matt au collège et l'euphorie que j'avais ressentie le matin où il s'était assis à côté de moi dans la salle de conférences puant le moisi où nous avions été convoqués pour une intervention médiocre sur les méfaits de la drogue. Je m'étais rappelé les effluves délicieux du parfum dont Matt s'était aspergé avec générosité (et que j'identifie encore, au beau milieu d'une foule), ainsi que mes gloussements à ses blagues sur les bienfaits variés de l'herbe. À la réflexion, Leo aurait pu être le grand frère de Matt, ce qui m'avait poussée à me demander si j'étais du genre à avoir un type d'homme (même si je m'en défendais violemment devant Margot). Si c'était le cas, Leo en était l'incarnation.

Le procureur l'avait interpellé avec une feinte jovialité :

— Juré numéro neuf, bonjour.

Leo avait répondu d'un hochement de tête distant mais respectueux.

— Où résidez-vous, monsieur ?

Je m'étais redressée sur mon siège, espérant que sa voix ne trahirait pas son physique. Il n'y a rien de pire qu'une voix perçante pour un homme, défaut suivi de près par des poignets fins, des épaules tombantes et une poignée de main molle.

Bien évidemment, Leo ne m'avait pas déçue. Il s'était éclairci la gorge, et une voix grave, assurée, à l'accent new-yorkais s'était élevée.

— Morningside Heights.

— Êtes-vous né là-bas ?

— Non, j'ai grandi à Astoria.

Le Queens ! Chic ! avais-je pensé. Il faut dire que j'étais amoureuse des faubourgs de New York à cette époque. Peut-être parce que Brooklyn, le Bronx et le Queens me rappelaient Pittsburgh, ses cols-bleus et son authenticité. Peut-être parce que les photos que je prenais hors de Manhattan étaient toujours plus réussies.

Le procureur avait poursuivi, interrogeant Leo sur son occupation professionnelle, et j'avais songé que cet examen valait tous les premiers rendez-vous. Une tierce personne se chargeait des questions, et il suffisait d'écouter les réponses. En prime, le mensonge était interdit. C'était parfait.

— J'écris... je suis reporter, avait répondu Leo. Je couvre plusieurs rubriques pour un petit journal.

Parfait, avais-je encore pensé. Je l'imaginais en train d'errer dans les rues, un carnet à spirale à la main, d'interroger de vieux bonshommes dans des bars où il fait nuit toute la journée pour un papier sur l'affadissement du caractère âpre de New York.

Ce petit manège avait duré quelques minutes, au cours desquelles je m'étais délectée des paroles de Leo tant pour leur contenu que pour l'impassibilité avec laquelle il livrait des détails pittoresques.

J'avais appris qu'il avait passé trois années à la fac et qu'il avait été forcé d'abandonner quand il s'était « retrouvé à sec ». Qu'il ne connaissait aucun avocat, à l'exception d'un certain Vern, rencontré à l'école primaire et qui s'était fait une spécialité d'attaquer « les grosses entreprises pour un oui ou pour un non », mais restait « un chic type en dépit de ses pratiques, sans vouloir être offensant ». Que ses frères et son père étaient pompiers, mais qu'il n'avait jamais été « attiré » par la vocation familiale. Qu'il n'avait jamais été marié et n'avait pas, « à sa connaissance », d'enfants. Qu'il n'avait jamais été victime de violences, « à moins de prendre en compte toutes les fois où il avait été mêlé à une querelle domestique ».

Avec ce dernier trait d'esprit, mon désir d'être relevée de mes fonctions de juré s'était totalement envolé. J'avais même embrassé mon devoir civique avec une ferveur renouvelée. Quand mon tour était venu de répondre aux questions, j'avais fait tout ce qu'Andy m'avait conseillé de ne *pas* faire. Je m'étais montrée enjouée et agréable. J'avais adressé aux avocats des deux parties mon plus beau sourire pour leur montrer que je constituerais un juré idéal à l'esprit ouvert. J'avais évoqué l'importance de ma présence au travail, aux côtés de Quynh, pour mieux souligner, ensuite, que notre système pénal et la Constitution sur laquelle il reposait méritaient un sacrifice. Si bien que lorsque, après plusieurs autres séries de questions, Leo et moi avions été choisis pour être les jurés neuf et dix, j'exultais. J'étais restée dans cet état d'allégresse pendant les six jours de témoignage, en dépit de la sauvagerie de l'affaire : une attaque au cutter dans le Harlem hispanique. Un gamin de vingt ans était mort, un autre était jugé pour meurtre, et moi j'espérais que le verdict mettrait du temps à s'imposer. Je ne pouvais pas m'en empêcher. Je voulais rester près de Leo, je voulais avoir l'occasion de lui parler. D'apprendre à le connaître, rien qu'un peu. J'avais besoin de savoir si mon béguin (même si ce mot me paraissait bien trivial pour décrire mes sentiments) était justifié. Tout ce temps, Leo s'était montré amical mais inaccessible. Il quittait rarement ses écouteurs, évitant ainsi les conversations dans le hall devant la salle d'audience, où les jurés se retrouvaient pour discuter de tout sauf du procès, et il déjeunait seul quand nous allions tous au troquet du coin. Son isolement le rendait encore plus séduisant à mes yeux.

Puis un matin, juste avant les conclusions des deux parties, tandis que nous nous installions dans le box des jurés, il m'avait lancé :

— Et voilà.

Puis il avait souri d'un air sincère et doux, un peu comme si nous partagions un secret. Mon cœur s'était emballé.

Au cours des délibérations, il était devenu évident que Leo et moi partagions le même avis sur le procès : l'acquittement pur et simple. La culpabilité de l'accusé n'était pas en jeu – il avait avoué –, le débat portait donc uniquement sur la question de la légitime défense. Leo et moi défendions cette hypothèse. Ou, pour être plus précise, nous considérions qu'il y avait suffisamment de raisons de la défendre – distinction subtile qui échappait malheureusement à au moins une demi-douzaine de nos camarades jurés. Nous nous échinions à répéter que l'accusé n'avait pas de casier judiciaire (ce qui relevait du miracle dans son quartier), que la victime (le chef de gang le plus redouté de Harlem) le menaçait depuis des mois (à tel point que l'accusé avait demandé à la police de le protéger), enfin qu'il utilisait quotidiennement un cutter pour son travail de déménageur. Autant d'éléments nous permettant de penser qu'il avait paniqué lorsque la victime et trois des membres de son gang l'avaient acculé. Cette supposition nous paraissait plausible, bien assez, en tout cas, pour constituer un doute raisonnable.

Après trois longues journées de débats exaspérants, nous étions toujours dans une impasse. Et, tous les soirs, nous étions coincés dans un hôtel minable près de l'aéroport JFK. Nous étions autorisés à regarder la télévision (le procès n'intéressant apparemment pas les médias), mais nous n'avions droit à aucun coup de fil ni aucune discussion sur le procès en dehors de la salle de délibération.

J'avais donc été surprise quand la sonnerie de mon téléphone avait résonné, un soir. J'espérais en secret que c'était Leo. Peut-être avait-il noté le numéro de ma chambre au retour du dîner entre jurés (en présence d'un huissier bien sûr).

— Allô, avais-je articulé d'une petite voix.

— C'est le juré numéro neuf. Leo.

— Je sais, avais-je dit en sentant mon corps entier rougir.

— Écoute, avait-il repris (au bout de trois jours de délibération, j'avais remarqué qu'il commençait toutes ses phrases ainsi, et j'adorais ce tic), je ne suis pas censé t'appeler… mais je tourne dingue…

Je n'étais pas certaine du sens de ses paroles : il tournait dingue parce qu'il était coincé dans sa chambre ? Parce qu'il en pinçait pour moi ? La seconde hypothèse était beaucoup trop belle pour être vraie.

— Ouais, je te comprends, avais-je répondu d'une voix que je voulais égale. Je n'arrête pas de penser au procès, c'est tellement frustrant.

Il avait soupiré dans le combiné, puis, après un long silence, avait ajouté :

— Franchement, tu imagines l'angoisse de voir ton destin reposer entre les mains de douze crétins ?

— Douze ? avais-je répété pour être drôle. Parle pour toi, mon vieux.

Leo avait éclaté de rire, et je m'étais glissée entre les draps, frissonnante d'excitation.

— D'accord, avait-il repris. Dix. Ou au moins huit bons gros crétins.

— Ouais, je sais.

— Sérieusement. Tu les as vus ? La moitié d'entre eux ignorent carrément la signification d'« ouverture d'esprit », et les autres n'ont pas deux sous de jugeote ; ils se rangent à l'avis de leurs compagnons de déjeuner.

— Je sais bien.

J'avais la tête qui tournait. Je n'en revenais pas que cette conversation ait enfin lieu. Et que je sois allongée dans le noir. J'avais fermé les paupières pour l'imaginer dans son lit. Comment pouvais-je désirer autant un homme que je ne connaissais pour ainsi dire pas ?

— Je n'y avais jamais réfléchi, avait poursuivi Leo, mais si je devais être traduit en justice, je préférerais avoir affaire à un juge plutôt qu'à un jury.

J'avais répondu que j'étais d'accord.

— La vache. Je préférerais même un juge *corrompu,* recevant des pots-de-vin de la partie adverse, à cette bande de nazes.

J'avais ri tandis qu'il se moquait des anecdotes sans intérêt relatées par certains jurés. Il avait raison. On enfilait des perles dans cette pièce ; c'était un concours de bêtises permanent sans aucun rapport avec les délibérations.

— Certaines personnes adorent s'écouter parler, avais-je dit. Ça ne semble pas être ton cas, monsieur l'Introspectif.

— Je ne suis pas introspectif, s'était-il défendu sans conviction.

— Bien sûr que si, monsieur Je-Garde-Mes-Écouteurs pour éviter d'adresser la parole aux autres.

— Je suis en train de le faire.

— Il était temps, avais-je répliqué en songeant qu'il était plus facile de se montrer audacieux au téléphone, dans le noir.

Un long silence avait suivi, un silence agréable, qui évoquait l'interdit. Je l'avais rompu en décrétant que si Chester, l'huissier chargé de nous surveiller, nous surprenait au téléphone, nous aurions de sacrés ennuis. En particulier parce que nous parlions du procès.

— C'est certain, avait acquiescé Leo.

Il avait pris son temps pour ajouter :

— Et ce serait encore pire si je te rendais visite, non ?

Bien qu'ayant parfaitement entendu je lui avais fait répéter sa question. Et il s'était exécuté d'une voix lourde de sous-entendus.

Je m'étais assise dans mon lit, et, tout en lissant les draps d'une main tremblante d'anticipation, j'avais demandé :

— Et Chester ?

— Il s'est couché. La voie est libre. J'ai déjà vérifié.

— C'est vrai ? (Je ne voyais rien d'autre à répondre.)

— Oui, c'est vrai… alors ?

— Alors ?

— Alors, est-ce que je peux venir te voir ? Je veux juste… parler. De vive voix. Et en tête à tête.

Je ne croyais pas que c'était réellement tout ce qu'il désirait – une grande part de moi espérait d'ailleurs que ce n'était pas le cas. J'avais réfléchi aux ennuis que nous aurions si nous étions surpris en train de batifoler : nous nous devions de respecter le règlement pour l'accusé, parce que notre imprudence pourrait déboucher sur l'ajournement du procès. J'avais songé que mon tee-shirt de l'équipe de foot de Pittsburgh et ma culotte en coton n'étaient pas des plus sexy et que je n'avais rien de mieux dans ma valise bouclée à la hâte. Je m'étais rappelé le bon vieux principe selon lequel, si j'acceptais (et que *quelque chose* se passait), Leo pourrait perdre tout respect pour moi et que tout serait terminé avant d'avoir vraiment commencé.

J'étais donc décidée à décliner, ou, du moins, à faire diversion, et pourtant j'avais soufflé un *oui* désemparé dans le combiné. C'était la première des nombreuses fois à venir où je ne saurais pas dire non à Leo.

5

Il fait nuit noire quand j'atteins notre immeuble, dans une rue calme et verte de Murray Hill. Andy ne sera pas à la maison avant longtemps, mais, pour une fois, les heures supplémentaires qu'il effectue pour son cabinet d'avocats friqués ne me dérangent pas. J'aurai le temps de prendre une douche, d'allumer quelques bougies, d'ouvrir une bouteille de vin et de dégoter la musique idéale pour chasser de mon esprit les derniers vestiges du passé – quelque chose de gai, qui ne me rappellera pas Leo. *Dancing Queen* serait parfait. Il n'y a absolument rien en ABBA qui évoque Leo. Je veux que cette soirée soit entièrement consacrée à Andy et moi. À *nous*.

Dès que je me suis abritée de la pluie glaciale dans le hall de l'immeuble, je soupire d'aise. Le bâtiment n'a rien de somptueux, et je l'aime ainsi. J'adore son entrée sans prétention avec ses parquets à chevron qui grincent et ses chandeliers en cuivre qui auraient besoin d'être astiqués. J'adore son tapis d'Orient aux couleurs passées qui dégage une odeur subtile de naphtaline. J'adore jusqu'à son ascenseur si petit qu'il vous rendrait claustrophobe et si vieux qu'on croirait toujours qu'il va lâcher. Et par-dessus tout, j'adore que ce soit notre premier chez-nous.

Ce soir, j'opte pour les escaliers. Je gravis les marches deux par deux en imaginant le futur lointain où, Andy et moi, nous reviendrons ici en pèlerinage avec nos enfants. Pour le plaisir de leur faire visiter « le premier endroit où papa et maman ont vécu ». De leur dire : « Oui, avec l'argent de la famille de papa, nous aurions pu nous payer un appartement chic dans un immeuble avec portier de l'Upper East Side, mais il a préféré celui-ci, pour son quartier tranquille et son cachet... Tout comme il m'a préférée aux belles sudistes aux yeux bleus. »

Arrivée au troisième étage, en tournant la clé dans la serrure, je me rends compte qu'Andy m'a devancée. C'est quasiment une première. Décontenancée, je jette un coup d'œil à travers la cuisine américaine et découvre mon mari affalé sur le canapé, la tête posée sur un coussin orange. Il s'est déjà débarrassé de sa veste et de sa cravate, qui gisent par terre, et il a ouvert le col de sa chemise bleue. Je le crois endormi avant de remarquer que l'un de ses pieds nus bouge en rythme sur *As Is* d'Ani DiFranco. C'est un de mes CD – rien à voir avec la musique que prise Andy, qu'il s'agisse des succès du moment ou de son horrible country... Notre chaîne doit être en mode lecture aléatoire. Andy assume parfaitement ses goûts musicaux. Si bien que lorsque j'écoute mes chanteurs préférés, Elliott Smith ou Marianne Faithfull par exemple, il lève généralement les yeux au ciel en lâchant une idiotie du genre : « Excuse-moi, je vais aller sniffer un peu de Destop. » En dépit de nos désaccords, il ne me demande jamais d'éteindre. Andy est tout sauf tyrannique. Un avocat new-yorkais mâtiné de surfeur, facile à vivre et conciliant.

Je l'observe un long moment dans la douce lumière ambrée, et je me sens soulagée. Soulagée d'être rentrée, d'avoir la confirmation que ma vie est *ici*. Je fais quelques pas en direction du canapé, et Andy ouvre les paupières. Il s'étire en souriant.

— Salut, trésor.

— Salut, dis-je en lui rendant son sourire et en posant mon sac sur la vieille table de café que nous avons dénichée aux puces à Chelsea.

Margot et sa mère la détestent presque autant que la multitude de bibelots kitsch qui encombrent le moindre espace libre de notre appartement. Le singe en noix de coco avec ses lunettes en fil de fer perché sur le rebord de la fenêtre. Les perles, souvenir de mardi gras, décorant la tour de notre ordinateur. La collection de figurines faisant office de salières ou de poivrières paradant sur le plan de travail. Je suis plus organisée qu'Andy, mais nous sommes tous deux des collectionneurs dans l'âme – Margot aime d'ailleurs dire pour plaisanter que c'est le seul point noir de notre couple.

Andy soupire tout en basculant ses longues jambes par terre. Puis il jette un coup d'œil à sa montre et lance :

— Tu n'as pas appelé. Pas écrit non plus. Où étais-tu toute la journée ? J'ai essayé ton portable à plusieurs reprises…

C'est un simple constat, pas une accusation, mais je ne peux retenir un frisson de culpabilité.

— Ici et là. J'ai couru un peu partout sous la pluie. J'avais coupé mon téléphone.

La stricte vérité. Je sais bien, pourtant, que je cache quelque chose à mon mari, et j'envisage, un instant, de revenir sur ma décision. De lui raconter ce que j'ai vraiment fait. Il serait sans doute un peu contrarié, voire blessé, que j'aie accepté que Leo me rejoigne au restaurant. Tout comme je le serais si Andy prenait un café avec une ancienne petite amie. Mon aveu risquerait même de provoquer une dispute. La première de notre mariage.

D'un autre côté, ce n'est pas comme si Andy se sentait menacé par Leo ou comme s'il éprouvait de l'hostilité à son égard. Il l'ignore tout bonnement, comme tout le monde, ou presque, ignore l'ex le plus important de sa moitié. Avec un mélange de jalousie et de compétitivité qui disparaît au fil du temps. En réalité, Andy est si peu conflictuel qu'il ne ressentirait sans doute aucun de ces sentiments si je n'avais pas commis l'erreur d'en dire un peu trop à l'occasion d'une de nos conversations nocturnes, au début de notre relation. Pour être précise, j'avais eu le malheur d'utiliser le terme « intense » pour décrire ce que nous avions partagé, Leo et moi. Je ne croyais pas lui faire de révélation, persuadée que Margot lui avait parlé de notre histoire. J'avais tout de suite compris qu'il n'en était rien : Andy avait roulé dans le lit pour se retrouver face à moi, ses yeux bleus brillant d'une lueur que je ne leur connaissais pas.

— Intense ? avait-il demandé, l'air blessé. Tu entends quoi exactement par là ?

— Oh, je ne sais pas…

— Intense *sexuellement* ?

— Non, avais-je répondu avec empressement, pas dans ce sens-là.

— Parce que vous passiez *tout* votre temps ensemble ? Nuit et jour ?

— Non.

J'avais rougi au souvenir de la fois où Margot m'avait accusée de la délaisser au profit de Leo. D'être le genre de fille à faire passer un homme avant une amie. Un homme auquel on ne pouvait pas se fier de surcroît, un homme qui ne m'épouserait jamais, avait-elle ajouté, dégoûtée. À l'époque, je sentais qu'elle avait raison, et pourtant j'étais incapable d'y faire quoi que ce soit. Dès que Leo voulait me voir, je lâchais tout. Et tout le monde.

— Alors quoi ? avait insisté Andy. Tu l'aimais au point que tu aurais tué pour lui ?

Sa voix dégoulinait d'ironie moqueuse, mais cet air blessé ne quittait pas son visage.

— Non plus, avais-je repris en cherchant désespérément le moyen de donner au mot *intense* une signification dépassionnée, neutre (autant insuffler une note de joie à *tristesse* ou d'espoir à *malédiction*).

Je m'étais accordé quelques secondes supplémentaires avant de finir par proposer d'une voix étouffée :

— Je ne voulais pas dire ça… je retire… le terme était mal choisi.

Il était en effet mal choisi. Tout simplement parce que c'était la vérité : aucun autre adjectif n'aurait mieux défini notre histoire. Chacun des instants que nous avions partagés était intense, à commencer par cette première nuit dans ma chambre d'hôtel plongée dans l'obscurité. Assis en tailleur sur le lit, genoux contre genoux, mains dans les mains, nous avions parlé jusqu'au lever du soleil.

— Trop tard, avait conclu Andy avec un sourire narquois et un mouvement de tête. Tu ne peux pas le retirer. C'est dans le procès-verbal, Ellen Dempsey.

Heureusement, Andy n'était pas du genre à s'acharner. Nous n'avions mentionné que très rarement Leo depuis. Mais pendant longtemps, chaque fois que quelqu'un utilisait l'adjectif *intense*, Andy me décochait un regard entendu ou faisait une remarque cinglante sur mon ex « si passionné ».

Je ne me sens pas d'attaque pour encaisser ce genre de commentaire – humoristique ou non. En plus, me raisonné-je en accrochant ma veste à notre portemanteau branlant, je préférerais tout ignorer d'une éventuelle rencontre avec Lucy, le premier grand amour d'Andy, qui enseigne maintenant dans une école privée guindée d'Atlanta. D'après Margot, Lucy est intelligente et bien sous tous rapports, tout en ayant un physique digne de faire d'elle la doublure de Drew Barrymore. Le genre de précision dont je me passerais bien.

Au terme de mes réflexions, je prends ma décision une fois pour toutes : c'est dans l'intérêt de tout le monde de taire ce qui mérite à peine le nom de secret. Je me laisse tomber sur le canapé à côté d'Andy, et je pose une main sur sa cuisse.

— Comment se fait-il que tu sois rentré si tôt ?

— Tu me manquais, répond-il en souriant.

— Sérieusement. Tu n'es jamais là d'aussi bonne heure.

Je me sens partagée. Sa réponse a beau me flatter, j'en viens presque à espérer qu'il y a une autre raison.

— Tu me manquais vraiment, dit-il en riant. Et mon affaire était réglée.

— Génial !

Je sais combien il redoute les longues soirées de travail qui vont généralement de pair avec un procès important. Je les redoute également.

— Ouais, tu parles d'un soulagement. Je vais enfin dormir... Mais avant, j'ai pensé qu'on pourrait sortir dîner. Dans un endroit chouette. Ça te tente ?

Je réponds en jetant un coup d'œil à la fenêtre :

— Un peu plus tard peut-être... Tu as vu ce qui tombe ? J'aimerais bien me poser un peu...

Je lui adresse un sourire charmeur tout en ôtant mes bottines, et je viens m'asseoir sur ses genoux, à califourchon. Je dépose un baiser sur sa joue, puis un autre dans son cou.

Il ferme les yeux et murmure avec amusement :

— Qu'est-ce qui te prend ?

C'est l'une de ses expressions que je trouve si touchantes habituellement. Pourtant, en cet instant, elle éveille un léger sentiment d'inquiétude chez moi. Mes avances justifient-elles cette question ? Avons-nous perdu toute spontanéité en matière de sexualité ? Mon esprit s'empresse de partir à la recherche d'exemples récents croustillants, mais, à mon désappointement, je suis incapable de me souvenir de la dernière fois où nous avons fait l'amour ailleurs que dans un lit, à l'heure de nous endormir. Je me console en songeant que c'est parfaitement normal pour un couple marié – même heureux. Certes, nous ne nous pendons pas aux lustres, et ne nous sautons pas dessus dans n'importe quelle pièce de l'appartement. Enfin, il n'est pas nécessaire de s'étreindre sur le plan de travail de la cuisine ou sur le plancher pour avoir une complicité physique. Après tout, ça a peut-être l'air sexy dans les films, mais, en réalité, c'est inconfortable et surfait.

Enfin, il y a bien eu cette fois avec Leo, dans son bureau...

Je m'efforce de chasser ce souvenir en embrassant derechef Andy, sur la bouche maintenant. Mais, comme toujours lorsqu'on essaie d'oublier quelque chose, la scène m'apparaît avec une acuité singulière. Subitement, je me retrouve à commettre l'impensable : embrasser mon mari en pensant à un autre homme. Leo. Mes baisers se font plus pressants pour effacer son visage et ses lèvres. Ça ne marche pas. C'est toujours Leo que j'embrasse. Je déboutonne la chemise d'Andy, et je glisse mes mains sur sa poitrine et son ventre. Je retire mon pull. Nous nous étreignons, peau contre peau. Je prononce le prénom de mon mari à voix haute. Leo est toujours là. Son corps pressé contre le mien.

— Mmmm, Ellen, ronronne Andy en me caressant le dos.

Les mains brûlantes de Leo descendent le long de ma colonne vertébrale avec frénésie.

Je demande à Andy de me regarder. Il s'exécute. Je plonge mes yeux dans les siens en disant :

— Je t'aime.

— Je t'aime aussi, dit-il d'une voix douce.

L'expression de son visage est sincère, franche. C'est le visage de l'homme que j'aime.

Je referme mes paupières et je me focalise sur l'excitation croissante d'Andy. Nous avons gardé nos pantalons, mais je me presse contre lui, en répétant son prénom. *Andy*. Il n'y a aucun doute sur l'identité de celui avec qui je me trouve. Que j'aime. Ça marche. Andy me conduit à notre chambre, où le radiateur est soit glacial, soit bouillant. À cet instant précis, il règne une chaleur tropicale dans la pièce. Nous écartons la couette en plumes d'oie pour nous glisser entre les draps soyeux. Nous sommes complètement nus. Ce lit est un sanctuaire. Leo est parti. Loin.

Et pourtant, quelques minutes plus tard, alors qu'Andy va et vient en moi, je me retrouve dans l'appartement de Leo, le soir où le verdict était enfin tombé. Innocent. Leo était mal rasé et son regard brillait légèrement suite au pot d'adieu. Il m'avait serrée fort en susurrant à mon oreille :

— Je ne sais pas ce que tu m'as fait, Ellen Dempsey, mais tu ne pourras pas m'échapper.

Ce soir-là, je m'étais entièrement abandonnée à lui, consciente que je lui appartiendrais aussi longtemps qu'il voudrait de moi.

Et, comme la suite me l'avait appris, bien davantage même.

6

Margot appelle le lendemain matin, bien avant le lever du soleil – ou, pour reprendre les mots d'Andy, bien avant l'heure à laquelle les gens sensés se réveillent. Il n'y a que trois choses qui mettent Andy en rogne : les gens qui trichent dans les files d'attente, ceux qui se bouffent le nez sur des questions de politique en public, et sa sœur quand elle téléphone trop tôt.

— Nom de Dieu ! éructe-t-il à la deuxième sonnerie.

Il a la voix éraillée, comme toujours au réveil après quelques bières. C'est ce que nous avons bu, la veille, dans un bistro de la Troisième Avenue, pour accompagner nos hamburgers et les meilleures pommes allumettes du coin. Nous avons passé un bon moment, ri plus que d'habitude, mais, pas davantage que nos ébats, ce dîner n'est parvenu à chasser Leo de mon esprit. Il s'est manifesté toute la soirée : j'entendais les remarques qu'il aurait pu faire sur le grincheux de la table d'à côté et la musique d'ambiance. Je finissais ma troisième bière tout en écoutant Andy me parler de son boulot, quand le fil de mes pensées m'avait ramenée à ce matin où Leo m'avait dit que mon visage était celui qu'il préférait au monde. Il l'avait décrété sur le ton de l'évidence, sans grandiloquence, à l'heure du café. Je n'étais pas maquillée, mes cheveux étaient ramenés en queue de cheval, le soleil, en provenance de la fenêtre du salon, m'éblouissait. Mais je l'avais cru. Je le savais sincère.

— Merci, avais-je répondu en rougissant et en songeant que son visage était aussi mon préféré, et de loin.

Je m'étais demandé si c'était, plus que tout le reste, le signe d'un amour véritable.

Il avait alors ajouté :

— Je ne me lasserai jamais de te regarder… Jamais.

C'est encore ce souvenir, peut-être le plus doux de ceux que je partage avec Leo, qui me revient alors que la sonnerie continue de retentir dans notre chambre. Andy grogne lorsqu'elle cesse. Après quelques secondes de trêve, pourtant, elle reprend.

— Laisse le répondeur se mettre en marche.

En dépit de mes conseils, Andy tend un bras pour attraper le téléphone sur ma table de nuit. Pour s'assurer de l'identité du malotru, il vérifie le numéro – ce qui est superflu. À l'exclusion d'une urgence, il ne peut s'agir que de Margot. C'est d'ailleurs le nom de son mari, Webb Buffington, qui clignote sur le cadran, accompagné du numéro précédé de l'indicatif d'Atlanta, où ils sont, à ma grande déception, retournés vivre l'année dernière. J'avais toujours su que ce déménagement était inévitable, surtout après que Margot eut rencontré Webb, également originaire de Géorgie. Margot avait beau raffoler de New York et de sa carrière, c'était une fille du Sud dans l'âme avec ses rêves de bonne société et de tout ce qui l'accompagne. En prime, Webb en avait, d'après ses propres termes, « fini avec la ville ». Il voulait jouer au golf, il voulait de l'espace pour tous ses gadgets électroniques.

Comme l'illustre son coup de fil matinal, Margot et moi continuons à nous parler quotidiennement.

Mais je regrette nos tête-à-tête. Je regrette nos brunchs du week-end et nos verres après le travail. Je regrette ce que nous partagions à New York, les amis que nous avions en commun. Elle manque à Andy aussi, sauf dans les moments où son sommeil s'en trouve affecté.

Il décroche et aboie dans le combiné :

— Bon sang, Margot, tu sais l'heure qu'il est ?

Je l'entends répondre de sa voix perçante :

— Je sais, je sais, je suis *sincèrement* désolée, Andy. Mais c'est *justifié* cette fois, je te promets. Tu me passes Ellen ? S'il te plaît ?

— Il n'est même pas sept heures. Combien de fois faut-il te demander de ne pas nous réveiller ? Le seul avantage de mon boulot, c'est de commencer tard. Est-ce que tu te conduirais ainsi si Ellen était mariée à quelqu'un d'autre ? Non, alors réfléchis un peu à ça : est-ce que tu ne dois pas davantage de respect à ton frère qu'à n'importe quel type ?

Je souris en songeant que ce type ne serait pas n'importe qui si je l'avais épousé. Puis je repense à Leo avec un tressaillement : il ne sera jamais n'importe qui à mes yeux. Malgré tout, je comprends où Andy veut en venir, et je suis persuadée que Margot aussi. Au lieu de lui laisser le temps de s'excuser, Andy me jette le combiné et enfouit sa tête sous l'oreiller à grand renfort de gestes dramatiques.

— Salut, Margot, dis-je aussi doucement que possible.

Elle s'excuse avant de s'écrier :

— J'ai du *nouveau* !

Ce sont exactement les mots et le ton chantonnant qu'elle avait employés le soir où elle m'avait appelée pour m'annoncer ses fiançailles avec Webb. « Avant même d'avoir pris le temps de lui dire oui », comme ce dernier aime à le raconter. Il exagère, bien sûr, même s'il est vrai qu'elle m'avait téléphoné en premier, avant sa mère, ce qui m'avait touchée à un point que je ne m'expliquais pas. C'était sans doute lié à la disparition de ma propre mère et au sentiment rassurant que les amis pouvaient supplanter la famille, même quand celle-ci était toujours en vie.

— Oh, mon Dieu, Margot !

Je suis totalement réveillée maintenant, et je ne me préoccupe plus du sommeil d'Andy. Ce dernier découvre d'ailleurs sa tête et m'interroge avec une expression presque inquiète :

— Tout va bien ?

J'opine joyeusement pour le rassurer, mais l'inquiétude se lit encore sur son visage lorsqu'il murmure :

— Qu'est-ce qui se passe ?

Je lève un doigt pour le faire patienter. J'ai besoin d'une confirmation, même si je n'ai pas le moindre doute sur la teneur de la nouvelle. Margot réserve ce type d'intonations à deux domaines : le mariage et les bébés. Elle avait eu au moins trois promotions importantes dans sa boîte de textile, et toutes l'avaient laissée de marbre. Ce n'était pas tant par modestie que par indifférence au carriérisme, en dépit de ses compétences professionnelles. Peut-être parce qu'elle savait que cette période de sa vie avait une date d'expiration. Qu'aux alentours de trente ans elle se retirerait de son propre chef pour entrer dans une nouvelle ère, qu'elle se marierait, retournerait à Atlanta et construirait une famille.

— C'est ce que je crois ?

Tout en posant la question, j'imagine déjà Margot dans une robe de maternité de créateur.

— Quoi ? m'interrogent en silence les lèvres d'Andy.

Je le regarde en me demandant de quoi d'autre nous pourrions bien être en train de parler. Je ressens une bouffée d'affection pour sa naïveté masculine. *Enfin, Andy, elle prépare des biscuits ! Enfin, Andy, elle est sur le point d'acheter un demi-queue !*

— Oui ! hurle Margot. Je suis *enceinte* ! Je viens de faire le test !

— Waouh !

Je suis bouleversée, même si j'étais au courant qu'ils essayaient et que Margot obtient presque toujours ce qu'elle veut. En partie parce qu'elle est tenace, mais surtout parce qu'elle est de ces chanceux à qui la vie sourit en permanence. Les petits riens comme les choses importantes. Je la connais depuis quinze ans, et le seul coup du sort que je l'aie vue affronter, c'est la mort de son grand-père, pendant notre dernière année de fac. Et on peut difficilement considérer la disparition d'un de ses grands-parents comme un véritable coup dur. Du moins pas quand on a perdu prématurément sa mère.

Cela dit sans aucune amertume. C'est vrai, ma mère est morte à quarante et un ans, et c'est vrai, je n'avais pas droit à une tenue neuve pour la photo de classe, mais je n'affirmerais pas pour autant que la vie ne m'a fait aucun cadeau. Au contraire même. L'âge adulte m'a réservé de jolies surprises, en tout cas jusqu'à présent. J'ai un boulot, des projets, je ne suis pas encline à la dépression, et je ne suis ni malade ni seule. Et, quand bien même ce serait le cas, je ne suis pas en compétition avec ma meilleure amie. Je n'ai jamais compris ces femmes qui entretiennent des amitiés torturées (il semble y en avoir des tas). Est-ce que j'éprouve parfois de la jalousie envers Margot – en particulier quand je la vois avec sa mère ? Est-ce que j'aimerais avoir son sens de la mode, son assurance, et tous les visas que compte son passeport ? Évidemment. Pour autant, je ne rêve pas de les lui voler, ni de minimiser son bonheur d'une façon ou d'une autre. Surtout que j'appartiens à sa famille maintenant. Nous partageons vraiment tout.

Bien que la bonne nouvelle soit loin d'être inattendue, je m'assieds dans le lit, sonnée tant la joie me submerge. Après tout, il y a une énorme différence entre vouloir un bébé et tomber enceinte. Dans quelques mois, elle sera mère – et moi, tante.

— Félicitations, dis-je en sentant que les larmes ne sont pas loin.

— Elle est *enceinte* ? finit par comprendre Andy, les yeux écarquillés.

J'acquiesce.

— Ouais… Toujours furax, oncle Andy ?

Il sourit et lance :

— Donne-moi le téléphone… Maggie Beth ! Tu aurais pu cracher le morceau !

Je l'entends répondre :

— Tu sais bien que je devais l'annoncer à Ellen en premier.

— Tu la fais passer avant ton propre frère ?

— Elle est la seule à se réjouir de m'entendre à *n'importe* quelle heure.

Andy ignore sa pique et reprend :

— La vache, c'est une super nouvelle. Je suis content qu'on ait prévu de venir le week-end prochain. J'ai hâte de te serrer dans mes bras.

Je reprends le combiné pour lui demander si elle a calculé la date du terme, si elle pense que c'est un garçon ou une fille, si elle a déjà réfléchi à des prénoms, s'il faudra organiser une fête à New York ou à Atlanta.

Elle me répond : le 21 septembre, une fille, pas encore d'idées, la fête sera chouette où qu'elle ait lieu.

— Comment a réagi Webb ? dis-je, me rappelant qu'une autre personne est concernée par l'événement.

— Il est heureux, surpris. Un peu pâlot. (Elle éclate de rire.) Tu veux lui parler ? Il est juste à côté.

— Bien sûr.

Et pourtant, je ne suis pas d'humeur à discuter avec lui. À dire vrai, je ne suis *jamais* d'humeur – alors qu'il a toujours été très gentil avec moi, ce que je suis loin de pouvoir affirmer de certains types que Margot a fréquentés avant lui. Elle a toujours été attirée par les hommes arrogants, et Webb, à sa façon, en a le profil. Primo, il représente avec succès de grands sportifs, ayant lui-même été un joueur de tennis semi-professionnel (il est connu dans le milieu pour avoir, un jour, battu Agassi sur le circuit des juniors). En plus d'avoir le succès et la fortune, il est d'une beauté renversante dans le genre classique, avec des cheveux magnifiques et une denture si parfaitement alignée et si blanche que je repense à cette vieille pub pour Email Diamant chaque fois qu'il éclate de rire. Il possède une voix posée et une véritable présence – c'est le genre de mec capable de faire un discours brillant pour enthousiasmer ces dames et de le ponctuer d'une blague au goût douteux pour provoquer l'hilarité de ces messieurs. Webb aurait toutes les raisons d'être suffisant, et il est humble, d'humeur égale et attentionné.

Pourtant, pour une raison qui m'échappe, je ne me sens pas à l'aise en sa présence – peut-être parce que nous n'avons presque rien en commun hormis Margot. Heureusement, je ne m'en suis jamais ouverte à elle quand ils ont commencé à sortir ensemble – mon instinct m'avait sans doute dicté qu'il serait « le Bon ». C'était la première fois que Margot s'avouait amoureuse sans émettre la moindre réserve, la première fois qu'elle appréciait quelqu'un autant. Je n'ai jamais abordé le sujet avec Andy non plus, que ce soit parce qu'il est un grand fan de Webb ou parce que je suis incapable d'expliquer ce qui me déplaît en lui.

Mais j'en avais parlé à ma sœur, juste avant le mariage de Margot. J'étais retournée à Pittsburgh pour un week-end à l'improviste. Nous déjeunions dans le drive-in où nous adorions aller, au lycée, et où nous nous rendons chaque fois que je suis dans ma ville natale. Chaque table avait son histoire, et nous avions choisi celle qui se trouvait le plus près de la porte, qui évoquait plusieurs souvenirs : celui du cavalier de ma sœur au bal de promo (qui purgeait à l'heure actuelle une peine de prison), celui du saignement de nez subit de mon père un soir (que nous avions d'abord pris pour du ketchup), et celui de la fois où j'avais ingurgité cinq hot-dogs d'affilée pour remporter un pari. Nous étions en train de recouvrir nos hamburgers d'une armada de condiments, et Suzanne m'interrogeait sur le mariage de Margot avec ce léger mépris qui accompagnait chacun de ses propos sur les Graham – ce qui, d'après moi, était à la fois gratuit et un tantinet méchant. Malgré son ton, je percevais parfaitement que Suzanne était fascinée par Margot de la même façon que nous l'étions par Luke et Laura d'*Alliances et trahisons*, ou Bo et Hope de *Des jours et des vies*.

— C'est débile, répétait Suzanne devant nos feuilletons préférés.

Elle avait beau lever les yeux au ciel parce que ces histoires d'amour n'étaient pas crédibles, elle était incapable de décoller le nez de l'écran et en réclamait toujours plus.

Avec la même fascination puérile, Suzanne avait voulu connaître tous les détails des futures noces de Margot pour en relever les moindres faiblesses.

— Ils ne sont pas ensemble depuis longtemps, si ? avait-elle demandé, les sourcils dressés. Et si elle était enceinte ?

J'avais ri en secouant la tête.

— Alors, pourquoi cette précipitation ?

— Ils s'aiment, avais-je répondu.

Depuis le début, leur histoire ressemblait à un roman – leurs fiançailles avaient précédé les nôtres, alors qu'Andy et moi sortions ensemble depuis plus longtemps.

— La bague est grosse ? avait-elle demandé d'un air soupçonneux.

— Énorme. Le diamant est limpide, sans le moindre défaut.

Suzanne avait digéré cette information avant de reprendre :

— D'où vient ce prénom, *Webb* ?

— C'est un nom de famille. Le diminutif de Webster.

— Comme l'émission de télé, avait-elle dit en riant.

— Ouais.

— Tu l'aimes bien ?

Vu son état d'esprit, un oui franc et massif aurait été le bienvenu, mais je n'ai jamais été capable de mentir à Suzanne. Je lui avais donc dit la vérité : il semblait parfait, pourtant l'annonce de ce mariage ne me réjouissait pas plus que ça. Je me sentais égoïste et déloyale de parler ainsi. La réplique de Suzanne n'avait fait que renforcer ce sentiment :

— Pourquoi ? Tu te sens délaissée par elle ?

— Non. Pas du tout. Elle n'est pas comme ça.

C'était la vérité.

— Alors quoi ?... Il t'intimide ?

— Non, avais-je répondu brièvement, sur la défensive.

J'adorais ma sœur, mais depuis que j'avais quitté Pittsburgh pour New York nos relations avaient tendance à être une succession d'attaques déguisées. Un peu comme si elle m'en voulait d'avoir quitté notre ville natale pour toujours. Ou pire, comme si elle pensait que j'en retirais un sentiment de supériorité – ce qui était totalement faux. Pour l'essentiel, je restais celle que j'avais toujours été. Simplement, j'avais découvert beaucoup de choses différentes. Je possédais le vernis de sophistication et d'expérience qu'apporte une vie dans une grande ville et que, pour être honnête, la fréquentation des Graham accentue.

— Qu'est-ce qui m'intimiderait ? avais-je repris.

— Je ne sais pas. Son physique ? Son argent ? Son côté frimeur ?

— Ce n'est pas vraiment un frimeur, avais-je rétorqué en essayant de me souvenir exactement de ce que j'avais pu raconter à Suzanne au sujet de Webb.

Elle possédait une mémoire infaillible, et s'en servait bien souvent à mes dépens.

— Il est très terre à terre, avais-je repris.

— Un multimillionnaire terre à terre ?

— Oui, exactement.

J'avais depuis longtemps appris qu'on ne pouvait pas ranger tous les riches dans la même case. Ils étaient aussi différents les uns des autres que les gens défavorisés. Certains étaient de gros travailleurs, d'autres des paresseux. Certains s'étaient faits tout seuls, quand d'autres naissaient avec une cuillère en argent dans la bouche. Certains étaient modestes et discrets, d'autres d'incorrigibles vantards. Mais le jugement de Suzanne n'avait pas évolué depuis l'époque où nous regardions *Dallas*, *Dynasty* et *La croisière s'amuse* (nous avions grandi devant le poste, contrairement à Andy et Margot, qui n'avaient droit qu'à une demi-heure par jour). Pour Suzanne, les « nantis » (elle utilisait toujours ce terme avec une pointe de dérision) étaient tous les mêmes : des idiots et des égoïstes, qui portaient en leur sein « la menace rampante du républicanisme ».

— Très bien, avait-elle conclu. Alors tu es peut-être simplement intimidée parce qu'il appartient au monde de Margot… alors que toi, non.

J'avais trouvé son jugement odieux et réducteur, et je le lui avais dit. J'avais ajouté que j'avais dépassé ce sentiment d'insécurité depuis la fac (quand j'avais cru, à tort, que l'entrée de Margot dans une sororité, au beau milieu d'un troupeau de blondes roulant en BMW, distendrait nos liens). De plus, j'appartenais au monde de Margot. C'était ma meilleure amie et ma colocataire. Et j'allais vraisemblablement épouser son frère. Et toc !

— Entendu, désolée, avait lâché Suzanne sans en penser un mot.

Elle avait haussé les épaules en mordant dans son hamburger. Elle avait pris son temps pour avaler sa bouchée, puis elle avait aspiré une longue gorgée de Coca avec sa paille avant de lancer :

— Ce n'était qu'une hypothèse. Je te demande pardon.

J'étais incapable de lui en vouloir plus longtemps, mais je n'avais pas oublié cette conversation. Au point que, lorsque Andy et moi étions sortis dîner avec Webb et Margot, j'avais craint que ma sœur n'ait vu juste. Je détonnais peut-être. Margot reviendrait à la raison, et Webb me l'enlèverait pour de bon. Ce n'était peut-être qu'un élitiste snobinard qui cachait bien son jeu.

Pourtant, au fil de la soirée, l'ayant observé avec beaucoup d'attention, j'en avais conclu que Suzanne était complètement à côté de la plaque. Il n'y avait rien de détestable en Webb. C'était sans conteste un chic type. Simplement, le courant ne passait pas entre nous. Avec lui, je ressentais le même sentiment que lorsque je restais dormir chez une amie, enfant, et que je découvrais une odeur bizarre dans le sous-sol ou une marque nouvelle de céréales dans la cuisine. Il ne m'intimidait pas, il ne me gênait pas, il ne menaçait pas notre amitié avec Margot. Mais il me rendait légèrement… *nostalgique*. Nostalgique de quoi, je n'aurais su le dire.

En dépit de tout ça, je m'efforçais de tisser des liens plus profonds avec Webb. Ou, en tout cas, de réussir à rester seule dans une pièce avec lui sans espérer l'arrivée d'une tierce personne.

Si bien que, lorsque Margot me passe Webb et que je l'entends lancer un tonitruant « Salut, toi ! », je m'efforce d'être à la hauteur de son enthousiasme et je réponds :

— Félicitations ! Je suis si heureuse pour vous !

— Nous aussi... depuis environ quarante-cinq secondes ! Elle ne perd pas de temps, hein ?

Je ris sans savoir s'il est embêté ou amusé par notre liaison téléphonique permanente et l'engagement que nous avons pris de nous rendre visite au moins une fois tous les deux mois.

— J'ai hâte de vous voir le week-end prochain. On fera la fête.

— Ouais, on va s'amuser, rétorque-t-il. Surtout qu'à nous trois on devra boire pour quatre.

En me forçant à glousser, je réponds que oui, c'est ce que nous ferons. Puis Webb passe le téléphone à Margot, et elle me dit qu'elle m'aime. Je réplique que moi aussi. Andy me demande d'ajouter que lui également. Et je conclus en disant que nous aimons le bébé à venir. Puis je raccroche et m'allonge à côté d'Andy. Nous nous faisons face, nos pieds se touchent. Sa main est posée sur ma hanche, sous mon tee-shirt XXL. Nous nous sourions en silence, le temps de digérer la grande nouvelle. Une nouvelle bien plus importante que, par exemple, une rencontre impromptue avec un ex.

Alors, pour la première fois depuis que j'ai quitté ce carrefour, j'ai la sensation d'avoir un avenir. Sensation que ne m'avaient pas procurée nos ébats. Ni la délicieuse soirée au restaurant. Ni les bras de mon adorable mari, dans lesquels j'ai passé la nuit, me réveillant régulièrement pour écouter son souffle rassurant. Leo n'a aucune part dans cet instant. Il n'a rien à voir avec la famille d'Andy. *Notre* famille.

— Tu en veux un, aussi ? demande-t-il en me caressant le creux des reins.

— Un quoi ? dis-je, même si j'ai parfaitement compris.

— Un bébé. Je sais bien qu'avec Margot vous aimez faire les choses en même temps.

Je suis incapable de saisir s'il s'agit d'une blague, d'une proposition ou d'une réflexion générale. Je me contente donc de murmurer :

— Un jour.

Le mouvement de sa main ralentit jusqu'à s'immobiliser. Puis il ferme les yeux pour quelques minutes supplémentaires de sommeil et, tandis que ses paupières papillonnent, je songe : n'importe quel jour avec toi.

7

Au cours des jours suivants, Leo occupe de moins en moins mes pensées, ce que j'attribue à ma vie comblée, à la nouvelle excitante de cette naissance et, par-dessus tout peut-être, à mon boulot. L'effet sur le moral d'une semaine de travail efficace et satisfaisant est incroyable. J'ai vraiment beaucoup de chance (comme dirait Margot, je suis « bénie ») d'avoir le genre d'occupation professionnelle dans lequel on s'oublie volontiers. J'ai lu quelque part que, lorsqu'on ne voit pas les heures filer en travaillant, c'est qu'on a trouvé sa vocation, et même si ce n'est pas mon cas tous les jours, il m'arrive parfois de connaître cette sensation.

Je possède désormais ma propre boîte de photo, où je bosse seule, à mon compte. J'ai pris un agent pour gérer les contrats – qui vont de la prise de vue publicitaire grassement payée (je touche parfois plusieurs milliers de dollars en deux jours) à des reportages moins lucratifs, mais plus intéressants sur le plan créatif.

J'affectionne particulièrement les portraits – sans doute parce que je ne suis pas très extravertie. Je ne parle pas facilement aux étrangers, alors que j'aimerais en être capable, et la photographie me donne un prétexte pour briser la glace. J'aime apprendre à connaître mon modèle autour d'un déjeuner ou d'un café avant d'en venir aux choses sérieuses. Je procède par tâtonnements, j'essaie plusieurs angles, plusieurs éclairages. Il n'y a rien de plus satisfaisant que de capturer l'image parfaite. C'est l'interprétation d'une âme. J'apprécie aussi la variété de ce type de travail. Une séance avec un chef d'entreprise pour *Business Week* est très différente, mettons, d'un reportage pour la section Style du *New York Times* ou d'une double page sur papier glacé pour *Town & Country*. Les personnes que je photographie sont aussi variées que les publications. Rien qu'au cours des dernières semaines, j'ai shooté un auteur de best-sellers, le casting d'un film d'art et d'essai, une star du basket-ball avec son célèbre entraîneur, et un chef pâtissier qui a le vent en poupe.

En résumé, j'ai fait beaucoup, beaucoup de chemin depuis l'époque où je développais des pellicules sur la Seconde Avenue, et le seul regret que m'inspire la rencontre avec Leo – autre que celui qu'elle ait eu lieu – est de ne pas avoir eu l'opportunité de lui parler de ma carrière. Bien sûr, je préfère avoir évoqué Andy. Dans l'idéal, pourtant, j'aurais aimé discuter des deux. Mais peut-être en sait-il beaucoup plus qu'il ne le laisse entendre. Peut-être ne m'a-t-il pas interrogée sur ma vie professionnelle parce qu'il est déjà tombé sur mon site Internet ou mon nom dans un magazine. Après tout, moi, j'ai bien cherché sa signature et feuilleté ses articles avec un mélange étrange de détachement et d'avidité, de fierté et de mépris. C'est une question de curiosité – et tous ceux qui prétendent être parfaitement indifférents au devenir de leurs ex sont, d'après moi, des menteurs ou des êtres dénués d'une certaine forme de sensibilité. Je ne dis pas qu'il est sain de vivre dans le passé, de suivre à la trace chacun de ses ex. Mais c'est dans la nature humaine de s'intéresser, de temps à autre, à la personne que l'on a aimée.

En imaginant Leo tombant sur mon site Internet ou mon travail, j'espère qu'il en a déduit que notre rupture a été un déclencheur, qu'elle m'a servi de tremplin vers de meilleures choses. Pour autant, je ne crois pas qu'on puisse reprocher entièrement à quelqu'un son propre manque d'ambition – ce qui était, sans aucun doute, un de mes travers à l'époque.

Aujourd'hui, j'ai honte quand je repense à l'autosatisfaction avec laquelle je laissais ma carrière végéter. Mon goût pour la photographie ne s'est jamais démenti, mais je l'entretenais avec beaucoup moins d'entrain – pour la simple raison que tout dans ma vie était devenu secondaire en comparaison de mon histoire avec Leo. Toutes mes pensées, tous mes gestes étaient dirigés vers lui. Il me remplissait si parfaitement que je n'avais plus d'énergie pour prendre des photos. Plus ni temps ni motivation pour ne serait-ce qu'envisager le prochain échelon à gravir. Chaque jour je montais dans le bus pour le laboratoire photo, et, alors que j'avais depuis longtemps intégré tout ce que Quynh avait à m'apprendre, je me répétais : « Je n'ai pas besoin de chercher un autre boulot. L'argent n'a aucune importance. Je suis heureuse comme ça. »

À la fin de la journée de travail, je filais directement au nouvel appartement de Leo, dans le Queens, me rendant toujours disponible pour lui (je ne retournais chez moi que lorsqu'il avait d'autres projets ou que j'avais besoin de vêtements propres). Nous passions rarement la soirée séparément ; dans ce cas-là, je sortais parfois avec Margot et son groupe d'amis, mais, la plupart du temps, je préférais rester chez lui. Je rêvassais et je préparais notre prochaine escapade ou des compilations de chansons qui me semblaient suffisamment magnifiques, intelligentes et bouleversantes pour mon amant magnifique, intelligent et bouleversant. Je voulais lui plaire et l'impressionner, je voulais m'assurer qu'il avait besoin de moi et qu'il m'aimait autant que j'avais besoin de lui et que je l'aimais.

Au départ, ça avait fonctionné. Leo était aussi mordu que moi, sans ce côté niais des filles. Il n'avait jamais mis son travail de côté, lui, mais il avait quelques années de plus et était mieux installé dans sa carrière, ce qui était synonyme de commandes importantes et de délais serrés. Il m'incluait dans sa vie professionnelle, me permettant d'assister aux interviews ou de l'accompagner à son bureau le week-end : je classais ses dossiers ou alors je me contentais de le regarder taper ses papiers (quand je ne me laissais pas attirer sur sa table de travail). Il était aussi désireux que moi de tenir amis et famille à l'écart, préférant le temps passé à deux.

Des mois durant, les choses s'étaient déroulées ainsi, période bénie, magique. Nous ne nous lassions jamais de parler. Nos au revoir, que ce soit au téléphone ou en vrai, duraient des éternités, comme si chaque conversation était la dernière. Nous sacrifiions le sommeil aux discussions, enchaînant sans fin les questions sur le passé. Aucun souvenir d'enfance n'était dérisoire – indice, s'il en est, que nous étions amoureux (ou du moins obsédés). Leo avait même récupéré une photo de moi, à six ans, sur laquelle je n'avais pas mes dents de devant, en disant qu'il n'avait jamais rien vu d'aussi « mignon » ; il l'avait affichée sur le tableau en liège dans sa cuisine.

Je m'étais exposée entièrement, ne conservant aucun secret, aucun mécanisme de défense. Je lui avais livré toutes mes faiblesses, du complexe insignifiant mais humiliant (comme le fait que j'avais toujours détesté mes genoux) aux sujets plus graves (comme la sensation de ne pas être, parfois, à la hauteur de Margot et de nos autres amis new-yorkais, qui avaient beaucoup voyagé et avaient beaucoup d'argent). Surtout, je lui avais parlé de ma mère, allant jusqu'à lui relater des détails de son agonie que je n'avais jamais évoqués devant personne. Sa maigreur qui réveillait des images de l'Holocauste. La nuit où j'avais vu mon père nettoyer sa gorge à main nue pour l'empêcher de s'étouffer – cette vision continue de me hanter. La prière que j'avais fini par adresser au ciel pour que la délivrance arrive – pas seulement que ses souffrances soient abrégées mais aussi que les aides-soignants et les odeurs de maladie quittent la maison, que mon père cesse de s'inquiéter (il dissimulait le carnet dans lequel il notait les préparatifs de l'enterrement dès que je pénétrais dans une pièce). Et la culpabilité terrible qui m'avait assaillie quand c'était arrivé, le sentiment d'avoir précipité sa mort. J'avais dit à Leo que j'avais parfois honte d'être orpheline de mère, comme si, quoi que je fasse, je serais toujours marquée au fer rouge, cataloguée et réduite à ce seul aspect.

Chaque fois, Leo avait su m'écouter et me consoler en me répétant que même si je l'avais perdue jeune, elle avait contribué à façonner la personne que j'étais devenue. Que mes souvenirs ne s'estomperaient jamais et que les bons moments prendraient progressivement le pas sur la violence des images de la fin. Que mes récits étaient si vivants qu'il avait le sentiment de la connaître.

Les confessions n'étaient pas à sens unique. Leo partageait ses propres secrets : il évoquait essentiellement les dysfonctionnements du couple formé par ses parents, une femme au foyer dépourvue d'estime de soi et un homme méchant et tyrannique, dont il n'avait jamais obtenu l'approbation. Il m'avait avoué qu'il aurait aimé pouvoir se payer une meilleure université pour avoir un diplôme digne de ce nom, et que, lui aussi, il se sentait parfois intimidé par les gosses de riches qui s'étaient formés dans des écoles de journalisme réputées. J'avais du mal à croire que quelqu'un d'aussi incroyable que Leo puisse se sentir en danger, mais sa vulnérabilité ne faisait qu'accroître mon amour.

Par-dessus tout – sans doute le plus important –, il y avait notre alchimie. Notre entente physique. Le sexe était époustouflant, à un point qui frisait le ridicule. C'était à la fois une question de poésie et de pornographie – ça ne ressemblait à rien de ce que j'avais pu connaître. Pour la première fois, je n'étais plus dans le contrôle ou l'inhibition. Il ne me semblait plus y avoir aucune limite. Rien que je n'aurais fait pour lui, avec lui. Nous répétions qu'il était impossible que ça s'améliore. Et pourtant, c'était encore plus incroyable chaque fois.

En bref, nous étions parfaitement en phase et totalement insatiables. Fous de désir et d'amour. Ça semblait trop beau pour être vrai. Et je n'aurais pas dû être surprise de découvrir que *c'était* trop beau pour être vrai.

Je ne saurais dater le changement avec précision, mais il était survenu alors que nous sortions ensemble depuis environ un an. Aucun drame ne s'était produit – ni rupture à cause d'une dissension essentielle sur la vie, ni grosse dispute à coups de paroles irrémédiablement blessantes. Ni tromperie, ni mensonge, ni déménagement à l'autre bout du pays, ni ultimatum. Non, je ne saurais identifier précisément ce changement, qui s'apparentait à un subtil transfert de pouvoir. Si subtil d'ailleurs que, un temps, j'ai cru que c'était simplement un effet de ma paranoïa, que j'étais devenue le genre de fille en manque d'affection que je m'étais toujours enorgueillie de ne *pas* être. J'avais pourtant fini par comprendre que je ne me faisais pas d'idées. Leo m'aimait toujours, il me le répétait, et il n'aurait *jamais* prononcé pareils mots s'il ne les avait pas pensés. Pourtant, nos sentiments étaient soudain devenus déséquilibrés. Légèrement peut-être, mais c'est tout le problème avec l'amour : les différences même ténues sautent aux yeux. Des petits riens, comme attendre plusieurs heures, voire une journée entière, pour me rappeler. Il revoyait régulièrement ses copains et avait rejoint une équipe de hockey qui disputait des matchs le samedi soir. Nous avions pris l'habitude de regarder la télévision le soir au lieu de parler, et il était parfois trop fatigué pour me faire l'amour (alors qu'au début de notre relation il me réveillait régulièrement au milieu de la nuit avec ses caresses). Et nos ébats, lorsqu'ils avaient lieu, étaient bien trop souvent suivis d'une sensation de distance ; il s'éloignait dans le lit ou s'abandonnait, le regard perdu dans le vide, à ses propres pensées, me quittant pour un endroit inconnu.

— À quoi est-ce que tu songes ? avais-je pris l'habitude de demander.

Une question que nous posions *ad nauseam* autrefois et à laquelle l'autre répondait avec force détails. Une question qui semblait désormais l'agacer.

— À rien, lâchait-il.

— À rien ? reprenais-je en me disant qu'une telle chose était impossible.

On songe toujours à *quelque chose*.

— Oui, Ellen. *Rien*.

Je remarquais qu'il n'employait plus le surnom affectueux qu'il m'avait donné, Ellie.

— Parfois, Ellen, je ne pense à *rien*.

— Très bien, répliquais-je.

J'étais décidée à préserver son espace de liberté, à jouer le détachement, même si j'analysais sans relâche chacun de ses gestes et me lançais dans des spéculations sans fin sur ce qui clochait. Est-ce que je lui tapais sur le système ? Étais-je trop éloignée de son idéal ? Avait-il toujours des sentiments pour son ex, une artiste israélienne de six ans son aînée (ce qui lui donnait une *douzaine* d'années d'avance sur moi en termes d'expérience) ? Étais-je aussi douée qu'elle au lit ? M'aimait-il autant qu'il l'avait aimée ? Plus important : m'aimait-il autant qu'il m'avait aimée ?

Au début, je gardais ces questions pour moi. Progressivement, pourtant, elles s'étaient mises à surgir, au beau milieu d'une dispute enflammée ou entre deux sanglots de frustration. Je réclamais des preuves, esquivais les interrogations, le mettais au pied du mur et provoquais des engueulades pour un oui ou pour un non. Une nuit, alors que j'étais seule chez lui, j'étais allée jusqu'à fouiller ses tiroirs et lire quelques pages de son journal – le saint des saints, recelant cartes de visite, extraits de presse, photos et divagations. Il l'emportait partout et je ressentais une bouffée d'amour pour lui chaque fois qu'il l'ouvrait. Ce fut une énorme erreur – pas tant à cause de ce que j'y avais découvert, ou pas, qu'à cause de l'affreuse sensation de vide et de salissure que j'en avais gardée. J'étais devenue ce *genre* de fille ; nous étions devenus ce *genre* de couple. J'avais essayé de chasser ce souvenir de ma mémoire et d'aller de l'avant, mais je ne pouvais oublier ce que j'avais fait – ce qu'il m'avait *acculée* à faire.

Quelques jours plus tard, j'avais fini par me confesser en m'effondrant. Une dispute explosive s'en était suivie, au cours de laquelle je l'avais forcé à admettre qu'il était incapable de s'engager pour de bon. Avec moi. Avec personne.

— Pourquoi ? avais-je lancé, alors que la dévastation et la frustration m'emplissaient.

— Le mariage, ce n'est pas pour moi, avait-il répondu en haussant les épaules avec nonchalance.

— Pourquoi ? avais-je répété, le poussant dans ses retranchements, encore et encore.

En soupirant, il m'avait expliqué que le mariage se résumait à un contrat entre deux personnes et qu'on n'en signait que quand la confiance n'était pas totale.

— Ce qui est apparemment ton cas, avait-il ajouté, rejetant toute la faute sur moi.

Je m'étais excusée en affirmant que j'avais bien entendu toute confiance en lui, que je ne savais pas ce qui m'avait pris et que je me fichais du mariage. Je voulais être avec lui, pour toujours.

Son regard s'était durci quand il m'avait rétorqué :

— J'ai vingt-neuf ans, je refuse d'entendre parler de « toujours ».

J'avais battu en retraite.

— Entendu. Je suis désolée.

Il avait acquiescé.

— Très bien. Laissons tomber, d'accord ?

J'avais hoché la tête à mon tour et avais prétendu être calmée. Quelques minutes plus tard, alors que nous faisions l'amour, je me convainquais que tout irait bien. Nous traversions une passe difficile, je devais me montrer patiente, attendre que la crise soit terminée, accepter ses bons et ses mauvais côtés. Je m'étais seriné que l'amour est parfois une guerre d'usure, et que, par la simple force de ma volonté, je pouvais résoudre nos problèmes, aimer pour deux.

Pourtant, deux ou trois jours après, nous avions eu notre dernière dispute, la veille du 1er janvier 2001.

— Le réveillon du nouvel an c'est un truc de ploucs, me répétait-il depuis des semaines, chaque fois que je le suppliais de m'accompagner à la soirée à laquelle j'avais promis à Margot d'aller. Tu sais que j'ai horreur de ça. Cet engouement pour le nouveau millénaire est insupportable. C'est un début d'année comme un autre.

— Viens, s'il te plaît. C'est important pour Margot.

— Je ne l'empêche pas de s'amuser.

— C'est important pour *moi*.

— Oui, et c'est important pour *moi* de rester à la maison.

J'avais tenté de négocier, supplié.

— Juste un peu. Une heure ou deux. Ensuite on rentre.

— On verra, avait-il fini par concéder (même si cette réponse signifiait presque toujours non).

Cette nuit-là, je m'étais raccrochée à l'espérance qu'il viendrait pour me faire la surprise. J'avais imaginé la pièce enfumée, plongée dans la pénombre. Ses yeux trouvant les miens, la foule s'écartant à son passage, notre baiser, à minuit pile. Exactement comme dans *Quand Harry rencontre Sally*. J'avais passé toute la soirée le regard rivé sur la pendule et sur la porte, et, en dépit d'un sentiment de nausée tenace, j'avais gardé espoir. Jusqu'à ce que les aiguilles indiquent vingt-trois heures cinquante-neuf et que je me retrouve seule dans un coin à écouter le remix techno de *1999*, de Prince, puis, l'estomac retourné, le compte à rebours final. Margot, ivre et joyeuse, m'avait retrouvée quelques minutes plus tard. Elle m'avait serrée fort dans ses bras et s'était répandue en déclarations d'amour et en projets d'avenir pour nous. Puis elle était partie retrouver son copain du moment, et j'étais rentrée seule. J'avais posé le téléphone sur l'oreiller avant de me coucher, et j'avais attendu, prié même.

Mais Leo n'avait jamais appelé. Ni cette nuit-là ni le lendemain matin. Vers midi, n'y tenant plus, j'avais pris le métro jusqu'à son appartement. Il lisait le journal en écoutant MTV.

— Tu n'es pas venu, l'avais-je informé.

Comme s'il l'ignorait…

— Désolé, avait-il répondu sans conviction. J'en avais l'intention. Je me suis endormi à dix heures et demie.

— Je me suis retrouvée toute seule à minuit, m'étais-je apitoyée.

— Moi aussi, avait-il rétorqué joyeusement.

— Ce n'est pas drôle.

J'étais plus en colère que blessée.

— Écoute, je ne t'ai jamais promis de venir.

Sentant qu'il perdait patience, j'avais battu en retraite. J'avais posé ma tête sur son épaule et nous avions regardé un match de foot à la télé. Nous avions ensuite préparé une omelette à la grecque – la spécialité de Leo –, puis fait l'amour sur le canapé. Mais quand, dans l'après-midi, il s'était levé brusquement en m'expliquant qu'il devait travailler sur un papier, la fureur m'avait de nouveau saisie.

— C'est le premier jour de l'année, avais-je pleurniché.

Le son de ma propre voix m'était insupportable.

— Ça ne m'empêche pas d'avoir du travail, avait-il répondu d'un ton égal.

L'amertume et la tristesse me donnaient le tournis, et j'avais ouvert la bouche pour prononcer ces paroles irrévocables :

— Ça ne marche pas. On devrait se séparer.

J'étais sincèrement persuadée de tâter simplement le terrain, de repousser les limites, d'essayer une nouvelle tactique pour le forcer à plier. Je m'attendais à une résistance, une dispute, au moins une discussion animée. Mais Leo avait immédiatement convenu que j'avais raison. Il l'avait dit avec tendresse, presque avec amour, ce qui m'avait rendue plus malheureuse que s'il avait été hors de lui. Il m'avait prise dans ses bras. Son soulagement était quasiment palpable. Je n'avais pas d'autre choix que de poursuivre sur cette lancée. Après tout, j'étais la première à l'avoir suggéré.

— Au revoir, Leo, avais-je dit en dissimulant ma vulnérabilité.

— Salut, Ellen, avait-il répondu, en feignant la tristesse.

J'avais hésité brièvement, mais il était impossible de revenir sur ce qui venait d'arriver. J'étais partie en état de choc, et j'avais pris un taxi. De retour à l'appartement, j'avais trouvé Margot dans le salon, plongée dans la lecture d'un magazine.

— Ça va ?

J'avais répondu que je ne savais pas.

— Qu'est-ce qui s'est passé ?

— On a rompu.

J'aurais pu m'étendre, lui raconter notre séparation par le menu, mais je m'étais enfermée dans ma coquille. J'étais sur la défensive.

— Je suis désolée, Ellen. Tu veux en parler ?

J'avais secoué la tête et répliqué :

— Je ne sais pas... c'est vraiment... compliqué.

Ça me semblait compliqué, comme toujours quand on vit une rupture de l'intérieur ; de l'extérieur, c'est généralement plutôt simple. Une personne cesse d'aimer l'autre – ou se rend compte qu'elle ne l'a jamais réellement aimée –, elle regrette les mots d'amour, les promesses du cœur qu'elle lui a faites. Avec le recul, je devine que c'est vraisemblablement ce qui s'est passé pour Leo et moi. L'explication la plus simple est souvent la bonne, me répétait ma mère. À l'époque, pourtant, ça me paraissait inconcevable.

J'avais donc espéré, comme la plupart des filles dans ma situation, qu'il change d'avis, qu'il recouvre la raison, qu'il réalise ce que je représentais pour lui, qu'il découvre que je ne pouvais pas être remplacée. J'y pensais en permanence, rebattais les oreilles à Margot et à ma sœur : « Personne ne l'aimera jamais comme je l'ai aimé. » Je sais maintenant que c'est loin d'être le meilleur moyen de récupérer un homme. Ou quiconque d'ailleurs.

Pire, je n'arrivais pas à me sortir de la tête cette horrible parole de sagesse populaire : « Quand on aime un être, on lui rend sa liberté. » Je revoyais le poster que ma sœur avait accroché dans sa chambre, au lycée, après un chagrin d'amour particulièrement éprouvant. Le dicton, en lettres violettes, était illustré par l'envol d'un aigle au-dessus d'une montagne. Je me souvenais des pensées qu'il m'inspirait : aucun aigle au monde ne retournerait de son propre chef en captivité. « Et de toute façon, Suzanne, il ne t'a jamais appartenu. » Voilà ce que j'aurais voulu lui dire.

Mais maintenant, c'était de Leo qu'il s'agissait. Et j'étais convaincue qu'il serait l'exception à la règle. Le seul aigle à revenir.

J'avais donc attendu avec stoïcisme, me raccrochant désespérément à l'idée que notre séparation n'était qu'une épreuve à surmonter. Aussi incroyable que cela puisse paraître, mes sentiments s'étaient encore intensifiés après notre rupture. Si j'étais obsédée par lui du temps de notre histoire, je m'abîmais carrément dans son souvenir depuis que c'était fini. Il occupait chaque minute de chaque journée. Je me transformais en caricature de femme abandonnée. Je me mettais à la torture en réécoutant les vieux messages qu'il avait laissés sur mon répondeur et des chansons tristes de Sinead O'Connor, comme *The Last Day of Our Acquaintance*. Je me vautrais sur mon lit, j'éclatais en sanglots sans raison aux moments les moins appropriés. Je lui écrivais de longues lettres que je reprenais indéfiniment, sachant pertinemment que je ne les posterais pas. Je me négligeais, j'hésitais entre ne rien avaler et engloutir des pots de crème glacée ou des paquets de chips et de biscuits – peut-on imaginer pire caricature ?

Le sommeil ne me permettait même pas de l'oublier. Pour la première fois de ma vie, je me souvenais des détails insignifiants de mes rêves, dans lesquels il apparaissait toujours. Ils étaient parfois déplaisants – collisions évitées de justesse, difficulté à communiquer, disparition –, parfois fabuleux – discussions des heures durant dans des cafés enfumés, ébats moites et effrénés dans son lit. D'une certaine façon, ces derniers étaient plus douloureux que les précédents. Ils me réveillaient et, l'espace de quelques secondes, je conservais l'illusion que nous étions encore ensemble. Que la rupture était un cauchemar et qu'il me suffirait d'ouvrir les yeux pour le découvrir à mon côté. Mais la dure réalité finissait par s'imposer. Leo vivait une nouvelle vie sans moi, et j'étais seule.

Après des semaines, des mois presque, de ce mélodrame, Margot avait pris les choses en main. C'était un dimanche, en début de soirée, et elle venait, pour la sixième fois du week-end, d'essayer de me convaincre de sortir avec elle. Elle avait émergé de sa chambre, radieuse dans son pull indigo, son jean taille basse et ses bottines noires pointues. Elle avait bouclé ses cheveux habituellement raides comme des baguettes de tambour et appliqué un voile de poudre parfumée et scintillante sur son décolleté.

— Tu es magnifique, lui avais-je dit. Tu vas où ?

— Je sors avec les filles. Tu es sûre de ne pas vouloir nous accompagner ?

— Oui. Ils passent *Grease* à la télé ce soir.

Elle avait croisé les bras et pincé les lèvres.

— Je ne comprends pas ce qui te rend aussi triste. Tu n'as jamais été vraiment amoureuse de lui, de toute façon.

Elle l'avait décrété avec autant d'assurance que si elle avait dit que Harrisburg était la capitale de l'Etat de Pennsylvanie. Je l'avais regardée comme si elle avait perdu les pédales. Bien sûr que j'étais amoureuse de Leo. Ma profonde tristesse n'était-elle pas la preuve de la sincérité de mon amour ?

— C'était une passion. On confond souvent les deux, avait-elle poursuivi.

— C'était de l'*amour*, avais-je rétorqué, persuadée que la passion n'était qu'un aspect de notre histoire. Je l'aime encore. Je l'aimerai *toujours*.

— Non. Tu étais amoureuse de l'idée de l'amour. Maintenant, tu es éprise de l'idée du chagrin d'amour… Tu te conduis comme une adolescente déprimée.

L'insulte suprême pour une jeune femme d'une vingtaine d'années.

— Tu te trompes, avais-je dit en attrapant le pot de crème glacée aux pralines.

Elle avait soupiré en me couvant d'un regard maternel.

— On ne t'a jamais dit que le véritable amour est censé faire du bien aux gens ? Les tirer vers le haut ?

— C'était le cas avec Leo, avais-je répondu en croquant dans un morceau de praline. Il a tiré le meilleur de moi.

En secouant la tête, elle avait entamé son sermon. Son accent du Sud était revenu au galop, comme chaque fois qu'elle se montrait intransigeante.

— Si tu veux la vérité, tu étais tout sauf aimable pendant ton histoire avec Leo… Il te rendait dépendante, soumise, fragile et monomaniaque. J'avais l'impression de ne plus te connaître. Tu n'étais plus la même. À mon sens, votre relation était… malsaine.

— Tu étais jalouse, avais-je répliqué d'une petite voix.

Je n'étais même pas certaine de ce que ça signifiait : jalouse de ne pas avoir son Leo à elle ou jalouse qu'il ait pris sa place dans ma vie, qu'il soit devenu la personne la plus importante. Les deux lectures me semblaient plausibles même si Margot voyait quelqu'un.

— Jalouse ? Je ne crois pas, Ellen.

Elle avait l'air si sûre d'elle et comme amusée par l'idée qu'elle pourrait envier ce que je partageais avec Leo que le rouge m'était monté au visage et que j'avais seulement été capable de répéter :

— Il a tiré le meilleur de moi.

C'était la première fois qu'une de nos discussions frisait à ce point la dispute et, en dépit de ma colère grandissante, j'étais si nerveuse que je ne parvenais pas à la regarder dans les yeux.

— Ah oui ? Eh bien, si c'est la vérité, Ellen, montre-moi une seule bonne photo prise pendant votre histoire. Prouve-moi qu'il t'a inspirée. Prouve-moi que j'ai tort.

J'avais posé le pot de glace sur son exemplaire de *Town & Country*, et j'avais gagné d'un pas décidé mon bureau à cylindre, qui se tenait dans un angle de la pièce. J'avais extrait d'un tiroir une enveloppe en papier kraft contenant des clichés, et je les avais étalés d'un geste théâtral sur la table basse. Elle les avait pris et passés en revue avec autant d'indifférence que si elle avait battu un paquet de cartes pour une énième réussite.

— Ellen, avait-elle enfin lâché, ces photos… elles ne sont pas… très bonnes.

— Comment ça ?

J'avais regardé par-dessus son épaule. Leo en train de rire. De réfléchir. Leo endormi un dimanche matin, recroquevillé à côté de son boxer, Jasper. J'avais ressenti une tendresse inattendue pour ce chien.

— Très bien, avait-elle fini par dire en sélectionnant un cliché de Leo, pris l'été précédent.

Il portait un short et un tee-shirt avec l'inscription « Atari ». Allongé sur un banc dans Central Park, il fixait l'objectif – il me fixait. Seuls ses yeux souriaient.

— Prends celle-ci, par exemple. La lumière est bonne, la composition intéressante, il me semble, mais c'est… ennuyeux. Il est beau, bien sûr, mais et alors ? Il ne se passe rien d'autre. Ce n'est qu'un type mignon étendu sur un banc… Et puis… il en fait trop.

J'avais poussé un cri. Silencieux. C'était peut-être encore plus insultant que de me comparer à une adolescente éplorée.

— Trop ? avais-je répété, hors de moi pour de bon.

— Je ne dis pas que *tu* en fais trop. Mais lui, oui. Regarde son expression… Il est affecté, suffisant, poseur. Il sait qu'on le photographie. Il sait qu'on l'adule. Ses yeux crient : « Voyez un peu comme je suis sexy. » Franchement, Ellen. Je déteste cette photo. N'importe laquelle de celles que tu as prises dans l'année qui a précédé ta rencontre avec Leo est plus intéressante.

Elle avait jeté la photo sur la table basse. Je l'avais observée. Je pouvais presque, *presque*, voir ce qu'elle y voyait. J'avais ressenti un pincement au cœur qui ressemblait à de la honte, comme la fois où, au lycée, j'avais lu à voix haute les haïkus composés pendant mes vacances d'été au bord de la mer. À l'époque, je les avais soumis à une revue littéraire la tête haute, et leur lettre de refus m'avait sincèrement étonnée.

Margot et moi nous étions dévisagées en silence pendant ce qui m'avait semblé une éternité. Nous vivions probablement le moment le plus intense, le plus sincère, de notre amitié, et j'étais partagée entre l'amour et la haine qu'elle m'inspirait.

— Je sais que ça fait mal, Ellen… Mais il est temps d'aller de l'avant, avait-elle conclu en rassemblant les photos et en les glissant dans l'enveloppe.

Leo ne méritait même plus qu'elle se donne la peine de le mettre en pièces.

— Et je suis censée m'y prendre comment ? avais-je demandé calmement.

Ce n'était pas une question rhétorique – j'avais réellement besoin qu'on m'explique comment agir. Elle avait réfléchi une seconde avant de me livrer des instructions :

— Reste ici ce soir devant la télé, en jogging. Mais demain matin, lève-toi et prends une longue douche. Lave-toi les cheveux, maquille-toi. Puis retourne faire des photos… Il ne reviendra pas. Alors occupe-toi de *toi*… Il est temps.

Je savais qu'elle avait raison. Qu'une fois de plus j'étais à un carrefour et qu'une fois de plus je devais suivre le conseil de Margot et me tourner vers la photographie.

Le lendemain, j'avais donc acheté un nouvel appareil photo – le meilleur que m'autorisaient mes maigres moyens – et je m'étais inscrite aux cours du soir du New York Institute of Photography. Au cours de l'année qui avait suivi, j'avais été initiée, dans le détail, aux questions d'ordre technique sur les lentilles, les filtres, les différents flashs et autres lampes tungstène-hallogène ou éclairages stroboscopiques. J'avais étudié à fond les problèmes d'ouverture, de vitesse d'obturation et d'exposition ainsi que les caractéristiques des pellicules et les normes ISO, la balance des blancs et les histogrammes. J'avais appris les théories de la composition, des couleurs, des motifs et du cadrage, ainsi que la « règle des tiers » (que j'appliquais, il me semble, d'instinct) et l'utilisation des diagonales pour obtenir un résultat plus percutant. J'en connaissais déjà un rayon sur les techniques de développement, mais j'avais pu mettre en pratique mon savoir-faire sur des machines bien plus sophistiquées. J'avais suivi un cours sur le portrait, centré sur les questions d'éclairage et de position, et étudié la photographie d'objets, d'aliments, de bâtiments, de paysages, de sports. Je m'étais immergée dans l'ère numérique, apprenant à maîtriser Photoshop, le langage des mégapixels et la taille des cartes mémoire (autant de sujets pointus à l'époque). J'avais même assisté à un cours de management et de marketing.

Chaque semaine, j'emmagasinais de nouvelles techniques, je les mettais en pratique, et je sentais que la blessure se refermait davantage. C'était l'œuvre du temps, un acteur essentiel de toute guérison sentimentale. Mais cette amélioration était également à mettre au crédit de ma nouvelle passion, qui prenait lentement le pas sur l'ancienne. Et même si mon chagrin d'amour ne fait pas de moi une experte en la matière, je suis convaincue que seule la combinaison des *deux* – le temps *et* un substitut – permet une guérison complète.

Environ neuf mois après ma rupture avec Leo, je m'étais enfin sentie prête – techniquement *et* émotionnellement – à montrer mon book et à postuler à de véritables places d'assistante. Par le biais de l'ami d'un ami, j'avais appris qu'un photographe professionnel du nom de Frank Brightman cherchait une autre assistante. Il travaillait principalement pour la mode et la pub, mais effectuait de temps à autre des reportages journalistiques. Il avait son propre style, très réaliste, et, tout en l'admirant, je me sentais capable de me l'approprier.

Sans me laisser le temps de changer d'avis, j'avais appelé Frank, et il m'avait convoquée à un entretien dans son petit studio de Chelsea. D'emblée, il m'avait impressionnée et mise à l'aise. Il avait une magnifique chevelure argentée, de beaux vêtements et une douce affabilité. Il y avait aussi quelque chose de subtilement efféminé dans ses manières qui m'avait donné à penser qu'il était homo – ce qui, à cette époque de ma vie, après une enfance dans une ville ouvrière et un passage dans une université conservatrice, avait encore une saveur exotique.

En sirotant un cappuccino, il avait regardé mon travail, murmurant son approbation au fil des pages. Puis il avait refermé l'album en similicuir, avait planté ses yeux dans les miens et décrété que c'était prometteur et que le poste n'était pas fait pour moi : il avait déjà une première assistante et il recherchait une petite main. Quelqu'un pour s'occuper des factures, du café et de tout le reste.

— Pas très glamour comme boulot, avait-il conclu.

— Ça me va. J'ai été serveuse. Je suis attentive. Je me débrouille très bien pour répondre aux besoins des autres.

Le visage de marbre, Frank m'avait expliqué qu'il avait vu défiler quatre candidates. Toutes avaient de meilleures références que moi, mais toutes s'étaient révélées paresseuses et peu fiables. Puis il avait marqué un silence avant d'ajouter qu'il voyait bien que j'étais différente.

— Il y a quelque chose de sincère en vous. Et ça me plaît que vous soyez de Pittsburgh. C'est une bonne ville, une ville honnête.

Je l'avais remercié en souriant.

— Vous avez le poste. Soyez là tous les jours à l'heure, et tout se passera bien.

C'était ce que j'avais fait. Tous les jours pendant les deux années suivantes. Je recevais de bonne grâce les ordres de Frank et de sa première assistante, une étrange femme, plus âgée que moi, du nom de Marguerite. Frank et elle s'occupaient du travail créatif tandis que je réglais, sans broncher, tous les détails pratiques. Je vérifiais les contrats d'assurance pour les grosses séances – il arrivait parfois que j'aie recours aux services de la police. J'étais responsable du matériel de location, et j'installais les lumières et les stroboscopes en suivant à la lettre les instructions de Frank, ce qui me forçait souvent à débuter mes journées de travail à l'aube. Je chargeais les appareils photo (Frank avait un jour dit qu'il n'avait jamais vu personne d'aussi rapide avec les pellicules, ce qui m'avait paru le plus beau des compliments), et j'avais mesuré, sans exagérer, des milliers de fois la lumière. En bref, j'avais appris tous les rouages de la photographie professionnelle tout en acquérant progressivement la certitude qu'un jour je serais capable de m'installer à mon compte.

C'était à cette époque qu'Andy avait croisé ma route.

On dit que tout est une question de moment et, à la réflexion, cette théorie a du vrai. Si Andy m'avait proposé de sortir avec lui avant, j'aurais pu voir dans son invitation un acte de charité soufflé par Margot. J'aurais dit non, sur un coup de tête, et comme Andy n'est pas du genre à insister, nous en serions sans doute restés là. Surtout, je n'aurais pas eu le temps de passer par ma période rendez-vous pansements avec des types sans odeur ni saveur, que je ne voyais jamais plus d'une ou deux fois. C'était essentiel à ma guérison.

Et si Andy avait attendu plus longtemps pour m'inviter, j'aurais pu devenir cynique – un tour de force pour une femme n'ayant pas encore trente ans, mais dont je me sentais tout à fait capable. Ou bien j'aurais pu commencer à voir quelqu'un d'autre sérieusement – peut-être même quelqu'un comme Leo puisqu'on dit généralement que l'histoire se répète encore et toujours. Ou enfin, j'aurais pu me perdre *totalement* dans le travail.

Mais j'étais encore optimiste, heureuse, indépendante et posée, autant qu'on peut l'être quand on est jeune et célibataire dans une grande ville. Je repensais parfois à Leo (et à « ce qui avait péché »), plus souvent que je ne voulais bien l'avouer – son simple souvenir parvenait encore à faire vaciller mon cœur et à me nouer l'estomac –, mais j'avais appris à vivre avec ces émotions, à les juguler. L'essentiel de la douleur s'était estompé avec le temps, comme toujours. Je considérais enfin Leo pour ce qu'il était – un amour perdu qui ne reviendrait jamais –, et je me pensais plus sage, plus riche de cette expérience. En d'autres termes, j'étais mûre pour une nouvelle histoire, un homme meilleur.

J'étais prête pour Andy.

8

Je n'oublierai jamais le jour où j'ai compris qu'Andy ne me considérait plus seulement comme la meilleure amie de sa sœur ni, d'ailleurs, comme son amie à lui. Étrangement, ça n'était pas arrivé à New York, où nous le voyions pourtant souvent, généralement pour prendre un verre dans un bar, nos amis respectifs s'entendant plutôt bien.

Non, c'était arrivé à Atlanta, où j'avais accompagné Margot et Andy pour Thanksgiving. C'était bien après le dîner que Stella, la mère de Margot, avait préparé de ses propres mains (elle avait donné son week-end à Gloria, la bonne, qui travaillait presque depuis toujours pour les Graham). L'essentiel des assiettes avait été débarrassé et rangé dans le lave-vaisselle. Andy et moi étions seuls dans la cuisine – je m'étais portée volontaire pour laver les verres en cristal et l'argenterie (personne ne s'y était opposé, ce qui m'avait aidée à me sentir à l'aise), et Andy s'était empressé de se proposer pour les essuyer (j'avais apprécié son geste, sachant que dans sa famille les hommes faisaient apparemment l'impasse sur toutes les tâches domestiques).

Pendant ce temps, Margot, ses parents et son frère James s'étaient réfugiés dans la « salle télé », où ils regardaient *Les Evadés*. La maison comptait également une salle de jeu, une bibliothèque et un petit salon. Les multiples pièces, plus grandioses les unes que les autres, étaient remplies de superbes meubles anciens, de tapis d'Orient, de peintures à l'huile, et de bien d'autres objets, souvenirs de voyages lointains ou de parents défunts. En dépit de son intérieur traditionnel, la maison était chaleureuse, ce que j'attribuais à la douceur de l'éclairage et à la quantité pléthorique de fauteuils accueillants où se prélasser. Stella était une femme de principes – elle était par exemple contre la sauce de salade prête à l'emploi, l'échange des cadeaux et les noms de famille composés –, et elle détestait par-dessus tout les sièges inconfortables. « Rien de tel pour gâcher un dîner que des chaises dures », m'avait-elle une fois appris. Quand elle lâchait pareilles perles, je regrettais de ne pas avoir sous la main un carnet où les noter afin de les conserver pour une utilisation future.

Parmi toutes les pièces de cette maison magnifique, la cuisine avait sans doute ma préférence. J'aimais ses murs caramel, ses plans de travail en ardoise, ainsi que les lourds pots et casseroles en cuivre pendus à des crochets au-dessus du bloc central. La baie vitrée donnant sur la terrasse de derrière faisait ma joie, tout comme l'âtre de pierre autour duquel tout le monde se rassemblait. C'était le genre de cuisine spacieuse et luxueuse que l'on voit dans les films. Le genre à accueillir une grande famille heureuse : à la barre, une mère, au caractère bien trempé mais attachée aux traditions, puis un père, homme séduisant et dévoué à ses enfants, une fille ravissante et élégante, et deux garçons au naturel jovial plongeant des louches en bois dans les marmites fumant au-dessus de la gigantesque cuisinière et louant les talents de cordon-bleu de leur chère maman. Tout dans cet endroit était parfait – jusqu'à la famille qui s'y trouvait.

C'était précisément ce que je me disais en plongeant mes mains dans l'eau chaude et savonneuse pour y repêcher deux cuillères à café en argent. Je songeais également que j'avais de la chance d'être là et que Thanksgiving devrait toujours ressembler à ça – à l'exception, peut-être, de la température avoisinant les trente degrés.

J'avais été déçue par ma propre famille cette année-là – ce qui n'était pas vraiment une surprise depuis la mort de ma mère. Pendant quelque temps, mon père avait tenté de poursuivre la tradition, mais Sharon avait tout chamboulé : ce n'était pas malintentionné, non, simplement, elle avait ses enfants et sa façon de faire. Cette année-là, mon père et elle s'étaient rendus à Cleveland, chez le fils de Sharon, Josh, et sa nouvelle femme, Leslie, une ancienne pom-pom girl – détail dont Sharon se rengorgeait à un point qui frisait le ridicule. Suzanne et moi étions livrées à nous-mêmes. Je doutais que deux sœurs célibataires aussi peu à l'aise l'une que l'autre dans une cuisine puissent organiser un repas de Thanksgiving réussi, pourtant j'étais prête à tenter le coup. Pas Suzanne. Elle avait été très claire : « Pas de fête pour moi cette année. » Je la connaissais suffisamment pour savoir qu'il était vain de chercher à la forcer. J'avais donc accueilli avec une reconnaissance infinie l'invitation de Margot.

C'était ce que j'avais expliqué à Andy, qui m'interrogeait sur ma famille. J'avais pris soin de ne pas paraître amère et de ne pas accabler mon père et ma sœur. Rien n'aurait été pire que de passer pour la copine que Margot avait prise en pitié.

Andy, qui venait de revêtir un tablier bleu à volants, davantage pour l'effet comique que pour le côté pratique, m'avait écoutée avec attention.

— Eh bien, je suis vraiment content que tu sois là. Plus on est de fous, plus on rit.

J'avais souri, en songeant que beaucoup de gens utilisaient cette expression, mais que personne n'en faisait un credo autant que les Graham : rien que ce jour-là, au moins une demi-douzaine d'amis étaient venus dire bonjour, notamment l'amoureux de Margot au lycée, Ty, qui avait apporté une montagne de gâteaux du meilleur pâtissier d'Atlanta. Margot avait beau nier, Ty était encore épris d'elle – ou du moins de sa famille. Et je le comprenais parfaitement.

— Tu sais, Andy, les familles comme la vôtre sont rares.

— En quoi ?

— L'harmonie. Le bonheur.

— On t'a bien eue, avait-il rétorqué. Ce n'est qu'une façade.

Pendant une seconde, je m'étais laissé gagner par le doute. Y avait-il un sombre secret dont j'ignorais tout ? Des violences d'une nature ou d'une autre ? Une affaire d'argent ? Ou pire, un diagnostic médical pessimiste, comme celui qui avait bouleversé ma famille ? Mais devant l'expression invariablement joviale d'Andy, le soulagement m'avait envahie. Ma vision idyllique d'une famille parfaite demeurait intacte.

— Nan, c'est vrai qu'on a de la chance… Enfin, si l'on excepte James.

Il parlait de son jeune frère, l'adorable raté du clan, qui venait de s'installer dans la maison d'amis au fond du jardin. James avait *encore* perdu son boulot – personne, à ma connaissance, n'avait été confronté à autant de « patrons sadiques » – et avait récemment bousillé sa troisième voiture de sport. Pourtant, les bouffonneries de James ne semblaient qu'ajouter à son charme : quoi qu'il fasse, le reste de la famille se contentait de secouer la tête avec une incrédulité bienveillante.

Andy et moi nous étions tus un moment, nos bras se frôlant parfois. Soudain, il avait lâché, tout à trac :

— Alors, tu as des nouvelles de ce type avec qui tu sortais ? Leo, c'est bien ça ?

Mon cœur s'était serré. Je m'étais justement demandé, ce matin-là, s'il passait les fêtes avec sa famille dans le Queens ou s'il les boycottait comme Suzanne. Je l'imaginais très bien faire un coup pareil, surtout s'il avait des délais serrés. Penser à lui était une chose, en parler une autre. J'avais pris une profonde inspiration et j'avais choisi mes mots avec précaution. J'avais le sentiment qu'on m'attendait au tournant et, même si je voulais être honnête, je tenais aussi à me montrer forte.

— Non, avais-je fini par lâcher. La rupture était définitive.

Il m'avait fallu du temps pour m'y résoudre, mais, du point de vue de Leo, elle avait été définitive. De plus, si on n'essaie pas une seule fois de contacter la personne après la séparation, elle est bien, par définition, définitive, non ? Indépendamment des sentiments... Je m'étais rappelé toutes les fois où j'avais failli appeler Leo. Juste après le 11-Septembre, notamment. Une semaine tout au plus s'était écoulée, et le pays – sans parler de New York – était encore perdu dans les brumes de la tristesse et de la terreur. Je savais que le bureau de Leo et son appartement étaient situés à des kilomètres du World Trade Center et qu'il avait rarement l'occasion de se rendre dans le quartier financier de Manhattan. Et pourtant. Il y avait eu tellement de récits incroyables de personnes se trouvant là où elles n'auraient pas dû être que j'avais imaginé le pire. Et moi, avais-je expliqué à Margot, je recevais des coups de fil de vieux amis, voire de vagues connaissances, qui voulaient simplement s'assurer que j'étais en vie. Est-ce que ce n'était pas humain ?

Après tout, j'avais peut-être nourri de la rancœur à l'encontre de Leo, je n'en souhaitais pas moins qu'il soit vivant. Mon raisonnement n'avait pas réussi à ébranler Margot, qui m'avait convaincue que je ne devais pas le contacter, quelles que soient les circonstances. Elle y était parvenue avec un argument simple et irréfutable : « Lui, il n'appelle pas pour prendre de tes nouvelles, si ? »

J'avais rajouté un peu de produit vaisselle dans le bac, et l'odeur de citron s'était répandue dans la pièce. Andy avait secoué la tête :

— Les ruptures définitives, c'est ce qu'il y a de mieux.

— Oui. Je n'ai jamais vraiment compris ces gens qui copinent avec leurs ex.

— Je sais. L'un des deux en pince forcément toujours.

— Comme Ty, avais-je remarqué avec malice.

— *Exactement*. Enfin, c'est vrai, mec, le rêve est terminé, réveille-toi !

J'avais éclaté de rire, tout en songeant que moi, je m'étais réveillée de mon histoire avec Leo. Mais on ne peut pas dire que j'avais eu le choix.

— Alors, avait enchaîné Andy, tu vois quelqu'un d'autre en ce moment ?

— Non. Rien de sérieux. Des rendez-vous de temps à autre, grâce à Margot, la plupart du temps. Je crois qu'elle m'a fait rencontrer tous les célibataires hétéros du milieu de la mode... Mais rien de sérieux... Et toi ?

Je connaissais déjà la réponse – il était de nouveau seul après une courte aventure avec une comédienne de la scène avant-gardiste de Broadway, Felicia. Margot n'avait pas eu vent des détails, elle savait seulement qu'ils s'étaient séparés à l'initiative d'Andy. Apparemment, Felicia était trop difficile à gérer – elle faisait son cinéma en permanence, au théâtre comme dans la vie. Andy avait confirmé son statut de « célibataire », tandis que je lui tendais un verre en cristal.

Il m'avait adressé un sourire un coin qui m'avait surprise : je m'étais tout à coup demandé s'il s'agissait réellement d'une conversation anodine. Se pouvait-il que le frère de Margot s'intéresse à moi ? Impossible, telle avait été ma première pensée. Peu importait qu'Andy soit quelqu'un d'ouvert et de chaleureux, il n'en restait pas moins le *grand* frère de Margot, le séduisant et talentueux frère de Margot, ce qui le plaçait dans une catégorie supérieure, inaccessible. J'avais donc rejeté toute idée de flirt pendant que nous finissions de laver, rincer et sécher les verres. Soudain, nous étions arrivés au bout de la corvée. Ce qui, étonnamment, me désolait.

— Et voilà, avait lancé Andy.

Il s'était débarrassé du tablier et l'avait soigneusement plié. J'avais regardé l'évier se vider de son eau, lentement d'abord, puis avec un grand bruit de succion. Je m'étais séché les mains, puis j'avais essuyé le plan de travail avoisinant avec un torchon brodé de la lettre *G*. Je sentais bien que je m'attardais, mais je n'aurais su préciser pour quelle raison.

— Voilà, voilà… Ellen ?

Gagnée par la nervosité, j'avais répondu sans croiser son regard :

— Oui ?

Il s'était éclairci la gorge tout en jouant avec une boîte d'allumettes.

— Quand on sera à New York… ça te dirait de sortir ? De dîner ensemble… rien que nous deux ?

Il n'y avait pas de place pour le doute : Andy me proposait un rendez-vous. Mon esprit s'était emballé, analysant les conséquences possibles d'une aventure avec le frère de ma meilleure amie. N'était-ce pas risqué ? Que se passerait-il si les choses devenaient sérieuses puis finissaient par mal tourner ? Margot prendrait- elle parti ? Notre amitié y survivrait-elle ? Ou, du moins, en arriverais-je au point où je n'oserais plus l'accompagner dans sa famille ? J'avais envisagé, l'espace d'une seconde, de décliner ou d'inventer une excuse quelconque pour éviter un conflit d'intérêts potentiel. Il y avait des milliers de célibataires à Manhattan, pourquoi celui-là ?

Pourtant, je m'étais plongée dans ses yeux d'un bleu de glacier plus chaleureux que tous les yeux marron de la terre, et j'avais répondu d'une voix timide :

— C'est une bonne idée.

Andy avait croisé les bras et s'était adossé au plan de travail en souriant. Je lui avais rendu son sourire. Nous avions entendu le pas de Margot se rapprocher et il avait murmuré, en m'adressant un clin d'œil complice :

— Et dis-toi que si tout se passe bien… tu connais déjà la famille.

Le reste du week-end, mon excitation avait grandi au fil des regards entendus que nous avions échangés, Andy et moi. En particulier le lendemain soir, lorsque Stella avait interrogé ses deux fils sur leur vie amoureuse.

— Il n'y a pas *quelqu'un* en particulier ? avait-elle demandé à l'occasion d'une partie de Scrabble dans la salle de jeu.

James avait répondu en riant :

— Non, maman. Il y en a *plusieurs* en particulier… si tu me suis.

— James… avait-elle soupiré en secouant sa chevelure dorée, toujours impeccablement coiffée.

Feignant d'être exaspérée par son benjamin, elle avait placé ses lettres restantes pour former le mot *gnomes*.

— Bien joué, avait repris Andy avant d'ajouter, à mon intention : Tu sais que maman ne perd jamais ?

— C'est ce qu'on m'a dit.

Je me sentais à la fois impressionnée et légèrement intimidée par la matriarche des Graham. Ses victoires incontestées aux jeux de plateau n'étaient qu'une des nombreuses choses que j'avais apprises sur Stella et qui contribuaient à sa vénération, pour ne pas dire à son culte, au sein de la famille. Elle était brillante, resplendissante et forte. Elle ne mourrait pas d'un cancer – j'en aurais mis ma main à couper –, mais dans son propre lit, au milieu de son sommeil, à l'âge avancé de quatre-vingt- quatorze ans, le sourire aux lèvres, son visage toujours aussi parfait reposant sur un oreiller de soie.

— C'est parce qu'elle triche, avait lâché James d'une voix traînante où perçait davantage que chez n'importe quel autre membre du clan l'accent du Sud (ce que j'attribuais à sa paresse naturelle qui se manifestait jusque dans ce domaine). Faut la tenir à l'œil, Ellen. Elle est retorse, avait-il conclu avec un clin d'œil.

Nous avions tous ri devant l'absurdité d'une telle vision de l'irréprochable Stella Graham, tandis qu'elle agitait encore la tête. Puis elle avait croisé les bras sur sa robe de créateur grise, les pendeloques de son lourd bracelet en or glissant vers son coude.

— Et toi, Andrew ? avait-elle demandé.

Je m'étais sentie rougir en fixant la petite tour Eiffel sur son avant-bras, sans aucun doute un cadeau du père de Margot, que j'appelais encore M. Graham. C'était le seul à ne pas jouer avec nous. Il lisait le *Wall Street Journal* près du feu et consultait de temps à autre le dictionnaire pour arbitrer en cas de controverse.

— *Et moi* quoi ?

Andy s'amusait à éluder la question de sa mère.

— Il a quitté Felicia, était intervenue Margot. Je ne te l'ai pas dit ?

Stella avait acquiescé sans quitter Andy des yeux.

— Des perspectives de réconciliation avec Lucy ? C'est une fille si charmante, et tellement adorable, avait-elle dit avec une pointe de nostalgie. J'adorais Lucy.

James avait hurlé :

— *Luuuuuu-cy ! Reviens !*

Nous avions tous ri aux éclats, et Andy en avait profité pour me jeter un regard discret et complice.

— Nan, c'est bel et bien fini avec Lucy, avait-il dit en cherchant mon pied sous la table. Mais j'ai un rendez-vous la semaine prochaine.

— Vraiment ? avaient lancé en chœur Margot et Stella.

— Oui.

— Prometteur ?

Andy avait opiné, au moment où M. Graham avait levé le nez du journal, sa curiosité aiguisée. Margot m'avait un jour appris que son souhait le plus cher était qu'Andy revienne un jour vivre à Atlanta pour reprendre son cabinet d'avocats. Et son mariage avec une Yankee semblait être le seul obstacle à son rêve. Il avait donc demandé :

— Serait-elle originaire du Sud, par le plus grand des hasards ?

— Non, mais je crois qu'elle vous plairait beaucoup.

J'avais souri, rougi et plongé dans mon jeu, où j'avais trouvé, ce qui m'avait semblé bon signe, les lettres *d, e, s, t, i* et *n*.

Voilà comment tout avait commencé entre Andy et moi. Et c'est ce qui explique que chaque visite à la famille de Margot (ou *d'Andy* comme j'ai pris l'habitude de l'appeler quelque part entre notre premier rendez-vous et notre mariage) s'apparente à un pèlerinage sentimental, comme lorsqu'on relit une vieille lettre d'amour ou qu'on repasse sur le lieu d'un premier rendez-vous.

Une semaine à peine après l'annonce de Margot, Andy et moi sommes dans un avion pour Atlanta, où nous allons passer le week-end. C'est un vol sans problème, il n'y a pas un nuage dans le ciel de février bleu cobalt, mais je ne suis pas rassurée pour autant. Je suis toujours nerveuse en avion, une caractéristique sans doute héritée de ma mère, qui refusait de le prendre. Mes parents n'en auraient pas eu les moyens, de toute façon... Tous les hivers, mon père et Sharon s'envolent vers la Floride, où ils embarquent pour une croisière tape-à-l'œil dans les Caraïbes, et ça m'attriste. Je souhaite le bonheur de mon père, mais il me paraît injuste que Sharon récolte seule les fruits de son travail acharné. Et j'ai beau savoir depuis longtemps que la vie est injuste, ça ne m'aide pas.

Le chef de cabine annonce que nous approchons de l'aéroport de Hartsfield-Jackson et qu'il nous faut en conséquence retourner à nos sièges, redresser nos dossiers et relever nos tablettes. Andy respecte les instructions à la lettre et dépose les mots croisés de *USA Today* sur ses genoux. Il tapote le journal de son stylo et demande :

— Un synonyme de sommet en quatre lettres ?

— Cime ?

— Non, ça ne va pas...

— Acmé ?

— Merci, dit-il en acquiesçant, fier de mes prouesses.

C'est peut-être lui l'avocat, mais je manie mieux les mots. Comme sa mère, je lui mets régulièrement la pâtée au Scrabble, au Boggle et à tous les jeux de plateau. Ce qui ne le dérange pas : Andy n'a aucun esprit de compétition.

Comme l'avion bascule légèrement, j'agrippe l'accoudoir d'une main et la cuisse d'Andy de l'autre. Je ferme les yeux et me remémore cette scène dans la cuisine. Ce n'était peut-être pas aussi original que la rencontre avec un mystérieux inconnu à l'occasion d'un procès au tribunal pénal, mais, à bien des égards, ce n'en était que mieux. Ça donnait de la consistance à notre histoire. De la douceur. Son fondement était amical et familial, des qualités simples et cependant essentielles, pérennes. Andy n'avait rien de mystérieux parce que, quand il m'avait invitée à sortir, je le connaissais déjà. Pas bien, certes, et surtout à travers Margot. N'empêche, je connaissais le principal. Je savais d'où il venait. Je savais qui il aimait et qui l'aimait. Je savais que c'était un bon frère et un bon fils. Qu'il était drôle, gentil et sportif. Le genre de garçon à essuyer la vaisselle après le dîner de Thanksgiving, idée derrière la tête ou pas.

Quand nous étions sortis ensemble, quelques jours après ce week-end, nous étions beaucoup plus à l'aise qu'un couple ordinaire à son premier rendez-vous. Nous pouvions passer les échanges autobiographiques et autres questions élémentaires pour profiter d'un moment agréable et détendu. Il n'y avait ni faux-semblants ni poses gênées. Tout paraissait simple, naturel et sain. Je n'avais jamais besoin de me demander ce qu'Andy pensait ou ce qu'il ressentait, parce que je lisais en lui comme dans un livre. Son bonheur sautait aux yeux. Et surtout, il avait à cœur de faire le mien, de bonheur. Il se montrait poli, respectueux, romantique et dévoué.

Au fond de moi, j'ai toujours su, je crois, que notre relation manquait d'une forme d'intensité, mais je ne le regrettais pas une seule seconde. C'était au contraire une libération – comme de se sentir à nouveau en bonne santé après une très vilaine grippe. La simple absence de souffrance était euphorisante. Les choses devraient toujours être ainsi, me répétais-je plus nous nous rapprochions, Andy et moi. L'amour devrait toujours ressembler à ça. Un amour inépuisable. Andy avait de l'endurance. Ensemble, nous étions capables de durer toujours.

L'avion entame sa descente finale, Andy replie son journal, le fourre dans le sac à ses pieds et me presse la main.

— Ça va ?

— Bien.

Avec Andy, je me sens toujours au moins bien.

Nous atterrissons sans encombre avec plusieurs minutes d'avance sur l'horaire prévu. Pendant qu'Andy se lève pour récupérer nos manteaux dans le coffre à bagages au-dessus de nos têtes, je rallume mon téléphone portable pour voir si Margot a appelé. La veille, nous sommes convenues de nous retrouver à neuf heures trente tapantes, mais Margot a souvent du retard, quand elle ne modifie pas le programme en cours de route. Je ne suis donc pas étonnée de découvrir que l'icône de mon répondeur clignote. Un nouveau message. Je compose le numéro, et je me rends compte, avec un mélange d'excitation et de crainte, que ce n'est *pas* Margot qui me l'a laissé. Non, c'est Leo. Leo, qui, deux semaines après notre rencontre, tient sa promesse et s'essaie à l'amitié.

Prise de panique, je jette un coup d'œil à Andy. Il ne se doute de rien. Je pourrais facilement écouter le message sans qu'il soupçonne quoi que ce soit. Une part de moi meurt d'envie d'entendre ce que Leo a à dire. Pourtant, la culpabilité m'empêche d'aller plus loin que : « Salut, Ellen, c'est Leo. » Je referme mon téléphone, le réduisant au silence. Je ne le laisserai pas parler davantage dans la ville natale d'Andy. Je ne le laisserai pas parler davantage en présence d'Andy, *point*.

9

Nous récupérons nos bagages et sortons de l'aérogare en un temps record. « Ça a été comme sur des roulettes », dit Andy, toujours fier de son efficacité en voyage. Nous repérons le 4 × 4 Mercedes gris métallisé de Webb et Margot.

Cette dernière est en train de se prendre le bec avec une femme policier juchée sur une selle bien trop étroite pour son arrière-train de mammouth. Elle est, sans aucun doute, en train d'expliquer que le stationnement n'est pas autorisé à cet endroit. À travers la vitre entrouverte, je perçois la détermination de Margot à ne pas céder un pouce de terrain, en dépit de l'expression on ne peut plus cordiale de son visage. Son charme ne semble pourtant pas opérer. L'officier de police, avec sa queue-de-rat et ses bottes de motard en cuir noir aux semelles épaisses, use de son sifflet et hurle :

— Cette zone est réservée au chargement et au déchargement express des voyageurs, madame ! Circulez, maintenant !

— Mon Dieu ! dit Margot en pressant une main sur sa poitrine, avant de nous apercevoir et d'ajouter : Oh, mais voyez ! Ma famille est arrivée. Nous allons pouvoir les *charger* !

Je souris en me faisant la réflexion que mon amie a encore gagné, et avec élégance. L'agent nous jette un regard noir avant de fondre sur sa prochaine victime d'un coup de pédale vigoureux. Margot en profite pour bondir hors de la voiture. Elle porte un long gilet en cachemire caramel ceinturé à la taille, un jean foncé rentré dans des bottines en daim chocolat et d'énormes lunettes de soleil (auxquelles elle a toujours été fidèle, même lorsque les montures discrètes étaient à la mode, à la fin des années 1990). Une vraie gravure de mode, comme à l'époque où elle vivait à New York, et peut-être même davantage.

— On est si heureux de vous voir ! s'écrie-t-elle en nous serrant dans ses bras.

Même si je savais que ça ne se verrait pas encore, sa carrure frêle et ses mouvements déliés semblent démentir sa grossesse. Seule sa poitrine trahit son secret. Un bonnet D a apparemment remplacé l'habituel C. Avec un sourire, je songe que c'est le genre de détail que l'on ne remarque que chez sa meilleure amie. Je fais un geste dans cette direction et articule en silence :

— Bien !

Elle éclate de rire et rétorque :

— Oui, ils ont déjà un peu grossi… mais je porte surtout un soutien-gorge qui a un super balconnet.

Andy feint d'être embarrassé par la conversation et fourre notre immense sac sur le siège arrière. Quelques instants après, Webb nous a, à son tour, serrés dans ses bras, et nous filons sur l'autoroute. À l'arrière, Margot et moi discutons avec animation du bébé et de la chambre qu'ils lui feront construire à l'arrière de la maison.

— L'entrepreneur est un vrai escargot. Je lui ai dit qu'il avait intérêt à avoir terminé pour l'arrivée du bébé.

— Ne rêve pas, trésor. Surtout si les ouvriers continuent à prendre une pause-café toutes les heures, lance Webb en passant une main sur sa mâchoire anguleuse.

Il porte lui aussi un pull caramel. Je me demande s'ils se sont consultés avec Margot. Ça leur ressemblerait bien… eux qui possèdent déjà la même paire de mocassins de conduite orange. Webb jette un coup d'œil par-dessus son épaule avant de changer de file pour dépasser une Volkswagen qui lambine et demande :

— Margot vous a parlé du revêtement en cuir du sol dans les pièces du sous-sol ?

— Non, dis-je en me demandant comment cette information a pu m'échapper avec nos conversations quotidiennes.

Elle secoue la tête, comme pour signifier : « C'était son idée, pas la mienne. » Pourtant, je vois bien qu'elle est fière des goûts luxueux de son mari.

— Des sols en cuir ? siffle Andy. Mazette !

— Ouais, je sais ce que tu penses. Mais attends un peu de les essayer !

— Ça ne risque pas de s'abîmer ? dis-je en me rendant compte que mes préoccupations sont souvent pratiques, voire terre à terre, en comparaison de celles de Webb.

— Un cuir patiné a plus de caractère. Et puis on veille à ne marcher dessus que pieds nus.

— Quand on a découvert ça dans un spa à Big Sur, on n'a pas pu résister. Je pratique mon yoga et ma méditation dessus, explique Margot.

Le naturel avec lequel elle décrète de telles choses m'attendrit.

— Tu t'es mise au yoga ?

Margot n'a jamais été très portée sur le sport, et quand elle allait au club de gym, à New York, elle était plutôt du genre à lire un magazine people tout en pédalant sur un vélo.

— Avec l'arrivée du bébé, dit-elle en frottant le renflement inexistant de son ventre. J'essaie de me… *recentrer*.

Je suis persuadée que cette décision a précédé la nouvelle de sa grossesse, qu'elle l'a prise en arrivant ici. Ce qui n'est pas surprenant – quitter New York, ne serait-ce que le temps d'un week-end, a un effet apaisant sur moi. Et bien qu'Atlanta soit une grande ville, elle est bien plus reposante et luxuriante que la Grosse Pomme. Même le centre-ville, que nous traversons justement, est à taille humaine comparé à Manhattan.

Quelques minutes plus tard, nous atteignons le cœur de Buckhead, le quartier cossu du nord d'Atlanta où Andy et Margot ont grandi. La première fois que j'en ai entendu parler, des images campagnardes surannées ont immédiatement surgi, alors que cet endroit est parfaitement cosmopolite. Côté shopping, il compte deux centres commerciaux luxueux, où Margot peut se procurer sa dose de Gucci et de Jimmy Choo, ainsi que des hôtels chics, des galeries d'art, des boîtes de nuit, et même des restaurants cinq étoiles, ce qui lui a valu le surnom de Beverly Hills du Sud.

La véritable essence de Buckhead se situe dans ses zones résidentielles, le long de rues sinueuses plantées d'arbres, où surgissent, çà et là, de gracieuses constructions géorgiennes et d'imposantes demeures néoclassiques, comme celle des Graham. On y trouve également des maisons en brique peinte datant des années 1930, plus modestes, mais tout aussi charmantes, dont celle où vivent Webb et Margot. En nous garant dans l'allée de gravier bordée de camélias blancs, les mots *adorable* et *délicieux* me viennent à l'esprit – alors qu'ils n'appartiennent pas à mon vocabulaire habituel.

Webb ouvre ma portière et je le remercie en clamant que je suis fin prête pour un thé glacé. C'est l'une de mes choses préférées dans le Sud, avec les gâteaux maison et le gruau d'avoine au fromage. Andy et moi ne comprenons pas pourquoi cette boisson, présente dans toutes les maisons et tous les restaurants du Sud, y compris la plupart des chaînes de restauration rapide, n'a jamais franchi la ligne Mason-Dixon pour envahir le Nord.

Margot sourit.

— Tu as de la chance. J'en ai préparé un pichet ce matin.

Il y aura sans doute mille merveilles pour accompagner le thé : Margot est une hôtesse aussi accomplie que sa mère. Nous pénétrons dans une pièce qui pourrait faire la couverture d'un magazine de décoration. Selon les mots mêmes de Margot, leur maison a un style transitionnel avec une touche d'Art déco. Je ne suis pas sûre de comprendre exactement de quoi il s'agit, mais j'aime que ce soit beau sans être ni prévisible ni trop traditionnel. Le rez-de-chaussée est constitué d'une pièce unique, la cuisine et le salon étant délimités par plusieurs canapés et fauteuils. Les tons dominants, chocolat et vert amande, confèrent une touche féminine, presque éthérée, à l'ensemble, renforcée par les tissus de soie qui drapent délicatement les fenêtres. À l'évidence, Margot a quartier libre en matière de décoration, car ce n'est pas ce à quoi on s'attendrait d'un gaillard comme Webb. Les maillots et banderoles dédicacés qui recouvraient les murs de sa piaule de célibataire à Manhattan ont d'ailleurs été relégués au sous-sol, dans son bureau lambrissé.

Andy indique le canapé crème agrémenté d'un jeté vert amande et de coussins coordonnés.

— C'est nouveau ?

— Mmmmm. C'est chouette, non ?

— Ouais, rétorque Andy, impassible (signe qu'il prépare une blague). Ça le sera encore plus quand le gamin aura renversé son assiette de spaghettis.

— Ou *la* gamine, le reprend Margot en nous entraînant vers la cuisine, où nous attendent une tourte aux épinards, une salade de fruits et des crêpes. J'espère que vous avez faim.

— On est affamés, répond Andy.

Margot suggère que nous passions tout de suite à table – ils ont réservé de bonne heure pour le dîner chez Bacchanalia, le restaurant préféré des Graham en centre-ville.

— Maman et papa nous rejoignent. Je leur ai promis que nous ne vous monopoliserions pas, maintenant que nous vivons ici.

— On se posait justement la question avec Andy : ça les embête qu'on loge chez vous ?

— Elle comprend, répond Margot en recouvrant les crêpes de confiture de framboises. Mais elle m'a aussi informée, en termes très clairs, qu'elle comptait bien que son fils continue à dormir sous *son* toit lorsqu'il vient passer ses vacances à Atlanta.

Elle imite à la perfection la façon de parler de sa mère. Andy lève les yeux au ciel, et je lui souris, reconnaissante qu'il ne soit pas, en dépit de son sens du devoir, un fiston à sa maman. Je ne pourrais pas m'y faire, je crois. J'ai assisté à un mariage récemment où on avait dû emmener la mère du marié à la fin de la cérémonie, parce qu'elle sanglotait à chaudes larmes en disant : « Je ne veux pas te perdre ! » La scène avait quelque chose de malsain. Margot a une théorie à ce sujet : les relations mère-fils sont d'autant plus exclusives qu'une femme n'a pas de filles. Peut-être parce que, dans ce cas-là, elle n'a pas à partager la vedette avec une autre femme, ou peut-être à cause de l'adage qui veut qu'« Un fils reste un fils jusqu'à son mariage, une fille reste une fille toute sa vie ». Elle n'a sans doute pas tort : Stella a beau adorer ses fils, elle consacre beaucoup plus de temps et d'énergie à sa fille.

Margot s'agite dans la cuisine, et je lui propose mon aide. Elle décline d'un mouvement de tête tout en versant du thé glacé dans trois verres. Elle se sert un Perrier. Puis elle nous invite à nous asseoir, demande à Webb de prononcer une rapide bénédiction – pratique plus culturelle que religieuse semble-t-il depuis qu'ils ont tous deux, en vivant à New York, perdu cette habitude, tout comme celle d'assister à la messe du dimanche. Webb a à peine terminé sa prière, brève et formelle, que Margot lance en souriant :

— Bon appétit !

J'ai la sensation fugace que nous n'avons plus grand-chose d'autre en commun que notre passé. Mais, en quelques secondes, ce sentiment s'envole : Margot et moi passons déjà d'un sujet de conversation à l'autre, décortiquant chaque événement et chaque personne avec une minutie qui insupporterait n'importe qui – Webb et Andy les premiers. C'est la raison d'être de notre grande amitié – en dépit de nos différences. Nous adorons discuter. Du coup, c'est à peine si nous laissons l'occasion aux garçons d'en placer une, évoquant les ragots de New York et d'Atlanta avec un intérêt et une ferveur similaires. Nous parlons de nos amies new-yorkaises qui rentrent ivres mortes chaque soir et se demandent encore pourquoi elles ne rencontrent pas un type gentil, puis des voisines de Margot qui emploient une aide à temps plein afin de jouer au tennis, de faire les magasins et de sortir déjeuner tous les jours.

— Tu préférerais quoi ? lui dis-je. Si tu devais choisir.

— Mmmm, répond Margot. Pas facile. Les deux situations sont tristes.

— Le boulot te manque parfois ?

J'ai hésité à poser la question. Je ne m'imagine pas abandonner ma carrière, mais je ne suis pas sur le point de devenir mère, après tout. Ça change peut-être la donne. Margot secoue la tête.

— Je pensais que oui… mais je suis tellement occupée, en fait.

— À jouer au tennis ? la taquine Andy.

La bouche de Margot se crispe.

— Entre autres, répond-elle sur la défensive. Mais également à décorer la maison... à me préparer pour le bébé... et au bénévolat.

— Elle a été forcée de planter la Croix-Rouge, pourtant, ajoute Webb en se resservant de crêpes. C'était trop. Même pour elle.

— Je n'ai jamais dit que c'était *trop*. Seulement que l'équipe était *jeune*. J'avais l'impression d'être une vieille mère poule au milieu de toutes ces filles d'à peine vingt ans, pour la plupart fraîches émoulues de la fac et déjà mariées à leur chéri du lycée.

Le visage de Webb s'éclaire soudain.

— À ce propos... Raconte à ton frère et à Ellen qui nous avons embauché pour le jardin.

Margot prononce le prénom de son mari sur le ton de la remontrance moqueuse, et sa peau claire vire au rouge vif. La facilité avec laquelle Margot et Stella piquent un fard m'amuse toujours. Elles rougissent même pour les autres, tant leur empathie est grande. Stella ne supporte pas de regarder les remises de prix, elles la rendent trop nerveuse.

— Allez, reprend Webb, un large sourire aux lèvres. Dis-leur, chérie.

Andy la presse à son tour de parler :

— Alors, qui ?

— Les frères Portera, finit par lâcher Webb.

Tout le monde dans la pièce sait qu'il s'agit du nom de famille de Ty, l'ancien petit copain de Margot, celui qui passe encore la voir chaque Thanksgiving.

— *Portera ?* ricane Andy. Comme le nom de Ty, le chéri de ses dames ?... Ty, le chanteur de boys band ?

— Boys band ? s'écrie Webb.

— Margot ne t'a pas raconté qu'il avait repris un tube du groupe de Jordan Knight sur la scène du lycée ? dit Andy avant de se lever pour entonner, en se trémoussant : *Oh ! Oh ! Girl ! You know you got the right stuff !*

— Attends une seconde, Margot. Ton mec chantait en play-back sur les Backstreet Boys ? demande Webb, encore sous le choc de la découverte de cette nouvelle source de moqueries.

— Attention à ne pas confondre, Webb ! C'étaient les New Kids on the Block, le reprend Andy. Et l'année d'avant, c'était Menudo, je crois. Margot ?

Elle tape du poing sur la table.

— Non ! Il n'a jamais chanté sur Menudo !

Je résiste à la tentation de souligner qu'Andy est la seule personne autour de cette table encore capable de réciter des paroles des New Kids on the Block.

— Les New Kids, hein ? C'est vrai que ça rend le coup un peu moins dur, dit Webb en gloussant. Il est peut-être homo maintenant. Ou dans un boys band. Ou alors, Dieu me pardonne, les deux !

Je souris, même si ce commentaire illustre tout ce qui nous sépare, Webb et moi : je mettrais ma main à couper qu'il n'a pas d'ami homo. Il poursuit :

— Honnêtement, vous arrivez à croire que Margot a embauché son *ex* ?

— Non, rétorque Andy avec un tragique excessif. Je n'y arrive vraiment, *vraiment* pas. C'est honteux.

Je sais bien qu'Andy et Webb plaisantent, mais mon estomac se noue à la pensée du message qui m'attend sur mon répondeur. J'aurais dû l'effacer. Je pique du nez dans mon assiette et joue avec un brin de persil.

— Ellen ! implore Margot en posant les coudes sur la table (ce qu'elle ne ferait jamais en temps normal). Aide-moi un peu !

Je cherche pendant quelques secondes quelque chose à dire pour la soutenir sans me mouiller. Je propose d'une voix incertaine :

— Ils sont juste amis.

— Juste amis, hein ? répète Webb. Le coup des *vieuuuuux* amis…

— Bon Dieu, réplique Margot en se levant pour débarrasser son assiette et celle d'Andy.

— Sur ce coup, le bon Dieu n'est pas plus de ton côté qu'Ellen, remarque Webb. Aucun d'entre eux n'approuve ce genre de petit jeu cruel.

— *Cruel ?* Oh, grandis un peu, Webb !… Ce n'est pas drôle. Il y a prescription. Ty et moi, c'est fini depuis des lustres. On était déjà devenus amis au lycée. Et il s'occupe du jardin de papa et maman depuis plus d'un an maintenant !

— Parce que c'est un point positif, d'après toi ? Qu'il s'occupe aussi de *leur* jardin ?

Après avoir secoué la tête, Webb ajoute en me regardant :

— Méfie-toi. C'est une famille de traîtres.

— Eh ! Merci de ne pas généraliser ! se rebiffe Andy. Je ne ferais pas appel à ce type. Même si j'avais un jardin.

— Désolé, mec. Les Graham sont des traîtres, *sauf* toi. Même James est de mèche.

— Il n'a pas de jardin non plus, indique Andy.

— Ouais, mais il joue au golf avec Ty. Sale traître, conclut Webb.

— Ce n'est pas la question, contre Margot. En prime, ce n'est pas comme s'il allait s'occuper en personne des plantations. Il a des employés pour ça… Son entreprise paysagiste propose de très belles prestations à un prix raisonnable. C'est la seule chose qui compte, Webster Buffington, et tu le sais.

— Ouais… À force de le répéter, tu finiras peut-être par y croire.

— Oh, je t'en prie ! On dirait que je viens d'installer la photo de mon bal de promo sur le manteau de la cheminée !

— Je suis sûr que c'est la prochaine étape, dit-il avant de se tourner vers moi et de demander : Ellen, tu parles encore à ton cavalier du bal du lycée ?

Je secoue la tête.

— Est-ce qu'il… euh… nettoie ton appartement ? Est-ce qu'il s'occupe de tes impôts ou un truc dans le genre ?

— Non.

— Est-ce que tu revois un seul de tes ex ?

À l'évidence, cette question m'est encore adressée, mais je ne réponds rien, surprise par la coïncidence. J'espère que quelqu'un volera à mon secours. Je n'ai pas cette chance. Le silence remplit la pièce. Je regarde Andy, comme si c'était à lui qu'on avait posé la question.

— Quoi ? Pas la peine de me dévisager. Tu sais très bien que je n'ai aucune amie. Encore moins une ex.

— Lucy t'a envoyé une carte de Noël il y a quelques années, dis-je avec la légère pointe de jalousie qui surgit chaque fois que j'évoque l'adorable petite Lucy.

— C'était la photo de son *gosse* ! Difficile d'y voir une quelconque tentative de séduction… Et puis, je ne lui ai jamais répondu.

— Oui, mais tu n'envoies jamais de cartes de toute façon, dis-je en me levant pour aider Margot à débarrasser.

Andy hausse les épaules. En bon avocat, il identifie facilement les tentatives de diversion.

— L'essentiel c'est que je ne la vois plus. Point.

— Moi non plus, je ne vois plus mes ex. *Point*, ajoute Webb.

Andy se tourne vers moi dans l'attente de ma réponse.

— Moi non plus.

Presque.

— Lâchez-moi, jette Margot en faisant glisser les miettes de pain du set de table de Webb dans sa paume ouverte. Ce n'est quand même pas ma faute si vos ex ne veulent plus entendre parler de vous ! tranche-t-elle.

Cet après-midi-là, le message de Leo est à mille lieues de mes préoccupations. J'accompagne Margot dans une boutique de vêtements pour nouveau-nés appelée La Poche du Kangourou. Après nous être extasiées sur les articles si minuscules qu'on dirait des vêtements de poupée, nous arrêtons notre choix sur une grenouillère en tricot blanc et la couverture assortie pour la naissance, ainsi qu'une demi-douzaine de bodys en coton et une collection de chaussons, de chaussettes et de chapeaux brodés à la main. Mon instinct maternel se réveille et, pour la première fois, je regrette de ne pas être également enceinte. Je sais bien que cette envie de grossesse est aussi superficielle que de rêver de mariage en voyant sa meilleure amie se glisser dans une robe Vera Wang – et qu'il y a tout un tas d'aspects désagréables dans la maternité. Pourtant, lorsque, un peu plus tard, nous allons visiter plusieurs maisons en vente, « juste pour le plaisir », je ne peux m'empêcher de songer combien ce serait sympa d'emménager à Atlanta, de vivre près de Margot et de regarder nos enfants – qui seraient cousins et amis – grandir ensemble dans un monde parfait, un monde de camélias blancs et de thé glacé.

À l'heure de nous préparer pour le dîner, Leo est redevenu le centre de mes pensées, et je suis irrésistiblement attirée par mon téléphone portable. Au point que je manque de tout avouer à Margot. Heureusement, je me rappelle à temps que, si elle est ma meilleure amie, elle est également la sœur d'Andy. Et surtout qu'elle déteste Leo. Cette conversation tournerait mal.

Je remets donc sur le tapis, l'air de rien, le sujet du jour – « Peut-on être ami avec un ex ? » –, dans l'espoir de résoudre mon dilemme moral.

— En réalité, dis-je en remontant la fermeture Eclair de ma jupe crayon gris foncé, Webb se fiche de Ty, non ?

Margot rit en secouant la main.

— Bien sûr ! Webb est l'homme le moins inquiet que je connaisse… et il ne se sent certainement pas menacé par une amourette de lycée.

J'approuve vaguement.

Je me demande si Andy se sentirait menacé par Leo – et surtout, s'il aurait des raisons pour cela.

Elle sort deux vêtements de sa penderie, une robe en jersey noir et une veste au crochet lavande avec un col officier, et me demande :

— Laquelle ?

J'hésite, puis indique la veste avant d'enchaîner :

— Mais imaginons une seconde que tu aies embauché Brad pour s'occuper de ton jardin.

— Brad *Turner* ?

Comme si je pouvais parler d'un autre Brad que le séduisant trader à lunettes qu'elle a fréquenté pendant près de deux ans avant de rencontrer Webb. Je réponds :

— Oui, le seul, l'unique.

Elle plisse les yeux.

— OK. Laisse-moi imaginer le tableau… Brad dans son costume en train de passer la tondeuse à gazon.

— Ça mettrait Webb en colère ?

— Peut-être. Mais je n'embaucherais jamais Brad. On n'est plus en contact de toute façon.

— Pourquoi ?

Après tout, c'est bien le nœud du problème. Pourquoi garde-t-on contact avec certains ex, et pas avec d'autres ? Pourquoi peut-on se lier d'amitié avec certains ? La réponse est-elle si compliquée ?

— Je ne sais pas, dit Margot, soucieuse.

L'espace d'une seconde, je crains qu'elle ne me retourne la question, mais elle retrouve son air insouciant en se glissant dans un pantalon noir et en enfilant des chaussures à talons en cuir verni ouvertes devant. Leo est la dernière personne qui lui viendrait à l'esprit. J'aimerais pouvoir en dire autant.

— Pourquoi ? Brad te manque ? demande-t-elle.

Je souris en haussant les épaules.

— Je ne sais pas... Je m'interrogeais simplement sur la règle d'or en la matière... Je trouve que c'est un sujet intéressant.

Margot s'immobilise, le temps de réfléchir, et proclame ensuite, sur un ton définitif :

— D'accord. Alors si tu n'as plus aucun sentiment pour le type, et que lui non plus, et que votre histoire n'a jamais été vraiment sérieuse, je ne vois aucune objection à un échange amical de temps à autre. Ou à ce qu'il s'occupe de ton jardin en tout bien tout honneur. À supposer, bien sûr, que ton amant ou mari du moment ne soit pas un cinglé total. En même temps, si le mec qui partage ta vie est un cinglé total, tu as des soucis autrement plus importants que le recrutement d'un jardinier.

— Bien dit, approuvé-je, ravie de sa présentation et de l'échappatoire que, sans le savoir, elle vient de m'offrir.

Je lui annonce aussi sec que je file me laver les dents et me remaquiller. Quelques secondes plus tard, me voilà enfermée dans la salle de bains des invités, le verrou est tiré, l'eau coule à gros bouillons dans le lavabo. J'évite soigneusement mon reflet dans le miroir en ouvrant mon sac pour en extraire mon téléphone.

Après tout, me dis-je en répétant les sages paroles de Margot, il n'y a absolument rien de mal à un échange amical, de temps à autre, quand on n'a plus *aucun* sentiment pour la personne.

GIBERT JOSEPH

26,30,32,34 Bd Saint Michel
75006 PARIS
Tel: 01.44.41.88.88
Fax: 01.44.41.88.50

L AUTRE HOMME DE MA 2010224733132/3
5.10€

TOTAL:5.10€

NB ART. VENDUS: 1 ART.
TOTAL TTC: 5.10€

PAIEMENTS:
CHEQUE LIRE: 5.00€
ESPECES: 0.10€

	TAUX	HT	TVA	TTC
3	0%	5.10€	0.00€	5.10€
			NON SOUMIS TVA	5.10€

MAG:6 TRM:34 OP:104 TKT:34484296
le 23/10/2012 a 16:50:00
Siret 435 044 714 00010
Merci de votre visite.
Ticket a conserver
Echange sous 10 jours
Voir conditions en magasin

10

Ellen, c'est Leo. Écoute, j'ai une question. Rappelle-moi quand tu peux.

Ce message de trois secondes et quatorze mots réussit à me perturber. Après être restée plantée devant le lavabo, le regard perdu dans le vide, plusieurs minutes durant, je l'écoute à nouveau, pour être sûre de n'avoir rien raté. Puis je presse la touche « effacer » et lance à haute voix :

— J'espère que tu n'es pas pressé, mon pote.

Si Leo croit qu'il peut laisser passer toutes ces années, puis m'appeler comme au bon vieux temps pour me poser une *question* et s'imaginer que je vais bondir pour le rappeler aussitôt, eh bien, il se met le doigt dans l'œil. Au mieux, il est présomptueux. Au pire, carrément manipulateur.

Je me lave les dents avec frénésie, puis je mets du rouge à lèvres rosé – ma lèvre inférieure est plus charnue que la supérieure. Je les tamponne avec un mouchoir, avant de me rendre compte que j'en ai trop enlevé. J'en remets avant d'appliquer une touche de gloss transparent. J'égaie mes pommettes, mon front et mon menton d'un voile de poudre, je trace un trait de crayon gris sombre au bord de mes paupières. Une touche de mascara et d'anticernes, et je suis prête à partir. Je croise mon reflet dans le miroir, lui souris et me trouve plutôt jolie – même si n'importe qui pourrait dire la même chose sous l'éclairage flatteur de cette salle de bains. Comme sa mère, Margot déteste les néons.

En déverrouillant la porte, je me répète que consulter mon répondeur est une chose, rappeler Leo une autre. Et je ne le ferai pas de sitôt, si je le fais jamais. Je m'agenouille pour tirer de mon sac de voyage une petite pochette en serpent que j'ai emportée à la dernière seconde. Stella me l'a offerte pour Noël, l'an dernier, et je sais que ça lui fera plaisir de me voir avec. Elle met toujours beaucoup de soin à choisir ses présents, même si j'y lis bien souvent le regret que je ne sois pas légèrement différente, davantage comme Margot. En d'autres termes, le genre de fille qui a le réflexe de changer de sac à main pour sortir.

Je glisse dans la pochette mon gloss, un petit miroir et un paquet de pastilles à la menthe. Il reste suffisamment de place pour mon portable. Je l'ajoute au cas où. Au cas où quoi ? Je ne suis pas certaine de la réponse... J'enfile une paire de chaussures noires à talons bobine et descends rejoindre Margot et les garçons, qui ont pris place sur des tabourets hauts autour du bar de la cuisine pour grignoter du fromage et des olives fourrées en buvant du vin. J'observe Andy et Margot, assis côte à côte, qui rient de concert aux pitreries de Webb – il imite un de ses clients –, et je remarque que leur ressemblance est encore plus frappante que d'habitude. Au-delà de leur visage en forme de cœur et de leurs yeux bleus ronds et écartés, ils dégagent la même joie de vivre, la même sincérité.

L'expression d'Andy s'illumine davantage lorsqu'il m'aperçoit.

— Trésor, dit-il en se levant pour déposer un baiser sur ma joue avant de me murmurer au creux de l'oreille : Tu sens bon.

Je me suis enduite d'une lotion pour le corps parfumée à la myrtille et à la vanille, autre cadeau de Stella.

— Merci, chéri, lui chuchoté-je en retour, gagnée par un sentiment de culpabilité à l'égard de mon mari *et* de sa mère.

Je me répète que je n'ai rien fait de mal, que c'est entièrement la faute de Leo. Il m'a acculée, me forçant à tromper les personnes que j'aime. Bien sûr, ce n'est qu'un minuscule secret au regard de la marche du monde, mais ça reste un secret, qui grandira – se *multipliera* –, si je le rappelle. C'est pourquoi je ne lui téléphonerai pas.

Et pourtant, alors que je plante un cure-dent dans une olive en écoutant d'une oreille un autre récit de Webb, cette fois sur un joueur de football arrêté pour avoir voulu monter à bord d'un avion avec de la marijuana, ma résolution vacille. Je songe que si je ne rappelle *pas* Leo, je continuerai de m'interroger sur les raisons de son coup de fil, sur ce qu'il pouvait bien vouloir me demander. Et plus je passerai en revue les différentes options possibles, plus la gêne s'installera, plus Leo, et le passé auquel il appartient, gangrènera le présent. De plus, mon silence pourrait être considéré comme une stratégie, donner l'impression que j'accorde trop d'importance à son appel. Alors que je ne lui en accorde aucune. *Aucune.* Il vaudrait mieux le contacter, finalement, répondre à sa « question », puis l'informer, en quinze mots, ou moins, de mon cru, qu'en dépit de ce que je lui ai dit au restaurant, j'ai suffisamment d'amis. Nul besoin de ressusciter une vieille amitié – à supposer que l'on puisse parler de ça entre nous. Ainsi, j'en aurai fini avec lui une bonne fois pour toutes. J'avale une longue gorgée de vin en me disant que je vais avoir du mal à attendre mon retour à New York pour me débarrasser de cette conversation.

Bien que j'aie décidé de chasser Leo de ma vie dès le lundi suivant, je ne parviens pas à penser à autre chose de la soirée, même une fois au Bacchanalia avec la famille Graham au complet. Il m'obsède au point que Stella se tourne vers moi, juste après le troisième plat de notre menu dégustation, pour me dire :

— Je te trouve bien songeuse, ce soir, ma chérie. Est-ce que tout va bien ?

Son inquiétude semble sincère, pourtant je l'ai assez vue agir avec ses enfants – et son mari – pour savoir qu'il s'agit d'un reproche masqué. Pour reprendre ses mots, il est de la plus haute importance d'« être là » quand on est en présence d'autres personnes – et, bien trop souvent, dans notre société où règnent Blackberry et téléphones portables, les gens s'abstraient de leur environnement immédiat. C'est l'une des nombreuses choses que j'admire chez Stella – en dépit du crédit qu'elle accorde aux apparences, elle n'oublie pas l'essentiel.

— Je suis désolée, Stella.

Je me sens coupable, et cependant sa remarque a également l'effet étrange de me donner le sentiment d'être rentrée dans le giron familial, d'être l'un de ses enfants. Elle m'a toujours traitée ainsi, surtout depuis qu'Andy et moi sommes mariés. Le jour de Noël, l'année suivant nos fiançailles, elle avait placé un bras autour de mes épaules dans un moment de complicité, et elle m'avait confié :

— Je ne chercherai jamais à remplacer ta mère, mais sache que tu es comme une seconde fille pour moi.

Stella trouve toujours les bons mots. Plus important, elle pense toujours ce qu'elle dit.

Elle secoue la tête et m'adresse un sourire en guise d'absolution, mais je m'entête à fournir une explication balbutiante.

— Je suis juste un peu fatiguée. Nous sommes partis tôt ce matin… et avec toute cette nourriture exquise.

— Bien sûr, ma chérie, répond-elle en ajustant l'écharpe en soie nouée autour de son cou gracieux.

Elle n'est pas du genre rancunier, contrairement à sa fille, qui peut remâcher une broutille pendant des années – ce qui nous amuse tous.

Je chasse Leo de ma tête pour la centième fois de la journée, et je rassemble toute ma volonté pour me concentrer sur le nouveau sujet de conversation, lancé par M. Graham : la rénovation du parcours de golf du club. Mais après trois minutes d'échanges sur les bogey, eagle, hole-in-one et autres coups exceptionnels entre les quatre hommes, qui suscitent l'intérêt sincère de Margot et sa mère, je reperds le fil. Impossible d'attendre plus longtemps. Je dois savoir ce que Leo a à me dire. Tout de suite.

Mon cœur explose dans ma poitrine quand je m'excuse pour me rendre dans la petite boutique adjacente au restaurant, où se trouvent les toilettes pour dames. D'une main moite, je serre ma pochette, horrifiée par ma folie. J'ai l'impression d'être la protagoniste d'un film d'horreur. L'idiote qui, surprise par un bruit étrange au cœur de la nuit, entreprend, plutôt que d'appeler la police, d'aller explorer pieds nus le jardin plongé dans le noir. Après tout, je ne suis peut-être pas menacée par un tueur fou armé d'une hache, mais la situation est loin d'être sans danger. Margot, ou Stella, pourrait, à tout moment, me surprendre. Et Andy pourrait, pour la première fois, consulter ma facture téléphonique à la fin du mois et m'interroger sur l'identité de ce correspondant du Queens que j'ai eu le besoin irrépressible d'appeler au beau milieu d'un dîner de famille.

En dépit des risques encourus, l'inconsciente que je suis se retrouve terrée dans les toilettes, hésitant entre rappeler Leo et lui envoyer un texto. Après ce que je considère comme une victoire morale, j'opte pour un message écrit. De mes deux pouces fébriles, je tape : « Salut. Eu ton message. Quelle est la question ? » Je presse la touche envoyer avant de changer d'avis ou de m'attarder sur le choix de tel ou tel mot. Je ferme les paupières.

Je me sens à la fois soulagée et furieuse contre moi – le genre d'ambivalence que doit éprouver un alcoolique après la première gorgée de vodka –, et ça s'accentue quelques secondes plus tard lorsque mon téléphone se met à vibrer et le nom de Leo à clignoter sur l'écran. Comme je suis déjà sortie des toilettes, je m'arrête devant une vitrine où sont exposées des poteries, que j'observe avec un intérêt feint, puis je prends une profonde inspiration avant de décrocher.

— Salut ! dit-il. C'est moi. Je viens d'avoir ton texto.

— Oui…

Je fais les cent pas en lançant des coups d'œil nerveux alentour. Maintenant, non seulement je risque d'être surprise par Margot ou sa mère, mais aussi par n'importe quel homme de la famille.

— Comment ça va ? demande-t-il.

— Bien. Mais je ne peux pas vraiment parler… Je suis au restaurant… Je me demandais juste… quelle était ta question.

— Eh bien, répond-il en laissant un silence s'installer, comme pour créer un effet dramatique. C'est une longue histoire.

Je soupire. Évidemment, Monsieur-Je-Vais-Droit-Au-But a tout à trac une proposition très compliquée à me faire.

— La version courte suffira, dis-je pour obtenir un indice.

S'agit-il d'une question anecdotique portant sur son appareil photo ? Ou d'une MST qu'il aurait contractée ? Ou quelque chose entre les deux ?

Il s'éclaircit la gorge.

— Euh... c'est au sujet du boulot. De *ton* boulot.

Je ne peux retenir un sourire. Il a vu mes photos. J'en étais sûre.

— Ah oui ? dis-je d'une voix aussi détachée que possible tout en coinçant ma pochette sous mon aisselle transpirante.

— Je viens de te le dire... c'est une longue histoire, mais...

Je parcours les quelques pas me séparant de la salle du restaurant, où je jette un coup d'œil : les Graham sont toujours à table. La voie est libre, au moins pour quelques secondes encore. Je retourne me mettre à couvert et, accompagnant la parole d'un geste de la main, je dis :

— Je t'écoute...

— J'ai peut-être un contrat pour toi... si ça t'intéresse... tu tires bien des portraits ?

— Oui, dis-je, la curiosité aiguisée. De qui s'agit-il ?

Je suis déjà déterminée à décliner sa proposition. A lui expliquer que je suis débordée. Que c'est mon agent qui gère mon planning et que je n'ai pas besoin de séances supplémentaires. Que j'ai réussi – peut-être pas avec un grand R –, mais suffisamment à mon sens. Et donc que je le remercie d'avoir pensé à moi, mais non merci. *Oh, et une dernière chose, Leo. J'aimerais autant que tu cesses de m'appeler. Sans rancune, d'accord ? Ciao !*

Je ressens déjà la satisfaction que je connaîtrai en lui balançant ses quatre vérités.

Mais Leo sort son atout :

— Drake Watters.

— *Drake Watters ?*

L'incrédulité transparaît dans mon intonation, et j'espère qu'il ne parle pas de la superstar qui a remporté dix Grammy et a récemment été nommée pour le prix Nobel de la paix.

Évidemment, il n'y a qu'un seul Drake. Je me revois au lycée : j'arborais au moins une fois par semaine le tee-shirt acheté à un de ses concerts, je le portais avec mon jean délavé, roulé aux chevilles, et mes baskets en toile recouvertes de symboles peace & love au marqueur indélébile. Et même si je ne suis plus aussi fan, il figure néanmoins sur la liste des « icônes que je rêve de photographier », aux côtés de Madonna, Bill Clinton, Meryl Streep, Bruce Springsteen, la reine Elizabeth, Sting, et, pour des raisons parfaitement futiles, George Clooney.

— Qu'est-ce que tu en dis ? demande-t-il avec une suffisance désinvolte. Ça t'intéresse ?

Je joue avec une latte du plancher en songeant que je déteste Leo de me tenter ainsi. Et que je me déteste de plier. J'en viendrais presque à détester Drake.

— Oui, dis-je, dépitée et vaincue.

— Super. Alors on en reparle plus tard.

— Oui.

— Lundi matin, ça te convient ?

— Parfait. Je t'appelle.

Je rejoins la table munie d'un nouveau secret, et je feins de m'extasier devant ma crème à la cardamome décorée de kumquats confits.

11

Le lundi arrive trop vite, comme toujours lorsqu'on ne sait quelle carte jouer. Depuis le samedi soir, j'ai étudié toutes les stratégies possibles et imaginables – allant du je ne rappelle pas Leo au je dis tout à Andy (et je le laisse décider pour la prise de vue) en passant par j'organise une rencontre avec Leo pour qu'il m'expose en détail la mission la plus excitante de ma carrière.

Ce n'est qu'une fois que j'ai refermé la porte d'entrée de notre appartement après avoir embrassé Andy que j'ai la réponse – *Crossroads*, la chanson de Drake qui évoque les conséquences désastreuses d'une infidélité, résonne dans ma tête. Je traverse le salon jusqu'à la fenêtre, en dérapant sur mes chaussettes violettes à bouclettes : je regarde mon mari, qui descend les marches de notre immeuble avant de s'éloigner sur le trottoir dans son élégant trois-quarts bleu marine et son écharpe écossaise en cachemire. Lorsqu'il disparaît dans Park Avenue, je distingue son profil : son attaché-case se balance joyeusement à son côté. C'est cette vision fugace qui emporte ma décision.

Je retourne calmement dans la cuisine, où je consulte l'horloge de la cuisinière. Neuf heures quarante-deux – une heure raisonnable pour appeler quelqu'un. Mais je tergiverse et décide de me préparer une tasse de café avant. Nous avons cassé la cafetière il y a quelques semaines, je place donc une tasse d'eau tiède au micro-ondes, puis je fouille dans les placards à la recherche d'un bocal de café soluble, de la même marque que celui que ma mère nous préparait tous les matins. J'observe la bobine familière du type qui orne l'étiquette, m'étonnant qu'il ait pu me paraître si vieux. Maintenant, il me semble plutôt jeune – la petite quarantaine tout au plus. Un de ces nombreux tours que nous joue le temps.

Je verse deux cuillères bien pleines dans l'eau bouillante et observe la dissolution des cristaux marron. À la première gorgée, le souvenir de ma mère m'envahit. Ce sont vraiment ces petites choses qui me la font regretter le plus. Je songe à appeler Suzanne – qui réussit parfois à alléger ma peine, tout simplement parce qu'elle est la seule au monde à savoir ce que je ressens. Même si nous avons eu des relations très différentes avec notre mère – la sienne était souvent orageuse –, nous nous sommes néanmoins retrouvées orphelines prématurément, ce qui crée un lien puissant. Je renonce pourtant à l'appeler : parfois, nos coups de fil ont l'effet inverse, et je raccroche encore plus triste. Je ne peux pas me permettre de courir ce risque dans l'immédiat.

Je me change donc les idées avec la rubrique Tendances du *Times*, parcourant un article sur la nouvelle mode des leggings, prédite par Margot l'an dernier, tout en sirotant mon café au goût éventé et en me demandant comment ma mère a pu le supporter toutes ces années. Puis je fais le lit, finis de déballer notre sac de voyage, range mon tiroir à chaussettes, celui d'Andy, me lave les dents, prends ma douche et m'habille. Ne me sentant toujours pas prête, je classe les romans de ma bibliothèque par ordre alphabétique d'auteur, entreprise que je repousse depuis des siècles. Je laisse mes doigts courir sur les dos parfaitement alignés : un sentiment de satisfaction m'envahit devant l'ordre rétabli, qui s'oppose au chaos dans ma tête.

À onze heures vingt-cinq, je prends enfin mon courage à deux mains. Je suis à la fois soulagée *et* frustrée de tomber directement sur le répondeur de Leo. Je récite le message que j'ai préparé au cours des dernières trente-six heures, d'abord pendant la messe et le brunch que nous avons partagé avec les Graham, puis, plus tard, lorsque nous roulions sans but dans les allées de Buckhead à la recherche de maisons en vente, et enfin pendant notre vol de retour.

En substance, je lui explique : a) que je suis impressionnée qu'il ait un lien avec Drake Watters (pourquoi lui refuser ce plaisir ?), b) que j'apprécie beaucoup qu'il ait pensé à moi pour le boulot, et c) que je suis terriblement tentée d'accepter sa proposition, mais d) que je ne me sens pas vraiment « à l'aise avec cette idée d'amitié nouvelle » et que je pense qu'il vaut mieux « éviter de nous aventurer sur ce terrain ». A la dernière seconde, je renonce à mon e) « par égard pour mon mari », parce que je ne veux pas que Leo pense qu'il se trouve dans la catégorie des Brad Turner, si séduisants que les époux en prennent ombrage, plutôt que dans celle des Ty Portera, tellement inoffensifs qu'il n'y a aucun mal à plaisanter avec eux dans le jardin.

Quand je raccroche, je suis libérée, et, pour la première fois depuis que j'ai revu Leo, j'ai presque le cœur léger. Ce coup de fil ne sera peut-être pas le dernier, mais il marque une étape pour moi, une étape dont j'ai dicté les termes. J'ai pris l'ultime décision. Ce qui est d'autant plus significatif que je disposais d'une excuse en or – *Drake Watters*, pas moins ! – pour revoir Leo, discuter de tout et de rien avec lui, y compris de ce-qui-s'est-réellement-passé-entre-nous. Et j'ai fait le choix de refuser cette chance. Et même, de lui claquer la porte au nez.

Non que je sois incapable de *gérer* une amitié avec Leo, simplement, je n'en ai aucune *envie*. Un point, c'est tout.

J'imagine la tête de Leo lorsqu'il écoutera ce message, et je me demande s'il sera abattu, légèrement déçu ou franchement indifférent. Peu importe d'ailleurs, je sais qu'il sera surpris de découvrir que son pouvoir, autrefois infini, n'agit plus. Il ira consulter un autre professionnel. Et je devrai vivre avec l'idée d'avoir renoncé à photographier Drake Watters. Je souris de me sentir si forte, heureuse et honnête, puis je hurle la seule phrase positive de *Crossroads* de mon horrible voix de crécelle : « When the light breaks, baby, I'll be gone for good. » *Quand le jour se lèvera, chéri, je serai parti pour de bon.*

Les jours qui suivent ne sont marqués par aucun événement. J'ai presque entièrement chassé Leo de mon esprit en me concentrant sur mon travail dans mon atelier, au quatrième étage d'un ancien entrepôt à l'angle de la Vingt-Quatrième et de la Dixième Avenue. Je partage l'espace, et le loyer, avec Julian et Sabina, une équipe de photographes, et Oscar, un éditeur de livres d'art, qui imprime lui-même ses ouvrages sur papier recyclé. Nous occupons tous les quatre la pièce au confort spartiate depuis plus de deux ans maintenant, et nous sommes devenus bons amis.

Sabina, une femme au teint pâle et aux cheveux fins, dont l'apparence de sylphide ne colle pas avec son tempérament exubérant, est la plus bavarde d'entre nous – seule concurrence, la radio d'Oscar, qui marche en permanence (trop bas pour que je puisse suivre les émissions, mais pas assez pour que je puisse en faire abstraction !). Elle vient de nous raconter le dernier exploit de ses triplés, âgés de trois ans : ils ont jeté aux toilettes la collection complète de boutons de manchette de leur père, inondant ainsi la cage d'escalier du troisième étage et provoquant un dégât des eaux dans l'appartement du dessous. Elle est hilare en nous relatant l'aventure dans le détail, car, pour reprendre ses propres mots, « mieux vaut en rire, non ? ». Je me demande si elle ne prend pas un malin plaisir à cette farce, elle qui accuse souvent son mari d'être matérialiste et coincé. J'écoute toujours avec plaisir ses récits, surtout quand j'effectue des retouches anodines sur des clichés, en l'occurrence il s'agit d'effacer la constellation de boutons du visage d'un skateur sur la publicité d'une petite maison de disques.

— À votre avis, je lui retouche le menton ?

Oscar, un Anglais sombre à l'humour pince-sans-rire, relève à peine le nez de l'un de ses minuscules tiroirs remplis de caractères en plomb, en antimoine et en bois. Je sais, pour avoir jeté un œil par-dessus son épaule en arrivant, qu'il travaille sur un ouvrage composé dans sa police de caractères préférée. J'adore l'observer, sans doute parce que c'est très différent de ce que je fais, mais surtout à cause de ses manières élégantes, quasi désuètes.

— Laisse ce pauvre gamin en paix, dit-il en humectant du papier puis en marmottant quelques mots au sujet de l'« absurdité de la chirurgie plastique digitale ».

— Ouais, Ellen, sois moins superficielle, veux-tu ? lance Julian, tout juste de retour de sa énième pause cigarette de la journée.

Comme s'il n'avait jamais raboté les cuisses de modèles taille 34 !

— J'essaierai, dis-je en souriant.

De mes trois collègues de bureau, Julian est certainement mon préféré – en tout cas, celui avec lequel j'ai le plus de points communs. Il a à peu près mon âge et est marié à une avocate – une fille simple et pleine de vie, du nom d'Hillary.

Sabina demande à Julian de se taire tout en se précipitant vers moi dans son jean moulant déchiré aux genoux, ses longs cheveux lui balayant le dos. Elle s'excuse d'avance pour son haleine parfumée à l'ail, en marmonnant quelque chose au sujet de plantes médicinales consommées en quantité excessive, puis se penche sur le cliché en question.

— Super-dynamique, dit-elle en indiquant un skateboard flou en mouvement.

Le mouvement est mon plus gros point faible en photographie, je me sens donc très flattée par son commentaire.

— Merci. Mais son menton, alors ?

Elle oriente l'épreuve vers une source de lumière.

— Je comprends ce que tu veux dire, mais j'ai le sentiment qu'il donne au modèle un côté revêche… Est-ce que c'est l'idée ?

— Oui. La maison de disques s'appelle « La musique des gagnants ». Je crois que ça collera parfaitement.

Sabina jette un dernier regard.

— Mais je raccourcirais légèrement son nez. Il attire davantage le regard que son menton… Tu as remarqué que les mentons fuyants sont souvent couplés à un grand nez ? Étrange, non ?

La sonnerie de mon téléphone portable interrompt Sabina au beau milieu de ses réflexions.

— Une seconde, dis-je en m'attendant à ce que ce soit Margot, qui m'a déjà appelée deux fois au cours de la dernière heure.

Pourtant, c'est le nom de Cynthia, mon agent, que je découvre.

Je décroche et, comme à son habitude, elle hurle dans le combiné :

— Tu es assise ? Tu n'en *reviendras* jamais !

J'ai tout de suite pensé à Leo, malgré tout la nouvelle m'abasourdit.

— Le magazine *Plateforme* a appelé, et, tiens-toi bien, ma chérie, ils veulent que *tu* prennes en photo Drake Watters pour leur couverture du mois d'avril.

— C'est formidable !

Des émotions contradictoires m'envahissent. Je n'en reviens pas que Leo soit aussi têtu, même si je suis bien forcée de reconnaître que je lui ai tendu une sacrée perche en évoquant mon agent. Et je suis sincèrement surprise par son altruisme. J'étais persuadée – j'espérais peut-être aussi – que Drake n'était qu'un appât pour me faire mordre à l'hameçon et m'entraîner dans les eaux troubles d'une amitié. Je ne peux plus considérer les choses, sinon Leo, de la sorte. Bien sûr, à tout cela vient s'ajouter l'excitation de travailler avec une star.

— Formidable ? reprend Cynthia. C'est un euphémisme !

— *Incroyablement* formidable, dis-je en souriant.

Sabina, toujours curieuse, chuchote :

— Quoi ? *Quoi ?*

Je griffonne les noms *Plateforme* et *Drake Watters* sur un bloc-notes. Ses yeux s'agrandissent, et elle entreprend une danse tribale autour du pilier qui va du plafond brut au sol en ciment avant de partager la nouvelle avec Julian. Il relève le nez et m'adresse un sourire. Nous ne sommes pas en concurrence, mais nous tenons malgré tout un compte amical de nos contrats. Jusqu'à présent, Sabina et lui couraient largement en tête grâce à leur séance avec Katie Couric dans les Hamptons – Julian travaillait là-bas avant d'épouser Hillary.

— Ont-ils expliqué comment ils avaient eu mon nom ?

Je pose la question d'une voix calme après que Cynthia a passé en revue les détails pratiques du travail : la séance aura lieu à Los Angeles et le magazine paiera trois mille dollars, plus le billet d'avion, la location du matériel, les différents frais et un séjour au luxueux Beverly Wilshire.

— Non, répond-elle. Mais qu'est-ce que ça peut faire ? Tu devrais sauter de joie, pas te prendre la tête !

— Tu as raison.

J'aimerais tellement le croire. Après tout, me dis-je une fois que j'ai raccroché et que mes collègues m'ont félicitée, c'est une chose d'avoir des principes, c'en est une autre de s'entêter. « Absurde », conclurait Oscar. Et tout le monde, même Andy, reconnaîtrait qu'il serait absurde de sacrifier Drake Watters à cause d'un ex.

12

Une semaine plus tard, alors que nous l'avons déjà maintes fois fêté de façon informelle, Andy et moi célébrons officiellement mon contrat chez Bouley, l'un de nos restaurants préférés de Manhattan. Au-delà de la nourriture délicieuse et de l'atmosphère chaleureuse, cet endroit a pour nous une valeur sentimentale : nous y avions dîné le soir où nous avons fait l'amour pour la première fois, soit, par le plus grand des hasards, un mois exactement après notre premier rendez-vous. Le lendemain, j'avais taquiné Andy en lui disant qu'il avait fallu la cuisine française de David Bouley pour lui donner envie de coucher avec moi.

— Tu as raison, avait-il répliqué sur le même mode. C'est le gibier. Je n'oublierai *jamais* ce gibier. Le meilleur de ma vie, et de loin.

J'avais ri, sachant pertinemment que je devais cette attente aux manières romantiques et respectueuses d'Andy. Indépendamment de l'enjeu que constituait mon amitié avec Margot, Andy tenait suffisamment à moi pour vouloir procéder *comme il faut* au lieu de se précipiter au lit après un verre de trop – méthode prisée par la plupart des célibataires new-yorkais (en tout cas par les deux avec lesquels j'étais sortie juste après Leo). Et ce n'est pas parce que notre première fois manquait, d'un certain point de vue, de spontanéité que je l'aurais voulue différente. Aujourd'hui non plus d'ailleurs.

À mon grand plaisir, nous sommes installés à la même table, dans un coin intime de la salle à manger voûtée.

Je hausse un sourcil en demandant :

— Coïncidence ?

Andy esquive d'un mouvement d'épaules. À l'évidence, ce n'en est pas une. Les attentions constantes de mon mari sont une source d'émerveillement. Parfois, il semble vraiment trop parfait pour être vrai.

Après avoir passé en revue attentivement la carte des vins et le menu, nous arrêtons notre choix pour les entrées – foie gras et sa fricassée de cremini pour moi, terrine d'aubergine pour Andy – accompagnées de la meilleure bouteille de champagne de la cave. Andy écorche le nom de cette dernière en passant la commande, en dépit de ses dix années de français. Le serveur murmure son approbation enthousiaste – non pour l'accent d'Andy, mais pour le choix.

Quelques minutes plus tard, nous voilà servis, et Andy porte un toast à sa « magnifique et talentueuse épouse », avant d'enchaîner sur la séance photo en elle-même.

— Quelle pose vas-tu faire prendre à Drake ? commence-t-il.

L'expression m'amuse : dans mon esprit, elle véhicule moins l'idée d'une couverture de magazine élégante et sophistiquée que celle des clichés de studio qu'on nous imposait, à Suzanne et moi, quand nous étions enfants, devant une barrière en bois blanc et de faux nuages, sur un tapis marron qui nous écorchait les coudes. Mais je comprends où Andy veut en venir, et je me suis déjà interrogée sur ce sujet, en termes plus techniques, des douzaines de fois au cours des derniers jours. Je lui réponds qu'il me faut discuter avec le directeur artistique ou le directeur de la photo, que je ne sais pas encore très bien ce qu'ils veulent, mais que j'ai déjà des idées sur l'ambiance de la séance.

— Je vois quelque chose de grave, presque sombre. En lien avec son engagement pour la lutte contre le sida.

— Tu le photographieras en intérieur ou en extérieur ? demande Andy.

— Je préfère la lumière naturelle, alors soit un intérieur éclairé par de nombreuses fenêtres, soit en extérieur. Peut-être légèrement surexposé.

— Qu'est-ce que ça veut dire ?

— C'est une technique qui permet d'obtenir un éclairage fort sur le sujet, généralement au milieu de la journée, tandis que l'arrière-plan se fond dans une lumière plus douce. Ça se fait beaucoup en extérieur. Tu reconnaîtrais un cliché surexposé si tu en voyais un.

Andy acquiesce et reprend :

— L'hôtel a peut-être une terrasse. Ce serait chouette. Ou tu pourrais l'installer près de la piscine. Oh, et pourquoi pas *dans* la piscine ? Il pourrait même jouer avec un ballon de volley !

J'éclate de rire à la vision de Drake en maillot de bain. Andy est encore plus enthousiaste que moi. En partie parce qu'il est resté un plus grand fan que moi, mais surtout parce que c'est une véritable midinette, ce qui crée un contraste attendrissant (Margot dirait *humiliant*) avec le détachement que les New-Yorkais s'efforcent d'afficher quand ils croisent une célébrité. Comme si, en jouant l'indifférence, ils affirmaient que leur vie est tout aussi fabuleuse – sans connaître, en prime, les inconvénients et ennuis de la renommée. Andy n'est pas ainsi. Je me rappelle son excitation la fois où nous avions repéré Spike Lee devant un distributeur de billets à l'ouest de Manhattan, celle où nous avions aperçu Kevin Bacon et Kyra Sedgwick pendant leur jogging (« deux pour le prix d'un ! »), celle encore où nous avions surpris Liv Tyler en train de choisir des articles chez Kate's Paperie, et, la meilleure d'entre toutes, lorsque nous avions croisé Dustin Hoffman en train de promener son labrador noir dans les East Hamptons. Après les avoir dépassés, Andy m'avait avoué qu'il avait dû faire un effort surhumain pour ne pas lui hurler cette fameuse réplique du *Lauréat* – « Les plastiques ! ».

Rencontrer une star sur une plage est une chose, travailler avec elle en est une tout autre. Si bien que lorsque Andy me demande, en plaisantant à moitié, si je pourrai lui avoir un autographe, je secoue la tête d'un mouvement résolu.

— Certainement pas.

— Allez, dit-il en me volant un autre morceau de foie gras (la meilleure de nos entrées, nous en sommes convenus, même si l'autre est délicieuse). Allez, juste un petit mot gentil. Quelque chose comme… « Pour Andy, ami cher et source d'inspiration. Mélodiquement, Drake Watters »… Il peut seulement signer de son prénom s'il préfère… Ou alors de « M. Watterstein ». Ça m'ira aussi.

J'avais oublié son véritable nom de famille (que j'avais pourtant lu dans un magazine pour ados à l'époque) ! Je me souviens de la façon dont je me délectais de ces petits détails – *Inédit ! le vrai nom de Drake ! Les aliments préférés de Rob Lowe ! L'amoureuse de Ricky Schroder ! Le nouveau chiot de River Phoenix !*

La déception se peint sur le visage d'Andy – une déception feinte.

— Tu ne ferais pas ça pour moi ? Sérieusement ?

— Sérieusement. Vraiment vraiment pas.

— Très bien, *Annie*. Puisque tu le prends comme ça.

C'est environ la troisième fois que, pour plaisanter, il m'appelle *Annie* ou *Mme Leibovitz*. Chaque fois, je perçois une pointe d'admiration dans sa voix, et j'ai le sentiment d'être une usurpatrice. Je me sens coupable de ne pas lui avoir expliqué comment j'ai décroché ce travail. Pourtant, ce contrat me ramène de moins en moins à Leo. J'ai même réussi à me convaincre en grande partie que c'était mon talent seul qui m'avait obtenu ce boulot. Après tout, les véritables intentions de Leo (apaiser son sentiment de culpabilité pour ce qu'il m'a infligé autrefois ? pur altruisme ? il a vu mon travail et m'a trouvée talentueuse ? me séduire, au moins intellectuellement ?) n'ont plus aucune importance maintenant. J'ai été choisie pour cette séance, et je sais que je serai à la hauteur. Il ne faut pas que je me laisse intimider par Drake ou le magazine. Ni que je me sente redevable envers Leo, surtout si c'est ce qu'il attend.

Tout en avalant la dernière bouchée de mon entrée, je rassure mon mari.

— Tu as gagné. Pour l'autographe, j'aviserai... Si on s'entend bien, Drake et moi, et que la séance se déroule sans heurt, je lui dirai que le ringard que j'ai épousé veut son autographe. Marché conclu ?

— Marché conclu, répond-il joyeusement, ignorant ma pique sur sa ringardise, en homme sûr de lui qu'il est.

Je souris en songeant qu'il n'y a rien de plus séduisant qu'un homme qui ne se prend pas au sérieux.

Le serveur s'approche de notre table pour remplir nos coupes d'une main experte – les bulles atteignent presque le rebord du verre sans déborder. Andy fait un signe de la main en direction de la bouteille quasiment vide pour me demander si j'en veux encore. J'opine en savourant cet échange marital silencieux et en imaginant nos ébats de la nuit. Andy commande donc une autre bouteille, et nous continuons à parler de Drake. Puis, à un moment, entre l'entrée et le plat principal, Andy se raidit et son expression devient étonnamment sérieuse.

— Je voulais te parler d'autre chose...

Une seconde, je suis prise de panique à l'idée qu'il ait découvert ma facture téléphonique ou appris par un autre biais ma rencontre avec Leo.

— Oui ?

Il joue avec sa serviette et me lance un sourire hésitant, le genre qui me ferait penser que, s'il était la femme et moi l'homme, nous allions avoir un bébé. Il est à la fois solennel, inquiet *et* excité.

— Qu'est-ce qu'il y a ?

En posant la question, je songe qu'heureusement je serai celle qui annoncera ce type de nouvelle.

Andy se penche au-dessus de la table.

— J'envisage de quitter mon boulot.

J'attends la suite, cette nouvelle n'ayant rien de neuf en soi. Andy en parle depuis son tout premier jour dans le cabinet, ce qui est apparemment monnaie courante dans les grandes firmes.

— En quoi est-ce inédit ?

— *Prochainement* s'entend. J'ai préparé ma lettre de démission aujourd'hui pour être plus précis.

— Ça y est ?

Je l'ai entendu mentionner cette missive à moult reprises, mais, à ma connaissance, il ne l'avait encore jamais écrite. Il hoche la tête en jouant avec son doigt sur le verre d'eau avant d'en prendre une longue gorgée. Il se tamponne les lèvres puis ajoute :

— J'ai vraiment envie de partir.

— Pour faire quoi ?

Je ne peux m'empêcher de me demander si Andy suivrait les traces de son frère James – une vie de grasses matinées, de parties de golf et de soirées festives.

— À part taxer ma célèbre femme ? m'interroget-il en clignant de l'œil.

— Oui, dis-je en riant, à part ça.

— Eh bien, j'aimerais poursuivre ma carrière dans le droit... mais j'aimerais le faire dans un endroit plus petit, plus simple, plus... *familial.*

J'ai compris où il voulait en venir, mais je préfère le laisser parler.

— À Atlanta, finit-il par lâcher. Avec mon père.

Je prends une gorgée de champagne. Mon cœur s'emballe et l'émotion m'envahit quand je réplique :

— Ça te plairait ?

— Je crois, oui. Et mon père serait fou de joie.

— Je sais. Il l'a dit au moins cinq fois à l'occasion du dernier week-end.

Les yeux d'Andy sondent les miens :

— Et toi ? Qu'en dis-tu ?

— De ton association avec ton père ?

Je fais l'imbécile, je sais qu'il m'interroge sur quelque chose de bien plus important que son travail. Ce que je ne sais pas, c'est pour quelle raison j'esquive.

— Non. Je parle d'Atlanta, reprend-il en jouant avec son couteau. De vivre à Atlanta.

Évidemment, Andy et moi, nous l'avons déjà évoqué, surtout depuis que Margot a quitté New York. Nous avons même regardé les maisons à vendre, lors de notre dernière visite, pourtant, cette fois, c'est différent. Cette fois, c'est concret. Pour reprendre les mots d'Andy, ça pourrait arriver *vraiment*.

Pour en avoir la confirmation, je demande :

— Tu voudrais déménager *bientôt* ?

Il acquiesce.

— Cette année ? Aussi tôt ?

Il acquiesce de nouveau, puis se lance avec nervosité dans une tirade sincère.

— La dernière chose que je souhaite, c'est te mettre la pression. Si tu veux rester à New York – ou si tu penses que ça pourrait nuire à ta carrière de partir –, on reste. Ce n'est pas comme si je détestais cette ville ou que je voulais désespérément déménager, non… Mais après notre dernier week-end là-bas… après avoir vu ces maisons… quand je pense à notre futur neveu ou nièce, à mes parents qui vieillissent, à *tout*, en réalité… je… je me sens prêt pour un changement. Pour une vie plus *simple*. Différente, en tout cas.

J'opine, en réfléchissant à toute vitesse. Rien de ce qu'Andy ne vient de dire ne constitue une surprise, non seulement parce que nous en avons discuté auparavant, mais parce que nous avons atteint l'âge où nombre de nos amis se marient et s'exilent en banlieue pour avoir des enfants. Ça me semble pourtant incroyable d'envisager de quitter la ville aussi précipitamment. Ma tête se remplit de clichés de New York – Central Park sous le soleil d'automne, la patinoire de Rockefeller Plaza, le verre de vin siroté sur une terrasse dans la chaleur écrasante de l'été –, et je me sens tout à coup nostalgique. Je regrette presque déjà le repas que nous sommes en train de partager, le souvenir que nous nous fabriquons.

— Dis quelque chose, m'encourage Andy en tirant sur son oreille.

Il ne le fait que lorsqu'il est nerveux ou que quelque chose lui tient franchement à cœur ; ça a été le cas quand il m'a demandé ma main et je me rends compte que cet instant n'est pas si différent : c'est un bouleversement, et, même si ce n'est pas un engagement semblable à celui que représente le mariage, à bien des égards c'est un pas encore plus grand à accomplir. Je prends sa main dans la mienne, partagée entre mon désir de le rendre heureux et celui d'être parfaitement honnête.

— Je crois que ça pourrait être fantastique, dis-je d'une voix où l'hésitation ne transparaît pas autant que je le voudrais.

— Je sais. Et, crois-moi, je ne cherche pas à te forcer la main, mais… je voulais te montrer ceci.

Il libère sa main pour la plonger dans la poche intérieure de sa veste et en ressort un morceau de papier plié.

— Regarde.

Je déplie la feuille et découvre une grande maison en bois et en brique avec une terrasse couverte sur le devant, comme celles que Margot m'envoie par e-mail depuis notre dernière visite, en intitulant ses messages : « La porte d'à côté ! » ou « Idéale pour vous ! » Mais cette fois, ça n'a rien à voir avec le désœuvrement de Margot.

— Elle te plaît ? demande-t-il d'une voix où perce l'inquiétude.

— Bien sûr, dis-je en parcourant les détails (cinq chambres, quatre salles de bains, jardin, piscine chauffée, belle hauteur sous plafond, portes vitrées donnant sur la terrasse, sous-sol entièrement aménagé avec ouvertures, garage pouvant accueillir trois voitures, cellier, monte-plats desservant les trois niveaux).

Il n'y a absolument rien à redire. C'est une maison de rêve à tous points de vue. Je n'ai jamais rien imaginé de tel, même dans mon enfance. Même lorsque ma mère me promettait une belle vie remplie de choses et de gens magnifiques.

« Je ne me fais aucun souci pour toi, Ellie. Aucun. »

C'était une semaine avant qu'elle ne s'éteigne, tout juste après sa dernière sortie de l'hôpital, et je m'étais laissé bercer par sa voix et ses caresses, imaginant ma vie d'adulte avec un mari, une maison et des enfants – tout en me demandant si tout ça effacerait jamais la peine d'avoir perdu une mère.

— Elle est magnifique, Andy. Tout ce qu'il y a de plus magnifique.

— L'intérieur est à la hauteur, enchaîne-t-il avec précipitation. Margot l'a déjà vu… à l'occasion d'une vente de vêtements pour enfants, ou un truc dans le genre. Elle dit qu'il y a un gigantesque espace au sous-sol, où tu pourrais t'installer. Plus besoin de louer de bureau. Tu descendrais travailler en pyjama… Et écoute ça ! C'est… c'est à moins de cent mètres de chez Margot et Webb. Est-ce que ce ne serait pas génial ?

J'acquiesce tout en enregistrant les informations.

— Tout est absolument parfait, conclut Andy. Parfait pour nous. Et la famille que nous aurons.

Je regarde à nouveau la maison, et mes yeux tombent sur le prix annoncé.

— Merde !

Nous ne parlons pas souvent d'argent avec Andy – c'est l'un de ses points communs avec Margot –, mais si elle semble ignorer l'étendue de la fortune familiale, lui en paraît plutôt gêné, comme s'il avait envie de s'excuser. Il fait certains choix en conséquence, comme le petit appartement dans lequel nous vivons, et je perds parfois cette réalité de vue.

— Tu es vraiment *riche*, hein ? dis-je en souriant.

Il baisse les yeux avant de les plonger dans les miens.

— *Nous* sommes riches… et pas seulement d'argent.

— Je sais.

Nous nous noyons dans le regard l'un de l'autre pendant très longtemps, jusqu'à ce qu'Andy brise le silence.

— Alors… qu'est-ce que tu en penses ?

Je peine à trouver les mots.

— Je t'aime, Andy, dis-je enfin, la tête pleine de bulles de champagne et d'autres choses. Voilà ce que j'en pense.

— Ça me va, répond-il avec un clin d'œil alors qu'on nous apporte notre homard. Ce n'est peut-être pas un autographe de Drake, mais ça me va.

13

— Je savais que tu finirais par te faire avoir, me lance Suzanne quelques jours plus tard quand je l'appelle pour l'informer de mon éventuelle, ou plutôt vraisemblable, installation à Atlanta.

Ce n'est pas tant une critique qu'un constat de grande sœur avisée.

— Je le savais !

Et je savais que tu réagirais ainsi ! C'est ce que je pense, pourtant je rétorque :

— Ce n'est pas ce que j'appelle se faire avoir. D'abord, nous n'avons pas encore pris la décision définitive…

Elle m'interrompt :

— Promets-moi simplement de ne pas prendre l'accent du Sud.

— Ils n'en ont presque pas à Atlanta. Regarde Andy.

— Et promets-moi de ne pas employer leurs expressions ridicules.

Son ton est si sérieux qu'on dirait qu'elle est en train de me supplier de ne pas rejoindre une secte et surtout de ne pas accepter leurs jus de fruits.

— Tu es une Yankee, ne l'oublie jamais.

— Promis. Si on déménage – et ça reste un *si* – je me prémunirai contre l'accent d'Atlanta et contre tout régionalisme. Je m'engage également à ne jamais conduire de pick-up, à ne jamais hisser le drapeau des Confédérés et à ne jamais distiller de whisky dans mon jardin, dis-je en m'interrompant dans le tri du linge sale pour m'asseoir sur le sol de la salle de bains.

Même si j'ai conscience que Suzanne a des réserves sur Andy, Margot et leur univers, mon sourire est inamovible. J'ai beaucoup d'affection pour ma sœur, et c'est bon d'entendre enfin sa voix après plusieurs semaines d'échanges par répondeurs interposés. Depuis la fac, nos entretiens sont sporadiques ; ils dépendent de nos emplois du temps et, plus important, de l'humeur de Suzanne. Quand elle a besoin de se terrer, la harceler est vain : elle ne refait surface que lorsqu'elle se sent prête.

J'ai donc pris l'habitude de dresser une liste des sujets à aborder avec elle dans mon agenda. Je n'oublierais jamais les trucs importants – comme Atlanta ou Drake –, mais je ne voudrais pas passer sur les détails, de peur que nos conversations deviennent trop formelles. Ça me paraît impossible, mais je sais que ça arrive tout le temps entre sœurs, en particulier quand elles ne vivent pas à côté ou qu'elles n'ont pas grand-chose en commun. D'une certaine façon, j'ai l'impression qu'en la tenant informée des détails insignifiants de ma vie – qu'il s'agisse de ma nouvelle crème contour des yeux, de l'e-mail inattendu d'une connaissance du lycée perdue de vue, ou de ce souvenir de nos parents nous emmenant acheter des chaussures pour la rentrée le jour de la fête du Travail – nous ne deviendrons jamais des étrangères. Nous serons toujours davantage que deux femmes qui ne s'appellent et ne se voient que par obligation familiale.

Je passe donc ma liste en revue avant d'écouter ses nouvelles à elle, qui n'en sont pas vraiment. Elle déteste *toujours* son boulot d'hôtesse de l'air et elle n'est *toujours* pas fiancée à son copain, Vince. Il y a six ans, lorsqu'elle a fait ces choix, ils convenaient parfaitement à son insouciance de l'époque. Aujourd'hui, à trente-six ans, elle est lasse de servir des boissons à des malotrus, et encore plus quand ces malotrus ne sont autres que Vince et ses potes scotchés devant leur équipe préférée de football américain. Elle voudrait que sa vie change – ou Vince du moins –, sans bien savoir comment s'y prendre.

Elle est suffisamment têtue pour ne jamais demander conseil à sa petite sœur. De toute façon, je ne saurais pas forcément quoi lui dire. Vince, un entrepreneur que Suzanne a rencontré dans un embouteillage, n'est pas fiable. Il refuse de s'engager et a vécu avec une stripteaseuse. Mais il est aussi chaleureux, spirituel, et déborde de joie de vivre. Et puis, Suzanne l'aime sincèrement. J'ai donc appris à lui prêter une oreille compatissante et à rire aux moments opportuns, ce que je fais à ce moment précis en l'entendant me raconter que Vince lui a tendu une boîte à bijoux non emballée le jour de la Saint-Valentin juste après une partie de jambes en l'air. Connaissant le bougre, je devine la suite.

— Oh non ! grommelé-je en me remettant à trier mon linge.

— Oh *si* ! J'ai pensé : Pas question. Ne me dites pas que j'ai attendu six ans pour une demande au rabais le soir de la Saint-Valentin. Au pieu, qui plus est. Et si c'était une bague en forme de cœur ?... Mais je me suis dit aussi : Prends ce qu'il y a à prendre, ma petite. Nécessité fait loi.

— Et alors, c'était quoi ?

— Une bague avec un grenat. Une putain de pierre porte-bonheur.

J'éclate de rire : c'est tellement moche. Et tellement attendrissant, malgré tout.

— Au moins, il a essayé, dis-je.

Suzanne ignore ma remarque et enchaîne :

— Enfin qui, passé l'âge de dix ans, s'intéresse encore aux pierres porte-bonheur ?... Est-ce que tu connais la tienne ?

— La tourmaline.

— Eh bien, compte sur moi, je rappellerai à Andy de t'acheter une tourmaline pour aller avec la jolie baraque à Atlanta.

Le sens de l'humour de Suzanne est sans doute ce qui l'empêche d'avoir une vie totalement déprimante. Ça et le fait qu'en dépit de son côté ours mal léché elle possède un cœur d'or. Elle aurait toutes les raisons d'être aussi amère que ces célibataires qui attendent, en vain, une bague, mais ce n'est pas le cas. Et même si je la soupçonne parfois d'envier ma chance, mon parcours plus facile, elle reste avant tout une grande sœur géniale qui désire sincèrement le meilleur pour moi.

Je sais donc qu'elle se réjouira d'apprendre la nouvelle pour Drake, que je crève d'ailleurs d'envie de lui annoncer. Comme Andy, Suzanne le vénère, moins pour sa musique que pour son engagement politique. Bien que ma sœur n'ait pas l'apparence d'une hippie – elle a laissé tomber l'herbe et les Birkenstock juste après son époque Grateful Dead au lycée –, elle continue à se passionner pour les causes qui lui tiennent à cœur, en particulier l'environnement et le tiers-monde. Et quand je dis « se passionner », je pèse mes mots : Suzanne se bouge les fesses pour faire changer les choses – ce qui contraste avec l'inertie dont elle fait preuve dans sa vie privée. Quand nous étions au lycée, sa présence en cours laissait à désirer et elle avait du mal à atteindre la moyenne, en dépit de son QI de génie – quatorze points de plus que moi, comme nous l'avions découvert en farfouillant dans les dossiers de nos parents. Mais elle avait trouvé le temps et l'énergie de fonder une cellule d'Amnesty International et de faire circuler une pétition pressant l'administration d'installer des corbeilles de recyclage dans la cafétéria – le tri des ordures n'était pas répandu à l'époque, surtout pas à Pittsburgh.

Aujourd'hui encore, elle est constamment impliquée dans une action bénévole – planter des arbres dans des parcs publics, envoyer des lettres véhémentes à l'administration ou se rendre à La Nouvelle-Orléans après l'ouragan Katrina pour réparer des maisons avec Habitat pour l'humanité. Chaque fois que Suzanne évoque ses divers projets, je regrette de ne pas avoir la motivation nécessaire pour m'impliquer davantage : mon engagement se limite à l'exercice systématique de mon droit de vote (ce dont Andy, soit dit en passant, ne peut même pas s'enorgueillir, puisqu'il ne vote qu'aux présidentielles).

Comme prévu, dès que j'ai terminé mon histoire sur Drake – en esquivant l'épisode Leo –, Suzanne conclut :

— Waouh. Sale veinarde.

— Je sais.

Je suis tentée de lui raconter toute la vérité, de lui expliquer que la chance n'a pas grand-chose à voir là-dedans. Si je devais me confier à quelqu'un, ce serait à elle. Non seulement à cause des liens du sang – et du simple fait qu'elle n'est pas la sœur d'Andy –, mais aussi parce qu'elle est la seule personne de mon entourage à ne pas détester Leo. Ils ne se sont rencontrés qu'une fois, et ils ne se sont pas montrés très bavards, mais ils ont immédiatement éprouvé de la sympathie l'un pour l'autre, ainsi que du respect. Je me souviens m'être fait la réflexion qu'ils avaient beaucoup de points communs – opinions politiques, manie de tourner en dérision tout ce qui est consensuel, esprit acerbe et tempérament passionné en apparente contradiction avec un détachement atavique. Même lorsque Leo m'avait brisé le cœur, Suzanne s'était montrée plus philosophe que protectrice. Elle m'avait expliqué que tout le monde avait besoin de se faire plaquer au moins une fois, que c'était une étape nécessaire de la vie et qu'à l'évidence notre couple n'avait pas de raison d'être. « C'est mieux que ça arrive maintenant, vous n'avez pas trois enfants », avait-elle dit. Moi, j'aurais préféré l'inverse, peu m'importaient les dommages éventuels.

Je me retiens pourtant de lui en parler, sachant que ça pourrait nous entraîner dans une longue conversation. Et puis, je n'ai pas envie que cette révélation jette un éclairage biaisé sur ma relation avec Andy, que Suzanne dresse le même constat d'échec sur notre mariage que sur tous les autres. Qu'elle stigmatise le train-train quotidien ou la tentation d'aller voir ailleurs. J'ai entendu ce couplet à maintes reprises, et il ne sert à rien d'objecter que nos propres parents formaient un couple heureux, parce qu'elle contre toujours : « Comment pourrions-nous avoir une autre impression ? nous n'étions que des enfants... », ou encore : « Oui, et alors ? Maman est morte. Tu te souviens ? Tu parles d'un conte de fées... »

Margot, que le cynisme de Suzanne exaspère, soutient qu'elle a trouvé ce moyen pour justifier son célibat permanent. Elle n'a pas entièrement tort, même si c'est un peu la question de la poule et de l'œuf. En d'autres termes, si Suzanne était un peu plus traditionnelle et romantique, ou si elle avait posé un ultimatum comme la plupart des filles de Pittsburgh passé l'âge de vingt-cinq ans, je suis sincèrement persuadée que Vince aurait changé de disque. Il l'aime trop pour la laisser lui échapper. Mais avec tout le mal que Suzanne dit du mariage, il a une excuse en or pour se défiler. Leurs connaissances communes et sa famille lui mettent d'ailleurs bien plus la pression que Suzanne. C'est elle qui, généralement, coupe court à ce genre de discussion : « Sans vouloir vous manquer de respect, tante Betty, je préférerais que vous vous mêliez de vos affaires… Je m'occupe de Vince. »

De toute façon, Suzanne ne me laisse pas le temps d'évoquer Leo, puisqu'elle lâche de son ton autoritaire de grande sœur :

— Je t'accompagne.

— Tu es sérieuse ?

— Oui.

— Je ne te savais pas midinette à ce point, dis-je en feignant d'ignorer qu'elle possède une collection de tabloïds sur lui.

— Drake Watters n'est pas n'importe quelle star. C'est… Drake. Je viens.

— Pour de vrai ?

— Oui. Et pourquoi pas ? Je parle de te rendre visite depuis des mois maintenant… et ce n'est pas comme si c'était compliqué pour moi de sauter dans un avion pour Los Angeles.

— En effet.

C'est le grand avantage de son travail, et c'est sans doute pour cette raison qu'elle n'en change pas. Aller où elle veut, quand elle veut.

— Je t'assisterai… Allez, je suis même prête à bosser gratos.

— *Plateforme* me fournit un assistant.

Je ne suis pas sûre de souhaiter sa présence, et je ne comprends pas bien pourquoi.

— Eh bien, j'assisterai l'assistant. Je tiendrai le gigantesque disque argenté comme la fois où tu photographiais le fleuve Monongahela et où on se pelait les miches. Tu te souviens ? J'avais laissé tomber mon gant dans la flotte et j'ai failli avoir les doigts gelés.

— Oui, je m'en souviens, dis-je en songeant que Suzanne ne manque jamais de vous rappeler certaines choses. Et toi, tu te souviens que je t'avais acheté une nouvelle paire de gants le lendemain ?

— Oui, de mauvaise qualité.

— Pas du tout, dis-je en éclatant de rire.

— Bien sûr que si. Alors, pour te rattraper, laisse-moi venir à Los Angeles.

— Entendu. Mais interdiction de demander un autographe.

— Je t'en prie ! J'ai ma fierté !

— Et je ne veux plus t'entendre te plaindre de ces gants.

— Promis, répond-elle d'une voix solennelle. Plus jamais.

Dans les jours qui suivent, alors qu'Andy est en déplacement professionnel à Toronto, je me concentre sur la préparation de la séance photo. À plus d'une reprise je consulte la directrice photo et le directeur artistique de *Plateforme* : ils m'apprennent que l'article portera sur le travail humanitaire de Drake. Pour l'illustrer, ils veulent deux ou trois « portraits couleur sombres dans un environnement visuel riche ». J'interroge la directrice de la photo, me sentant, pour la première fois, nerveuse :

— Avez-vous une idée du type de mise en scène que vous recherchez ?

— Vous êtes là pour ça, me répond-elle. Nous avons vu votre site Internet. Nous sommes fans. C'est brillant. Vous avez carte blanche.

Je me sens regonflée tout en ressentant la petite bouffée d'excitation qui me saisit chaque fois que quelqu'un apprécie mon travail. Je lui demande s'il lui paraît possible d'investir un restaurant que j'ai découvert sur Internet et qui ne se situe qu'à quelques kilomètres de l'hôtel.

— C'est un *diner* à l'ancienne, avec des carreaux hexagonaux noirs et blancs au sol et des box rouges, dis-je en me faisant la réflexion que ce n'est pas sans rapport avec l'endroit où j'ai revu Leo. Le rouge pourrait symboliser son engagement pour le sida… Ce serait vraiment bien, je pense.

— Excellente idée. Je vais contacter l'agent de Drake pour obtenir le feu vert.

— Super, dis-je comme si j'avais déjà entendu ces mots des milliers de fois.

Quelques minutes plus tard, elle rappelle :

— Envoyez l'adresse précise du *diner*, Drake et son équipe vous y retrouveront à trois heures tapantes. Faites attention : il a un emploi du temps très chargé, il faudra travailler vite. Vous ne disposerez que de vingt à trente minutes. Ça suffira ?

— Aucun souci, j'aurai les clichés, dis-je avec un professionnalisme irréprochable (et bien plus d'assurance que je n'en éprouve en réalité).

Dès que j'ai raccroché, je téléphone à Suzanne pour lui demander si vingt minutes méritent toujours de traverser le pays. Sa détermination est inébranlable.

— Vingt minutes avec un génie, ce n'est pas rien. C'est certainement plus de génie que je n'ai eu la possibilité d'en voir depuis très très longtemps.

— Parfait. Mais évite de le dire devant ce pauvre Vince.

— Oh, Vince a conscience de sa médiocrité.

— Il sait à quoi s'en tenir, avec toi !

— Ouais. Parce qu'il n'y a pas grand-chose de pire qu'un homme qui ne sait pas à quoi s'en tenir.

Je ris à son bon mot, pourtant je n'en mesurerai la pertinence qu'à mon arrivée à Los Angeles, trois jours plus tard.

14

Il est cinq heures et demie de l'après-midi, je ne suis à Los Angeles que depuis une heure. J'ai eu le temps de déposer ma valise et mon matériel photographique au Beverly Wilshire et d'appeler Suzanne, qui a atterri plus tôt dans la journée. Elle m'apprend qu'elle fait du lèche-vitrines sur Rodeo Drive – « Je suis comme un poisson dans l'eau », ajoute-t-elle non sans ironie –, mais qu'elle me rejoindra bientôt. Elle ajoute qu'elle a déjà étudié les différents bars de l'hôtel et suggère que nous prenions un verre au Boulevard Lounge.

Je lui dis que c'est une excellente idée, que mes anxiolytiques n'étaient pas assez forts pour m'aider à supporter les perturbations du vol et qu'un verre de vin me ferait le plus grand bien. Suzanne éclate de rire et me traite de petite nature avant de raccrocher. J'enfile une tenue plus appropriée au cadre – jean foncé, chaussures compensées argentées avec lesquelles je frôle le mètre quatre-vingts, débardeur vert anis en soie, simple mais élégant. J'ai malheureusement oublié d'emporter le soutien-gorge sans bretelles acheté tout exprès, mais je suis suffisamment planche à pain pour me permettre de ne pas en mettre. En particulier en Californie, où tout est permis. J'effectue quelques retouches de maquillage, n'hésitant pas à rendre mon regard plus charbonneux que d'habitude, et je finis par me vaporiser un nuage de parfum sur le dos des mains – j'ai pris cette habitude à la fac en entendant Margot me répéter que je devrais tirer profit de ma manie de parler avec les mains.

L'ascenseur me dépose dans le hall luxueux, que je traverse en me pavanant à moitié jusqu'au Boulevard Lounge, un bar intime, moderne et élégant aux tons chauds d'ambre, de chocolat et d'or. Alors que j'admire le bar d'onyx éclairé de l'intérieur et son gigantesque présentoir à vin au millier de bouteilles, mon regard est attiré par le profil puissant d'un homme assis devant, seul, un verre à la main. Un homme qui ressemble furieusement à Leo. En m'attardant, je constate, avec étonnement et une forme d'effroi, qu'il fait davantage que lui ressembler : c'est Leo.

Encore lui. À trois mille kilomètres de New York.

Je reste figée sur place. Une seconde, j'ai la naïveté ou la bêtise de penser que c'est une autre coïncidence. Une autre rencontre fortuite. L'espace de cet instant, mon cœur s'emballe : *Mon Dieu, et si c'était le destin qui me poursuivait à travers le pays ?*

Mais lorsque Leo se retourne, me repère et lève son verre, je comprends qu'il a tout orchestré. Que j'ai été piégée.

Je me dandine d'un pied sur l'autre. Il repose son verre – apparemment un whisky, sa boisson préférée –, en m'adressant un sourire entendu.

Je ne le lui retourne pas, mais je parcours la demi-douzaine de pas qui nous séparent. Je ne parade plus, et le frisson qui me parcourt l'échine me fait regretter de ne pas porter de soutien-gorge. Ou mieux encore, un manteau.

— Bonjour, Leo.

— Ellen. Heureux que tu sois là.

On dirait une réplique tirée d'un vieux film hollywoodien, mais je suis loin d'être séduite, même lorsqu'il se lève pour tirer le tabouret à côté de lui.

Tu n'as rien de Cary Grant. Je décline l'invitation d'un mouvement de tête. Je suis trop abasourdie pour être en colère, mais je ressens quelque chose de plus fort que de la simple indignation.

— Tu as fait tout ce chemin et tu ne veux pas t'asseoir ?

Encore une réplique.

Leo ne donnait jamais dans ce genre de phrases fabriquées dans le passé, et ce changement me déçoit presque. L'homme qu'il est devenu ne m'intéresse pas, mais bizarrement je ne veux pas que ces poncifs viennent ternir son souvenir.

— Non, merci, dis-je froidement. Ma sœur me rejoint d'une minute à l'autre.

— Suzanne ? demande-t-il avec une touche de suffisance.

Je le considère un moment en silence, me demandant s'il croit réellement que je vais être impressionnée qu'il se souvienne de son prénom. Je suis tentée d'égrener *Clara, Thomas, Joseph, Paul* – les prénoms de ses quatre frères et sœur, par ordre de naissance –, mais je me refuse à lui faire ce plaisir.

— Oui. Suzanne. Je n'ai qu'une sœur.

— C'est vrai. Eh bien, je suis heureux qu'elle vienne. Sa présence est un bonus.

— Un *bonus* ? dis-je en fronçant les sourcils, ce qui passera, je l'espère, pour une marque d'étonnement. Du genre… deux sœurs pour le prix d'une ?

Il rit.

— Non, du genre, j'ai toujours apprécié Suzanne… aux quelques occasions où nous nous sommes rencontrés.

— Tu ne l'as vue qu'une seule fois.

— C'est vrai. Et je l'ai appréciée. Beaucoup.

— Je suis certaine qu'elle sera ravie de l'apprendre. Maintenant, si tu veux bien m'excuser…

Avant qu'il ait le temps de protester, je me dirige vers l'extrémité du bar et accroche le regard du barman, un homme rougeaud aux cheveux gris – impossible d'avoir davantage la tête de l'emploi.

— Qu'est-ce que je vous sers ? demande-t-il de la voix rocailleuse que j'attendais de lui.

J'opte pour une vodka martini avec olive au détriment du verre de vin, puis indique un canapé vert clair à l'autre bout de la pièce.

— Je vais m'installer là-bas… merci.

— Très bien, répond-il avec bienveillance, comme s'il comprenait que je préfère éviter la compagnie du seul autre client.

D'un pas décidé, je rejoins le canapé, sentant les yeux de Leo dans mon dos. Je m'assieds, croise les jambes et me concentre sur le Wilshire Boulevard, que j'aperçois par la fenêtre. Mon esprit s'emballe. Qu'est-ce que Leo fabrique ici ? Est-ce qu'il cherche à me séduire ? À me tourner en ridicule ? À me torturer ? Que pensera Suzanne quand elle débarquera ? Que dirait Andy s'il me voyait, sans soutien-gorge, dans cet endroit prétentieux, avec mon ancien amant ?

Mon verre arrive une seconde avant Leo.

— Tu es… en colère ? s'enquit-il en se dressant au-dessus de moi.

— Non, je ne suis pas en colère, dis-je en lui adressant à peine un regard avant d'avaler une gorgée de mon cocktail.

C'est fort mais agréable.

— Si, tu es en colère.

Il semble plus amusé qu'inquiet. En voyant les coins de sa bouche s'étirer en un sourire de satisfaction, je perds patience.

— Qu'est-ce que tu veux exactement ?

— Comment ça ?

Sans se départir de ce calme olympien horripilant, il s'installe à mon côté sur le canapé, alors même que je ne l'y ai pas invité.

— *Là*, dis-je en indiquant d'un geste nerveux l'espace entre nous (répandant ainsi, sans le vouloir, des effluves de parfum). Qu'est-ce que tu fais ici, Leo ?

— Je rédige l'article, répond-il innocemment. Sur Drake.

Je le fixe en silence. C'est incroyable, je n'ai pas envisagé une seule fois cette éventualité. L'avais-je inconsciemment écartée ? Pourquoi ? Parce que j'espérais malgré moi que Leo serait là ? Ou parce que je voulais m'éviter tout sentiment de culpabilité en acceptant ce contrat de rêve ? J'ai la sensation désagréable qu'un bon psy étudierait les deux voies.

— Oh... dis-je d'une voix atone, comme anesthésiée.

— Je pensais que tu étais au courant, reprend-il.

Il est sincère. Je secoue la tête et je me détends en songeant qu'il a une bonne raison de se trouver là : il ne s'agit pas d'une embuscade.

— Comment aurais-je été au courant ?

Je suis encore sur la défensive, mais la honte me gagne progressivement, honte de mon éclat, honte de l'aplomb ridicule avec lequel j'ai présumé qu'il était là pour me voir.

— Comment aurais-je eu vent de la séance photo autrement ? demande-t-il.

Il marque un nouveau point.

— Je ne sais pas... par une relation ?

— Comme Drake ? rétorque-t-il, l'air amusé.

— Tu... *connais* Drake ?

— On est comme les doigts de la main...

— Oh ! soufflé-je, laissant entendre, malgré moi, que je suis impressionnée.

— Je plaisante.

Il m'explique qu'il a travaillé comme correspondant pour l'Unicef pendant la dernière marche contre le sida à New York, et qu'à cette occasion il a rencontré des collaborateurs de Drake.

— Nous nous sommes retrouvés à discuter autour d'une pinte de bière, et j'ai réussi à leur vendre mon idée d'article. Ensuite, j'ai contacté *Plateforme*. Voilà le fin mot de l'histoire.

Je suis totalement désarmée par son récit – elles sont bien loin les manigances sordides pour séduire une ex-copine dans un bar chic de Los Angeles.

— Bref, poursuit-il, le jour où j'ai obtenu le feu vert de *Plateforme*, je suis tombé sur toi… J'ai eu l'impression… je ne sais pas… que c'était un coup du destin… et que je devais t'associer au projet.

— Nous n'avons pas évoqué mon travail, pourtant, dis-je pour savoir s'il a tapé mon nom dans le moteur de recherche de Google en rentrant chez lui ou s'il a suivi ma carrière au fil des ans.

D'un air penaud, il confirme mes soupçons :

— Je sais très bien ce qu'il en est.

— C'est-à-dire ?

— C'est-à-dire qu'on n'a pas besoin de voir une personne pour y penser… et s'intéresser, de temps à autre, à ce qu'elle devient…

— C'est moi, ou il fait froid ? dis-je en sentant un frisson me traverser.

— J'aurais plutôt chaud, répond-il en se penchant vers moi, suffisamment pour que je puisse sentir l'odeur de sa peau et le whisky dans son haleine. Tu veux ma veste ?

J'y jette un coup œil : le genre de vêtement en daim marron foncé que porterait un cow-boy ou un reporter. Je le remercie dans un quasi-chuchotement. Le bonjour tonitruant que lance soudain Suzanne nous surprend d'autant plus. J'ai le sentiment d'avoir été prise la main dans le sac. Le feu aux joues, je me lève pour serrer ma sœur dans mes bras et bredouiller une explication.

— Je... euh... regarde sur qui je suis tombée !... Tu te souviens de Leo ?

— Bien sûr, répond-elle gaiement, sans se troubler.

Elle glisse une main dans la poche arrière de son jean et tend l'autre à Leo.

— Salut.

Il serre sa main en disant :

— Salut, Suzanne. Heureux de te revoir.

— Moi aussi, réplique-t-elle avec sincérité. Ça fait longtemps.

Un étrange silence s'installe. Nous sommes plantés à quelques centimètres les uns des autres. Leo rompt ce triangle en s'écartant.

— Bien... Je vais vous laisser toutes les deux...

Suzanne sourit et s'affale sur le canapé, comme pour nous accorder quelques secondes – et quelques centimètres supplémentaires – d'intimité. Je saisis l'occasion, bien que je me sente partagée. Je veux qu'il parte. Je veux qu'il reste.

— Merci, Leo, finis-je par lâcher.

Je ne sais pas très bien pour quelle raison je le remercie. Le contrat ? L'aveu de n'avoir jamais réellement cessé de penser à moi ? La façon dont il s'éclipse ?

— De rien, dit-il, comme en réponse aux trois options.

Il pivote pour s'en aller, puis s'arrête, fait volte-face et plante ses yeux dans les miens.

— Écoute... euh... je vais aller manger un morceau dans un super restau mexicain. Ils servent le meilleur guacamole que j'aie mangé de ma vie... et les margaritas se défendent... Je ne veux surtout pas vous forcer la main, mais appelez-moi si ça vous dit de me rejoindre...

— D'accord.

— Je suis joignable sur mon portable ou dans ma chambre. (Il vérifie sa clé électronique.) Numéro 612.

— 612, c'est noté.

Soit un étage exactement au-dessus de notre chambre. La 512.

— Et si vous ne téléphonez pas, on se voit demain après-midi.

— D'accord.

— Si j'ai bien compris, l'interview se déroulera dans un *diner* sélectionné par tes soins ?

J'opine, soulagée de ne pas être mise devant le fait accompli le lendemain.

— Tu as toujours aimé les *diners*, conclut-il avec un clin d'œil avant de partir pour de bon.

Dès qu'il a disparu, le visage impassible de Suzanne s'épanouit en un énorme sourire.

— La vache, Ellen.

— Quoi ? dis-je en me préparant à l'inévitable curée.

— La tension sexuelle était à couper au couteau.

— C'est ridicule.

— 612, c'est noté, imite-t-elle d'une voix perçante.

— Je n'ai pas pris cette voix. Ce n'est pas du tout ce que tu crois, Suzanne. Je te jure.

— Qu'est-ce que c'est, alors ?

— C'est une longue histoire…

— On a tout le temps.

— Commande d'abord un verre.

— C'est déjà fait. J'ai demandé un cocktail *Pretty Woman* au bar en vous observant… Tu savais que le film a été tourné ici ?

— C'est vrai ? dis-je en espérant détourner le sujet de la conversation. J'adore ce film. On l'avait vu ensemble, non ?

Elle hausse les épaules.

— Je me rappelle seulement que c'était une apologie de la prostitution. Bon… revenons-en à ton charmant ex…

— Il n'est pas charmant.

— Il est sexy, et tu le sais. Mais il lance des œillades ridicules.

J'essaie, en vain, de retenir un sourire. Ses œillades sont bel et bien ridicules.

— Allez. Raconte-moi ce qui se passe, maintenant.

Je pousse un lourd soupir et laisse tomber ma tête dans mes mains.

— D'accord. Mais ne me juge pas, s'il te plaît.

— L'ai-je jamais fait ?

— Tu es sérieuse ? dis-je en la regardant à travers mes doigts écartés et en éclatant de rire. Quand ne l'as-tu *pas* fait ?

— Admettons… Alors, je te promets de ne pas te juger *cette fois*.

Je soupire une nouvelle fois avant de me lancer dans le récit, en commençant par notre rencontre inattendue au milieu de la rue. Suzanne ne m'interrompt pas – sauf pour commander une nouvelle tournée lorsque la serveuse vient déposer devant nous un ramequin argenté rempli de biscuits apéritifs. Une fois que j'ai terminé, je lui demande si je suis ignoble. Elle me tapote la jambe, comme elle le faisait pour me rassurer lorsque nous étions petites.

— Pas encore.

— C'est-à-dire ?

— C'est-à-dire que tu n'as bu qu'un seul cocktail… et que quelque chose peut encore arriver.

— Suzanne, dis-je, horrifiée par ses insinuations. Je ne tromperais jamais Andy. Jamais.

— Ellen, rétorque-t-elle en haussant les sourcils. Qui a parlé de tromper ?

Deux heures, trois verres et d'innombrables conversations plus tard, Suzanne et moi retournons dans notre chambre, ivres et heureuses. Tandis que nous vidons le minibar, en déclarant que, quand on est affamé, six dollars le paquet de bonbons, ce n'est finalement pas si cher, je repense à Leo et à son guacamole.

— Est-ce qu'on appelle la réception pour leur demander de nous conseiller un restaurant ? dis-je. J'ai très envie de manger mexicain…

— Quelle coïncidence, lâche Suzanne en soulevant le combiné du téléphone. Autant appeler directement la chambre 612… Ou, encore mieux, aller y frapper.

Je secoue la tête en affirmant qu'il est hors de question de retrouver Leo pour le dîner.

— Tu es *sûûûûre* ?

— Certaine.

— Ça pourrait être drôle.

— De me voir me dépatouiller de la situation ?

— Non, drôle parce que j'apprécie la compagnie de Leo.

Je suis incapable de dire si elle plaisante, si elle me teste ou si elle s'en tient simplement à sa promesse de ne pas me juger, mais je lui arrache le combiné, et le sachet de M&M's.

— Allez, insiste-t-elle, tu n'as pas envie d'apprendre ce que Leo est devenu depuis toutes ces années ?

— Je le sais déjà. Il est toujours journaliste.

Je retire mes chaussures et glisse mes pieds dans une paire de pantoufles blanches portant l'insigne de l'hôtel. Puis je fourre une poignée de chocolats dans ma bouche avant d'ajouter :

— Je me retrouve ici pour cette raison, tu te souviens ?

— Oui, mais en dehors de son travail… Tu n'as aucune information sur sa vie privée, si ? Tu ne sais même pas s'il est marié ?

— Il n'est pas marié.

— Tu es sûre ?

— Il ne porte pas d'alliance.

— Ça ne veut rien dire. Plein d'hommes mariés n'en portent pas.

— Sympa…

— Ce ne sont pas tous des filous pour autant, répond-elle en oubliant son refrain habituel sur les pilotes coureurs de jupons et les hommes d'affaires lubriques qui hantent la première classe. Ne pas porter son alliance, ça peut juste être un peu… vieux jeu. Notre père ne mettait jamais la sienne… et je ne crois pas qu'on s'avance trop en disant que ce n'était pas un dragueur.

— Est-ce qu'il est possible d'être déjà vieux jeu à moins de quarante ans ?

— Bien sûr, le côté « à l'ancienne »… je crois que Leo est comme ça, conclut-elle d'un air admiratif (c'est presque toujours un compliment d'ailleurs, quand on utilise cette expression).

— Et tu te fondes sur *quoi* exactement pour avancer une chose pareille ?

— Je ne sais pas. J'ai l'impression… qu'il n'est pas prisonnier du matérialisme et de tous les autres pièges de notre génération.

— Suzanne ! Où vas-tu pêcher des conneries pareilles ? Si tu as passé quatre heures avec lui dans toute ta vie, c'est le bout du monde !

— Il s'implique dans des causes justes, dit-elle en référence à sa participation à la marche contre le sida.

— Ce qui n'en fait pas un saint pour autant.

Malgré ma rebuffade, je suis forcée de le reconnaître : elle vient de mettre en relief une des qualités de Leo que j'aimais le plus. À l'inverse de nombre d'hommes, en particulier ceux que j'avais rencontrés à New York, il n'avait jamais été ni arriviste ni suiviste. Il n'avait pas besoin du *New York Magazine* ou du *Zagat's* pour choisir un restaurant ou un bar. Il n'arborait pas les mocassins Gucci noirs que tout le monde portait. Il n'évoquait jamais, mine de rien, le sublime livre qu'il venait de lire, le dernier film en vogue qu'il avait vu ou le petit groupe de rock indé qu'il avait « découvert ». Il n'avait jamais aspiré à s'installer dans une grande maison en banlieue avec une jolie femme et deux enfants. Et il avait toujours préféré les voyages et les expériences à la possession du dernier gadget à la mode. En résumé, Leo n'était pas du genre à cocher des cases, à vouloir impressionner quiconque ou à s'efforcer de devenir quelqu'un ou quelque chose qu'il n'était pas.

Je fais part à Suzanne de ces réflexions, mais je garde pour moi la comparaison entre Leo et Andy. Andy qui possède plusieurs paires de mocassins Gucci, Andy qui compulse régulièrement la presse à la recherche d'une idée de sortie, Andy qui rêve de quitter la *meilleure* ville du monde pour aller vivre dans une belle maison à Atlanta. Et même si on ne pourra jamais accuser mon mari de jouer à ce petit jeu snob qui consiste à balancer au milieu d'une conversation le nom du groupe de rock, du film indépendant ou du roman en vogue, je suis bien obligée de reconnaître qu'il est plus matérialiste que mon ex.

Une vague de culpabilité me submerge aussitôt. Oui, Andy apprécie les bonnes choses, notamment certains objets de marque, et alors ? Ce n'est pas comme s'il faisait ses choix en fonction de ses voisins. Il se trouve juste que c'est un type consensuel, qui ne se sent pas obligé de s'excuser de ses préférences – ce qui le rend aussi indépendant, à sa façon, que Leo.

Et pourquoi ce besoin d'établir une comparaison entre eux deux, d'ailleurs ? J'hésite avant de poser la question à Suzanne : j'espère qu'elle me répondra que c'est absurde, en effet. Pourtant elle balance :

— Primo, c'est impossible de ne pas les mettre en compétition. Quand tu choisis un chemin à un embranchement, tu ne peux pas t'empêcher de t'interroger sur l'autre. De te demander à quoi ta vie aurait ressemblé…

J'opine en songeant que la voie Leo n'a jamais été une vraie option. J'avais tenté de l'emprunter, et découvert qu'elle se terminait en cul-de-sac, sombre et glacial.

Suzanne passe une main dans sa longue chevelure bouclée et poursuit :

— Deuzio, Leo et Andy ont quelque chose en commun. Ton amour.

Je suis déconcertée.

— Comment ça ?

— Eh bien, peu importe que deux êtres aimés se ressemblent ou pas… Peu importe que tu les aies aimés en même temps ou à dix ans d'intervalle… Peu importe qu'ils se détestent viscéralement ou qu'ils ignorent tout l'un de l'autre… Ils appartiennent à la même fraternité. De même que tu es liée à toutes les femmes qu'Andy a aimées. Il y a une parenté tacite, que ça te plaise ou non.

Alors que je réfléchis à sa théorie, elle m'explique qu'elle a récemment croisé l'ex de Vince, la stripteaseuse, dans un bowling. Bien qu'elles ne se soient jamais vues que de loin et qu'elles n'aient que de vagues connaissances en commun (le contraire est quasiment impossible à Pittsburgh), elles ont fini par discuter un long moment.

— C'était très bizarre, poursuit Suzanne. Nous n'avons pas vraiment parlé de Vince, à part pour évoquer sa maladresse chronique et sa manie de traverser le pont de Brooklyn du mauvais côté… Pourtant, c'était comme si elle comprenait ce que je ressentais… Comme si elle savait ce que c'était que d'aimer Vince en dépit de tous ses défauts… Même si tu es ma sœur et que tu connais mille fois mieux notre histoire qu'elle, d'une certaine façon, elle la comprend mille fois mieux que toi.

— Alors même qu'elle ne tient plus à lui ?

— Eh bien, si j'en crois sa façon de le couver du regard, elle ne l'a pas complètement oublié. Mais oui. Quand bien même.

Je laisse tomber ma tête sur un oreiller : l'excitation est en train de céder la place à la fatigue et à la faim. Je demande à Suzanne si elle ne préfère pas que nous nous fassions monter à dîner dans la chambre, avant de me rappeler qu'elle passe une grande partie de sa vie en déplacement et qu'elle a rarement l'occasion de sortir des hôtels d'aéroport. J'ajoute aussitôt que je peux trouver la motivation pour sortir.

— Non. Laisse tomber. Je ne suis pas venue ici pour la vie nocturne.

— Ahhh ! dis-je en plantant un énorme baiser sur sa joue. Tu es venue ici pour moi, hein ?

— Lâche-moi !

— Allez, dis-je en embrassant encore sa joue, puis son front.

C'est seulement dans ces moments de complicité taquine que je peux la couvrir de bisous. Comme notre père, le contact physique la met mal à l'aise – alors que j'ai hérité le gène câlin de ma mère.

— Tu adores ta petite sœur. C'est pour ça que tu es ici ! Reconnais-le !

— Non, je suis ici pour deux raisons.

— Ah oui ? Pour Drake et quoi d'autre ?

— T'empêcher de faire des bêtises ! lance-t-elle en m'attaquant avec un oreiller.

À l'évidence, elle plaisante, mais c'était l'ultime coup de pouce qu'il me fallait pour enfiler ma chemise de nuit, choisir un sandwich dans le menu de l'hôtel et appeler mon mari.

— Salut, trésor. Vous en profitez bien, les filles ?

— Oui, dis-je en songeant combien sa voix est charmante et rassurante.

Il me demande quels sont nos projets pour la soirée, et je réponds que nous restons papoter dans la chambre.

— Vous n'allez pas partir à la chasse, alors ? demande-t-il.

— Andy... dis-je en sentant la culpabilité m'aiguillonner alors que l'haleine alcoolisée de Leo et son regard langoureux avant de quitter le bar me reviennent en force.

Je l'imagine en train de siroter une margarita, quelque part. Pas loin.

— Tu es un ange, reprend-il en bâillant. Je t'aime.

Je souris en lui répondant que je l'aime aussi.

— Assez pour me dégoter un autographe ?

— Pas tout à fait, dis-je.

Et j'ajoute en silence : Mais bien assez pour tirer un trait sur le meilleur guacamole du monde et l'homme qui dort dans la chambre 612.

15

Au milieu de la nuit, je suis réveillée par le son de ma propre voix. J'étais en train de faire un rêve très explicite sur Leo et c'est tout juste si je ne rougis pas – sacré exploit quand on est dans l'obscurité. En laissant le léger ronflement de Suzanne me bercer, je reprends mon souffle et me repasse les détails les plus marquants : sa large carrure au-dessus de moi, ses mains entre mes jambes, ses lèvres sur ma nuque, et la première pénétration.

Je me mords la lèvre inférieure quand je réalise qu'il est juste au-dessus de moi, dans un lit semblable au mien, et qu'il rêve peut-être de la même chose ou bien que, les yeux grands ouverts, il y pense. Exactement comme moi.

Ce serait si simple. Il me suffit de décrocher mon téléphone, d'appeler la chambre 612 et de murmurer : *Je peux monter ?*

Et il répondrait : *Oui, ma puce, viens tout de suite*.

Je sais que c'est ce qu'il me dirait. Je le sais parce que nous sommes tous les deux à Los Angeles, dans le même hôtel. Parce qu'il m'a lancé un regard explicite au bar (même Suzanne ne s'y est pas trompée). Mais surtout, parce que nous avons partagé quelque chose de fantastique. Et même si j'essaie de le nier, de l'ignorer ou de me concentrer uniquement sur la façon dont notre histoire s'est terminée, je me souviens de ce qu'il y avait entre nous. Et lui aussi, sans doute.

Je ferme les paupières, et mon cœur s'emballe quand je me vois quitter mon lit pour me glisser à pas de loup dans les couloirs jusqu'à la porte de Leo. Je ne frappe qu'un seul coup, comme lui, il y a bien longtemps, lorsque nous étions jurés. Leo m'attend de l'autre côté du battant, la barbe naissante, les yeux lourds de sommeil ; il me guide jusqu'à son lit et me déshabille lentement.

Une fois sous les couvertures, nous ne discuterions pas des raisons de notre rupture, des huit années écoulées. Il n'y aurait pas de mots. Juste le bruit de nos respirations, de nos baisers et de notre étreinte.

Je me dis que ça ne compterait pas. Ça ne compte pas quand on est aussi loin de chez soi. Au milieu de la nuit. Ce ne serait que le prolongement nébuleux d'un rêve trop séduisant pour qu'on lui résiste.

Quand je me réveille de nouveau plusieurs heures après, le soleil perce à travers la fenêtre, et Suzanne s'agite déjà dans la chambre, rassemblant nos affaires tout en regardant la télévision dont elle a coupé le son.

— Super, l'exposition plein est, grommelé-je.

— Je sais, rétorque-t-elle en relevant le nez de sa trousse de toilette. On a oublié de fermer le volet.

— On a également oublié de prendre de l'Advil, dis-je en plissant les yeux à cause de la douleur qui palpite dans ma tempe gauche.

Mon mal de crâne s'accompagne du mélange de honte et de regret qu'on ressent en se réveillant, après une nuit bien arrosée et festive, dans un lit inconnu avec un étranger. Je me convaincs que la situation n'a rien à voir. Il ne s'est *rien* passé la nuit dernière. C'était un rêve. C'est tout. Parfois, *souvent*, les rêves ne signifient rien. Adolescente, j'avais, à ma grande horreur, fait un rêve érotique avec mon orthodontiste, un père de famille modèle qui perdait déjà ses cheveux – son fils était dans ma classe, pardessus le marché ! Et j'ai la certitude que je n'éprouvais aucun désir, même inconscient, pour le Dr Popovich.

Au fond de moi pourtant, je sais bien que le fantasme de cette nuit ne surgit pas de nulle part. Et en particulier, je sais que le problème n'est pas le rêve en soi. Mais ce que j'ai ressenti au réveil. Ce que je ressens toujours.

Je m'assieds et m'étire, trouvant du réconfort dans l'abandon de la position horizontale. Dès que j'ai quitté mon lit, je passe en mode professionnel, adoptant même un ton tranchant et autoritaire avec Suzanne. Je ne peux pas me permettre de me vautrer dans des fantasmes ridicules et déplacés alors qu'une séance décisive pour ma carrière m'attend. Pour reprendre l'expression de Frank : *C'est maintenant ou jamais.*

Plusieurs heures plus tard, après avoir passé en revue le matériel, testé les batteries, relu mes notes, appelé mon assistant pour confirmer l'emploi du temps et vérifié, à trois reprises, avec la directrice du *diner* qu'elle fermait bien ses portes au public pendant deux heures, je me retrouve sous l'eau brûlante de la douche, et une seule pensée m'obsède : Leo. Je regrette de ne pas avoir emporté des vêtements plus seyants. Je me dis combien je me sentirais mal si je l'avais appelé la veille. Je me demande si ça aurait valu le coup et me réprimande dans la seconde suivante pour avoir ne serait-ce qu'envisagé une telle chose.

Suzanne interrompt le cours de mes pensées en hurlant à travers l'épais nuage de vapeur :

— Tu es toujours en vie ?

— Ouais, dis-je sèchement.

Je me rappelle qu'adolescente elle avait pris l'habitude de crocheter la porte de la salle de bains avec une épingle à cheveux, gâchant ainsi fréquemment mes seuls moments d'intimité dans notre minuscule maison.

— Tu es nerveuse ou particulièrement sale ? me demande-t-elle en essuyant le miroir avec une serviette de toilette avant de se laver les dents.

Je coupe l'eau et m'essore les cheveux tout en admettant que, oui, je suis nerveuse. Mais je n'avoue pas que ma nervosité n'a pas grand-chose à voir avec Drake.

C'est surréaliste de les voir discuter ensemble autour d'un hamburger (Leo) et d'une salade grecque (Drake). Un instant, je m'oublie et me perds dans une multitude de détails. Leurs cheveux ont la même nuance brun foncé, même si Drake arbore une barbe de trois jours et des cheveux longs légèrement gras, et que Leo, rasé de frais, paraît presque sérieux en comparaison. Ils portent tous deux un tee-shirt noir tout simple, mais si celui de Leo semble provenir de chez Gap, celui de Drake est mieux coupé et plus moulant (et vraisemblablement cinq fois plus cher). Et ce dernier a évidemment accessoirisé l'ensemble avec une créole en argent, plusieurs bagues et ses habituelles lunettes aux verres fumés.

Bien plus que par leur tenue vestimentaire ou leur allure générale, je suis fascinée par l'impression de calme et de détente qui émane de leur table. Leo a réussi un tour de force : Drake a baissé sa garde et semble même content de répondre à des questions qu'il a, sans aucun doute, déjà entendues des milliers de fois. Quant à Leo, il paraît parfaitement à son aise. Je remarque qu'il a troqué le carnet jaune dont il ne se séparait jamais contre un petit enregistreur gris métallisé, discrètement posé derrière le sel et le poivre. En réalité, à l'exception de cet appareil et du fait que Drake soit *Drake*, rien n'indique qu'une interview est en train de se dérouler. Même le type au look grunge et néanmoins très soigné qui, j'imagine, travaille avec Drake se tient à distance respectueuse, près du bar – ce dont Leo peut se glorifier (j'ai vu des agents surveiller de près des personnalités beaucoup moins importantes pour les protéger des questions de journalistes bien plus renommés). À l'évidence, Leo a su les convaincre de son professionnalisme.

— La vache, murmure Suzanne, son visage dégage une telle puissance...

J'acquiesce, tout en sachant que nous n'observons pas le même homme, et je m'attarde une dernière seconde sur Leo avant de lancer :

— Très bien, au travail maintenant.

J'entreprends de déballer mon matériel tout en survolant du regard la salle, à la recherche de la meilleure source de lumière naturelle.

— Essaie d'agir en assistante, tu veux bien ?

— Oui, chef, répond-elle.

Rosa, la directrice du restaurant, une femme trapue au visage grave mais accueillant, nous demande si nous avons besoin de quoi que ce soit pour au moins la troisième fois. J'ai l'impression que c'est un jour déterminant pour sa carrière, ce qui nous fait un point commun (même si, moi, je dois réussir une photographie qui finira en couverture d'un magazine). Je lui réponds par la négative, mais elle insiste :

— Pas même un verre d'eau ou un café ?

Je suis trop survoltée pour prendre de la caféine, et j'accepte donc le verre d'eau, alors que Suzanne réclame, sans la moindre gêne, un milk-shake à la fraise.

— Formidable, nos milk-shakes sont fameux, annonce fièrement Rosa avant de se précipiter pour exécuter la commande.

Je jette à ma sœur un regard désapprobateur mais légèrement amusé.

Elle hausse les épaules.

— Qu'est-ce que tu veux que je te dise ? Je travaille mieux avec ma dose de sucre. Tu ne tiens pas à obtenir le meilleur de tes employés ?

Je lève les yeux au ciel et constate avec soulagement que mon vrai assistant, un jeune homme au teint frais, Justin, vient d'arriver avec le reste de l'équipement. Après nous être présentés et avoir brièvement échangé quelques phrases, je lui indique les endroits les plus appropriés et lui demande son avis, ce qui a l'air de le flatter. Grâce à lui, moi, j'ai le sentiment d'être une vieille habituée, ce qui m'apporte le regain de confiance dont je manquais. Justin confirme mes choix en matière de cadre et d'éclairage tout en me faisant part d'une de ses idées. Puis nous préparons le plateau, prenons les mesures pour la lumière et réalisons quelques clichés tests. Pendant ce temps, Suzanne déploie des trésors d'inventivité pour se rendre utile tout en cherchant à écouter l'interview.

Au gré de mes déplacements dans la petite salle, je surprends moi aussi, sans le vouloir, une question ou des bribes de réponse. Enfin, Justin et moi sommes prêts. En vérifiant l'heure, je constate que nous sommes en avance : pour la première fois de la journée, voire de la semaine, je me détends.

Jusqu'à ce que Leo m'interpelle : Drake et lui m'attendent.

— Viens, Ellen, ajoute Leo comme si nous étions les plus vieux amis du monde et qu'il venait de retrouver le troisième luron d'un trio naguère inséparable.

Mon cœur s'emballe. Pour au moins deux raisons.

— Nom de Dieu, il a les yeux rivés sur toi, grommelle Suzanne dans son milk-shake avant d'ajouter : Surtout, ne trébuche pas sur ces câbles.

Je prends une profonde inspiration et, reconnaissante de ne pas avoir à travailler en talons, me dirige d'un pas décidé vers la table autour de laquelle plusieurs personnes sont maintenant rassemblées.

Comme si elles étaient invisibles, Leo me lance :

— Bonjour, Ellen.

— Bonjour, Leo.

— Assieds-toi, m'invite-t-il d'une façon étrangement familière.

À la réflexion, notre échange n'est pas seulement familier, c'est exactement le même qu'hier. *Je n'ai pas de temps pour ce genre de pensées*, me dis-je en prenant place à côté de Leo. Il se pousse à peine, si bien que nous pourrions nous tenir la main si l'envie nous en prenait.

— Ellen, je te présente Drake Watters. Drake, une bonne amie à moi, Ellen.

Encore un moment surréaliste. Je n'en reviens pas d'être présentée à Drake – par *Leo* de surcroît.

Je m'apprête à lui tendre la main avant de me souvenir que la plupart des stars sont obsédées par les microbes. Je me contente donc d'un signe de tête respectueux.

— Bonjour, Drake, dis-je, le cœur battant la chamade.

— Enchanté de faire votre connaissance, Ellen, répond-il de son accent sud-africain chantant.

Il est exactement comme je l'imaginais, aussi incroyable, même s'il dégage surtout une forme d'humilité.

— Moi de même.

Je me contente de cette formule de politesse : il n'y a rien de plus dangereux pour un photographe que d'ennuyer une célébrité avec une conversation sans intérêt. De toute façon, rien ne me vient à l'esprit à part : *J'ai perdu ma virginité sur l'une de vos chansons, c'est fou, non ?* Je sais que, pour rien au monde, je ne balancerais une chose aussi ridicule (et qu'importe que ce soit la vérité). Pourtant, je ne peux m'empêcher d'éprouver la crainte irraisonnée que les mots sortent tout seuls – un peu comme lorsqu'on a peur de se jeter du premier étage d'un centre commercial, sur un coup de folie.

Un type s'approche alors de nous en se frottant les mains pour nous indiquer que la conversation est terminée.

— Vous êtes Ellen Dempsey ? demande-t-il avec un accent sud-africain plus prononcé que celui de Drake.

— Oui, dis-je en regrettant de ne pas avoir changé mon patronyme professionnel à l'occasion de mon mariage avec Andy.

— Vous avez quinze minutes pour prendre les photos, me prévient un autre type avec une certaine condescendance.

— Aucun problème, dis-je avant de me tourner vers Drake. Vous être prêt ?

— Bien sûr, répond-il avec un mouvement de tête décontracté. Où voulez-vous que je me mette ?

Je lui indique un box derrière celui où nous sommes installés et je passe en pilote automatique : plus le temps d'avoir la frousse.

— Juste là. Près de la fenêtre. Pourriez-vous prendre votre tasse de thé avec vous ? J'aimerais l'avoir au premier plan.

— Avec plaisir, me répond-il avec un clin d'œil. Je ne l'avais pas terminée de toute façon.

Drake s'exécute et je surprends le regard attendri (je ne vois pas d'autre mot pour le décrire) de Leo. Je lui adresse un sourire sincère – pour ne pas dire attendri – en retour.

— Bonne chance, chuchote-t-il en me couvant des yeux.

Je me perds quelques secondes dans son regard. Puis, manquant, une fois de plus, de jugeote, je lui demande :

— Tu m'attends ?

Il sourit.

— C'était bien mon intention. Tu ne te débarrasseras pas de moi aussi facilement.

Je réalise soudain que je ne pourrai pas cacher éternellement le lien entre Leo et cet article. Andy et Margot verront sa signature. Tout le monde la verra. Nos noms seront imprimés côte à côte, sous celui de Drake. Et pourtant, en saisissant mon appareil photo, je me dis que cette journée justifie sans doute quelques ennuis.

Les quinze minutes qui suivent s'écoulent sans que je m'en rende vraiment compte : poussée par l'adrénaline, je prends quatre-vingt-quatorze clichés, tout en égrenant un flot monotone d'instructions. *Asseyez-vous ici, là, un peu sur la gauche, relevez le menton, faites un petit sourire, adoptez une expression neutre, posez la main sur la tasse, sur la table, les deux mains sur les genoux, regardez par la fenêtre, par-dessus mon épaule, regardez-moi.* Avant de conclure : *Très bien, c'est fini, merci, Drake.*

J'ai réussi. Tout s'est déroulé à merveille. Et le meilleur, le plus euphorisant, c'est que je tiens LA photo, je le sais. Je le sais *toujours*, et aujourd'hui je suis plus sûre de moi que jamais. Avec ce qu'il faut de lumière naturelle pour créer une sorte de halo derrière Drake, le contraste entre la banquette rouge d'un côté, le tee-shirt noir et la tasse blanche de l'autre, les lignes directrices que constituent la table, la fenêtre et le sujet. Parfait.

— Merci, Ellen Dempsey, dit-il en souriant. C'était un plaisir.

Je lui retourne son sourire, en m'émerveillant de sa capacité à faire sonner mon nom si ordinaire comme un vers de poésie, ou le titre d'une chanson qu'il aurait composée. Je frise l'extase physique et émotionnelle.

Puis, Drake est entraîné par ses collaborateurs, Justin entreprend de remballer le matériel, Rosa d'afficher une photo dédicacée près de la caisse et Suzanne de déguster un chocolat liégeois au bar, et moi, je me retrouve enfin seule avec Leo, au fond du *diner*, adossée à un mur, les yeux plongés dans les siens. Une fois de plus.

16

— Alors ? Comment te sens-tu ? m'interroge Leo, aimantant mon regard.

Sa question me donne le tournis et je ne peux m'empêcher de me demander s'il l'a volontairement formulée de façon aussi vague.

— Tu parles de la séance ?

— De la séance. Du reste.

Je suis tentée de lui confier que je suis tout bonnement aux anges. Que je n'ai jamais connu une heure de travail aussi excitante... et que je n'ai jamais ressenti une attraction aussi forte pour quelqu'un. Que, certes, je lui ai dit que je ne voulais pas que nous soyons amis, mais que l'idée d'exclure définitivement cette possibilité m'est insupportable. Que, même si je suis heureuse avec mon mari, il y a un lien étrange entre nous et que je ne souhaite pas que *ça* en reste là.

Évidemment, je ne formule rien de tout cela. Je me contente de répondre que je suis presque certaine d'avoir de bonnes photos.

— Tu n'as pas à t'inquiéter... elles ne dépareront pas ton entretien.

Il rit.

— Bien. Parce que ça m'inquiétait vraiment. Depuis que j'ai appelé ton agent, je n'arrête pas de me répéter : Merde, elle va gâcher mon papier.

Je lui lance un sourire un peu trop enjôleur, et il m'en retourne un identique. Après dix secondes de ce petit jeu, je lui demande s'il est content de son interview. Il acquiesce en tapotant l'enregistreur dans sa poche arrière.

— Je ne savais pas très bien à quoi m'attendre… J'avais entendu dire qu'il était sympa, amical, ouvert, chaleureux… mais on n'est jamais sûr de ce qu'on va trouver… Ce n'est pas à toi que je vais l'apprendre, si ?

— Ce n'est jamais agréable quand on a affaire à des sujets qui refusent de coopérer… même si la mauvaise humeur est plus photogénique qu'on ne croit.

Leo fait un pas dans ma direction.

— C'est une histoire d'alchimie, de toute façon, remarque-t-il d'une voix lourde de sous-entendus.

— Oui, dis-je en sentant un sourire ridicule s'épanouir sur mon visage. L'alchimie, c'est important.

Un nouveau silence s'installe entre nous, intense, avant que Leo ne demande, le plus naturellement du monde et sans chercher à cacher ses intentions, ce que je fais plus tard. J'ai pensé à cette question une douzaine de fois aujourd'hui, regrettant de ne pas dormir une nuit supplémentaire au Beverly Wilshire tout en étant soulagée d'avoir un billet d'avion pour m'empêcher de commettre une erreur.

— Je rentre à New York.

— Oh… À quelle heure est ton vol ?

— Vingt et une heures trente.

— Dommage, conclut-il en regardant sa montre.

Je reste de marbre tout en calculant le temps qu'il me reste avant mon départ. Et en cherchant une excuse valable pour le passer avec Leo plutôt qu'avec ma sœur.

— Alors, je ne peux pas te convaincre de rester une nuit de plus ? interroge-t-il.

J'hésite, toujours à la recherche d'une solution. D'une excuse pour ne pas quitter Los Angeles sans me mettre en danger. Mais le sourire d'Andy, ses fossettes, ses yeux bleu transparent m'apparaissent.

— Non… je dois vraiment rentrer.

Impossible de m'aventurer sur un terrain aussi glissant.

— Je comprends, lâche Leo comme s'il lisait entre les lignes.

Il ajuste la bandoulière de son sac vert ; je ne me serais pas attendue à le voir avec une couleur pareille et j'en viens à me demander s'il s'agit d'un cadeau, si la femme qui le lui a offert est belle, s'ils sont toujours ensemble.

Il relève le nez et me fait un clin d'œil amusé.

— C'est pas grave, on passera un moment ensemble la prochaine fois qu'on se retrouvera à Los Angeles pour un article sur Drake.

— Exactement, dis-je en cherchant à contrer son ironie par une réplique aussi mordante. On passera un moment ensemble la prochaine fois que tu me largueras… et qu'on se croisera par hasard… et que tu chercheras à me séduire en m'offrant le contrat de ma vie…

Il semble surpris.

— Qu'est-ce que tu me chantes ?

— Quelque chose ne te paraît pas clair ? dis-je en souriant pour adoucir la pointe d'agressivité dans ma question.

— Je ne t'ai pas *larguée*.

Je lève les yeux au ciel avant de ricaner.

— C'est ça.

Il paraît blessé, ou du moins décontenancé.

— Ce n'est pas ce qui est arrivé.

J'étudie son expression, en quête de la preuve que c'est pour préserver ma fierté qu'il prétend que nous nous sommes séparés d'un commun accord. Mais je n'y décèle aucune trace de calcul. Il est apparemment surpris de découvrir ma « version » de notre histoire.

— Qu'est-ce qui est arrivé alors ?

— On s'est simplement… je ne sais pas… j'ai conscience de m'être conduit comme un con, de m'être pris trop au sérieux… je me rappelle le jour de l'an… mais je ne me souviens pas exactement des raisons de notre séparation… Comme si nous nous étions quittés sur un coup de tête.

— Un coup de tête ?

Une forme de désespoir me traverse en voyant Suzanne approcher. Mon visage doit trahir mon sentiment, parce qu'elle s'arrête brusquement et s'excuse.

— Ne t'inquiète pas. On discutait… de… de Drake.

Le regard de Suzanne révèle qu'elle n'est pas dupe, mais elle joue le jeu.

— Qu'est-ce que vous en avez pensé ? Il est aussi simple qu'il en donne l'impression ?

— Oui, répond Leo. Très naturel.

— Très, dis-je en écho alors que mon estomac se noue.

— De quelle question es-tu le plus fier ? demande-t-elle à Leo. À moins que je ne doive attendre la parution du magazine ?

Leo fait mine de soupeser la question avant d'ajouter qu'il a toute confiance en elle : il lui livre des informations sur l'implication de Drake dans l'annulation de la dette du tiers-monde et sur sa critique de notre administration. Je suis incapable de me concentrer sur ses mots, tant je suis occupée à retenir la vague de nostalgie qui enfle dans ma poitrine. Je suis résolue à mettre fin à mon supplice dès que l'occasion se présentera. Quand leur conversation s'essouffle enfin, je lance d'une voix aussi décidée que possible :

— Nous ferions mieux d'y aller.

Leo opine, il a revêtu son expression d'impassibilité si familière.

— Entendu.

— Merci pour tout, dis-je.

— Merci à *toi*. J'ai hâte de découvrir tes photos.

— Et moi de lire ton article. Je sais qu'il sera génial.

L'excitation qui m'habitait encore quelques minutes auparavant est en train de m'abandonner. Ç'a toujours été les montagnes russes avec Leo.

Suzanne fait semblant de s'intéresser à une affiche pour nous offrir un dernier instant d'intimité. Leo réitère ses remerciements. L'espace d'une seconde, j'ai l'impression qu'il va me serrer dans ses bras, ne serait-ce que pour la forme. Mais il ne le fait pas. Il se contente de nous souhaiter un bon voyage.

Et tout ce que j'y entends, moi, c'est : *Adieu*.

Une fois dans le taxi qui nous emmène à l'hôtel, le front de Suzanne se plisse d'inquiétude.

— Tu as l'air triste, dit-elle doucement. C'est le cas ?

Je n'ai pas la force de lui mentir, j'acquiesce donc. À la vérité, je suis franchement dévastée.

— Je ne comprends pas. C'est si bizarre… de le revoir.

Suzanne me prend la main.

— C'est normal.

— Tu crois ? Parce que ce n'est pas l'impression que ça me donne. Et je suis certaine qu'Andy ne trouverait pas ça normal du tout.

En regardant par la vitre, Suzanne pose la question qui fâche :

— Tu as toujours des sentiments pour lui, ou c'est par pure nostalgie ?

— M'est avis que c'est un peu plus que de la nostalgie.

— C'est bien ce que je pensais, répond-elle avant d'ajouter *in extremis* : Mais, si ça peut t'aider, je comprends très bien ce que tu lui trouves. Ténébreux, séduisant, intelligent…

Un rire ironique m'échappe.

— Ça ne m'aide pas, Suzanne. Vraiment pas. Merci quand même.

— Désolée.

— Et tu sais ce qui ne m'aide pas non plus ? dis-je au moment où le taxi s'arrête devant l'entrée de l'hôtel et où un essaim d'hommes en livrée nous encercle. Que Leo affirme qu'il est totalement incapable de se souvenir pourquoi nous nous sommes séparés.

— Merde, lâche-t-elle en écarquillant les yeux. Il a vraiment balancé ça ?

— En gros.

— C'est pas rien.

Je hoche la tête en payant le chauffeur.

— Ouais… il cherche à m'embrouiller, à ton avis ?

Suzanne réfléchit un instant.

— Pourquoi ferait-il une chose pareille ?

— Je l'ignore, dis-je alors que nous passons la porte à battant pour aller récupérer nos bagages dans le hall. Peut-être pour que je me sente mieux ? Ou peut-être parce qu'il souffre… d'une sorte de complexe de toute-puissance ?

— Je ne le connais pas assez bien. Qu'est-ce que tu en penses, toi ?

Je hausse les épaules avant d'ajouter qu'aucune des deux hypothèses ne me paraît plausible. Ce n'est pas le genre de Leo de veiller au bien-être d'autrui par pure abnégation. Pour autant, je ne crois pas qu'il joue un jeu de manipulation perverse.

Nous nous installons dans deux fauteuils à dossier haut. Après s'être perdue dans ses pensées, Suzanne lance :

— Selon toute vraisemblance, donc, il n'y a aucun message caché à trouver : il ne se souvient sincèrement pas de la façon dont ça s'est terminé. Peut-être qu'il exprimait aussi son regret que les choses se soient déroulées de la sorte.

Je passe mes mains dans mes cheveux en poussant un lourd soupir :

— Tu crois sincèrement ?

— Oui. Ça ne te fait pas du bien ? C'est un peu ce dont rêvent toutes les filles qui ont été larguées. Que le type regrette et l'assume… Et le plus beau… c'est que *toi*, tu n'as pas un seul regret.

Je la dévisage.

— C'est bien le cas, non ? demande-t-elle avec gravité.

Une minuscule question qui remet en cause mes choix. Andy. Toute ma vie.

— Oui, dis-je avec emphase. Absolument aucun regret.

— Bien, conclut-elle avec son habituelle assurance. C'est réglé.

Trois heures plus tard, après avoir partagé avec elle un dîner rapide dans un restaurant de l'aéroport et l'avoir quittée au contrôle de sécurité, j'embarque. J'ai un poids dans la poitrine et la sensation tenace et désagréable d'avoir laissé une affaire en suspens. Tandis que je m'installe à l'avant-dernière rangée, près du hublot, n'écoutant que d'une oreille l'hôtesse qui nous rappelle que les coffres à bagages ne peuvent pas recevoir une quantité infinie d'objets, je me repasse les événements de la journée, en particulier ma dernière entrevue avec Leo. Je regrette de ne pas avoir su dire à Suzanne que j'avais besoin d'un peu de temps avec lui. Une telle requête aurait paru étrange, mais une heure – ou même trente minutes – aurait suffi à apaiser la tension de nos derniers échanges, qui est venue gâcher la joie de cette incroyable séance photo, et à conclure la discussion sur notre rupture.

Même si je ne veux rien changer dans ma vie, je ne peux m'empêcher d'avoir envie de comprendre l'intensité de ma relation avec Leo.

Je passe un coup de fil rapide à Andy pour le prévenir que nous décollons à l'heure, mais il ne décroche pas. Je lui laisse un message, lui expliquant que la séance s'est déroulée à merveille, que je l'aime et que je le verrai demain matin. Puis j'observe le flot de passagers se déversant dans l'allée et je prie pour que le siège à côté du mien reste vide ou, en tout cas, accueille quelqu'un de discret. Un quart de seconde plus tard, un grand gaillard négligé, traînant dans son sillage des effluves d'alcool et de cigarette, s'installe précisément là, avec un cabas plein à craquer, un sac de fast-food et une bouteille en plastique remplie d'un liquide ambré.

— Bonjour ! s'écrie-t-il. On dirait que je suis là !

En sus de son haleine chargée et de sa gourde personnelle, ses yeux injectés de sang et le volume excessif de sa voix indiquent qu'il est ivre – ou pas loin de l'être. J'imagine déjà la longue nuit qui m'attend : les cocktails qui s'enchaînent, les verres qui se renversent parfois, les flots d'excuses qui s'ensuivent ainsi que les tentatives déplacées pour réparer les dégâts, les amorces maladroites de conversations... Ma seule chance, c'est de lui rabattre tout de suite son caquet et de tuer dans l'œuf toute velléité de fraternisation. Je ne lui réponds donc pas et me contente du plus petit sourire possible lorsqu'il se laisse tomber de tout son poids dans son siège. À peine assis, il se penche pour retirer ses immondes baskets et ses chaussettes rayées : ses énormes bras et ses coudes envahissent mon espace personnel.

— Eh ben ! Ils avaient sacrément besoin de respirer ! annonce-t-il après avoir libéré ses pieds transpirants.

Il m'offre une frite. Je retiens un haut-le-cœur, décline poliment et glisse mes écouteurs dans mes oreilles en me tournant vers le hublot. Je monte à fond le volume de la station qui diffuse de la musique classique, puis je ferme les paupières et tente de penser à tout sauf à Leo. Au bout d'environ quinze minutes, l'avion remonte la piste et prend de la vitesse avant de s'incliner. Comme toujours au décollage, j'ai le cœur retourné. Dès que nous avons quitté le sol, j'agrippe mon accoudoir et j'essaie de me raisonner alors que des images de flammes et de métal en fusion envahissent mon esprit. *On ne va pas s'écraser.* Le destin n'est pas assez cruel pour me faire passer mes derniers instants à côté de ce type. Quand je rouvre les paupières, mon voisin – ainsi que son festin – a disparu.

À sa place, comme par magie, se trouve Leo.

— J'ai pris le même vol.

— C'est ce que je vois, dis-je en luttant pour retenir un sourire, sans y parvenir.

— Et j'ai… euh… échangé ma place.

— C'est aussi ce que je vois, dis-je, un large sourire aux lèvres maintenant. Tu es un petit malin, toi !

— Je te signale que je t'ai tirée des pattes de ce guignol… je l'ai envoyé en première, ivre et pieds nus. Je qualifierais plutôt mon attitude de chevaleresque.

— Tu as une place en première ?

Je me sens étrangement flattée à la pensée de tous les efforts logistiques qu'il a dû déployer.

— Ouais. Qu'est-ce que t'en dis ? Un siège de première échangé contre une place au milieu et au fond de l'avion.

— Eh bien, j'en dis que tu es chevaleresque.

— Et alors ? Tu pourrais me remercier !

— Merci.

Comme je réalise que je vais passer les cinq prochaines heures dans cet endroit confiné avec Leo, les battements de mon cœur s'accélèrent.

— Je t'en prie, répond-il en inclinant légèrement son dossier puis en jouant avec sa tablette.

Sa nervosité est perceptible. Nos regards se croisent brièvement – ce qui est loin d'être évident lorsqu'on est assis côte à côte dans un espace aussi restreint –, puis je secoue la tête et me tourne à nouveau vers le hublot.

Le chef de cabine nous rappelle que le signal lumineux des ceintures est toujours allumé et que le commandant de bord nous avertira quand nous pourrons nous déplacer. *Parfait.* Prise au piège à mon corps défendant. Quelques minutes d'un silence pesant s'écoulent. Je ferme les paupières en songeant que c'est un miracle : je n'ai plus peur de voler.

— Alors, finit par lâcher Leo quand je rouvre les yeux et que l'avion se stabilise dans le ciel nocturne de Californie. Où en étions-nous ?

17

Je ne me souviens plus de la réponse que j'ai apportée à la première question de Leo. Je sais seulement que nous évitons d'aborder notre relation, la façon dont elle s'est terminée ou tout autre sujet personnel pendant la majeure partie du vol. Nous nous en tenons à une conversation bateau sur le cinéma, la musique, les voyages et le travail. Le genre d'échange que l'on a avec une personne que l'on rencontre pour la première fois et que l'on souhaite mieux connaître. Ou avec une connaissance que l'on n'a pas vue depuis longtemps. Nous restons à la surface des choses, mais nous naviguons aisément dans ce flux naturel de questions et de réponses, seulement interrompu par des silences confortables. Si aisément que nous finissons par atterrir sur un terrain plus personnel.

L'enchaînement se fait en douceur, alors que je viens juste de lui parler d'une récente séance dans les Adirondacks.

— Photographier une petite ville avec des gens du cru… c'est tellement satisfaisant…

Je laisse la fin de ma phrase en suspens quand je sens le regard de Leo. Je me tourne vers lui et il m'interroge :

— Tu adores ton travail, non ?

L'admiration perce si nettement dans sa voix que mon cœur vacille.

— Oui, je l'adore.

— Je m'en suis rendu compte aujourd'hui... C'était formidable de t'observer.

Je souris et me retiens de lui rétorquer que, moi aussi, j'ai pris du plaisir à le voir travailler. Je le laisse plutôt poursuivre.

— C'est drôle, ajoute-t-il comme s'il réfléchissait à voix haute. D'une certaine façon, tu ressembles à la Ellen que j'ai connue, mais d'une autre... tu parais si... *différente*...

Je m'interroge sur le bien-fondé de ce jugement, étant donné que, depuis nos retrouvailles à ce carrefour, nous avons dû nous parler tout au plus une heure. Mais la perception que j'ai de lui est en train de changer, elle aussi. Peut-être n'y a-t-il pas seulement deux versions de chaque histoire, peut-être ces versions évoluent-elles également avec le temps.

J'observe le profil de Leo pendant qu'il prend une gorgée de soda dans son gobelet en plastique et je me vois soudain à travers ses yeux. Hier et aujourd'hui. Deux portraits très contrastés, même si l'essentiel demeure. La jeune fille en demande, solitaire, orpheline de mère, fraîchement débarquée à New York, en quête de sa propre identité loin de sa ville natale étouffante, de sa vie protégée à la fac, de sa meilleure amie si brillante. Je la vois tomber amoureuse pour la première fois. Cette passion dévorante – pour *Leo* – semblait être la réponse qu'elle cherchait.

Il était tout ce que je rêvais de devenir – fervent, intense, passionné –, et j'avais le sentiment que ces qualités rejaillissaient, au moins en partie, sur moi. Pourtant, plus je m'enracinais dans cette relation, plus je perdais confiance en moi. À l'époque, j'avais l'impression que c'était la faute de Leo, mais avec le recul je prends conscience que je suis également responsable. Du moins, je comprends pourquoi j'ai cessé de lui plaire.

Cet après-midi, Leo a décrété qu'il se prenait trop au sérieux. Et moi, je ne me prenais pas *assez* au sérieux. C'était cette combinaison explosive qui avait rendu notre rupture inévitable.

— Oui, finis-je par dire. J'aime penser que j'ai évolué.

Des bribes de notre histoire resurgissent, des souvenirs que j'avais réprimés ou tout simplement oubliés. Je me rappelle par exemple que Leo adorait les débats et qu'une ombre d'agacement obscurcissait son visage quand je n'avais pas d'opinion. Je me rappelle sa frustration face à mon manque d'indépendance, son irritation devant ma propension à baisser les armes ou à choisir la voie la plus facile – dans le travail comme dans les duels intellectuels.

— Nous avions tous les deux besoin de mûrir... De voir le monde et de découvrir certaines choses par nous-mêmes, reprend-il, confirmant que je ne suis pas la seule à me remémorer notre histoire.

— Et ? dis-je d'une voix hésitante. Tu en as découvert ?

— Quelques-unes. Mais la vie est un long voyage, non ?

J'opine en pensant à ma mère. *Si on a de la chance.*

Plusieurs minutes s'écoulent, pendant lesquelles je réalise que, pour la première fois depuis longtemps, je suis incapable de coller une étiquette à Leo. Ce n'est pas l'homme de mes rêves, le type parfait que j'avais placé sur un piédestal. Mais ce n'est pas non plus le méchant de l'histoire en dépit des efforts de Margot pour le diaboliser. Ce n'était simplement pas le bon type pour moi à ce moment-là de ma vie.

— Tu dois être épuisée, lâche Leo après un long silence. Je vais te laisser dormir.

— Ça va. Parlons encore un peu…

J'entends le sourire dans sa voix lorsqu'il répond :

— C'est ce que tu disais toujours…

Une foule de répliques me traversent l'esprit, toutes déplacées. Je choisis donc de dévier le cours de la conversation et de lui poser la question qui me brûle les lèvres depuis que je l'ai revu à cette intersection.

— Et… tu sors avec quelqu'un ?

Je m'efforce de garder une expression neutre tout en me préparant à combattre la pointe de jalousie redoutée. Pourtant, lorsqu'il hoche la tête, je suis soulagée, même si je me représente aussitôt une beauté sculpturale et exotique, à l'intelligence fulgurante. Le genre de déesse que décrit Nico dans la chanson du Velvet Underground, *Femme fatale*. Je l'imagine capable de piloter un avion, de boire des *tequila shots* avec des hommes, mais aussi de tricoter des pulls à Leo et de cuisiner avec au moins trois variétés distinctes d'huile. Je me la figure adroite, élancée et aussi séduisante en nuisette qu'en débardeur blanc et caleçon empruntés à Leo.

— Formidable ! dis-je avec un peu trop d'enthousiasme. C'est… sérieux ?

— Je crois… Nous sommes ensemble depuis deux ans…

Je suis étonnée de le voir tirer un cliché de son portefeuille. Leo ne me semblait pas le type d'homme à se balader avec une photo de sa copine, encore moins à la montrer. Ma surprise est encore plus grande quand je découvre, une fois le plafonnier allumé, une blonde plutôt quelconque posant à côté d'un cactus géant.

— Comment s'appelle-t-elle ? dis-je en passant en revue ses bras musclés et bronzés, ses cheveux courts et ébouriffés, ainsi que son large sourire.

— Carol.

Je répète son prénom dans ma tête, et songe qu'elle a tout à fait une tête à se prénommer Carol. Une fille saine, simple et gentille.

— Elle est jolie.

Il me semble que c'est la bonne chose, la *seule* chose, à dire. Je lui rends la photo, qu'il range dans son portefeuille, et il opine d'une façon signifiant qu'il est du même avis mais que ça lui importe peu.

En dépit de son physique banal, je suis, étonnamment, tentée de me comparer à elle, ce qui n'aurait sans doute pas été le cas s'il m'avait montré la déesse à laquelle je m'attendais. C'est une chose d'être supplantée par le sosie d'Angelina Jolie, c'en est une autre de se retrouver face à quelqu'un qui joue exactement dans la même catégorie que soi. Je me répète que ce n'est pas une compétition en éteignant le plafonnier.

— Alors, comment vous êtes-vous rencontrés ?

Leo s'éclaircit la gorge, comme s'il caressait l'idée de travestir la réalité, puis lance :

— Il n'y a pas grand-chose à raconter.

Bien entendu, sa réponse me ravit.

— Allez !

Je le presse en espérant secrètement qu'il s'agira d'une histoire de rendez-vous arrangé – qui à mes yeux se situe au pied de l'échelle du romantisme.

— Puisque tu insistes… On s'est rencontrés dans un bar… le pire soir de l'année… en tout cas à New York.

— Le réveillon ? dis-je avec un sourire pour écarter tout soupçon d'amertume.

— Presque, répond-il avec un clin d'œil. La Saint-Patrick.

Je partage son aversion pour cette célébration, mais je le taquine :

— Qu'est-ce qui cloche avec toi ? Rien de tel qu'une bonne vieille tournée des pubs, non ? Les cris, les braillements, la bière verte… le pied !

— Attends, tu oublies la bande de gosses de riches dégobillant dans le métro.

J'éclate de rire.

— Qu'est-ce que tu fichais dehors le soir de la Saint- Patrick, d'abord ?

— Je sais... Surprenant, hein ?... Je ne suis peut-être pas devenu le type le plus populaire de la terre, mais je suis moins asocial qu'avant... Un Irlandais avait dû me forcer la main...

Je résiste à l'envie de balancer : « Il était plus doué que moi », et je lui demande :

— Carol est irlandaise ?

Question idiote mais qui a le mérite de recentrer la discussion sur la vie amoureuse de Leo.

— Un truc dans le genre. Anglaise, écossaise ou irlandaise. J'en sais rien. Elle est originaire du Vermont.

Je me force à sourire tout en chassant une image de Carol ouvrant en grand la porte de la grange familiale sous un magnifique soleil d'automne et montrant fièrement à son amoureux de la ville comment traire une vache... leurs éclats de rire devant sa maladresse manifeste... le lait qui éclabousse son visage avant qu'il ne bascule du petit tabouret en bois peint sur l'épaisse couche de paille... elle se glissant sur lui et retirant sa salopette...

Je m'autorise une dernière inquisition.

— Qu'est-ce qu'elle fait ?

— C'est une scientifique. Elle travaille dans la recherche médicale à Columbia... Elle étudie l'arythmie cardiaque.

— Waouh !

Je suis sincèrement impressionnée.

— Ouais. C'est une maligne.

J'attends la suite, mais il a apparemment envie de changer de sujet. Il croise les jambes et dit d'un air qu'il veut désinvolte :

— À ton tour. Parle-moi d'Andy.

C'est un terrain délicat, et pas seulement lorsqu'il est abordé par un ex, je réponds donc :

— Je comprends bien qu'en tant que journaliste tu aimes les questions ouvertes, mais pourrais-tu être plus précis ? Que veux-tu savoir ?

— Tu réclames de la précision ? Parfait… Alors… Aime-t-il les jeux de plateau ?

J'éclate de rire en me rappelant que Leo déclinait toujours mes propositions.

— Oui, dis-je.

— Ahhh ! Très bon pour toi.

J'acquiesce en souriant.

— Autre chose ?

— Hum… Saute-t-il le petit déjeuner ou considère-t-il que c'est le repas le plus important de la journée ?

— La deuxième option.

Leo opine comme s'il tentait de mémoriser les réponses.

— Il croit en Dieu ?

— Oui. Et en Jésus aussi.

— Très bien… et… est-ce qu'il est du genre à engager la conversation dans un avion ?

— Ça lui arrive. Mais pas avec ses anciennes copines. Pour autant que je sache en tout cas…

Leo m'adresse un regard penaud sans mordre à l'hameçon. Il soupire lourdement avant d'enchaîner :

— Bon… Que dis-tu de celle-ci : ton mari est-il sincèrement surpris quand il découvre en grattant un ticket de jeu que, *nom d'un petit bonhomme*, il a perdu ?

Je pars d'un rire sincère.

— C'est trop drôle ! OUI ! Il s'attend toujours à gagner… c'est un optimiste devant l'Eternel.

— Eh bien, il semblerait que tu te sois dégoté un type solide, qui apprécie les jeux de société, les biscuits apéritifs, qui est croyant et voit toujours le verre à moitié plein.

Je suis prise d'un fou rire tempéré par la crainte d'avoir dressé un tableau injuste d'Andy, ou pire de l'avoir rabaissé. J'essaie de redresser la barre.

— Andy est un type fantastique. Quelqu'un de vraiment bien... J'ai beaucoup de chance.

Leo se tourne dans son fauteuil pour me faire face. L'expression de son visage est devenue sérieuse.

— Lui aussi a de la chance.

— Merci, dis-je en me sentant rougir.

— C'est vrai. Ellen... je ne comprends pas comment j'ai pu te laisser partir...

Incroyable comme une déclaration aussi simple peut être à la fois curative, exaltante et déstabilisante. Cette sensation est décuplée lorsque Leo incline son dossier et place son bras sur l'accoudoir, le long du mien. Nos peaux s'effleurent, du coude au poignet. Je ferme les paupières, prends une inspiration et me laisse envahir par une bouffée de chaleur et d'excitation. Mon désir est si fort qu'il devient besoin vital, besoin dont la puissance et l'urgence me submergent.

Je m'ordonne de bouger le bras, me rappelant combien il est essentiel d'agir raisonnablement. Une voix crie dans ma tête : *J'aime mon mari !* Mais ça ne sert à rien. Je suis incapable de battre en retraite. Tout bonnement incapable. J'incline à mon tour mon dossier pour m'aligner sur le siège de Leo et je desserre mes doigts dans l'espoir qu'il s'en emparera. C'est ce qui se produit, maladroitement d'abord : nos petits doigts s'effleurent à peine, avant de se chevaucher, un peu, puis davantage et davantage encore, comme si un courant irrésistible nous poussait l'un vers l'autre.

Je me demande s'il m'observe dans la pénombre de la cabine, mais je n'ouvre pas les yeux, avec le souhait que l'obscurité allégera ma culpabilité, rendra mon geste moins réel. C'est le contraire qui se produit : tout paraît *plus* réel et plus intense.

Le temps s'écoule, aucun de nous ne prend la parole, et petit à petit la main de Leo recouvre complètement la mienne. La pression, la chaleur de son contact me rappellent ce qui s'est passé au *diner*. Aujourd'hui pourtant, c'est totalement différent. Cette caresse n'est pas un geste accidentel venant ponctuer une conversation. Il est la conversation. Et une invitation, que j'accepte d'un mouvement lent du poignet, qui pivote jusqu'à ce que ma paume se retrouve face à la sienne et que nous nous tenions la main pour de bon. Je me répète que c'est le plus innocent des gestes. Celui des amours enfantines. Que les parents prennent leurs enfants par la main. Que les *amis* se prennent par la main.

Mais pas comme ça. *Jamais* comme ça.

J'écoute la respiration de Leo, tandis que nos doigts s'enlacent, puis s'écartent pour s'étreindre à nouveau. Nous nous laissons porter ainsi, suspendus dans le ciel, dans le temps, ensemble.

Les heures suivantes se perdent dans les brumes d'un sommeil entrecoupé. J'entends de très loin les annonces de l'hôtesse, et je ne me réveille réellement qu'au moment où l'avion entame sa descente vers l'aéroport. À travers mes paupières encore lourdes, j'aperçois les lumières de la ville, puis je me tourne vers Leo, qui dort encore, la main refermée sur la mienne. Sa tête penche de mon côté, et son visage est éclairé par la lumière crue de la cabine. Je détaille avec fascination les ombres sur sa mâchoire, ses cheveux légèrement en bataille, l'arête longue et droite de son nez, et ses paupières en forme de dômes.

Mon estomac se serre quand je réalise que je ressens presque exactement la même chose qu'après notre première nuit ensemble. Je m'étais réveillée avant le lever du soleil, je l'avais regardé dormir, j'avais écouté sa respiration, en songeant : *Et maintenant ?*

Je me pose exactement la même question, pourtant la réponse est tout autre cette fois. Il n'y a rien à attendre. Ce n'est plus un commencement, mais une clôture. Il est presque temps de lâcher la main de Leo. Presque temps de se dire au revoir.

Quelques secondes plus tard, nous atterrissons brutalement. Leo ouvre les yeux d'un coup. Il bâille, s'étire et m'adresse un sourire perdu.

— Bonjour, lance-t-il.

— Bonjour, dis-je doucement.

Ma gorge est sèche, serrée, sans que je sache s'il faut incriminer la soif ou la tristesse. Je pourrais attraper la bouteille d'eau dans mon sac si j'étais prête à rompre notre contact.

— C'est déjà le matin ? demande-t-il en considérant à travers le hublot la piste plongée dans l'obscurité.

— Presque. Il est six heures et demie… Nous sommes en avance.

— Merde, lâche-t-il.

Son visage reflète l'angoisse et l'indécision. Les mêmes sentiments m'animent.

— Quoi ? dis-je en espérant qu'il formulera notre ressenti à tous deux, qu'il avouera qu'il n'en revient pas que nous soyons déjà de retour à New York, sur le point de reprendre nos vies.

Loin l'un de l'autre.

Il baisse les yeux sur nos doigts entrelacés.

— Tu sais bien.

J'acquiesce en laissant tomber à mon tour mon regard sur nos pouces entrecroisés. Puis je serre sa main une dernière fois avant de la lâcher.

Au cours des minutes suivantes, après avoir rassemblé nos affaires sans entrain et enfilé nos vestes, nous emboîtons le pas aux autres passagers qui se déversent dans l'aérogare. Nous gardons tous deux le silence jusqu'au moment où nous échangeons un regard devant les toilettes : pas besoin de mots pour exprimer que nous avons l'intention de nous attendre.

Et pourtant, quand je ressors après m'être lavé les dents et recoiffée, je suis surprise de le retrouver adossé au mur gris, si beau que j'en ai le souffle coupé. Il me sourit, puis déballe un chewing-gum qu'il glisse dans sa bouche avant de me tendre le paquet.

— Tu en veux un ?

— Non, merci.

Il le rempoche puis s'écarte du mur d'un coup d'épaule.

— Prête ?

J'opine et nous nous dirigeons vers le tapis roulant des bagages.

— Tu as enregistré quelque chose ? m'interroge-t-il sur l'escalator.

— Mon matériel seulement… et toi ?

Je connais déjà la réponse : Leo voyage léger.

— Non, mais… je vais attendre avec toi.

Je ne m'y oppose pas et me surprends même à espérer que les bagagistes aient pris leur temps ce matin. Je n'ai pas cette chance pourtant : je repère immédiatement mon sac noir. Je m'apprête à le récupérer, mais Leo m'écarte délicatement et le soulève avec un petit grognement. L'espace d'une seconde, j'imagine que ma vie pourrait ressembler à ça. Leo et moi, le journaliste et la photographe, de retour à New York après avoir travaillé, une fois de plus, avec une star. Leo pose son sac en toile sur ma valise et demande :

— Tu as commandé une voiture ?

— Non, je vais prendre un taxi.

— Moi aussi. On le partage ?

J'accepte, consciente de repousser l'inévitable. Son visage s'éclaire d'une façon à la fois surprenante et rassurante.

— Très bien, alors allons-y, dit-il vivement.

À l'extérieur, l'air de ce petit matin printanier est vif. Une douce lumière rose éclaire le ciel sans nuages. Ce sera sans aucun doute une belle journée. Nous marchons jusqu'à la station de taxis pour nous insérer dans une petite file d'attente qui avance rapidement. Quelques instants plus tard, Leo charge nos bagages dans le coffre de la voiture.

— Vous allez où ? demande le chauffeur dès que nous nous sommes glissés sur la banquette arrière.

— À deux endroits différents, répond Leo. Le premier à Astoria, à l'angle de Newton Avenue et de la Vingt- Huitième… et ensuite ?

Il se tourne vers moi, les sourcils haussés, dans l'attente de mon adresse.

— Au croisement de la Trente-Septième et de la Troisième, dis-je en me représentant mon appartement silencieux, à l'exception des bruits assourdis de la circulation matinale croissants, et Andy, en tee-shirt usé et pantalon de pyjama, recroquevillé dans notre lit.

La culpabilité menace de faire éclater ma poitrine, mais je me répète que je serai bientôt chez moi.

— Murray Hill, hein ? souligne Leo d'un air appréciateur.

Il détestait mon ancien quartier.

— Ouais, on adore cet endroit. C'est calme… tout en étant très central…

On. Mon mari et moi.

Leo aussi a remarqué l'emploi du pronom : son expression change, presque imperceptiblement, quand il acquiesce avec une forme de respect. À moins qu'il ne soit en train de penser à l'autre moitié de son *on* – Carol –, qui l'attend peut-être dans sa plus jolie nuisette. Tandis que nous empruntons la voie rapide de Long Island, je me rends compte que j'ignore s'ils vivent ensemble ou s'il espère se marier – que ce soit avec elle ou une autre. Je réalise également que je n'ai pas évoqué devant Leo notre possible installation à Atlanta. J'aimerais croire qu'il s'agit simplement d'un oubli, mais je sais que je l'ai volontairement omise, même si j'ignore pourquoi. Craignais-je que Leo n'y voie la preuve que j'étais toujours cette bonne vieille Ellen sans caractère, prête à suivre le mouvement ? Ou qu'il tire définitivement un trait sur moi pour des questions de distance ? Ou est-ce moi qui redoute ce déménagement, en dépit de ce que j'ai affirmé à Andy ?

Une fois de plus, je songe qu'il sera toujours temps de trouver des réponses. Pour l'heure, je veux profiter de la beauté pure de ce moment : le soleil qui se lève à l'horizon, le doux bruit de la musique égyptienne à la radio, la présence de Leo à mon côté pour cette dernière étape du voyage.

Quelques minutes plus tard, nous débouchons sur Astoria Boulevard, juste en dessous de Triborough Bridge et du métro aérien. En levant les yeux vers l'enchevêtrement métallique me reviennent en mémoire toutes les fois où j'ai pris la ligne N pour venir dans ce quartier. Les réminiscences se bousculent quand j'aperçois l'immeuble de Leo et son voisinage : le squat, les maisons de brique peintes en blanc cassé, rouge et rose aux stores verts, l'alignement de poubelles en métal. Leo indique au chauffeur son entrée, au milieu du pâté de maisons.

— Juste là, sur la gauche, s'il vous plaît… À côté de la camionnette blanche.

Le taxi ralentit, et Leo se tourne vers moi en secouant la tête, avant de dire à voix haute ce que je pense en silence :

— C'est étrange.

— Mmmm… Je n'aurais jamais cru que je reviendrais ici.

Leo se mordille la lèvre inférieure avant de reprendre :

— Tu sais ce dont j'ai envie ?

Plusieurs images interdites se bousculent dans ma tête.

— Quoi ?

— T'emmener à l'intérieur avec moi, répond-il d'une voix si basse qu'elle en devient envoûtante. Préparer des œufs et du bacon… du café… Puis m'asseoir sur le canapé pour… te *regarder*… et te *parler* toute la journée…

Mon cœur s'emballe alors que je visualise toutes les autres choses que nous avons faites ensemble à quelques mètres de là. À part *parler*. Un vertige et une légère nausée me gagnent tandis que je me convaincs qu'il n'y aurait rien de mal à l'accompagner. Et si je ne restais que quelques minutes ? Pour une petite tasse de café ? Andy dormait encore de toute façon. Il ne penserait pas à moi avant une heure au moins. Où serait le mal ?

Je m'éclaircis la gorge, frotte mes paumes sur mes cuisses et jette un coup d'œil au compteur qui tourne.

— C'est vraiment ce que tu veux ? Prolonger la conversation autour d'un café ?

Leo me dévisage longuement, gravement.

— Non, tu as raison. Je suis désolé…

Puis il passe une main dans ses cheveux en soupirant et extrait deux billets de vingt dollars de son portefeuille. Je décline d'un signe de tête.

— C'est pour moi, Leo.

— Hors de question.

C'est un de ses points communs avec Andy : le refus catégorique de laisser une fille payer quoi que ce soit. La galanterie d'Andy. Et l'arrogance de Leo. Il me tend l'argent.

— S'il te plaît.

— C'est beaucoup trop. Le compteur n'en est qu'à quatorze.

— Prends-les, Ellen. Je t'en prie.

Je ne veux pas que notre dernier échange vire à l'altercation, j'accepte donc.

— Très bien. Merci.

— Ça me fait plaisir... Cette nuit entière a été... un vrai plaisir.

Les termes sont compassés, mais le ton n'a rien de guindé. Il a apprécié, autant que moi, le temps passé ensemble. Je surprends le regard interrogateur du chauffeur, qui nous observe dans le rétroviseur, avant de sortir fumer une cigarette.

— On manque tant que ça de discrétion ? demande Leo.

Je ris nerveusement.

— Apparemment.

— Bon, où en étions-nous ?

— J'ai oublié.

La tristesse qui me submerge me donne le tournis. Leo lève les yeux vers le plafond de la voiture avant de les poser sur moi.

— On venait d'en arriver à la conclusion que ce serait une mauvaise idée que tu m'accompagnes à l'intérieur, non ?

— Je crois, oui.

— Eh bien, alors, conclut-il, j'imagine qu'on en reste là.

— C'est ça. On en reste là.

Il hésite et, l'espace d'une seconde, comme au *diner*, j'ai l'impression qu'il va me serrer dans ses bras, ou même m'embrasser. Mais il se contente de m'offrir un pauvre sourire triste avant de se détourner. La portière claque derrière lui. Je le regarde traverser le trottoir, le sac sur l'épaule, puis avaler les marches deux par deux jusqu'à la porte d'entrée. Il ne se retourne pas pour m'adresser un signe, il ne jette même pas un coup d'œil au taxi avant de disparaître à l'intérieur. Des larmes me brûlent les yeux quand nous redémarrons. Je me répète en boucle les derniers mots de Leo. *On en reste là.*

18

Quelque part entre le Queens et Manhattan, je passe du désespoir à la mélancolie, ce qui signifie que je vais dans la bonne direction, celle du repentir. Lorsque je pousse la porte de notre appartement, pourtant, et que je découvre Andy dans sa robe de chambre préférée, celle en tissus écossais vert, occupé à étaler avec application du beurre sur une gaufre, la culpabilité me submerge de nouveau. Étonnamment, je suis presque soulagée de me sentir aussi mal – comme s'il s'agissait de la preuve que je reste, au fond de moi, une épouse modèle.

— Salut, trésor, lance Andy en laissant tomber le couteau sur le plan de travail et en me serrant dans ses bras avec une joie sincère.

Je remplis mes narines de son odeur, si douce et si différente du parfum musqué de Leo.

— Bonjour, Andy.

Je l'ai appelé par son prénom, ce que les couples ne font presque jamais à moins d'être en colère ou de s'interpeller d'une pièce à l'autre. Pire, je lui demande, sur un ton plus accusateur que surpris, ce qu'il fait debout de si bon matin. Je ne peux pas m'empêcher de penser que la transition serait plus facile s'il dormait encore.

— Tu m'as manqué, dit-il en déposant un baiser sur mon front. Je dors mal sans toi…

Je souris et réponds que lui aussi, il m'a manqué. Mais mon cœur se serre quand je prends conscience qu'en réalité il ne m'a pas manqué une seule seconde. Ma culpabilité vire à la panique. Je tente de me rassurer en me disant que ç'aurait sans doute été le cas même si je n'avais pas vu Leo. Après tout, c'était un voyage éclair, fort en émotions. L'enjeu professionnel était de taille. J'ai profité du déplacement pour passer du temps avec ma sœur. J'ai rencontré et photographié Drake Watters, ce qui n'est pas rien ! En pareilles circonstances, est-il anormal de ne pas se languir de son époux ? C'est toujours celui qui reste qui souffre davantage de l'absence, n'est-ce pas ? Moi, je me sens toujours un peu seule quand Andy est en voyage d'affaires.

— Tu as faim ? me demande-t-il.

J'acquiesce en songeant que c'est inévitable quand on a passé une nuit blanche et qu'on a avalé en tout et pour tout un paquet de cacahuètes.

— Tiens, prends-la, propose-t-il en indiquant sa gaufre.

— Non, c'est la tienne, dis-je d'un ton qui ne souffre pas la réplique.

C'est une chose de tenir la main de son ex pendant une nuit, c'en est une autre d'ôter le pain de la bouche de son mari affamé.

— Non, elle est pour toi, rétorque-t-il en dessinant un E dessus avec du sirop.

Je me rappelle que j'ai accepté les billets de Leo dans le taxi. Comment refuser l'offre d'Andy, maintenant ?

— Entendu, merci, dis-je en prenant une fourchette dans le tiroir avant de m'appuyer sur le plan de travail.

Andy m'observe pendant que je mâche.

— C'est bon ? demande-t-il avec la même intensité que s'il était cuisinier et testait auprès de moi sa dernière invention.

Je me détends et fais, pour la première fois de la matinée, un sourire authentiquement joyeux : il n'y a qu'Andy pour donner à l'événement domestique le plus anodin de l'importance.

— *Délicieux*, finis-je par lâcher. La meilleure gaufre de ma vie…

Il se rengorge avant de s'en préparer une et de nous verser deux grands verres de lait.

— Viens t'asseoir pour me raconter la séance photo.

Je m'installe à la table de la cuisine et, tout en mangeant, je lui détaille le voyage. Sans mentionner Leo, cela va sans dire. Je lui raconte l'hôtel, ma sœur, l'excitation de rencontrer Drake, la satisfaction d'avoir réussi mes photos.

— J'ai hâte de les voir, dit-il.

— Je crois que tu vas les adorer.

Beaucoup plus que l'article.

— Quand est-ce qu'elles seront visibles ?

— Ce soir, dis-je en me demandant si je tiendrai toute la journée sans piquer un somme. Je veux m'y mettre dès aujourd'hui…

Andy se frotte les mains avant de répondre :

— Génial… Et mon autographe ? Tu me l'as rapporté ?

J'affiche une mine contrite tout en me disant que si j'avais su que je passerais le vol de retour à côté de Leo, je l'aurais demandé à Drake sans hésiter.

— Je suis désolée, chéri. Simplement… l'occasion ne s'est pas présentée.

Il pousse un soupir mélodramatique avant d'avaler sa dernière gorgée de lait. Elle laisse une moustache blanche au-dessus de sa bouche, dont il tarde à se débarrasser à l'aide d'une serviette en papier.

— C'est bon, lâche-t-il avec un clin d'œil. Je ne mettrai pas en doute ta loyauté. Pour cette fois.

Malgré le ton de la plaisanterie, ses mots sont comme autant de poignards dans mon cœur. Une seule conclusion s'impose : je suis nulle. Je ne mérite peut-être pas d'être marquée au fer rouge, mais je mérite certainement la disgrâce. L'espace d'une seconde, j'envisage de tout avouer, jusqu'au détour inutile à Astoria. Mais l'occasion s'envole aussitôt : Andy repousse son assiette, fait craquer ses articulations et arbore un sourire particulièrement éclatant, même pour lui.

— Bon… tu veux que je te raconte *ma* journée d'hier ?

— Bien sûr.

Je l'imagine séchant le travail pour aller traîner dans un magasin de jouets comme Tom Hanks dans *Big*.

— Je me suis décidé à la dernière minute pour un petit voyage, moi aussi, dit-il enfin.

Mon cœur s'emballe. Je sais parfaitement ce qui va suivre.

— Ah bon ?

Un roulement de tambour résonne dans ma tête.

— Je suis allé à Atlanta… pour voir notre maison.

Je le regarde et m'évertue à sourire, en répétant mentalement : *Notre maison*.

— Elle est incroyable, Ellie. Je l'*adore*. Margot et ma mère aussi. *Tu* vas l'adorer. Sérieusement, elle est *parfaite*… Encore mieux en vrai.

J'ai à peine assez de souffle pour demander :

— Tu l'as… *achetée* ?

Je m'efforce de garder ma contenance, souhaitant presque que la réponse soit positive. Pour m'éviter d'avoir une décision à prendre. Et, plus important, pour pouvoir me sentir lésée. Je m'imagine déjà, des larmes d'indignation plein les yeux, déclamant : *Tu aurais pu m'en parler avant ! Qui achète une maison sans consulter sa femme ?* Andy ne le saurait pas, mais nous serions à égalité. Un faux pas partout.

Cependant, il secoue la tête en répondant :

— Non, je ne l'ai pas *achetée*. Je ne l'aurais jamais fait sans en discuter avec toi d'abord… Même si, ajoute-t-il d'une voix surexcitée, la proposition est prête. Je la faxe dès que… *si* tu es d'accord. (Il tapote une enveloppe en kraft posée sur la table.) Je pense qu'elle va partir vite. Elle dépasse de loin toutes celles que nous avons vues… Elle allie charme et fonctionnalité, elle possède tout ce dont on a besoin… elle est parfaite. Et c'est la porte à côté de chez Margot… Tu veux aller la voir dans la semaine ? Pour y jeter un coup d'œil ?

Il m'observe, dans l'attente de ma réponse. Sa bonne humeur irradie. C'est une des choses que j'aime pardessus tout chez lui, même si, à cet instant précis, j'aimerais pouvoir le changer. Pas qu'il soit *malheureux*, bien entendu, mais peut-être un petit peu plus… *modéré*. N'envisage-t-il même pas de peser le pour et le contre ? N'a-t-il pas la moindre appréhension à la perspective de vivre aussi près de sa famille ? De travailler pour son père ? De quitter la ville que nous adorons ?

Mon cœur se gonfle subitement d'amertume, et bien que j'essaie de l'attribuer en partie à l'enthousiasme débridé d'Andy, je devine la véritable origine de ce sentiment.

Leo.

Quelle que soit la décision que nous prendrons sur cette maison-là ou sur la question de l'emménagement à Atlanta tout court, Leo n'a pas à entrer en ligne de compte. Je dois l'extraire de l'équation et me prononcer sur notre vie, à Andy et moi.

Pourtant, alors que je plonge mes yeux dans ceux de mon mari, le mur entre les deux mondes s'effondre – le monde de la nuit dernière, dans l'avion, avec tous ses possibles, et celui que nous partageons avec Andy, qui contient maintenant une maison à Atlanta. Une maison avec deux, peut-être trois, voitures, dans le garage. Et aussi un golden retriever baveux qui court après des balles de tennis jaunes sur la pelouse vert tendre ; Margot, juste au bout de la rue, prête à dégainer les recettes comme les ragots ; Andy sortant chercher son journal, tous les matins, dans sa robe de chambre écossaise et ses pantoufles de grand-père ; des enfants potelés pataugeant dans la piscine avec des brassards orange fluo et des yeux aussi bleus que l'eau. Et moi, devant la fenêtre de la cuisine, pelant une pomme en me remémorant ma vie passée, mon travail d'alors. L'époque où je photographiais Drake Watters à Los Angeles. Ma dernière rencontre avec Leo.

Je baisse les yeux sur la table en m'interrogeant : combien de temps s'écoulera-t-il avant que j'arrête de penser à sa main sur la mienne ? Avant que nos adieux, à l'arrière du taxi, cessent de consumer mon esprit comme un arrêt sur image lancinant ? À l'idée que cette obsession pourrait ne jamais prendre fin, mon cœur se serre et ma bouche dit : *Allons-y*.

À première vue, je donne simplement à mon mari l'autorisation d'envoyer un fax. Je valide l'achat d'une maison à Atlanta. Au fond de moi, je sens que c'est une décision bien plus grave que je prends. Au fond de moi, je me repens. Je prouve mon amour. Je choisis Andy.

— Tu ne veux pas descendre en avion pour la voir ? demande-t-il en posant délicatement ses doigts au creux de mon bras.

C'est ma dernière chance. Il me suffirait d'aller visiter la maison et de lui trouver un défaut, n'importe lequel. Un sentiment indescriptible. Une contradiction feng shui ayant échappé à Andy et à deux femmes du Sud au sens esthétique pourtant infaillible. Je passerais sans doute pour irrationnelle ou ingrate, mais je pourrais m'offrir un délai. Dans quel but ? Consulter ma messagerie à tout bout de champ, dans l'espoir que Leo ait encore « quelque chose » à me dire ? Le chercher à chaque carrefour, dans chaque *diner*, dans chaque bar ? Me laisser l'occasion de commettre l'énorme erreur de sauter dans un taxi direction Newton Avenue ? Pour me préserver de moi-même, je lance :

— J'ai foi en ton jugement.

Ce qui est la vérité, bien entendu. À cet instant précis, je me fie même davantage à son jugement qu'au mien. Pourtant je devine aussi qu'un mélange subtil d'émotions me travaille : effets malsains d'une forme de frustration, résignation stoïque de l'épouse dévouée et traditionnelle, acceptation d'un déséquilibre qui n'a jamais existé, sous aucune forme, au sein de notre couple.

Ça va passer, me dis-je. *Ce n'est qu'un petit obstacle sur votre route. Maintiens le cap.*

— Tu es sûre, chérie ? demande-t-il doucement.

D'instinct, ma main se porte à mon cœur et je prononce d'une voix claire et décidée, comme à l'intention d'un greffier :

— Oui, allons-y, je suis sûre.

19

Margot pleure en apprenant que nous faisons une offre pour la maison. Ma belle-mère va encore plus loin en décrétant que cette nouvelle répond à ses prières. Il est vrai que Margot pleure pour un rien, indépendamment de sa grossesse (quelques mesures de la marche nuptiale suffisent pour qu'elle s'effondre), comme il est vrai que Stella prie pour tout un tas de choses autres que le retour au bercail de son fils chéri ; n'empêche. Impossible de se rétracter après pareilles réactions : on ne joue pas avec les sentiments de la famille.

Alors que le printemps s'installe sur New York, rien ne semble pouvoir ralentir les transformations consécutives à cette décision prise en un éclair, autour d'une gaufre, après une nuit blanche assortie d'une bonne dose de culpabilité.

Après avoir présenté sa démission, Andy paraît éprouver, lui aussi, des sentiments mêlés à la perspective de ce déménagement imminent. Il réussit pourtant à se convaincre qu'il s'agit d'une bonne chose et à se laisser porter, presque joyeusement, par les événements – un peu à la façon des élèves de terminale qui foncent tête baissée jusqu'au bac. Il organise des sorties avec nos amis les plus proches, réserve des tables dans nos restaurants préférés pour un dernier dîner et arrache des billets pour les spectacles de Broadway auxquels nous nous promettons d'aller depuis des siècles. Un samedi matin, il insiste même pour que nous prenions le ferry jusqu'à la statue de la Liberté – je m'étais toujours juré, non sans fierté, de me contenter de la vue qu'on peut en avoir depuis un avion. Ce jour-là, alors que nous avons déjà affronté les hordes de touristes, le crachin et un guide mortellement ennuyeux, Andy m'exhorte à prendre des photos pour les afficher dans notre nouvelle maison. Je me prête à son caprice, même si je ne peux m'empêcher de songer qu'un cliché du port de New York, aussi spectaculaire soit-il, ne sera d'aucun réconfort. C'est l'énergie de la ville qui me manquera. Et il est impossible de l'emporter avec nous.

Je me laisse surtout entamer par des détails au fur et à mesure que nous nous rapprochons de la date fatidique. La richesse de mon quotidien, les petites choses que je remarquais à peine et qui se mettent à prendre une dimension affective. Le trajet à pied jusqu'au bureau au milieu de la communauté silencieuse des autres travailleurs fourmillant autour de moi. Les échanges acérés de Sabina et Julian à l'atelier, l'odeur puissante de la presse d'Oscar. Les rides de concentration de l'employé du pressing quand il emballe les chemises d'Andy et nous souhaite, avec son accent turc, une bonne journée. Le ton autoritaire de ma manucure coréenne lorsqu'elle m'intime de « choisir une couleur », alors qu'elle devrait savoir que je viens toujours avec mon vernis. Les cahots de la rame de métro, la satisfaction de réussir à arrêter un taxi le soir, en fin de semaine, en plein Village. Les hamburgers de P. J. Clarke's, les vapeurs de la Chinatown Brasserie, et les bagels de l'épicerie du coin. La certitude de découvrir, chaque fois que je mets le nez dehors, quelque chose de surprenant. La diversité humaine, la beauté brute de la ville, le bourdonnement incessant des possibles.

Mon obsession pour Leo, qui est pour moi indissociable de New York, n'arrange rien. En quittant la ville, j'ai le sentiment atroce de le quitter, lui.

Je ne cherche pas à le contacter une seule fois, pourtant. Pas même après avoir trouvé une demi-douzaine d'excuses professionnelles quasiment insoupçonnables et au moins autant de raisonnements justifiant une dernière rencontre pour le bien de *tout le monde*. Pas même lorsque la tentation se fait si forte qu'elle en devient effrayante – le genre de relation qu'un drogué entretient, je suppose, avec sa dose.

Je m'accroche à la dialectique classique du bien contre le mal, du noir et du blanc. Ma loyauté va à cent pour cent à Andy. Le meilleur moyen de préserver ma fidélité est de garder mon mari près de moi autant que possible, soit dès qu'il n'est pas à son cabinet. Je l'invite à m'accompagner à l'atelier ou aux séances photo, je le traîne à la gym et prévois tous mes repas en fonction de lui. Je provoque des contacts physiques en permanence – dans notre lit, le soir, et, de façon plus réservée, en public. Je lui répète que je l'aime, sans que jamais ça ne s'apparente à un automatisme ou à une formule apprise par cœur. Je pèse chacun des mots en les prononçant, je réfléchis à leur signification. Aimer. Un verbe. Un engagement.

Tout ce temps, je me dis que j'ai presque atteint la ligne d'arrivée. Mes émotions s'épuiseront bientôt d'elles-mêmes, les choses retourneront à la normale – du moins à ce qu'elles étaient avant cette rencontre inattendue. Et si ça ne se produit pas avant notre déménagement, un cadre nouveau m'éloignera de Leo.

Toutefois, à mesure que les jours passent et que notre départ approche, je me surprends à m'interroger sur la « normale ». Les choses étaient-elles « normales » quand nous avons commencé à sortir ensemble, Andy et moi ? Quand nous nous sommes fiancés, puis présentés devant monsieur le maire ? Ai-je vraiment jamais réussi à oublier Leo ? À une époque, j'étais persuadée que la réponse était positive. Mais si le simple fait de le revoir, de lui toucher la main, met mon cœur à vif, alors la question se pose : ai-je jamais cessé d'aimer Leo comme on est *censé* cesser d'aimer quiconque n'est pas l'homme qui partage votre vie ? Si la réponse est négative, le passage du temps et un changement de décor résoudront-ils le problème ? Indépendamment de ces considérations, que révèle cette simple *question* sur mon histoire avec Andy ?

Je suis encore plus perturbée par la sensation, étrange et vague, que mes émotions du moment ne sont pas entièrement nouvelles, que je les ai déjà ressenties il y a longtemps, à la mort de ma mère. Le parallèle n'est pas parfait, bien sûr : il n'y a aucune dimension tragique dans le fait de quitter New York ou de ne pas parler à Leo. N'empêche, pour une raison difficile à cerner, et donc déstabilisante, les deux situations ne sont pas sans rapport. Si bien qu'un soir, tard, alors qu'Andy est sorti avec des copains, je craque et j'appelle ma sœur, espérant qu'elle sera disponible et que je trouverai les bons mots pour exprimer ce que j'éprouve sans exagérer l'importance de Leo ni manquer de respect à la mémoire de notre mère.

Suzanne est de bonne humeur – Vince est, lui aussi, en goguette avec des amis, ce qui n'a rien de très surprenant. Après avoir parlé de la pluie et du beau temps quelques minutes, elle me livre le récit de ses malheurs hebdomadaires, principalement liés à Vince, agrémentés d'anecdotes croustillantes sur son boulot. J'apprécie particulièrement l'histoire de cette vieille cinglée qui a renversé son

Bloody Mary non pas une, ni deux, mais *trois* fois sur son voisin, et qui est devenue agressive lorsque Suzanne a refusé de lui servir un quatrième verre.

— Elle m'a traitée de salope. Élégant, non ?

J'éclate de rire et l'interroge sur la suite : connaissant Suzanne, il y a forcément eu des représailles.

— Je me suis arrangée pour que des flics l'accueillent à la sortie de l'avion.

Nous partons toutes les deux d'un fou rire.

— Elle avait raison. Tu es une salope, dis-je.

— Je sais. Je suis payée pour.

Après une nouvelle crise de rire, Suzanne me demande, sans transition, si j'ai des nouvelles de Leo. J'envisage de lui parler du vol de retour, mais je décide de garder à jamais cet épisode secret. Il est sacré. Je réponds par la négative avec un soupir si profond qu'il invite au questionnement.

— Oh oh… lâche-t-elle. Que se passe-t-il ?

Je mets quelques secondes à lui confesser que depuis mon retour de Los Angeles Leo me manque. Que ce que je ressens me rappelle ce « fameux hiver » (façon pudique d'évoquer la mort de notre mère).

— Waouh, Ellen, tu compares l'absence de Leo à la disparition de maman ?

Je démens aussitôt avec force, puis j'ajoute :

— Je suis peut-être juste mélancolique à l'idée de quitter New York… et de tous les changements qui vont survenir.

— Et… alors ? Tu compares ton déménagement à la mort ?

— Non. Ce n'est pas exactement ça…

Je n'aurais jamais dû essayer de partager un sentiment aussi subtil avec quiconque, même avec ma sœur. À son habitude, pourtant, Suzanne insiste. Après avoir réfléchi une seconde, je lui explique que c'est l'imminence de ce départ et son caractère irrévocable qui me pèsent, que, plus je me prépare à ce qui va suivre, moins je sais à quoi m'attendre.

— Cette peur que l'on a quand on est dans l'expectative, hasardé-je. Comme avec maman… Pendant des semaines on a su que la fin était proche. Sa mort n'a pas été une surprise. Et malgré tout… elle nous a surpris, non ?

Suzanne murmure son assentiment, et je sais que, pendant le silence qui suit, nous nous remémorons toutes deux le jour où le conseiller d'orientation a fait son apparition dans nos salles de classe respectives. Nous avons patienté devant le drapeau et le tas de neige salie, jusqu'à ce que notre père vienne nous chercher pour nous amener une dernière fois auprès d'elle.

Je m'efforce de ne pas pleurer en chassant les images précises de cette journée atroce et de celles qui ont suivi.

— Je n'avais qu'une envie, dis-je, finir l'année scolaire, entamer une nouvelle routine… me retrouver dans un endroit qui ne me rappellerait pas sans arrêt maman…

— Ouais, heureusement qu'on est parties en colonie cet été-là.

— Oui.

C'est pour la même raison que j'ai postulé dans des universités loin de Pittsburgh, dans des endroits où maman n'était jamais allée, dont elle n'avait jamais parlé, où se trouvaient des gens qui ignoraient que j'étais orpheline. Je m'éclaircis la gorge avant de poursuivre :

— Même si je crevais d'envie de prendre de la distance avec la maison, les affaires de maman et vos larmes, à papa et toi, j'étais terrorisée à l'idée de la perdre d'autant plus vite. De… l'effacer pour ainsi dire.

— Je comprends parfaitement. *Parfaitement*… Mais… Ellie…

— Quoi ? dis-je d'une voix douce, consciente que ce qui va suivre sera douloureux.

Sans surprise, Suzanne me demande :

— Pourquoi ne veux-tu pas effacer Leo ?

Je prends une longue minute pour répondre, le silence envahit le combiné. Mais j'ai beau me creuser la tête, je ne trouve pas la bonne réponse. Je ne trouve pas de réponse tout court.

20

Le premier samedi de juin, notre dernier à New York, trois déménageurs au cou de taureau débarquent chez nous de bon matin. Neuf heures d'emballage frénétique plus tard, notre appartement est totalement vide, à l'exception des valises posées devant la porte d'entrée et des moutons de poussière qui se promènent sur le plancher. Andy et moi sommes en sueur, épuisés. Nous écoutons le ronronnement de la climatisation dans ce qui fut notre salon.

— Je crois que c'est l'heure, remarque Andy.

Sa voix se répercute en écho sur les murs blancs que nous n'avons jamais pris la peine de peindre d'une autre couleur. Il s'essuie la joue de la manche de son vieux tee-shirt taché. Je devrais dire de l'un des trente tee-shirts auxquels il a assigné la fonction « déménagement et peinture », en dépit de mes taquineries renouvelées : comme s'il risquait de se retrouver un jour dans la situation de déménager ou de peindre un mois d'affilée !

— Oui, allons-y.

Je me projette déjà dans la prochaine étape : le trajet en taxi jusqu'à l'hôtel, où nous nous doucherons et nous changerons avant notre fête de départ. Ce sont les deux meilleurs copains de fac d'Andy qui l'organisent, et tous nos amis new-yorkais seront présents. Même Margot et Webb prennent l'avion pour l'occasion (nous repartirons ensemble pour Atlanta demain matin). Je tape dans mes mains et force un joyeux :

— En piste !

Andy s'immobilise :

— Est-ce qu'on ne devrait pas... faire quelque chose de cérémonieux avant ?

— Comme quoi ?

— Je ne sais pas... prendre une photo ?

Je secoue la tête. Andy devrait me connaître depuis le temps : je ne suis pas du genre à dégainer mon appareil pour les occasions de ce genre, ce que, apparemment, mes amis et ma famille trouvent étonnant, pour ne pas dire frustrant.

— Non...

Mon regard s'évade par la fenêtre et suit la trajectoire d'un pigeon sur la terrasse en ciment en face. Au bout d'un long moment, Andy serre ma main et demande :

— Comment vas-tu ?

— Bien, dis-je en constatant avec soulagement que c'est la vérité. Un peu triste, c'est tout.

Il acquiesce, comme pour reconnaître que les fins le sont toujours, même lorsque l'avenir est plein de promesses. Sans autre forme de cérémonie, nous quittons notre premier foyer.

Quelques minutes plus tard, notre taxi se gare devant le Gramercy Park Hotel, et je suis prise d'une vague de panique et de regret en réalisant qu'Andy et moi sommes soudain devenus des étrangers, des touristes dans la ville où nous vivions. Pourtant, en pénétrant dans le sublime hall à la décoration éclectique, où céramiques marocaines, tapis tissés à la main, lustres en verre de Venise côtoient des œuvres d'Andy Warhol, Jean-Michel Basquiat et Keith Haring, je me rassure en songeant qu'il y a du bon à voir New York de cette façon.

— Waouh, dis-je en découvrant la gigantesque cheminée en pierre et marbre, ainsi que la lampe confectionnée à partir d'une mâchoire de poisson-scie, juste devant. Cet endroit est dément.

— Oui, chic et bohème, comme ma femme.

Je lui souris, et nous nous avançons jusqu'à la réception, où une brune voluptueuse, Beata à en croire son badge, nous accueille avec un fort accent d'Europe de l'Est. Le garçon bien élevé qui sommeille en Andy se sent obligé de lui expliquer notre apparence débraillée ; il marmonne des excuses.

— Nous avons déménagé aujourd'hui.

Beata opine du chef pour signifier qu'elle comprend et s'enquiert poliment :

— Où allez-vous ?

Je réponds *Atlanta* d'une voix aussi posée que possible. J'accompagne même ma déclaration d'un geste de la main, comme si je lui révélais l'existence d'un joyau qu'elle se doit de découvrir si ce n'est déjà fait. Je ne saurais expliquer ce besoin de vanter les mérites d'Atlanta à une parfaite inconnue : s'agit-il de me convaincre moi-même ? de prévenir l'incompréhension que je rencontre chaque fois que j'annonce à un New-Yorkais que nous déménageons ?

Andy prend les critiques plus à cœur encore – c'est sa ville natale après tout –, mais je ne crois pas que cette réaction soit tant un affront à Atlanta que l'illustration du complexe de supériorité new-yorkais, de cette suffisance qui consiste à considérer que le reste du monde, ou du moins du pays, manque uniformément d'intérêt en comparaison. Et même si je souffre de cette attitude à l'heure qu'il est, la vérité, aussi dérangeante soit-elle, est que je ne suis pas loin d'être du même avis. Chaque fois que j'ai appris le départ d'amis (que ce soit pour le travail, pour suivre quelqu'un ou élever des enfants en banlieue), j'ai pensé : *Si c'est ce dont vous rêvez*... Le pire, c'est que je m'étais probablement plainte de New York la seconde d'avant. Après tout, c'est cette intensité, cette passion, qui me manquera le plus.

En tout cas, ma tactique semble fonctionner avec Beata, parce qu'elle répond : « Magnifique », comme si je venais de lui annoncer que nous partions pour Paris. Elle nous parle un peu de l'hôtel avant de nous tendre notre clé et de nous souhaiter un agréable séjour. Nous la remercions, et, le plus discrètement possible, rejoignons le Rose Bar, décoré dans la même veine que le hall : un billard en velours rouge et une œuvre d'Andy Warhol y trônent. Je sens mon esprit dériver vers Leo et mon dernier séjour dans un hôtel aussi chic, mais je chasse ces pensées dès qu'Andy me demande, avec une feinte obséquiosité :

— Vous prendrez un apéritif ?

Je parcours la carte et lui réponds que le mojito ananas-cannelle me tente bien. Il en commande deux à emporter et, quelques instants plus tard, nous nous retrouvons dans notre luxueuse chambre aux tons rubis, donnant sur Gramercy Park, l'un de mes endroits préférés de la ville, même si je n'ai jamais eu l'occasion d'en franchir les grilles 1. Ou peut-être pour cette raison précisément.

— C'est splendide, dis-je en sirotant mon mojito et en admirant la vue sur ce jardin, incroyablement entretenu.

— Je sais que tu as toujours rêvé d'entrer dans ce parc, chuchote Andy en me serrant dans ses bras. J'ai pensé que ce serait chouette de partir sur ce souvenir.

— Tu penses toujours à tout, dis-je, envahie par une bouffée de tendresse à son égard.

Il me sourit avant de prendre une longue gorgée de son cocktail et de se mettre en caleçon pour entamer une danse frénétique.

— À la douche ! crié-je.

J'ai décidé d'être joyeuse ce soir. Même si je suis épuisée. Même si je déteste être le centre de l'attention. Même si je n'aime pas les au revoir. Même si une certaine personne résidant Newton Avenue manquera à l'appel. Et ne soupçonne pas une seconde que je suis sur le départ.

Une heure plus tard, notre fête au Blind Tiger, un petit pub sur Bleecker Street, bat son plein. La lumière est tamisée, la musique pas trop forte, et j'attaque ma quatrième bière. Une chose est certaine : j'ai mis tous mes soucis de côté et je passe une meilleure soirée que je ne l'aurais espéré, en grande partie parce que tout le monde a l'air de s'amuser, ce qui n'est jamais acquis lorsqu'on mélange des gens d'horizons aussi divers. Mes amis photographes n'ont vraiment pas grand-chose en 1. Le Gramercy Park est un square privatisé dont l'usage est réservé aux habitants de la place sur lequel il se trouve. Pour y entrer, il faut donc en avoir la clé. (*Toutes les notes sont de la traductrice.*)

commun avec le cercle d'avocats d'Andy ou les porte-drapeaux du milieu de la mode que nous fréquentions avec Margot lorsqu'elle vivait à New York. C'est d'ailleurs elle, je dois bien le reconnaître, l'atout majeur de cette soirée, tant elle contribue à la bonne ambiance générale. Elle est avenante, aimable et attentionnée, elle réussit à faire en sorte que tout le monde se sente bien. Je l'observe qui traverse la pièce, un cocktail sans alcool à la main. Elle est éblouissante dans sa robe d'été rose taille empire et ses chaussures argentées à talons aiguilles et lanières. À presque six mois de grossesse, elle affiche un petit ventre rond sans avoir pris un seul gramme par ailleurs, et ses cheveux, ses ongles et sa peau sont encore plus éclatants que d'habitude. Elle prétend que c'est l'œuvre des compléments vitaminés qu'elle avale depuis qu'elle est enceinte, mais la batterie de soins qu'elle a reçue au spa dans l'après-midi ne doit pas y être étrangère. En bref, c'est la plus jolie femme enceinte que j'aie jamais vue, et j'ai entendu cinq personnes au moins se faire l'écho de mon sentiment, notamment une ancienne collègue d'Andy, qui en est exactement au même stade de sa grossesse mais qu'on dirait gonflée à l'hélium – du nez aux chevilles en passant par les lobes des oreilles.

— Éloigne-toi, a-t-elle dit en plaisantant à Margot. À cause de toi, j'ai l'air d'un monstre.

— À côté d'elle, on a toutes l'air moches, enceintes ou pas, ai-je répliqué.

Margot a balayé nos remarques d'un revers de la main en nous demandant de ne pas être ridicules. Au fond d'elle, pourtant, elle sait bien que c'est la vérité. Heureusement, Margot étant l'être le plus charmeur que je connaisse, personne ne lui tient grief de son physique, même les femmes les moins gracieuses.

Elle me rejoint justement à la lourde table en bois au fond du bar, où je suis installée avec Julian et sa femme, Hillary. Elle arrive au moment où celle-ci nous explique, en long, en large et en travers, combien elle admire la décision d'Andy d'abandonner son cabinet. C'est le sujet de conversation préféré des avocats grincheux de la soirée, et je me réjouis des bienfaits de ce déménagement pour Andy.

— Ça fait plus de sept ans que je veux partir, reprend Hillary en jouant avec sa longue queue de cheval blonde. Et je n'ai jamais sauté le pas.

Julian secoue la tête.

— Si j'avais touché un dollar chaque fois qu'elle a promis de le faire, on pourrait tous les deux prendre notre retraite à l'heure qu'il est… Mais au lieu de ça, qu'est-ce que madame décide ?

— Quoi ? demandons-nous, Margot et moi, à l'unisson.

Julian donne une bourrade à sa femme et annonce fièrement :

— De devenir associée.

— C'est vrai ! Pourquoi me l'as-tu caché ? dis-je à Julian, en lui tapant le bras.

— Elle l'a appris hier, réplique-t-il.

Je songe à tous les détails de sa vie que j'ignorerai, maintenant que nous ne partagerons plus notre espace de travail. Nous nous sommes juré de garder le contact – nous échangerons des mails et des coups de fil –, mais ce ne sera pas pareil. Je crains qu'au final Sabina, Oscar et lui ne deviennent des connaissances à qui l'on se contente d'envoyer une carte postale pendant les vacances. Mais je relègue cette pensée désagréable au fond de mon esprit, avec toutes celles du même acabit, et je félicite Hillary.

— Andy répète que c'est quasiment impossible de devenir associé dans une grosse boîte.

— Surtout pour une femme, souligne Margot.

Hillary éclate de rire.

— Eh bien. Je suis sûre que ça ne durera pas longtemps. En tout cas c'est ce que j'espère… Je reste jusqu'à ce que Julian me fasse un bébé… Après je me mets en congé maternité et je pars me réfugier à la campagne.

— Tu as tout prévu, dis-je.

— Vous pensez en avoir un bientôt ? me demande Julian.

C'est une question qu'on nous a souvent posée, à Andy et moi, depuis que nous avons annoncé notre déménagement, et ma réponse est déjà prête :

— Pas dans l'immédiat, mais ça viendra…

Hillary et Julian me sourient d'un air réjoui en n'entendant apparemment que la deuxième partie de la phrase. Comme tout le monde, Margot en tête.

Elle se serre d'ailleurs contre moi en prenant mon bras, son parfum emplit mes narines. Elle explique que nous voulons que nos enfants n'aient pas trop d'écart.

— Oh oui ! s'exclame Hillary. Ce sera tellement chouette pour vous… J'aimerais avoir quelqu'un avec qui partager ma maternité, mais j'ai pris du retard par rapport à mes autres amies. Elles se préoccupent déjà des inscriptions en crèche ou à la maternelle… Vous avez tellement de chance d'être aussi proches l'une de l'autre.

Nous murmurons, Margot et moi, que nous le savons, et je mesure à quel point c'est vrai. Évidemment, ce n'est peut-être pas le moment idéal. Je ne suis peut-être pas tout à fait prête à quitter la ville, et mes enfants seront sans doute un peu plus jeunes que ceux de Margot, mais ce sont des détails. Le tableau, dans son ensemble, est merveilleux. Ma relation avec Margot, mon mariage avec Andy, notre maison à Atlanta… tout est merveilleux.

Voilà ce que je suis en train de me dire lorsque mon agent, Cynthia, déboule dans le pub. Elle parcourt la pièce du regard avant de fondre sur moi. Cette ancienne comédienne et mannequin grandes tailles possède une exubérance, une vitalité et un sens vestimentaire original qui attirent les regards et poussent les gens à se demander si elle est, ou non, célèbre. Elle m'a même raconté un jour qu'on la prenait souvent pour Geena Davis et qu'elle avait, à l'occasion, signé de faux autographes et répondu à des questions sur le tournage de *Telma et Louise* ou *Beetlejuice*. Elle s'arrête pour déposer deux bises énergiques sur les joues d'Andy et lui passer une main affectueuse dans les cheveux avant de poursuivre d'un pas décidé. Mon mari la suit de près.

— Attends un peu ! Attends de voir ce que je vous apporte, lui lance-t-elle.

Une seconde plus tard, ils se tiennent tous deux devant moi. Tout en la remerciant de sa venue, je réalise d'un coup ce qu'elle s'apprête à révéler.

Et, sans étonnement, je la vois pincer ses lèvres pleines et vermillon en sortant un magazine de son Balenciaga blanc avant de s'écrier à l'intention de son auditoire, de plus en plus nombreux :

— *Plateforme !* En direct de l'imprimerie.

— Je croyais qu'il ne sortait que plus tard dans le mois, dis-je, saisie d'un accès de panique non pas à cause des photos de Drake (sur lesquelles j'ai bossé plusieurs heures pour obtenir un résultat parfait), mais de la signature qui accompagne l'article.

— Tu as raison, il ne sera pas en kiosque avant quinze jours, explique Cynthia. Mais j'ai agité ma baguette magique pour te dégoter un exemplaire en avance... J'ai pensé que ce serait le cadeau de départ idéal, trésor.

— C'est génial ! s'exclame Andy.

Il se frotte les mains d'excitation et invite certains de ses amis, notamment Webb, à nous rejoindre.

— Tu as déjà vu les photos, dis-je à Andy, la gorge serrée d'inquiétude, comme si je pouvais encore faire quoi que ce soit pour arrêter la machine.

— Oui, mais pas sur papier glacé, réplique-t-il en se plaçant derrière moi et en me massant les épaules.

Ma torture se prolonge une longue minute, Cynthia prenant un malin plaisir à faire durer le spectacle : elle presse la couverture contre sa poitrine pigeonnante et se lance dans un monologue interminable sur mon talent, sa fierté de me représenter, la gloire future qui m'attend...

Tout ce temps, j'ai les yeux rivés sur la dernière page du magazine, une publicité en noir et blanc avec Kate Moss, de loin le mannequin que je préfère, et que je rêve de photographier. Sur ce cliché, ses lèvres sont entrouvertes, ses cheveux balayés par le vent dissimulent en partie son œil droit, l'expression de son visage est sereine mais intense. En observant son regard charbonneux, j'ai soudain l'impression ridiculement narcissique qu'elle n'est pas sur cette page pour promouvoir les montres David Yurman, mais pour me railler : *Tu aurais dû leur en parler avant*, l'entends-je me dire avec son accent anglais. *Tu as eu des semaines et des semaines pour le faire, et tu attends ta dernière soirée à New York dans un endroit bondé. Bien joué.*

— Allez, Cynthia ! Montre-nous ce fichu magazine !

Les cris d'Andy ont interrompu mon délire paranoïaque. Elle éclate de rire.

— Très bien ! Très bien !

Elle brandit Kate au-dessus de sa tête avant de révéler Drake. Pendant quelques secondes, son public l'applaudit. Je ressens une satisfaction étrange en songeant qu'il s'agit de *ma* couverture. De ma photo de Drake Watters. Mais mes craintes reviennent au galop lorsque Cynthia tend le magazine à Andy en lui indiquant :

— Page soixante-dix-huit, poussin.

Je retiens mon souffle et tous mes muscles se tendent tandis qu'Andy s'assied à côté de Julian et compulse nerveusement les pages jusqu'à l'article sur Drake. Rassemblé derrière lui tout le monde pousse des oh et des ah devant les photographies que je connais par cœur et que je n'ai pas le courage de regarder. Je préfère me concentrer sur le visage d'Andy. J'éprouve un profond soulagement en constatant qu'il est légèrement plus éméché que moi et incapable de lire l'article, ou de se concentrer sur un seul mot. Tout sourire, il se délecte des commentaires de mes amis photographes, qui ont la gentillesse de s'extasier sur mon travail. Pendant ce temps, nos autres amis m'assomment de questions sur Drake pour savoir comment il est en vrai.

Margot, de son côté, demande à tout le monde de veiller à ne pas froisser les pages et à ne rien renverser dessus. Ce petit jeu dure un moment, le temps que le magazine fasse le tour de la table. Il finit par atterrir devant Margot et moi, ouvert à la dernière page de l'article.

— C'est incroyable, chuchote-t-elle, je suis tellement fière de toi.

— Merci, dis-je en la regardant feuilleter les cinq doubles pages avant de s'arrêter sur le début.

— Je crois que c'est celle-ci ma préférée, ajoute-t-elle en montrant la toute première photo de Drake.

Elle est encadrée par le texte de Leo, dont la signature surmonte l'ensemble, centrée dans la page. Bien que mon regard soit immédiatement attiré par celle-ci, le corps de la police de caractères est moins grand que ce que je craignais, et elle n'est pas trop graissée. En entendant Margot expliquer combien Drake est sexy et combien j'ai réussi à saisir son essence, j'en conclus que je pourrais bien m'en être tirée pour ce soir. En réalité, je pourrais même bien m'en être tirée pour toujours. Le soulagement et le triomphe remplacent la honte que je devrais ressentir. Un peu comme, je suppose, une voleuse à la tire saluant l'employé de la sécurité en vérifiant que les biens dérobés sont au chaud dans ses poches.

Il suffit pourtant d'une seconde pour que ma chance tourne : Margot se fige soudain. Nous échangeons un regard, et, en un instant, je devine qu'elle a vu le nom de Leo et compris ce que cela signifiait. Elle sait. Bien sûr, elle ne peut pas savoir exactement ce que j'ai fait ou non, mais elle a la certitude que j'ai été malhonnête, avec elle et, plus important, avec son frère. De la part de toute autre personne, je me préparerais à subir une poussée de colère ou, au moins, une avalanche de questions et d'accusations. Mais je connais bien Margot. Je connais sa mesure, son refus du conflit. Surtout, je sais qu'elle ne dirait jamais rien qui gâcherait la soirée. La punition qu'elle m'inflige est bien plus terrible. Elle se mure dans le silence, un masque stoïque sur le visage, et referme le magazine en se détournant de moi pour le reste de la nuit.

21

— Tu crois vraiment qu'elle t'en veut d'avoir accepté ce contrat ? me demande Suzanne le lendemain matin.

Je l'ai appelée d'une boutique de souvenirs de l'aéroport. Après lui avoir livré un résumé détaillé de la soirée, je sollicite son avis sur la façon d'aborder Margot quand nous nous retrouverons à la porte d'embarquement, d'ici quelques minutes.

— Tu es peut-être parano ? suggère-t-elle.

Je vérifie si Andy a progressé dans la file d'attente du Starbucks adjacent avant de rétorquer :

— Non… Non, je suis sûre de moi. À part un rapide au revoir en fin de soirée, elle ne m'a plus adressé la parole à partir de ce moment-là. Pas une seule fois.

Suzanne s'éclaircit la gorge.

— Ce n'est pas si surprenant dans une grande fête… Tu étais avec plein d'autres amis, non ? Vous avez l'habitude de passer les soirées collées l'une à l'autre ?

Je sens bien que les questions de Suzanne sont orientées – c'est sa façon, pas très subtile, de critiquer notre relation, qu'elle trouve trop fusionnelle. Habituellement, je défends nos liens d'amitié, mais je n'ai pas le temps, aujourd'hui.

— Écoute, Suzanne, je suis persuadée que cette histoire la dérange… Et, pour être honnête, j'ai du mal à lui en vouloir. Je suis mariée à son frère, tu te souviens ?… Bon, tu aurais une suggestion sur la façon de gérer la situation ?

Derrière elle, j'entends des bruits de vaisselle – plus certainement celle du dîner de la veille que du petit déjeuner.

— Tu veux que je te dise ce que tu devrais faire ou ce que je ferais à ta place ? demande-t-elle.

— Je ne sais pas. Peu importe. Mais vite… Andy ne va pas tarder.

— Très bien, réplique-t-elle en fermant son robinet. Eh bien moi, je me montrerais offensive et je lui dirais qu'elle me gonfle. Je lui suggérerais d'arrêter de prendre des airs supérieurs.

Je souris. J'aurais dû m'en douter. Elle poursuit :

— Où est le drame, enfin ? Ton ex t'a proposé un boulot en or, l'occasion de photographier une des plus grandes stars du monde, et tu as eu l'intelligence de saisir cette chance… pour ta *carrière*, pas pour rallumer une flamme éteinte.

Comme je ne réagis pas, Suzanne revient à la charge :

— C'est bien le cas ?

— Oui, évidemment.

— D'accord. Alors tu es partie pour Los Angeles et tu es tombée sur Leo, ce qui t'a surprise. Tu ne l'avais pas prévu, n'est-ce pas ?

— Non, c'est vrai, dis-je, ragaillardie par cette version des événements, jusqu'à présent totalement fidèle.

— Ensuite, tu as décliné l'invitation de Leo à dîner – tu l'as même complètement planté – pour passer la soirée avec moi.

J'acquiesce vigoureusement en songeant que si j'avais appelé Suzanne du bar la veille, je me serais évité pas mal de tergiversations.

— Et le lendemain, enchaîne-t-elle, lors de la séance, tu ne lui as pas consacré plus de dix minutes et tu es restée parfaitement professionnelle, pas vrai ?

Techniquement, tout cela est juste, mais je vacille en me rappelant mes fantasmes de la nuit précédant la séance, le regard langoureux de Leo au *diner*, et bien sûr ce moment si intime que nous avons partagé pendant le vol du retour. Je réponds avec un peu moins de conviction :

— Oui, c'est vrai.

— Et tu ne lui as pas parlé depuis que tu es revenue à New York ?

— Non, dis-je.

C'est non seulement la vérité mais aussi un tour de force si l'on songe au nombre de fois où j'ai eu *envie* de l'appeler.

— Non, répété-je.

— Alors, explique-moi : en quoi as-tu trahi la famille Graham ?

Je prends, parmi la foule de babioles en plastique encombrant une étagère, une boule à neige clamant *I love New York*, et je la remue doucement. En regardant les flocons tomber sur l'Empire State Building, je réponds :

— En rien, j'imagine.

— À la réflexion, ajoute Suzanne de plus en plus énervée, Margot sait-elle seulement que tu as vu Leo ?

— Euh… non. Elle en déduit sans doute qu'il y a eu une prise de contact… ce qui est le cas, bien sûr.

— Prise de contact *professionnel*.

— D'accord, j'ai compris. Alors… tu crois que je devrais clarifier la situation ?

— Non. Tu peux très bien jouer au jeu du silence toi aussi. Tu devrais ne pas bouger et attendre qu'elle t'en parle, elle.

— Et si elle ne le fait pas ?

L'histoire de Courtney Finnamore me revient en mémoire. C'était l'une des meilleures amies de Margot à la fac, avant qu'elle ne vomisse dans la Saab toute neuve de Margot après une soirée bien arrosée. Courtney s'était répandue en excuses, mais elle n'avait jamais proposé de s'occuper de faire nettoyer la voiture. Ce n'était pas une histoire d'argent, avait insisté Margot, et je la croyais. C'était la grossièreté et le manque de prévenance de Courtney qui la choquaient. Margot n'avait pas réussi à oublier cet incident et s'était focalisée progressivement sur sa pingrerie et son égoïsme. En dépit de la violence de son ressentiment, elle n'avait jamais affronté Courtney. Non, elle s'était petit à petit désinvestie de leur amitié – et Courtney n'avait pas dû remarquer le changement d'attitude de Margot. Du moins jusqu'à ses fiançailles. Elle lui avait demandé d'être sa demoiselle d'honneur ; Margot n'avait pas eu besoin de réfléchir longtemps pour décliner poliment cet « honneur » sans explication ni excuse. Elle avait assisté au mariage de Courtney, mais leur amitié s'était rapidement étiolée. Aujourd'hui, elles ne s'adressent plus la parole, même lorsqu'elles se croisent aux soirées organisées par leur sororité.

Si une telle indifférence me paraît inconcevable entre Margot et moi, je suis, malgré tout, prise d'une bouffée d'anxiété en expliquant à Suzanne :

— Margot n'est pas du genre à discuter de ce type de problème avec les gens.

— Tu n'es pas « les gens ». Tu es soi-disant sa « meilleure amie ». Tu es en train de me dire qu'elle n'abordera pas le sujet avec toi ?

Suzanne accompagne sa tirade d'un sifflement pour en souligner la portée. Sa façon de prononcer « soi-disant » me hérisse et je cherche un exemple de conflit entre Margot et moi pour lui rabattre le caquet. Ironie du sort, le seul qui me vienne à l'esprit est lié à Leo.

— Je ne sais pas. Peut-être que si… Elle m'a parlé après ma rupture avec Leo, quand je n'étais plus qu'une loque pathétique…

— Tu n'étais pas une loque pathétique, m'interrompt Suzanne d'un ton sans appel. Tu avais le cœur brisé. Ça n'a rien à voir.

Ses protestations me déstabilisent, mais le temps m'est compté (mon mari se dirige vers moi avec nos cappuccinos).

— Andy arrive, qu'est-ce que je fais, alors ?

— En résumé, cette histoire ne regarde qu'Andy… pas ta belle-sœur, même si c'est ta meilleure amie pour la vie, ou un truc dans le genre, lâche-t-elle avec une ironie perceptible. Mais si tu penses qu'il vaut mieux éclaircir les choses, vas-y…

— D'accord.

— Quoi que tu décides, ne te conduis pas comme une poule mouillée. Et ne t'écrase pas… Promis ?

— Promis, dis-je en récupérant mon café et en adressant un sourire de remerciement à Andy.

Je n'ai pas souvenir d'avoir jamais eu autant besoin d'une dose de caféine.

— Ellie ?

— Oui ?

— Si tu t'écrases… tu te prépares de mauvais jours dans le Sud.

Je pense encore au dernier conseil de Suzanne quand, sur un coup de tête sentimental, Andy et moi décidons d'acheter la boule de neige.

Ne t'écrase pas. Je me répète cette phrase comme un mantra, en me demandant si ce n'est pas précisément ce que j'ai fait la veille au soir. Étant donné que nous n'avons pas abordé le sujet, je n'ai pas pu m'écraser, mais ai-je agi comme une poule mouillée ? Ai-je évité Margot autant, sinon davantage, qu'elle ne m'a évitée ? Si c'est le cas, j'ai peut-être aggravé la situation et transformé sa légère inquiétude en soupçon. Même si je suis certaine qu'elle a vu le nom de Leo, j'ai peut-être amplifié sa réaction, laissé ma propre conscience tourmentée, les émotions du déménagement et la bière déformer la réalité. La situation m'apparaîtra peut-être sous un autre jour ce matin. C'est ce que ma mère nous répétait sans cesse. En apercevant Margot et Webb devant la porte, je croise les doigts : espérons qu'aujourd'hui ne fera pas mentir cette règle.

Je prends une profonde inspiration et lance un bonjour guilleret, en priant pour qu'il soit naturel et détendu. Comme toujours, Webb se lève et m'embrasse sur la joue.

— Bonjour, chérie !

Margot, impeccable dans son twin-set bleu marine, son pantalon blanc éclatant et ses ballerines cerise assorties à son rouge à lèvres, lève le nez de son roman et sourit.

— Salut ! Comment s'est terminée la soirée ?

Ses yeux bleus passent de moi à Andy, avant de revenir sur moi. Je ne repère rien sur son visage, dans son ton ou son attitude qui laisserait entendre qu'elle est en colère ou contrariée. À son habitude, elle est avenante et chaleureuse. Je me détends un peu en m'asseyant à côté d'elle et réponds, sans prendre de risques :

— On s'est bien amusés.

— Un peu trop, complète Andy en s'installant à côté de moi et en posant notre sac de voyage à ses pieds. Je n'aurais pas dû accepter la dernière tournée à deux heures.

Margot corne sa page, referme son livre et le glisse dans son grand fourre-tout noir.

— À quelle heure êtes-vous rentrés à l'hôtel ? nous demande-t-elle.

Andy et moi échangeons un regard en haussant les épaules.

— Peut-être trois heures ? dis-je, complètement détendue maintenant.

— Quelque chose dans ces eaux-là, renchérit Andy en se frottant les tempes.

Avec une moue de compassion, Margot réplique :

— Je dois reconnaître que... c'est l'un des meilleurs côtés de la grossesse. Privée de gueule de bois pendant neuf mois.

— Trésor, tu n'as pas eu la gueule de bois depuis neuf *ans*, rétorque Webb.

Je ris en songeant qu'il a probablement raison. À la réflexion, je pourrais compter sur les doigts d'une main le nombre de fois où Margot s'est laissée aller, à la fac et après. Et par « laissée aller », je n'entends pas danser seins nus à une soirée, non, j'entends jeter une paire de lentilles en bon état dans un fourré ou passer un paquet de chips au cirage.

Après quelques minutes d'une conversation détendue et anodine, Webb annonce qu'il va acheter un journal avant l'embarquement. Andy propose de l'accompagner, et nous nous retrouvons seules, Margot et moi. L'heure de vérité a sonné.

— Ellie, s'empresse-t-elle de lancer, je *mourais* d'impatience de te parler.

Ah bon ? me dis-je tout en scrutant l'expression de son visage : il exprime plus la curiosité que l'accusation.

— Je sais...

— Leo ? demande-t-elle, sans sourciller.

Mon estomac se contracte en entendant Margot prononcer son prénom à voix haute et je me surprends à souhaiter qu'il en ait eu un plus commun, comme Scott ou Mark. Un qui se confondrait avec celui d'autres personnes de notre connaissance. Dans ma vie, il n'y a qu'un seul Leo.

— Je sais, répété-je en m'interrompant aussi sec pour prendre une gorgée de café. J'aurais dû en parler plus tôt... j'en avais l'intention... mais le déménagement... ton bébé... Il y a eu tellement d'autres événements...

Je prends conscience que je bredouille : Suzanne trouverait sans doute que je m'exprime comme une poule mouillée qui s'écrase. Je me ressaisis aussitôt et aborde les choses sous un angle différent.

— Ce n'est vraiment pas ce que tu te figures... Je... je suis tombée sur lui par hasard, un jour, dans la rue, on a papoté... et puis, quelque temps plus tard, il a appelé mon agent pour lui parler de Drake. Et voilà... rien de plus...

Je me rapproche suffisamment de la vérité pour ne pas me sentir coupable d'avoir quelque peu aménagé l'histoire, notamment en omettant que nous nous sommes vus à Los Angeles et avons voyagé côte à côte au retour. Margot est visiblement soulagée.

— J'étais *sûre* que c'était quelque chose de ce genre. Simplement... je suis étonnée que tu ne m'en aies pas parlé.

Elle a ajouté cette dernière remarque avec précaution, comme s'il s'agissait davantage d'une déception que d'un jugement.

— C'était mon intention... et j'étais décidée à le faire avant la parution du magazine, je suis désolée.

Je ne sais même pas si c'est la vérité, mais je m'accorde le bénéfice du doute. Je repense au conseil de Suzanne : un simple *je suis désolée* est loin de me transformer en carpette.

— Tu n'as pas à t'excuser, Ellen.

Un silence léger s'installe entre nous et, alors que je suis convaincue de m'en être tirée pour de bon, elle fait faire un tour complet à son clou d'oreille en diamant avant de lâcher :

— Andy est au courant ?

Pour une raison qui m'échappe, cette question, à laquelle je ne m'étais pas préparée, amplifie ma culpabilité résiduelle *et* ma gueule de bois. Je secoue la tête, bien consciente que ce n'est pas la réponse qu'elle espérait. Elle me jette un regard piteux.

— Et tu vas lui dire ?

— Je… je devrais, sans doute ?

Sans le vouloir, ma phrase se termine en question. Margot caresse son ventre pensivement.

— Je ne sais pas. Peut-être pas.

— Vraiment ?

— Peut-être pas, répète-t-elle d'un ton plus résolu.

— Tu ne crois pas qu'il remarquera… la signature ?

Nous n'avons pas discuté stratégie relationnelle depuis des années. L'occasion ne s'était pas présentée. À l'exception de quelques prises de bec stupides pendant la préparation de notre mariage (au cours desquelles Margot s'était rangée de mon côté), Andy et moi n'avons jamais connu de conflit – en tout cas aucun qui nécessite une collusion ou une intervention amicale.

— Sans doute pas. C'est un homme… Connaît-il seulement le nom de famille de Leo ?

Je n'en suis pas certaine. Il me semble qu'il l'a su, à une époque, mais il l'a peut-être oublié.

— Et puis, reprend-elle en croisant les pieds, quelle importance ?

Je suis à quatre-vingt-dix pour cent emballée par la direction qu'elle prend et à dix pour cent inquiète à l'idée qu'il puisse s'agir d'un piège tendu par une sœur loyale envers son frère.

Les liens du sang sont les plus forts, entends-je Suzanne me répéter. Je laisse Margot aller jusqu'au bout de sa pensée.

— Ce n'est pas comme si Leo était le grand amour de ta vie, finit-elle par dire.

Comme je tarde à réagir, elle hausse ses sourcils naturellement arqués pour obtenir confirmation. Je décrète avec autant de conviction que possible :

— Non, bien sûr.

Cette fois-ci, je *sais* que ce n'est pas la vérité, mais ai-je le choix ?

— Ce n'était qu'une... amourette de jeunesse, conclut-elle en laissant traîner la fin de sa phrase.

— Exactement, dis-je, saisie d'un frisson au souvenir de Los Angeles.

Elle sourit. Je m'efforce de l'imiter. Puis, tandis que l'hôtesse annonce que l'embarquement va commencer et que nos maris nous rejoignent, les bras chargés de magazines, de journaux et de bouteilles d'eau, elle se penche vers moi et me chuchote, d'une voix confiante :

— Et si on gardait ça pour nous ?

Bizarrement, ses paroles, tout en m'apaisant, me remplissent aussi d'un étrange pressentiment. Elles m'obsèdent encore alors que nous rassemblons nos effets et avançons d'un pas léger vers une nouvelle vie, un nouveau départ qui ressemble étrangement à une rédemption.

22

Les semaines suivantes, tandis que nous nous installons dans notre nouvelle maison, je fais tout mon possible pour ne pas m'écarter de la voie de la rédemption. Chaque matin, au réveil et sous la douche, je m'encourage à coups de discours positifs et de clichés rebattus : *On peut bâtir un foyer sur le roc de la fidélité* ou *Le bonheur est un état d'esprit*. Je répète à Andy, Margot et Stella que je suis heureuse, que New York ne me manque pas. Je vais jusqu'à le clamer à des inconnus, comme le vendeur du supermarché ou la femme qui fait la queue derrière moi à la mairie. Je me répète que si j'ai la volonté nécessaire pour que tout cela devienne vrai, mon casier sera effacé, ma réputation lavée, et Leo relégué aux oubliettes pour de bon.

En dépit de mes efforts réels, l'autoconviction ne marche pas comme je le souhaiterais. Au contraire. J'accomplis les différentes étapes de notre emménagement – poser nos photos sur le manteau de la cheminée, parcourir les allées du supermarché à la recherche de boîtes de stockage, étudier des échantillons de tissus pour les rideaux avec le décorateur d'intérieur de Margot, ou planter des caladiums blancs dans de grands pots couleur bronze devant notre entrée… Pour autant, je ne réussis pas à trouver ma place.

Pire, je suis rongée par le sentiment de n'avoir jamais été autant moi-même que durant ce vol de nuit, et par celui d'avoir commis une erreur en quittant New York. Une énorme erreur. De celles qui rendent amer et ouvrent de dangereuses failles. De celles qui font saigner le cœur. De celles qui vous poussent à rêver d'ailleurs, du passé, de quelqu'un d'autre.

Et la joie d'Andy, qui confine à l'allégresse, renforce mon sentiment d'isolement. Pas seulement parce que le bonheur des autres est pesant lorsqu'on est malheureux, mais parce que sa joie implique que notre installation est définitive et que je suis coincée dans cet univers pour toujours. *Son* univers. Condamnée à perpétuité aux embouteillages et aux déplacements motorisés, ne serait-ce que pour prendre un café ou m'offrir une manucure. Aux centres commerciaux sans intérêt et aux services de livraison à domicile qui proposent des menus sans originalité. Aux bibelots futiles accumulés sans raison pour remplir notre gigantesque maison. À m'endormir dans un silence absolument assourdissant beaucoup moins rassurant que le ronronnement de la ville. Aux étés étouffants passés à voir Andy partir jouer au golf ou au tennis et aux Noëls sans neige. Au voisinage de blondes aux yeux bleus, mielleuses, qui s'habillent dans les mêmes boutiques, adorent les jeux de société et avec lesquelles je n'ai aucun point commun.

Un beau matin du mois d'août, juste après le départ d'Andy pour le boulot, en ramassant le bol qu'il n'a même pas pris la peine de débarrasser, je me rends compte qu'il ne s'agit plus d'une sensation diffuse. J'étouffe carrément. Je cours presque jusqu'à l'évier, où je jette le bol. Paniquée, j'appelle Suzanne.

— Je déteste cet endroit, lui dis-je en retenant mes larmes.

Le fait de l'énoncer à voix haute officialise mon ressenti, tout en accroissant ma solitude. Suzanne tente de me rassurer.

— Les déménagements sont difficiles. Est-ce que tu n'as pas détesté New York au début ?

— Non.

Je suis toujours dans la cuisine et j'ai le sentiment d'être une femme au foyer méprisée, négligée.

— À New York, il a fallu que je m'ajuste. Au début, j'étais perdue… Mais je n'ai jamais *détesté*. Pas comme ici.

— Qu'est-ce qui ne va pas ? demande-t-elle. Le mari raide dingue de toi ? La maison gigantesque ? La piscine ? La nouvelle Audi ? Attends, je crois que j'ai trouvé… les grasses matinées et le fait de ne pas avoir à te lever pour aller travailler, c'est ça ?

— Eh ! Arrête une seconde !

Elle me donne l'impression que je me conduis comme une petite fille gâtée et ingrate ou comme une star se plaignant que sa vie est *trop* dure. Pourtant, je continue, parce que je sais que mes récriminations sont légitimes.

— Je deviens folle, mon agent ne m'a pas appelée une seule fois, je passe mes journées à prendre en photo les magnolias de notre jardin, Andy avec la caisse à outils, comme s'il l'utilisait vraiment… ou les enfants qui vendent de la limonade au coin de la rue. Enfin, jusqu'à ce que leurs jeunes filles au pair me dévisagent comme si j'étais une détraquée… Je *veux* du travail…

— Tu n'as pas *besoin* de travailler, m'interrompt Suzanne. Ça fait une différence, crois-moi.

— Je sais. Je *sais* que j'ai de la chance. Je sais que je devrais être excitée, ou au moins trouver du réconfort dans… tout ceci, dis-je en parcourant du regard ma cuisine spacieuse, ses plans de travail en marbre, sa cuisinière rutilante, les larges lattes de son plancher en cèdre. Mais je ne me sens pas à ma place… C'est dur à expliquer.

— Essaie.

Plutôt que de lui servir la litanie de mes plaintes habituelles, je lui relate une anecdote banale mais symbolique. La veille, la petite voisine est venue nous vendre des biscuits pour son camp scout. Andy s'est concentré pour remplir le bon de commande comme s'il prenait la décision la plus importante de sa vie. Je l'imite en forçant son accent : « Trois boîtes de biscuits au beurre de cacahuètes et deux à la menthe ou l'inverse ? »

— On ne décide pas de ces choses à la légère, ironise Suzanne.

Je l'ignore et je rétorque :

— Ensuite, Andy et la mère de la gamine ont discuté pendant vingt minutes de leur parenté au deuxième degré (il est apparemment très rare d'avoir des liens familiaux aussi lointains dans cette ville) et de leurs connaissances communes à Westminster…

— L'abbaye londonienne ?

— Mais non. Personne ne s'intéresse à cette minuscule église ici… Non, ils parlaient de l'école privée la plus sélecte d'Atlanta… de tout le Sud-Est, pour être précise, ma chère.

Suzanne ricane, et je me rends compte que, même si elle veut mon bonheur, elle doit jubiler. Après tout, c'est bien elle qui m'a dit dès le début : *Tu es une étrangère. Tu n'appartiens pas à leur monde. Tu n'en feras jamais vraiment partie.*

— Et quand je crois que c'est enfin terminé, qu'on va pouvoir retourner regarder une émission débile à la télé (ce qui, soit dit en passant, semble être devenu notre activité principale), la mère invite sa fille à remercier « M. et Mme Graham » et je me mets à chercher les parents d'Andy. Avant de réaliser que *je* suis « Mme Graham ».

— Ça t'embête d'être Mme Graham ? demande-t-elle d'un ton sarcastique.

Je soupire.

— Je n'ai pas envie que commander des biscuits soit le clou de ma journée.

— Ceux à la menthe sont délicieux. Surtout si tu les mets au frigo.

— S'il te plaît...

— Désolée. Je t'écoute.

— Je ne sais pas. Simplement je me sens... prisonnière... isolée.

— Et Margot ?

Je prends le temps de réfléchir à ma réponse, déchirée entre ma loyauté envers mon amie et la triste réalité : nous avons beau nous parler plusieurs fois par jour, j'ai l'impression que nous nous éloignons depuis la fête de départ à New York – et notre conversation du lendemain à l'aéroport n'a rien changé.

Dans un premier temps, je lui ai été reconnaissante de m'avoir pardonné, de ne pas m'avoir rejetée en dépit de mon faux pas. Mais elle me donne l'impression que j'ai une dette envers elle, Andy et le reste de la famille. Que j'ai *tellement* de chance d'être là, d'avoir été acceptée au sein de la dynastie Graham, qu'il est impossible de regretter New York et que je ne suis pas autorisée à avoir la moindre opinion qui divergerait de leur conception du monde, du savoir-vivre et des valeurs.

Ce qui m'attirait le plus est précisément ce qui me rend folle. J'adorais l'univers parfait des Graham. J'admirais leur fortune, leur réussite, leur cohésion – même James, le fils rebelle qui a fini par quitter la maison d'amis de ses parents, fait en sorte de se pointer à l'église le dimanche matin, peu importe que ses yeux soient injectés de sang et que ses vêtements froissés sentent le tabac froid. J'étais épatée de voir qu'ils se consultaient toujours avant d'agir, qu'ils étaient farouchement fiers de leur famille et de ses traditions et qu'ils plaçaient Stella sur un piédestal. Je n'en revenais pas qu'ils ignorent la mort, le divorce ou la déception.

Aujourd'hui, c'est différent. Aujourd'hui, je me sens prise au piège. Par eux. Par cet univers.

L'espace d'une seconde, je caresse l'idée de m'en ouvrir à Suzanne, mais je sais que si je le fais, ce sera terminé. Je serai incapable de retirer ce que j'ai dit, de le nuancer, et un jour, quand l'orage sera passé, elle pourrait bien me le rappeler. C'est son genre.

Je me contente donc de lui répondre :

— Ça va avec Margot. On se parle tout le temps... Même si on n'est pas sur la même longueur d'onde... Elle est obnubilée par sa grossesse, ce qui est compréhensible, j'imagine...

— Et tu comptes bientôt te régler sur la même longueur d'onde ?

— Je ferais aussi bien de pondre quelques gosses. On vit déjà terrés de toute façon. J'y pensais la nuit dernière... À New York, nos amis nous donnaient le sentiment qu'avoir des enfants était facile. Ils ne changeaient rien, ils conservaient ce mélange d'immaturité et de curiosité. Ils restaient avant tout des citadins branchés. Qui continuaient à sortir écouter de la bonne musique et manger dans les bons restaus.

Je soupire en songeant à Sabina, qui ne se contente pas d'emmener ses triplés au centre aéré ou à des cours de musique : elle les traîne aussi au MoMA ou aux festivals de cinéma. Et au lieu de les affubler de robes à smocks, les habille d'un tee-shirt noir en coton organique et d'un jean, gommant ainsi les frontières générationnelles.

— Ici, c'est l'inverse, dis-je en m'emballant. Les gens sont déjà des adultes accomplis avant même d'avoir des enfants. J'ai l'impression d'être dans les années cinquante, où on devenait comme ses parents à vingt et un ans… C'est ce qui est en train de nous arriver, à Andy et moi… Il n'y a plus ni mystère, ni défi, ni passion, ni excitation. Tu vois ? Voilà à quoi ressemblera notre vie désormais. Sauf que c'est le choix d'Andy, pas le mien.

— Il est content du déménagement, alors ? Il n'a pas le moindre regret ?

— Aucun. Il nage dans le bonheur… Il siffle même plus que d'habitude… Un vrai piaf. Il siffle dans la maison. Dans le jardin et le garage. Il siffle en partant rejoindre papa au cabinet ou jouer au golf avec ses bons vieux potes.

— Ses bons vieux potes ? Je croyais que ce n'était pas le genre d'Atlanta.

— Je ne parle pas de types sympas avec qui tu vas prendre une mousse, non, je parle des snobinards de son ancienne fraternité.

Suzanne éclate de rire, et j'en profite pour ramasser les quelques grains de riz soufflé qui surnagent dans une mare de lait rose au fond de l'évier – si, à une époque, le petit déjeuner d'Andy m'attendrissait, je ne peux pas m'empêcher de me demander aujourd'hui quel genre d'adulte sans enfants mange des céréales aux couleurs pastel provenant d'une boîte avec un dessin de lapin.

— Tu lui as dit ce que tu ressentais ? me demande ma sœur.

— Non. Ça ne servirait à rien.

— L'honnêteté ne sert à rien ? me titille-t-elle.

Quand elle a des problèmes avec Vince, je lui répète toujours : *Ouvre-toi, exprime ce que tu ressens.* Je me rends soudain compte que non seulement nos rôles sont inversés mais que c'est un conseil bien plus facile à prodiguer qu'à mettre en œuvre. Ça ne paraît possible que lorsqu'on a des problèmes mineurs. Dans l'immédiat, les miens me semblent tout sauf mineurs.

— Je ne veux pas qu'Andy se sente coupable.

— Peut-être qu'il devrait se sentir coupable, rétorque Suzanne. Il t'a forcée à déménager.

— Il ne m'a jamais forcée, dis-je, rassurée que mon instinct me pousse toujours à le défendre. Il m'a laissé plusieurs occasions de m'y opposer. C'est moi qui ne les ai jamais saisies... Je n'ai montré aucune résistance.

— Ce qui est idiot.

En m'éloignant de l'évier, je lance, comme si j'avais dix ans :

— Idiote toi-même.

23

Quelques jours plus tard, je m'adonne, sur fond d'« Oprah Winfrey Show », à mon activité du moment : préparer de belles étiquettes blanches pour les tiroirs de notre cuisine. Au moment où j'imprime le mot *Spatules*, on frappe un coup à la porte vitrée de la cuisine : en levant le nez, j'aperçois Margot.

Avant que j'aie eu le temps de lui faire le moindre signe, elle entre.

— Salut, ma belle. C'est moi !

Je coupe le son de la télévision et abandonne mes étiquettes. Je suis contente de la voir, mais agacée par sa façon de s'imposer. Et peut-être un peu gênée d'avoir été surprise devant la télévision au beau milieu de la journée – ce qui ne me serait jamais arrivé à New York.

Elle porte un débardeur ajusté, des leggings noires et des tongs. Pour la première fois, elle paraît encombrée par son ventre, presque pataude – en regard de sa grâce naturelle, du moins. Même ses pieds et ses chevilles se mettent à gonfler.

— On vous attend toujours pour dîner ?

— Bien sûr. Je viens juste d'appeler chez toi pour confirmer… Où étais-tu passée ?

— J'étais à mon cours de yoga prénatal, répond-elle en se laissant tomber sur le canapé avec un grognement. Qu'est-ce que tu fabriques ?

En brandissant l'étiquette *Ecumoires*, je réplique :

— Je m'organise.

Elle acquiesce d'un air distrait avant de reprendre :

— Qu'est-ce que tu penses de Josephine ?

Je lui jette un regard étonné avant de comprendre qu'elle me demande mon avis sur un éventuel prénom pour son bébé. *Encore.* Ces derniers temps, c'est notre unique sujet de conversation. En règle générale, c'est un petit jeu qui me plaît, et dont je comprends l'importance (il y a certaines personnes dont le prénom semble avoir forgé le caractère), mais je commence à me lasser. Si Margot connaissait le sexe du bébé, ça nous prendrait deux fois moins de temps...

— Josephine. J'aime bien... c'est charmant... Original... Très mignon.

— Hazel ?

— Mmmm. Un peu poseur. Et puis... la fille de Julia Roberts s'appelle comme ça, non ? Tu n'as pas envie qu'on croie que tu imites les stars, si ?

— Non, tu as raison. Et Tiffany ?

Je n'aime pas particulièrement ce prénom, et il me surprend parmi les autres propositions de Margot, mais je préfère me montrer prudente. Critiquer un prénom est aussi dangereux qu'émettre des réserves sur le nouveau petit copain d'une amie.

— Je ne sais pas... C'est joli, mais un peu fifille... Il me semblait que tu voulais un prénom qui soit déjà dans la famille ?

— C'est le cas. La cousine de Webb s'appelait Tiffany... Elle est morte d'un cancer du sein... Maman trouve que ça a un côté années quatre-vingt, un peu vulgaire... surtout maintenant que la marque cherche à conquérir le grand public...

— Eh bien, je connais des Tiffany à Pittsburgh, dis-je avec acidité. Ta mère a sans doute raison pour le côté bas de gamme...

Margot ne sourcille même pas à ma pique et poursuit sur un ton joyeux :

— Ça me rappelle ce film avec Audrey Hepburn... Eh ! Pourquoi pas Audrey ?

— Je préfère Audrey à Tiffany... même si ça rime avec « Du balai » !

Margot éclate de rire comme chaque fois que je lui sors une insulte de bac à sable.

— Quel enfant dirait ça ?

— On ne sait jamais... Et si tu veux qu'elle porte aussi le deuxième nom de famille de Webb, alors ses initiales donneront ABS... Elle a intérêt à assurer question dérapage contrôlé. On ne va pas la louper sinon !

Margot part d'un nouvel éclat de rire en secouant la tête.

— Tu es cinglée.

— Et Louisa ?

Pendant des semaines, Louisa – un autre prénom de la famille – a fait la course en tête. Margot a même acheté un maillot de bain à une vente de vêtements pour enfants sur lequel elle a brodé un *L*. Son désir d'avoir une fille est si flagrant que je m'inquiète pour l'arrivée éventuelle d'un garçon. La veille, j'ai expliqué à Andy que Margot serait comme une actrice nommée aux Oscars. Le suspense serait suivi d'une explosion de joie si elle gagnait... et d'un bonheur feint dans le cas contraire.

— J'adore Louisa, reprend Margot, mais je ne suis pas entièrement convaincue.

— Tu ferais bien de te décider, et vite. Il ne te reste plus que quatre semaines.

— Je sais... À ce propos, il faut qu'on s'occupe de la séance photo... J'ai rendez-vous chez le coiffeur lundi, et Webb m'a assuré qu'il pouvait rentrer tôt n'importe quel soir de la semaine prochaine. C'est donc à ta convenance...

Il y a quelques mois, elle m'a demandé de prendre, d'après ses propres mots, des « clichés artistiques en noir et blanc » de son ventre. À l'époque, l'idée me plaisait, mais ma morosité actuelle freine mon enthousiasme, surtout maintenant que je sais que Webb sera de la partie. Je le vois déjà la couver amoureusement du regard, caresser son ventre nu et peut-être même planter un baiser sur son nombril protubérant. *Beurk.* Quelle dégringolade pour ma carrière ! Passer de photographe pour *Plateforme* à spécialiste des bébés capricieux.

— Tu ne crois pas que c'est un peu… je ne sais pas… *too much* ?

Je souris pour atténuer la violence de ma remarque. Dans un premier temps, Margot semble blessée, mais elle se ressaisit rapidement et lance d'un ton catégorique :

— Non. Moi, j'aime… Enfin, évidemment, pas pour les exhiber dans le salon, mais dans notre chambre ou dans un album… Ginny et Craig ont une série incroyable de clichés dans ce genre.

Je me retiens de lui jeter à la figure que Ginny et Craig sont les dernières personnes à qui je rêve de ressembler : ils sont au sommet de la liste des personnes qui m'insupportent à Atlanta. Ginny est la plus vieille copine de Margot et, avant que je la détrône, elle était aussi sa meilleure amie. J'ai eu droit à l'histoire de leur rencontre au moins une douzaine de fois, la plupart du temps de la bouche de Ginny. En résumé, quand elles étaient bébés, leurs mères respectives s'étaient inscrites à la même crèche parentale ; deux semaines plus tard elles la quittaient après avoir constaté que les autres mères ne partageaient pas leurs points de vue. (Une en particulier, qui avait servi des céréales sans lait pour l'en-cas du matin, maladresse qui aurait pu être oubliée, si elle n'avait aussi proposé des sandwichs aux adultes. Dans du papier cellophane. À ce stade du récit, Ginny ajoute toujours une expression insupportablement hypocrite : « C'est tellement touchant ! », qu'il faut traduire par : « C'est si plouc ! »)

Leurs mères avaient donc monté leur propre crèche, et je vous laisse deviner la suite. Si je me fie aux albums de Margot, les filles étaient inséparables pendant leur adolescence : entraînements de pompom girls (Ginny était toujours sous Margot dans la pyramide, ce qui est l'illustration parfaite de leur amitié, d'après moi), après-midi à paresser au country-club dans des maillots de bain jaunes assortis, anniversaires, soirées, bals des débutantes. Le même sourire impeccable, le même hâle léger. Toujours flanquées d'une flopée de filles moins jolies évoluant dans leur ombre. Pas grand-chose à voir avec les quelques clichés que j'ai de moi et Kimmy, ma meilleure amie d'enfance, sur des patins à roulettes, coiffées à la Farah Fawcett, avec des débardeurs aux couleurs fluo et des rangées de bracelets brésiliens effilochés.

Kimmy et moi avons emprunté des routes séparées après le bac (elle a suivi une formation pour devenir coiffeuse et s'acharne encore à exécuter la même coupe dégradée dans son salon de Pittsburgh). Ginny et Margot aussi. Leurs routes sont certes moins divergentes – Ginny a suivi les cours de l'université de Géorgie et a également rejoint une sororité –, mais elles ont malgré tout vécu des choses suffisamment différentes avec des gens suffisamment différents à une époque déterminante de leur vie pour que leur amitié évolue et qu'elles ne puissent plus se présenter comme les « meilleures amies du monde ». Ginny est restée en contact avec la même bande d'Atlanta (au moins la moitié de leur lycée s'était inscrite à la fac de Géorgie), quand Margot a pris son envol à Wake Forest. Ce qui s'est, entre autres, manifesté par son amitié avec moi, une Yankee qui ne cadrait pas avec (pour ne pas dire qui bravait) l'ordre social d'Atlanta. Avec le recul, je pense parfois qu'à travers son amitié pour moi, Margot se redéfinissait, qu'elle explorait une voie plus originale. Je n'avais rien d'excentrique, mais une brune catholique, aux yeux marron et à l'accent de Pittsburgh, avait forcément quelque chose d'exotique pour Margot, élevée dans la tradition du Sud. Je crois qu'elle appréciait également mon intelligence. Ginny avait une culture livresque honnête, mais aucune curiosité intellectuelle. Des bribes de conversations surprises pendant mes années de fac, j'avais déduit que Ginny ne s'intéressait à rien d'autre qu'aux fêtes, aux fringues et aux garçons. Même si Margot partageait ses goûts, elle était beaucoup moins superficielle.

Il était assez prévisible que Ginny devienne jalouse de moi, en particulier au cours des cinq années où l'équilibre des forces avait progressivement basculé. Ça n'avait jamais été la guerre ouverte, non, seulement, tout en me battant froid, elle prenait un malin plaisir à rabâcher des anecdotes du passé et à accumuler les allusions obscures. On pourrait me taxer de paranoïa, mais elle adorait s'étendre sur des sujets qui ne me regardaient en rien : les couverts en argent qu'elles avaient reçus à leur naissance (leurs deux grands-mères les avaient choisis dans la même boutique de Buckhead), le dernier ragot du club le plus sélect d'Atlanta ou la taille idéale d'un diamant pour un clou d'oreille (apparemment, en dessous d'un carat, ça faisait « ado », au-dessus de deux carats et demi, « nouveau riche »).

Avec le temps, alors que leur amitié s'enracinait de plus en plus dans le passé et que la nôtre, à Margot et moi, évoluait dans le présent, d'abord à la fac puis à New York, Ginny avait compris le danger. Quand mon histoire avec Andy était devenue sérieuse et qu'elle avait pris conscience qu'indépendamment de l'ancienneté de sa relation avec Margot j'allais entrer dans la famille, il était devenu évident que j'usurpais sa place et que Margot me choisirait pour témoin à son mariage, ce qui revenait à me marquer sa préférence. Et si Ginny avait accepté de bonne grâce le rôle de seconde à toutes les occasions (soirée de fiançailles, déjeuners entre demoiselles d'honneur), je ne réussissais pas à me défaire de l'impression qu'elle pensait que Margot, et Andy par la même occasion, méritait mieux.

Je n'avais pas accordé beaucoup d'importance à ce psychodrame larvé avant que Margot ne retourne s'installer à Atlanta. Elle avait toujours conservé sa loyauté à Ginny – c'était l'une des grandes qualités de Margot –, mais lâchait parfois en passant une remarque sur son étroitesse d'esprit : elle était incapable d'envisager une autre destination de vacances qu'un club luxueux, elle ne lisait jamais la presse, elle n'avait jamais eu de petit boulot de sa vie. (Quand je dis jamais, c'est *jamais*. Pas même un job au lycée ni un poste temporaire d'employée de bureau avant son mariage, suivi de près par la naissance d'un garçon, et, deux ans plus tard, d'une fille. Elle n'a pas une seule feuille de paie. Margot trouve ça « bizarre ». Moi qui n'ai cessé de travailler depuis l'âge de quinze ans, je considère que c'est au-delà du bizarre. C'est comme connaître des siamois ou un acrobate de cirque. C'est carrément anormal, et un peu triste, aussi.)

Depuis notre arrivée à Atlanta, Margot semble ignorer les travers de Ginny et la considérer à nouveau comme son acolyte le plus fidèle. Même si les adultes équilibrés (j'aime à penser que j'en suis un) ne s'amusent plus à classer leurs amis, je ne peux pas m'empêcher de me sentir menacée par mon ancienne rivale blonde, maintenant que je joue sur son terrain, dans l'univers aseptisé de Buckhead.

Et lorsque Margot ajoute : « Au fait, j'ai invité Ginny et Craig ce soir, aussi. Ça ne t'embête pas ? », je lui sers mon sourire le plus enjoué.

— Super !

Voilà à quoi se résume ma nouvelle vie.

Ce soir-là, je réussis à me mettre en retard pour le dîner, conséquence étrange de journées oisives où rien ne me presse. Je suis en train de me sécher les cheveux tout en m'appliquant de la crème hydratante sur les joues quand j'entends Andy monter les marches quatre à quatre en criant mon nom d'un ton guilleret.

— Chérie ! Je suis rentré !

J'ai la vision de ce texte qui circule sur Internet, prétendument extrait d'un manuel d'économie domestique des années cinquante, et qui expose les devoirs d'une bonne épouse, en particulier l'art et la manière d'accueillir son mari après une journée de dur labeur. *Consacrez-lui votre soirée... Mettez un ruban dans vos cheveux, soyez pimpante... Proposez-lui de lui retirer ses chaussures... Parlez d'une voix apaisante...*

Je dépose un baiser sur les lèvres d'Andy avant de lui annoncer, avec un air pincé :

— Bonne nouvelle, chéri, Ginny et Craig seront de la partie ce soir.

— Oh, allez, dit-il en souriant, sois sympa. Ils ne sont pas si terribles que ça.

— Si.

— Sois sympa, répète-t-il.

J'essaie de me souvenir de ce que préconisait l'article. *Préférez les mondanités à l'honnêteté.*

— Très bien. Je resterai sympa tant qu'elle n'aura pas utilisé plus de cinq fois l'expression « trop mignon ». Au-delà de cette limite, je redeviens moi-même. Marché conclu ?

Andy éclate de rire alors que je me mets à imiter Ginny :

— Cette robe est *trop mignonne*. Ce berceau est *trop mignon*. Jessica Simpson et Nick Lachey étaient *trop trop mignons* ensemble. Je sais que c'est horrible ce qui se passe au Moyen-Orient, et tout ça, mais cette rupture reste quand même la nouvelle la plus triste du monde.

Andy est toujours plié en deux. Je me dirige vers l'immense penderie, dont je n'occupe qu'un tiers de l'espace, et choisis un jean, des tongs en cuir et un tee-shirt orange.

— Tu crois que ça ira pour le dîner ? dis-je en enfilant le tee-shirt et en espérant presque qu'Andy critiquera mon choix.

Mais il m'embrasse sur le nez et répond :

— Bien sûr. Tu es *trop mignonne*.

Fidèles à elles-mêmes, Ginny et Margot sont sur leur trente et un, la première en robe fourreau flambant neuve et sandales à lanières, la seconde en adorable robe chasuble bleu ciel. Elles portent toutes deux un collier de perles (même si celui de Margot est un immense bijou fantaisie qui s'attache dans le cou avec un ruban en gros-grain et non le bon vieux rang que sa grand-mère lui a légué).

Je décoche un regard complice à Andy, qu'il ne voit pas, occupé à caresser le chiot chinois à crête de Ginny, répondant au sobriquet de Delores et sans lequel elle ne sort pas de chez elle (après l'avoir, généralement, tartiné de crème solaire). Ma main à couper qu'elle préfère Delores à ses enfants – en tout cas à son fils, qui souffre d'allergies (elle se vante de le bourrer d'antihistaminiques avant chaque trajet en voiture).

— J'ai l'impression d'être une souillon, dis-je à Margot en lui tendant une bouteille de vin prise dans notre réserve au dernier moment.

Les mains sur les hanches, j'ajoute :

— Je croyais que tu avais dit décontracté...

Ginny jubile sans se rendre compte qu'en réalité je me sens parfaitement à l'aise en jean et en tee-shirt, et que c'est elle qui est ridicule dans sa robe de soirée. Alors qu'elle s'approche pour me donner une accolade timide, Margot me remercie pour le vin en répliquant :

— C'est exactement ce que j'ai dit. Tu es très bien.

Puis, en servant des margaritas dans d'immenses verres soufflés main, elle ajoute :

— Dieu que j'aimerais avoir ton tour de taille... Surtout en ce moment. Tu ne tuerais pas pour les jambes d'Ellen, Ginny ?

Ginny, qui n'a jamais retrouvé sa silhouette de jeune fille en dépit d'un coach personnel et d'une liposuccion (elle ne sait pas que je suis au courant), lorgne mes jambes avant de répondre sans conviction. À l'évidence, elle préfère les compliments équivoques, comme celui qu'elle m'a adressé récemment, à l'occasion de la préparation de la fête pour la naissance du bébé de Margot, et plus précisément de l'invitation. Après nous être échinées sur la rédaction du texte puis le choix d'un papier rose pâle à bords irréguliers, d'une encre gris foncé et d'un motif de landau démodé, je croyais que nous en avions terminé. Je ramassais mon sac, soulagée de pouvoir enfin partir, quand Ginny m'a arrêtée par le poignet et m'a dit, avec un sourire condescendant :

— La *police de caractères*, ma belle. Il faut choisir une *police*.

— Exact.

Je me suis aussitôt rappelé mon atelier à New York et tout ce que j'avais découvert au sujet de l'imprimerie au contact d'Oscar. Sans aucun doute bien plus que ce que Ginny avait appris à l'occasion de son mariage et des quelques galas de charité auxquels elle avait participé. Mais j'ai voulu m'amuser un peu.

— Et pourquoi pas du Times New Roman ?

Ginny a alors fait de son mieux pour partager sa consternation avec la ravissante petite rousse qui s'occupait de nous.

— Oh, Ellen. J'admire ta décontraction… Tu ne t'encombres pas de détails… J'essaie de prendre exemple sur toi, mais je n'y parviens pas.

Elle a dû se retenir d'ajouter que j'étais touchante.

Bref, me voici donc dans le salon de Margot, avec mon tee-shirt orange, la seule touche de couleur dans cet océan de tons pastel chics et estivaux. Et la seule de la soirée à ne pas être au courant de la nouvelle de l'été, à savoir que Cass Phillips a découvert que son mari, Morley, a offert une harpe à trois mille dollars à sa maîtresse de vingt et un ans, qui n'est autre que la filleule de sa meilleure amie. Ce qui, on l'imagine aisément, a semé une sacrée zizanie au Cherokee, le country-club auquel se retrouvent les parties concernées.

— Une *harpe* ? dis-je. Où est passée la lingerie fine ?

Ginny me décoche un regard assassin, comme si l'essentiel de l'histoire m'avait échappé.

— Enfin, Ellen… c'est une harpiste.

Je marmonne que j'avais compris mais que je m'interroge : qui joue encore de la harpe de toute façon ? Andy m'adresse un clin d'œil et répond :

— Elizabeth Smart !

Je revois les affiches représentant la jeune fille disparue avec cet instrument, et je ne peux retenir un sourire devant le talent de mon mari pour dégoter, en toute circonstance, un exemple. Faisant fi de notre échange, Ginny m'apprend qu'il y avait une harpiste au dîner de répétition de son mariage, ainsi qu'un quatuor à cordes.

— Elizabeth qui ? demande Craig en se tournant vers Andy, comme s'il essayait de replacer la jeune fille dans le minuscule contexte de Buckhead.

— Tu sais bien, dis-je. La gamine mormon qui avait été enlevée et retrouvée, un an plus tard, à Salt Lake City, en robe de chambre, avec son ravisseur barbu.

— Ah oui, elle… lâche Craig d'un air dédaigneux.

En le regardant glisser un gros morceau de brie entre deux crackers, je me surprends à penser que si, par certains côtés, il ressemble à Webb (le type sympa qui raconte des blagues, le bon vivant), il ne possède ni sa courtoisie ni son talent pour mettre les autres à l'aise. En y réfléchissant bien, il m'ignore la plupart du temps et ses yeux ne se posent presque jamais sur moi. Il chasse quelques miettes de son bermuda en coton gaufré et remarque :

— À ce que j'ai entendu, elle serait sacrément sexy…

— Craig ! gémit Ginny.

Elle a l'air aussi choquée que si elle venait de le surprendre en pleine masturbation devant un numéro de *Penthouse*.

— Désolé, chérie, dit-il en l'embrassant comme s'ils commençaient tout juste à sortir ensemble alors qu'ils se fréquentent quasiment depuis le premier jour de fac.

Le regard pétillant de malice, Webb demande comment Morley s'est fait coincer. Ginny explique que Cass a découvert le montant de la harpe sur le relevé de la carte de crédit professionnelle de Morley.

— Comme ça lui paraissait étrange, elle a appelé le magasin… Ensuite elle a fait le lien avec sa passion subite pour l'orchestre, explique-t-elle, le regard enfiévré par le scandale.

— Il ne se doutait pas qu'avec sa réputation de coureur elle finirait par vérifier son compte pro ? s'étonne Margot.

Craig cligne de l'œil en répliquant :

— Normalement, ça passe inaperçu.

Ginny gémit encore une fois avant de lui donner une bourrade.

— Je te quitterais sur-le-champ, ajoute-t-elle.

C'est ça. Elle, l'incarnation parfaite de la femme entretenue prête à tout pour sauvegarder les apparences. Alors qu'ils s'attardent sur cette histoire sordide, mon esprit s'échappe vers Leo, et je me demande pour au moins la centième fois si d'un point de vue objectif (disons sur un échantillon de cent personnes) j'ai trompé Andy cette nuit-là dans l'avion. J'ai toujours désiré que la réponse soit négative – autant pour Andy que pour moi. Pourtant, ce soir, je réalise qu'une petite part de moi aimerait *presque* tomber dans cette catégorie obscure. Pour avoir un secret qui me distinguerait de Ginny et de cet univers de femmes genre *Desperate Housewives* au beau milieu duquel j'ai atterri. Je l'entends d'ici parler de moi avec ses amies : « Je ne comprends pas ce que Margot trouve à cette Yankee, qui ne se teint pas les cheveux, ne sait pas choisir de police de caractères et porte des tee-shirts. »

Le reste de la soirée s'écoule sans heurt – les hommes parlent golf et affaires, les femmes bébés – jusqu'au moment où, vers le milieu du dîner, Ginny tord le nez en prenant une gorgée de vin et demande :

— Margot, ma chérie, qu'est-ce que tu nous fais boire ?

— Du merlot, répond-elle rapidement.

Quelque chose dans le ton de sa voix trahit un malaise. Je lève les yeux vers la bouteille et constate qu'il s'agit de celle que j'ai apportée. Sharon et mon père nous l'avaient offerte, à Andy et moi, à l'occasion de notre installation à New York.

— Eh bien, il est *dégueulasse*, remarque Ginny d'un air pincé.

Margot tente de la prévenir d'un regard complice – un regard qu'elles ont dû perfectionner au lycée –, mais, qu'il lui échappe ou qu'elle l'ignore délibérément, Ginny poursuit sur sa lancée.

— Où l'as-tu trouvé ? Au supermarché ?

Avant que Margot ait le temps de réagir, Craig saisit la bouteille pour étudier l'étiquette et ironise :

— Pennsylvanie. Ça vient de Pennsylvanie. Ça explique tout. Nul n'ignore que les vignobles de Philadelphie jouissent d'une réputation mondiale.

Il éclate de rire, fier de sa blague, fier de pouvoir faire la démonstration de son raffinement, de son goût pour les bonnes choses.

— Vous n'auriez pas dû, vraiment, ajoute-t-il, s'attendant apparemment à ce que nous nous tordions tous de rire.

Andy me lance un regard qui dit : *Laisse couler*. Comme sa sœur et sa mère, il préfère éviter les conflits et, au fond, je sais que c'est le plus sage. Tout comme je sais pertinemment que personne n'avait l'intention de me blesser, que Craig et Ginny n'ont probablement pas encore compris que j'avais apporté le vin, et que ce n'était qu'une mise en boîte joviale entre amis. Le genre de remarque que n'importe qui se permettrait dans pareille situation.

Mais parce qu'il s'agit de Ginny et Craig, que je ne les aime pas et qu'ils me le rendent bien, parce qu'à ce moment précis je préférerais être n'importe où plutôt qu'assise à cette table pour partager un repas en leur compagnie, je déclare :

— Il s'agit de Pittsburgh.

Craig me regarde sans comprendre.

— Pittsburgh ?

— Oui, Pittsburgh… *pas* Philadelphie, dis-je, le visage brûlant d'indignation. C'est le meilleur merlot de *Pittsburgh*.

Craig, qui ne sait évidemment pas d'où je viens et n'a sans doute jamais pris la peine de poser la question, semble toujours aussi intrigué. Je surprends un regard gêné entre Webb et Margot.

— Je suis de Pittsburgh, dis-je d'un ton faussement contrit. C'est moi qui ai apporté cette bouteille.

Je me tourne vers Ginny avant d'ajouter, en faisant tourner mon vin dans mon verre :

— Désolée qu'il ne soit pas à la hauteur de vos palais.

Alors que Craig pique du nez dans son assiette, que Ginny se rétracte en bredouillant une explication maladroite, que Margot rit nerveusement, que Webb change de sujet et qu'Andy ne réagit absolument *pas*, je lève mon verre en silence et avale une gorgée généreuse de cette piquette de supermarché.

24

Sur le chemin du retour, ce soir-là, j'attends qu'Andy prenne ma défense, ou au moins qu'il mentionne l'épisode. Ça me permettrait de l'écarter d'un revers de la main ou d'en profiter pour placer quelques remarques bien senties sur Ginny et Craig – elle et son bavardage insipide, lui et son sentiment de supériorité indu, eux et leur snobisme indéboulonnable, quasi comique.

Mais je suis surprise, et déçue plus encore, de constater qu'Andy ne décroche pas un mot à leur sujet. Il est même étonnamment silencieux, presque distant, et je finis par me demander s'il ne m'en veut pas d'avoir créé un mini-scandale au dîner de Margot. Alors que nous nous approchons de la maison, je suis tentée de lui poser la question sans détour, mais je me retiens par peur de me placer d'emblée dans le rôle de la coupable. Alors que je n'ai pas le sentiment d'avoir mal agi. Je me contente d'éviter le sujet moi aussi et de m'en tenir à des éléments neutres.

— La viande était délicieuse, tu ne trouves pas ?

— Oui, très savoureuse, répond-il en adressant un signe de tête au joggeur nocturne qui nous dépasse dans une tenue hallucinante, réfléchissante de la tête aux pieds.

— Il ne risque pas de se faire renverser ! dis-je, en gloussant.

Andy ignore mon commentaire ironique et poursuit sans se départir de son sérieux :

— La salade était délicieuse, aussi.

— Mmmm. Je lui demanderai la recette...

Mon ton était légèrement plus mordant que je ne l'aurais voulu. Andy me décoche un regard où se mêlent tristesse et agacement, avant de lâcher ma main pour prendre ses clés dans sa poche. Après les avoir sorties, il remonte d'un pas pressé l'allée qui mène à la porte d'entrée. Une fois qu'il l'a déverrouillée, il s'écarte pour me laisser passer. Je me suis habituée à cette attention, mais, ce soir, son geste est plus formel, presque raide.

— Merci, dis-je.

Je suis dans cet état frustrant où l'on navigue entre l'envie de provoquer une dispute et le désir de tendresse. Andy n'opte pour aucun des deux. Il me contourne comme si j'étais une paire de tennis oubliée au pied de l'escalier et file dans notre chambre. Je le suis de mauvaise grâce et l'observe pendant qu'il se déshabille en cherchant à comprendre ce qui se passe. Je ne suis pas disposée à faire le premier pas.

— Tu te couches ? dis-je en consultant l'horloge posée sur la cheminée.

— Ouais, je suis crevé.

— Mais il est seulement dix heures. Tu ne veux pas allumer la télé ?

Je suis à la fois navrée et en colère. Il secoue la tête avant de répondre :

— La semaine a été longue.

Il marque ensuite un temps d'hésitation, comme s'il avait oublié ce qu'il s'apprêtait à accomplir, puis extirpe du premier tiroir de la commode son pyjama préféré en coton égyptien.

— Tu l'as repassé ? demande-t-il d'un ton surpris en le dépliant.

J'acquiesce, comme si c'était naturel, alors que j'avais l'impression d'être une martyre, hier matin, en sortant mon fer. *Vaporiser, soupirer, repasser. Vaporiser, soupirer, repasser.*

— Tu n'étais pas obligée, lance-t-il en boutonnant la veste, lentement, tout en évitant de croiser mon regard.

— Ça m'a fait plaisir, dis-je, tout en contemplant la courbe de sa nuque tandis qu'il baisse le menton pour boutonner le bouton du haut.

C'est un mensonge et j'ajoute *in petto* : De toute façon, je n'ai pas de meilleure occupation à Atlanta.

— C'était inutile… les plis ne me gênent pas.

— Seulement sur les vêtements, ou sur mon visage aussi ? dis-je avec ironie, dans l'espoir de briser la glace… avant d'entamer une dispute.

— Les deux, répond-il, toujours aussi impassible.

— Parfait. Parce que, tu sais, je ne suis pas du genre Botox.

— Je sais, oui.

— Ginny se fait injecter du Botox.

Je me sens un peu idiote d'avoir aussi ouvertement et maladroitement ramené la conversation sur ce qui me préoccupe vraiment, et ce d'autant plus qu'Andy refuse de mordre à l'hameçon.

— Ah bon ? lâche-t-il d'un air désintéressé.

— Oui, tous les deux mois, dis-je en cherchant à me raccrocher aux branches.

Comme si la fréquence de ses visites chez le chirurgien esthétique finirait par le rallier à ma cause.

— Eh bien, conclut-il en haussant les épaules. Chacun est libre.

Je prends une inspiration, décidée à le pousser dans ses retranchements. Mais, avant que j'aie le temps de dire quoi que ce soit, il a disparu dans la salle de bains, m'abandonnant au pied de notre lit.

Pour ne rien arranger, Andy s'endort tout de suite cette nuit-là : il n'y a rien de plus irritant après une dispute, ou, dans notre cas, une tension passagère. Il ne bouge ni ne rumine à côté de moi dans l'obscurité. Il me souhaite bonne nuit en déposant un baiser froid et indifférent sur ma joue avant de sombrer dans un sommeil profond. Bien entendu, mes yeux à moi restent grands ouverts, le temps que je me repasse le film de la soirée, puis des dernières semaines et enfin des derniers mois. Après tout, rien de tel qu'une insomnie pour analyser une situation sans aucune objectivité.

Lorsque l'horloge comtoise du salon (que Stella nous a offerte en guise de cadeau d'installation et dont je n'aime ni le look ni le carillon) sonne trois heures, je suis dans un tel état d'énervement que je descends m'allonger sur le canapé. Je ne me suis pas sentie aussi menacée depuis l'époque de nos fiançailles.

Pour être honnête (même si je ne suis pas d'humeur à l'être), la préparation de notre mariage n'a, dans son ensemble, pas connu d'accrocs. En partie parce que je me targue d'avoir été une mariée décontractée, qui ne s'intéressait qu'au photographe, à l'échange des vœux et, pour une raison étrange, au gâteau (Suzanne soutient que c'était un prétexte pour me goinfrer.) En partie aussi parce que Margot nous avait devancés et que nous n'avions, ni Andy ni moi, peur de passer pour des copieurs : même église, même lieu pour la réception, même fleuriste et même orchestre. Enfin, si tout s'est bien déroulé, c'est surtout parce que nous n'avions qu'une seule mère dans les pattes et que j'étais ravie de la laisser tout organiser.

Suzanne n'a jamais compris comment je pouvais m'en remettre aussi facilement aux opinions tranchées de Stella et à son goût traditionnel.

— Les roses roses, ce n'est pas toi, avait-elle dit, un après-midi où nous étions chez les Graham, occupées à sélectionner la musique d'ouverture pour le bal.

— J'aime bien les roses roses, avais-je répliqué en haussant les épaules.

— Je t'en prie… Mais admettons… et le reste ? avait-elle repris.

— Quoi, le reste ?

— Tout… c'est comme s'ils s'attendaient à ce que tu deviennes l'une d'entre eux.

— C'est exactement ce qui arrive quand on se marie. Je deviens une Graham.

— Mais c'est censé être l'union de deux familles… et on dirait que ce mariage est davantage le leur que le tien. Un peu comme s'ils essayaient de te récupérer… d'effacer tes origines.

— Comment ça ?

— Eh bien… tu es sur leur terrain pour commencer. Pourquoi te maries-tu à Atlanta d'ailleurs ? Est-ce que le mariage n'est pas censé se tenir dans la ville natale de la mariée ?

— Peut-être. Dans la tradition. Mais c'est logique de le faire à Atlanta vu que Stella organise tout.

— Et qu'elle signe tous les chèques, avait-elle conclu.

Je lui avais reproché d'être injuste. Pourtant, aujourd'hui, je me demande si l'argent n'a pas joué un rôle finalement. Je peux affirmer sans hésitation que je n'ai pas épousé Andy pour sa fortune et que je n'ai pas été achetée, contrairement à ce que Suzanne sous-entendait. Cela dit, d'une certaine manière, je me sentais redevable aux Graham et je leur avais donné toute latitude.

Au-delà de l'argent, autre chose était en jeu. Je ne me l'étais jamais avoué avant de me retrouver sur ce canapé, au beau milieu de la nuit. C'était le sentiment de ne pas être à ma place, la peur, quelque part, de ne pas être à la hauteur. Peut-être que je ne faisais pas le poids face à Andy et sa famille. Je n'avais jamais eu honte de mes racines, mais plus j'étais intégrée par les Graham, plus je me familiarisais avec leur mode de vie, leurs traditions et coutumes, plus mon regard sur mon propre monde changeait. Pour cette raison, j'avais été soulagée quand Stella avait suggéré d'organiser notre mariage à Atlanta, même si je n'en avais pas conscience.

À l'époque, je justifiais mes sentiments. Je me répétais que j'avais quitté Pittsburgh pour une raison. Je rêvais d'une autre vie, pas *meilleure*, juste différente. Ce qui impliquait forcément un autre genre de mariage. Je n'avais pas envie que notre union soit scellée dans une église balayée par les courants d'air, que nous mangions des choux farcis présentés dans des plats en aluminium et que nous nous trémoussions sur la danse des canards dans la salle des fêtes. Je n'avais pas envie qu'on m'écrase un morceau de gâteau sur le visage, que mon époux arrache ma jarretelle en dentelle bleue avec ses dents ni que mon bouquet atterrisse entre les mains d'une gamine de neuf ans parce que toutes les autres femmes de l'assemblée seraient déjà mariées et mères de famille. Et je n'avais pas envie de sortir sous une pluie de grains de riz, lancés par les amis de mon mari – ceux qui tenaient encore debout –, de monter dans une limousine noire, traînant des boîtes de conserve vides dans son sillage, qui nous emmènerait dans notre chambre de l'Holiday Inn, que nous quitterions pour aller passer notre lune de miel à Cancún. Ce n'est pas que je méprise aucune de ces traditions… simplement, je rêvais d'un autre type de mariage.

Je réalise aujourd'hui que ce n'était pas seulement une question d'envie personnelle : je craignais également les réactions des Graham et de leur entourage. Je n'avais jamais cherché à cacher mes origines, mais je ne voulais pas qu'ils les observent de trop près, de peur que quelqu'un n'en vienne à la terrible conclusion que je n'étais pas assez bien pour Andy. Cette crainte s'est cristallisée dans le choix de ma robe de mariée.

Tout a commencé lorsque Andy a demandé ma main à mon père. Il avait pris l'avion jusqu'à Pittsburgh pour l'inviter chez Bravo Franco, son restaurant préféré, et lui poser la question officiellement, en tête à tête. Ce geste lui a fait gagner beaucoup de points auprès de mon père. Ce dernier semblait si heureux et si fier quand il m'a raconté leur déjeuner que pendant longtemps j'ai répété, en matière de plaisanterie, qu'il était très inquiet à l'idée de ne jamais me marier (j'ai laissé tomber cette taquinerie quand il est apparu que ça risquait d'être le destin de Suzanne). Au cours du repas, mon père lui avait expliqué qu'avec ma mère ils avaient mis, depuis longtemps, de l'argent de côté pour le mariage de leurs filles : une cagnotte de sept mille dollars que nous pouvions dépenser comme bon nous semblait. En prime, il avait annoncé à Andy qu'il souhaitait m'offrir ma robe, car ma mère avait toujours évoqué son désir de la choisir avec nous.

Après nos fiançailles, Andy m'avait rapporté les détails de leur conversation, s'étendant sur la générosité de mon père. Il l'aimait beaucoup et regrettait que ma mère n'ait pas été là, elle aussi. Nous savions tous deux, sans qu'il soit besoin de le dire tout haut, que la somme de sept mille dollars était ridicule au regard des dépenses engagées pour notre mariage somptueux, et que les Graham combleraient la différence conséquente. Et ça ne me dérangeait guère. Ça ne me perturbait pas de jouer le rôle de la belle-fille bien élevée pour éviter d'avoir à froisser la susceptibilité de mon père en lui apprenant que sa contribution permettrait à peine de couvrir les dépenses pour la cascade de roses.

La robe était le point noir. Mon père avait insisté pour que je lui envoie la facture directement. Ce qui m'avait laissée face à une alternative déplaisante : acheter une robe bon marché ou en sélectionner une au-dessus de ses moyens. J'avais abordé la journée d'essayage en compagnie de Stella, Margot et Suzanne avec un certain malaise : je consultais frénétiquement les étiquettes pour trouver une tenue à moins de cinq cents dollars. Ce qui n'existe pas à Manhattan, du moins pas dans les boutiques de Madison et de la Cinquième Avenue, où Margot avait pris rendez-vous. Avec le recul, je sais que j'aurais pu m'en ouvrir à Margot, qu'elle aurait avisé en conséquence et déniché une boutique à Brooklyn correspondant au budget de mon père.

Au lieu de quoi, il avait fallu que je tombe amoureuse d'une robe ridiculement dispendieuse chez Bergdorf Goodman. Je ne le savais pas avant de la voir, mais c'était la robe de mes rêves : un fourreau en crêpe ivoire recouvert de tulle rehaussé de perles. Stella et Margot m'avaient convaincue de la prendre. Même Suzanne avait eu la larme à l'œil en me voyant tourner sur la pointe des pieds devant le miroir à trois pans.

Au moment de payer, Stella avait sorti sa carte de crédit, en insistant : elle y tenait *vraiment*. J'avais hésité avant d'accepter son offre généreuse, reniant sans vergogne mon père, et, pire, ma mère, tout en me farcissant la cervelle de justifications en tout genre. *S'il n'est pas au courant, ça ne peut pas lui faire de peine. Ma mère ne sera pas présente à mon mariage, au moins j'aurai la robe de mes rêves. Elle me dirait de l'acheter.*

Le lendemain après plusieurs heures de réflexion et d'angoisse, j'avais mis au point la stratégie parfaite pour masquer mon méfait et préserver l'orgueil de mon père. J'étais retournée chez Bergdorf, où j'avais choisi un voile à cinq cents dollars en expliquant à la vendeuse que mon père voulait payer et qu'il l'appellerait pour lui donner ses coordonnées bancaires. Je lui avais également laissé entendre, à mots à peine couverts, que je voulais qu'il pense que ce montant incluait également la robe. La vendeuse, une femme délicate aux lèvres pincées répondant au nom de Bonnie, avait cligné des paupières en signe de compréhension ; elle m'avait donné du « ma chère » en m'informant sur un ton de conspiratrice qu'elle s'en chargeait.

Bien entendu, Bonnie avait tout fait capoter, en envoyant à mon père la facture *et* le voile. Même s'il n'a jamais rien dit, l'expression de son visage quand il m'a tendu le paquet à Atlanta était explicite. Je savais combien je l'avais blessé, et nous savions tous deux pourquoi j'avais agi ainsi. Je n'ai jamais eu aussi honte de ma vie.

Je n'ai raconté cette histoire ni à Andy ni à personne, tant je cherchais à l'effacer de ma mémoire. Mais elle a resurgi, sans que je me l'explique, ce soir au dîner. J'aimerais pouvoir remonter le temps pour porter une autre robe le jour de mon mariage. Pour effacer cette expression sur le visage de mon père. Et je ne peux pas, évidemment.

En revanche, je *peux* m'opposer aux Ginny du monde entier. Je peux lui montrer, à elle comme à n'importe qui, que je suis fière de mes origines, fière de ce que je suis. Et, bon sang de bonsoir, je peux bien dormir sur le canapé en guise de protestation si mon propre mari n'est pas capable de le comprendre.

25

Le lendemain matin, en ouvrant les paupières, je découvre qu'Andy se dresse au-dessus de moi. Il s'est déjà douché et a enfilé un polo vert éclatant, un bermuda à carreaux et une ceinture en cuir tressé.

— Bonjour, dis-je en m'éclaircissant la gorge et en me faisant la réflexion que les carreaux sont ridicules sur tout garçon de plus de cinq ans.

— Bonjour, répond-il d'un ton si cassant que je comprends que le sommeil n'a pas résolu son problème.

Notre problème.

— Où vas-tu ? dis-je en remarquant ses clés de voiture dans sa main et le renflement de son portefeuille dans sa poche arrière.

— Faire quelques courses.

— Très bien.

Son refus obstiné de parler de ce qui est arrivé la veille, de m'interroger sur ce qui cloche, de me demander pourquoi je dors sur le canapé, de se préoccuper de savoir si je suis heureuse à Atlanta réveille ma colère.

Il joue avec son trousseau en le faisant tourner autour de son index, une habitude qui commence à me taper sur le système, et lance :

— On se voit plus tard, alors ?

— Ouais, c'est ça, marmonné-je.

Alors qu'il se dirige d'un pas nonchalant vers la porte, je l'interpelle sèchement :

— Eh !

Il se tourne vers moi et me regarde froidement.

— C'est quoi, ton problème ? dis-je d'une voix qui part dans les aigus.

— *Mon* problème ? demande-t-il.

Un sourire ironique étire les coins de sa bouche.

— Oui, *ton* problème.

J'ai conscience que notre rhétorique n'est pas très élaborée, sans doute parce que nous ne nous disputons pas souvent. Je suis incapable de me rappeler une seule engueulade depuis notre mariage. Autrefois, j'en étais fière.

— C'est *toi* qui as passé la nuit sur le canapé, réplique Andy, en faisant les cent pas devant la cheminée et sans cesser de jouer avec ses clés. Qu'est-ce que *ça* signifie ?... On a toujours dit qu'on n'en viendrait jamais là...

En repoussant le jeté de lit pour m'asseoir, je finis enfin par cracher ma Valda.

— Bon sang, pourquoi tu ne m'as pas défendue hier soir ?

Andy me dévisage, comme s'il soupesait soigneusement la question, puis il lâche :

— Depuis quand as-tu besoin qu'on vole à ton secours ?... Ces derniers temps, tu donnes plutôt l'impression de n'avoir besoin de personne.

— Qu'est-ce que tu veux dire ?

— Tu le sais très bien.

Sa réplique m'énerve encore plus. Quel est le message ? Que je suis toute seule quand il travaille ou joue au golf ? Que je n'ai rien en commun avec les femmes de mon voisinage ? Ou que nous ne faisons presque plus l'amour – et, quand c'est le cas, que nous échangeons à peine deux mots ensuite ?

— Eh bien, non, justement, je ne sais pas ce que tu veux dire. Ce que je sais, en revanche, c'est que j'aurais apprécié que mon mari trouve quelque chose à rétorquer à cette conne et à son abruti de mec, quand elle...

— Oh, je t'en prie ! Quand elle *quoi* ? Quand elle a *plaisanté* sur le vin ?

— Très drôle, la plaisanterie.

— Oh, allez. Elle pensait que c'était une bouteille de Margot... Ça suffit vraiment à la traiter de conne ?

— C'en est une. Une conne, snobinarde en prime... Sans *aucune* qualité pour compenser.

C'est ce qu'il y a de plus insupportable chez Ginny et Craig, à mon avis. Les snobs sont *toujours* insupportables, mais ils le sont moins s'ils ont des qualités. Ginny et Craig n'en ont pas une seule : ils sont suffisants, ennuyeux et ne se définissent que par rapport aux *objets* – belles voitures et bouteilles de bon vin, colliers de perles et bermudas en coton gaufré.

— Bon, elle est snob, et alors ? dit Andy. Tu t'en fichais avant... Mais maintenant... maintenant... tu es dans ton délire « je déteste Atlanta », tu prends tout comme une agression.

— C'était une agression hier soir.

— Je pourrais te démontrer que ce n'en était pas une, réplique-t-il de sa voix posée d'avocat. Mais admettons.

— Oui, admettons, dis-je en lui lançant un large sourire forcé.

Il ignore mon ironie et poursuit :

— Est-ce que ça valait, pour autant, la peine de mettre ma sœur et Webb dans une position inconfortable ?

Ma sœur. Andy mentionne habituellement Margot par son prénom, et je ne peux m'empêcher de penser que le choix de ce mot trahit son état d'esprit. Un état d'esprit qui rappelle le mien. *C'est toi contre eux*, entends-je Suzanne me sermonner. *Tu n'appartiens pas à leur monde.*

— Eh bien, apparemment, oui, j'ai trouvé que ça en valait la peine.

— Et apparemment, moi, non.

Je le dévisage, écrasée par le poids de ma défaite et de mon isolement. Il est pour ainsi dire impossible de discuter avec un mari qui se maîtrise autant. Surtout lorsqu'il exprime aussi clairement qu'il fait passer les autres avant lui – à l'exception de moi, s'entend.

— Tu es parfait, Andy, qu'est-ce que tu veux que je réponde à ça.

— Oh, allez, Ellen. Ça ne sert à rien d'en vouloir à la terre entière !

Il a raison : j'en veux à la terre entière. Et pas qu'un peu. Cette prise de conscience n'adoucit en rien mon ressentiment. Elle ne réussit qu'à renforcer ma colère, et ma détermination à continuer sur cette voie.

— Tu as des courses qui t'attendent, dis-je en indiquant la porte. Je vais rester repasser toute la journée.

Il lève les yeux au ciel en soupirant :

— Tu veux jouer les martyres, Ellen ? Parfait. À plus tard, dit-il en se détournant.

Je lui fais une grimace tout en brandissant mes deux majeurs dans son dos. J'entends la porte du garage et la BMW, avant d'être plongée dans un silence assourdissant. Je reste assise quelques minutes à m'apitoyer sur mon sort, à me demander comment Andy et moi nous en sommes arrivés là. Là, c'est-à-dire en Géorgie et dans un tel état de tension. Après moins d'un an de mariage. Tout le monde répète que la première année est la plus pénible. Est-ce que ça devient plus facile ensuite ? Au bout de quelques minutes d'interrogation silencieuse, je suis incapable de résister plus longtemps à la tentation.

Je monte dans le bureau et j'extrais du fin fond d'un tiroir le magazine interdit, que je n'ai pas ouvert depuis notre fête de départ à New York. Pas même quand je l'ai vu en kiosque ou quand Andy a fièrement brandi son propre exemplaire sous le nez de ses parents.

Je m'attarde sur la couverture jusqu'à ce que le déclic se produise : après une profonde inspiration, je m'assieds et je me rends à la page de l'article. Mon cœur s'emballe en revoyant la signature, le texte de Leo et mes photos, qui réveillent les émotions de cette journée, le mélange d'excitation et de terreur, le désir. Des émotions qui me sont étrangères aujourd'hui.

Je ferme les paupières et, quand je les rouvre, j'entame la lecture avec avidité, je dévore le texte de Leo. Quand je l'ai terminé, je le relis deux fois, lentement, méthodiquement, comme si j'étais à la recherche d'un secret caché au milieu des paragraphes, des phrases, des mots... et je parviens à le débusquer. Tant et si bien que ma tête se met à tourner et que je n'ai plus qu'une envie : parler à Leo.

Je m'abandonne un peu plus à la tentation.

J'allume l'ordinateur, je tape son adresse, puis le message :

Leo,

Je viens de lire ton article. Il est parfait. Encore plus parfait que ce à quoi je m'attendais. Encore merci pour tout. J'espère que tu vas bien.

Ellen

Puis, avant d'avoir le temps de changer d'avis, je l'envoie. Rien que d'avoir appuyé sur la touche, je sens toute la frustration, l'amertume et l'angoisse s'envoler. Au fond de moi, je sais que j'ai tort. Je sais que je cherche à justifier mes actes. J'ai même peur d'avoir provoqué cette dispute dans le seul but d'obtenir ce résultat. Je sais aussi que je vais seulement réussir à semer davantage de pagaille dans ma vie. Mais pour l'heure, je suis bien. *Vraiment* bien. Mieux que depuis bien, *bien* longtemps.

26

Quatre minutes plus tard, le nom de Leo s'affiche dans ma boîte de réception. Je fixe l'écran avec fascination, telle une personne âgée s'émerveillant devant le miracle de la technologie – *mais comment ces mots sont-ils arrivés là ?* –, et, un instant, je regrette d'avoir mis le doigt dans l'engrenage. Je songe même à supprimer son message, ou, du moins, à m'éloigner de l'ordinateur quelques heures pour tenter d'atténuer la douleur qui me serre la poitrine.

Mais la tentation est trop forte. Je passe donc la vitesse supérieure dans mon entreprise de justification et me répète que je n'en suis pas arrivée là par hasard. Je n'ai pas contacté Leo sur un coup de tête. Je ne lui ai pas écrit après une querelle domestique anecdotique. Il a fallu des semaines de solitude, de déprime et de frustration. Il a fallu que mon mari me tourne le dos la veille… et ce matin encore. Et après tout, ce n'est qu'un mail. Quel mal pourrait en ressortir ?

Après une profonde inspiration, j'ouvre la réponse de Leo. Mon cœur s'emballe au fil du message, écrit tout en minuscules :

merci. je suis content qu'il te plaise. c'était une journée exceptionnelle. leo

ps pourquoi as-tu mis si longtemps ?

Je rougis en tapant, à toute vitesse :
Pour lire ton papier ou t'écrire ?

Il me répond presque instantanément :
les deux.

Je sens la tension s'évanouir. Je cherche une réplique bien sentie mais sincère. Suffisamment prudente pour relancer la conversation sans franchir la frontière qui nous mènerait au flirt. Je finis par écrire :
Mieux vaut tard que jamais, non ?

Je presse la touche Envoi puis place mes doigts au-dessus des touches du clavier, comme on me l'a enseigné au lycée. Mon corps entier est en alerte, dans l'attente de la réponse. Elle arrive peu de temps après :
je l'ai toujours dit.

Tête penchée, lèvres entrouvertes, je réfléchis à la signification précise de ce message. Je repense à toutes ces années de silence, puis aux jours qui se sont écoulés depuis le vol de nuit. J'ai essayé, j'essaie encore, de toutes mes forces, de lui résister, de résister à notre dangereuse alchimie. Je me demande ce que cela signifie… ça signifie nécessairement *quelque chose*. *Quelque chose* qui me remplit d'effroi et de culpabilité.

Alors je revois Andy : à table, hier soir, le visage fermé, puis en train de boutonner son pyjama fraîchement repassé avant de se coucher, enfin devant le canapé, ce matin, avec son air de juge. Et je l'imagine en ce moment précis, déambulant en ville, saluant sur le même mode les amis et les vagues connaissances, entamant la conversation dès que l'occasion se présente. Sur le terrain de golf, à l'église, à la station-service. Des conversations anodines, enjouées, sans intérêt.

Ma respiration s'accélère dès que je me mets à taper :

Ça m'a manqué de ne pas te parler.

Je contemple mes mots, leur audace, avant de me raviser. Les lettres s'effacent à l'envers. Pourtant, alors même qu'elles ont disparu, je les vois encore à l'écran. Elles sont toujours gravées dans mon cœur. C'est la vérité, c'est ce que j'éprouve. Ça m'a manqué de ne pas parler à Leo. Depuis des années… et plus particulièrement depuis Los Angeles. Je saisis les mêmes mots, puis je ferme les yeux avant d'appuyer sur la touche Envoi. Je suis aussitôt submergée par un mélange de vertige et de soulagement. Quand je rouvre mes paupières, Leo a déjà répondu :

toi aussi, tu m'as manqué, ellen.

J'en ai le souffle coupé. Quelque chose dans sa façon d'utiliser mon prénom, d'employer l'adverbe *aussi*, comme s'il savait, sans que je l'aie dit, que ce n'est pas seulement nos discussions qui m'ont manqué, mais *lui* également. Quelque chose dans la présence de ces mots à l'écran, simples et téméraires, comme si ce n'était rien de les écrire, parce que c'est la chose la plus évidente du monde. Je suis paralysée. Tandis que je passe en revue mes options, un autre mail atterrit dans ma boîte. Je l'ouvre :

toujours là ?

Je hoche la tête en imaginant son expression d'impatience. Andy pourrait rentrer et venir se pencher pardessus mon épaule : il me trouverait encore clouée à cette chaise.

Oui.

J'envoie le message, attends.

bien.

Quelques secondes plus tard, un nouveau message suit :

ce serait plus simple au téléphone… je peux t'appeler ?

Ce serait plus simple pour quoi ? Parler ? Se confesser ? Se rapprocher de l'adultère ? J'hésite, consciente que l'écrit est plus sage et qu'accepter un coup de fil revient à franchir une nouvelle limite. Mais une partie de moi crève d'envie de discuter, de comprendre ce que nous avons partagé et pourquoi notre histoire s'est terminée.

Oui.

J'entends le bruit étouffé de la sonnerie de mon portable, dans mon sac, que j'ai balancé dans la penderie hier soir. Je me précipite pour décrocher avant que le répondeur ne se déclenche.

— Salut, dis-je en essayant de reprendre mon souffle tout en adoptant un ton dégagé (comme si je n'étais pas tout bonnement folle de joie de l'entendre à nouveau).

— Salut, Ellie.

Je perçois le sourire dans sa voix. Mon cœur fond et je lui retourne son sourire.

— Alors, reprend-il, c'est vrai que tu viens seulement de lire mon article ?

— Mm-mm, dis-je en jetant un coup d'œil dans la rue.

— Ton agent ne t'a pas donné l'exemplaire que je lui avais envoyé ?

Je me sens étrangement coupable de m'être montrée aussi indifférente à son travail. Même s'il ne devrait pas être dupe. Même s'il devrait savoir ce que cette journée a représenté pour moi... et que c'est la raison pour laquelle j'ai attendu si longtemps avant de lire son article. Je m'enferre malgré tout dans des excuses :

— Si, elle me l'a passé. Mais j'ai été... débordée ces derniers temps.

— Ah oui ? Beaucoup de boulot ?

— Pas vraiment, dis-je en entendant *Tangled Up in Blue*, de Bob Dylan, derrière lui.

— Débordée par quoi alors ? insiste-t-il.

Les étiquettes, Oprah Winfrey et le repassage, pensé-je tout bas avant de répondre :

— J'ai déménagé à Atlanta, pour commencer.

Je marque une pause, saisie d'un nouvel accès de culpabilité en remarquant que j'emploie le pronom *je*. Pourtant je ne me corrige pas. Après tout, ces derniers temps, c'est bien l'impression que j'ai.

— Atlanta, hein ? reprend Leo.

— Ouais.

— Ça te plaît ?

— Pas du tout ! dis-je avec une ironie désinvolte.

Leo éclate de rire avant de rétorquer :

— Vraiment ? Je connais un pote qui habite à Atlanta... à Decatur, je crois. Il trouve ça plutôt chouette. À ce que j'ai compris, ça bouge pas mal... côté musique, culture.

— Pas franchement, non.

J'ai conscience d'être injuste. C'est sans doute l'Atlanta des Graham qui me pose un problème. Un problème majeur.

— Qu'est-ce qui te déplaît ?

J'hésite. Au lieu de rester dans le vague, comme la raison m'y invite, j'expose dans le détail tous les désagréments de ma vie prétendument parfaite, sans mâcher mes mots : *étroitesse d'esprit, confort douillet, ascension sociale, sensation d'étouffement.*

Leo pousse un sifflement.

— La vache, tu es remontée !

Je souris en constatant que je me sens bien mieux après ma diatribe... et encore mieux après que Leo ajoute, avec une note d'espoir :

— Tu pourrais revenir à New York ?

Je pars d'un rire nerveux avant de répondre, en m'efforçant de prononcer le prénom de mon mari :

— Je ne crois pas qu'Andy apprécierait beaucoup.

Leo s'éclaircit la gorge.

— C'est vrai. Sans doute pas... Il... il vient de là-bas, c'est ça ?

— Ouais, dis-je en ajoutant pour moi : *C'est quasiment un héros ici.*

— Est-ce que tu lui as expliqué que sa ville était nulle ? Que vivre ailleurs qu'à New York, c'était comme boire un soda tiède et éventé ?

— Pas en ces termes.

Je m'aventure en terrain dangereux. J'ai toujours pensé que se plaindre de son mari à une tierce personne est, à bien des égards, *pire* qu'une trahison physique. Je préférerais presque qu'Andy embrasse une autre fille plutôt qu'il dise à cette même fille que, eh bien, je suis nulle au lit. En dépit de notre dispute de la veille, je m'efforce donc de changer de cap et de me montrer aussi loyale que possible.

— Il est très heureux ici... il travaille avec son père maintenant... tu vois le tableau : l'affaire familiale et tout le toutim... et nous avons acheté une maison.

— Ne me dis rien. Une gigantesque baraque de rêve avec tout le tralala ?

— En gros...

Tout en étant embarrassée par ma situation matérielle, je suis aussi légèrement sur la défensive. Après tout, je l'ai choisie. J'ai *choisi* Andy. Sa famille. Cette vie.

— Mmmm, dit Leo comme s'il réfléchissait à tout ce que je viens de lui apprendre.

— Sa famille ne s'en remettrait jamais si on repartait.

— Margot est là, aussi ? demande-t-il avec une pointe de mépris.

— Oui. Elle est venue s'installer ici il y a environ un an... elle va avoir un bébé... Il... il est vraiment trop tard pour faire marche arrière.

J'ai du mal à identifier la réaction de Leo à l'autre bout du fil, j'hésite entre le rire et le soupir. Je l'interroge :

— Quoi ?

— Rien.

— Mais si, dis-moi...

— Est-ce qu'on ne vient pas de décréter... qu'il n'était jamais trop tard ?

Mon estomac se serre, je secoue la tête et lâche un *merde* silencieux. Je suis dans la merde. Et ce sentiment ne fait que s'accentuer lorsque Leo ajoute :

— Tu te sentirais peut-être mieux si tu avais l'occasion de revenir pour une séance photo ?

— À New York ?

— Ouais.

— Avec toi ?

— Oui, avec moi.

Je me mordille la lèvre inférieure avant de répondre.

— Je ne sais pas si c'est une bonne idée…

La fin de ma phrase se délite dans le silence. Il me demande pourquoi… Il devrait pourtant le savoir.

— Voyons voir, dis-je en me réfugiant derrière un ton moqueur. Voyons voir… Peut-être parce que je suis mariée ?… Et que tu es mon ex ?

Bien que consciente d'aller trop loin, je ne peux m'empêcher d'ajouter :

— Mon ex qui a disparu sans laisser de traces, il y a des années, et dont je n'ai pas eu de nouvelles avant de tomber sur lui par hasard…

J'attends sa réplique avec nervosité, craignant d'avoir poussé le bouchon trop loin. Après ce qui me paraît une éternité, il dit mon prénom, *Ellie*, avec exactement la même intonation qu'au début de notre histoire.

— Oui ?

— Je dois te poser une question…

Je me fige en attendant ce qui va suivre.

— Oui ?

Il s'éclaircit la gorge.

— Est-ce que Margot t'a parlé de… de ma visite ?

Mon esprit s'affole, cherchant à comprendre de quoi il parle, redoutant le pire… et, forcément, le meilleur.

— Tu es venu ? finis-je par dire.

Le poids de ces mots me donne le tournis. Je me détourne de la fenêtre avant d'ajouter :

— Quand ?

— Environ deux ans après.

— Après quoi ? dis-je, même si je connais déjà la réponse.

— Deux ans après notre rupture…

— Quand précisément ?

Je recompose la chronologie : environ un mois après que j'ai commencé à sortir avec Andy, peut-être même le jour où nous avons fait l'amour pour la première fois, le 29 décembre.

— Oh, je ne sais plus. Juste après Noël, je crois...

C'est incroyable. Je tente de digérer l'information avant de demander :

— Chez nous ?

— Oui. J'étais dans le quartier... et je suis simplement... passé te voir. Elle ne t'en a jamais parlé, je me trompe ?

— Non. Elle... elle ne m'a rien dit.

— C'est bien ce que je pensais.

Je suis encore plus perturbée que le jour de notre rencontre en pleine rue.

— Qu'est-ce que tu lui as raconté ? Qu'est-ce que tu voulais ?

— Je ne me souviens plus... plus exactement.

— Tu ne te souviens plus de ce que tu voulais ou des mots que tu as prononcés ?

— Oh, je me rappelle ce que je voulais.

— Et ?

— Te dire que... j'étais désolé... que tu me manquais...

Prise d'un vertige, je ferme les paupières avant de répondre.

— C'est ce que tu as expliqué à Margot ?

— Je n'en ai pas eu l'occasion.

— Pourquoi ? Qu'est-ce qui est arrivé ? Raconte-moi tout.

— Eh bien, elle refusait de me laisser monter... elle préférait descendre... On a échangé quelques mots dans le hall de l'immeuble... Elle n'a pas cherché à cacher ses sentiments à mon égard.

— C'est-à-dire ?

— C'est-à-dire qu'elle me détestait. Puis elle m'a appris que tu voyais quelqu'un... que tu étais heureuse. Elle m'a demandé de t'oublier... Elle m'a dit que tu ne voulais plus rien avoir à faire avec moi. Quelque chose dans le genre...

J'essaie d'enregistrer ses paroles tandis qu'il poursuit :

— Est-ce que tu... sortais avec quelqu'un ?

— Oui, c'était le début...

— Andy ?

— Oui.

Je secoue la tête, sentant la colère monter en moi. La colère que je n'ai pas évacuée depuis la veille. Colère de découvrir la vérité aujourd'hui, de me sentir aussi fragile. Et, par-dessus tout, colère contre Margot pour ne m'avoir jamais avoué une chose aussi importante. Même après toutes ces années. Les larmes me brûlent les yeux, je ne comprends pas pourquoi il n'a jamais téléphoné ni envoyé de mail. Comment a-t-il pu s'en remettre à Margot ? Je lâche :

— Je n'en reviens pas qu'elle n'ait rien dit...

— Oui, réplique-t-il. Même si... ça n'aurait rien changé.

Le silence envahit le combiné une fois de plus, le temps que je pèse mes mots. Je sais ce qu'il faudrait répondre : qu'il a raison, que ça n'aurait rien changé. Qu'il était trop tard et que j'aurais pris la même décision que Margot. Qu'elle agissait dans mon meilleur intérêt et qu'Andy reste ce qu'il y a de mieux pour moi.

Je suis pourtant incapable de m'y résoudre. Je suis infichue de dépasser ce sentiment de trahison pour avoir été privée du choix d'une autre vie – ce choix m'appartenait à moi, et à personne d'autre –, mais aussi de la conclusion indispensable à toute relation, qui m'aurait permis de tourner la page. Oui, nous avions rompu. Oui, *Leo* m'avait quittée. Mais il le regrettait. Il m'aimait suffisamment pour revenir. J'en valais la peine. Ça n'aurait peut-être pas changé le cours de mon existence, mais mon cœur, oui. Je ferme à nouveau les yeux pour chasser la vague d'amertume et de fureur qui monte en moi.

— Enfin bon… lance Leo d'une voix gênée.

— Enfin bon…

Puis, alors que j'entends la porte du garage s'ouvrir, annonçant le retour d'Andy, je cède enfin à l'envie qui me tenaille depuis un moment.

— Alors, parle-moi de ce boulot.

— Tu viens ? demande Leo, ragaillardi.

— Oui, je viens.

27

Tout en prenant note des détails du travail à venir – une séance photo à Coney Island –, je prie pour qu'Andy ne débarque pas par surprise. Il me trouverait le souffle court, les joues en feu. Je serai bien forcée de lui dire, à un moment ou un autre, que je vais à New York, mais je refuse qu'il établisse un lien entre ce contrat et notre dispute. Ça n'a *rien* à voir.

— Il me faudra quelques vues de la plage… de la promenade… de la fête foraine, explique Leo.

— Bien sûr, dis-je d'une voix distraite.

Je ne suis pas disposée à raccrocher, je n'en ai aucune envie, mais je ne veux pas tenter le diable.

— Moins excitant que la dernière fois, hein ? lance-t-il.

— Aucun problème, dis-je en rougissant. C'est pour quel journal ?

— *Time Out.*

J'acquiesce avant de reprendre :

— Pour quand te faut-il les photos ?

— D'ici une quinzaine de jours. C'est jouable ?

— Je pense.

Je feins la décontraction, mais je suis encore sous le choc de la révélation. Je poursuis :

— J'aimerais que tu m'en parles davantage… mais…

— Tu dois y aller ? demande Leo d'une voix où la déception est perceptible.

— Oui… Andy est rentré…

— Pigé, répond-il d'un air entendu, comme si nous étions des conspirateurs.

— Je te contacte…

— Quand ?

Son ton n'a rien de pressant, mais la question l'est, elle. Je ne peux retenir un sourire en me rappelant que j'étais celle qui réclamait ce genre de précision, qui voulait toujours savoir quand on se reparlerait, quand on se reverrait. Je lui sers donc une des répliques ironiques dont il avait le secret :

— Dès que ce sera humainement possible.

Je me demande s'il s'en souvient… Il éclate de rire. Je suis sur un nuage : bien sûr qu'il s'en souvient. Il se souvient de tout, comme moi.

— Super, j'attendrai.

Un frisson me parcourt l'échine à la pensée de tout ce temps où je l'ai attendu, de tout ce temps qu'il m'a fallu pour enfin baisser les bras.

— Bon, alors… au revoir, Ellen, dit Leo, un sourire dans la voix. Au revoir et à bientôt.

— À bientôt, Leo, dis-je avant de rabattre le clapet de mon téléphone et de prendre quelques inspirations profondes pour retrouver mon calme.

J'efface le numéro dans le journal des appels, puis je me précipite dans la salle de bains. *C'est pour le travail*, me dis-je en me regardant dans le miroir. *C'est pour trouver mon équilibre.*

Je me lave les dents, m'asperge le visage d'eau froide, puis enfile un tee-shirt propre et un short blanc pour aller retrouver Andy. Même si je suis toujours en colère à cause de ce matin, ma conversation avec Leo a adouci ma fureur, qui a cédé la place à une sorte d'excitation et d'indulgence induite par la culpabilité. Andy pourrait être en train de jouer au croquet dans le jardin avec Ginny, je crois sincèrement que ça ne me ferait ni chaud ni froid. Je serais même capable de leur apporter des mojitos.

Ce n'est pas Ginny mais Stella qui se trouve au côté d'Andy, et, en guise de maillets en bois, une rangée de sacs d'un grand magasin sont alignés sur le plan de travail de la cuisine. Tout en déballant un immense cadre photo en argent, Andy me lance un regard d'excuse ou, du moins, qui m'implore de garder nos tensions maritales pour nous. Peut-être les deux. Je lui renvoie un sourire apaisant, limite condescendant, avant de me mettre en mode « belle-fille parfaite ».

— Bonjour, Stella ! entonné-je gaiement en me redressant pour imiter son maintien impeccable (de la même façon qu'à son contact je parle souvent plus lentement et prends soin d'articuler).

— Bonjour, ma chérie ! répond-elle en me serrant dans ses bras et en m'enveloppant de sa fragrance estivale, un mélange de fleur d'oranger et de bois de santal. J'espère que ça ne t'embête pas... je vous ai acheté quelques bricoles.

Je découvre au moins une douzaine de cadres en argent, de différentes tailles, tous de belle facture et, indubitablement, dispendieux.

— Ils sont magnifiques... mais vous n'auriez pas dû, dis-je.

Et je suis sincère. Parce qu'ils ont beau être magnifiques, ils ne correspondent absolument pas à mon goût. J'aime nos cadres en bois noir, tout simples.

— Oh, ce n'est rien, rétorque-t-elle en en démontant un lourdement décoré de perles pour y insérer une photo.

Il s'agit d'un vieux cliché de famille en goguette, une vraie image d'Epinal. Elle chasse un grain de poussière de la vitre et essuie une tache dans un coin.

— C'est un petit cadeau pour votre intérieur.

— Vous nous avez déjà beaucoup gâtés, dis-je en songeant à l'horloge comtoise, aux serviettes en lin pour les toilettes, au mobilier de jardin (qui leur avait appartenu mais qui était comme neuf), à la peinture à l'huile d'Andy enfant.

Autant de présents impossibles à refuser et qui trahissaient l'ingérence de Stella. Elle est tellement gentille, attentionnée, généreuse, qu'on se sent obligé de faire les choses à sa façon. Et qu'on les fait.

Elle écarte ma remarque d'un revers de la main, en répétant :

— Ce n'est rien.

— Eh bien, merci, alors, dis-je laconiquement (c'est Margot qui m'a enseigné cette règle : on est autorisé à protester une ou deux fois, mais pas à refuser catégoriquement un cadeau ou un compliment).

— Tout le plaisir est pour moi, ma chérie, réplique-t-elle en me caressant le bras.

Son vernis à ongles rouge, impeccable, s'accorde parfaitement avec sa jupe plissée et sa pochette Ferragamo, tout en mettant en valeur l'énorme saphir qui orne l'annulaire de sa main droite.

— Alors, Ell, m'interpelle Andy d'un air anxieux, qu'est-ce que tu dirais d'y mettre les photos de notre mariage et de notre lune de miel ? Celles qui sont dans le salon.

La maîtresse des lieux donnera-t-elle son approbation ? Je réponds :

— Très bonne idée.

C'est d'autant plus judicieux que Stella a organisé notre mariage. Andy rafle plusieurs cadres avant de se diriger vers l'avant de la maison.

— Tu viens ?

J'ai compris le message, Andy, merci...

Tandis que Stella entreprend de plier avec soin les sacs en papier en chantonnant, je lève les yeux au ciel et suis Andy au salon pour notre prétendue mission d'encadrement.

— Je suis désolé, chuchote-t-il en se penchant au-dessus de la table en acajou brillant (un autre cadeau de ses parents), où sont exposées les photos de notre mariage.

Son attitude montre qu'il est sincère, pourtant, je ne peux m'empêcher de me demander quelle part de son repentir est liée à la présence de sa mère sous notre toit. Les Graham font toujours *tout* en pensant aux autres membres du clan.

— Je suis *vraiment* désolé, reprend-il.

— Moi aussi, dis-je en évitant son regard.

Une partie de moi voudrait sincèrement se réconcilier avec Andy et se sentir à nouveau proche de lui, mais une autre désirerait presque que la situation reste tendue pour justifier ce que je m'apprête à faire. Et qu'est-ce que je m'apprête à faire, au juste ? D'un air décidé, je croise les bras sur ma poitrine tandis qu'il poursuit :

— J'aurais dû intervenir hier soir… réagir à cette remarque sur le vin…

Je finis par soutenir son regard, déstabilisée de constater qu'il semble persuadé que c'est une bouteille médiocre qui a provoqué notre dispute. Ne se rend-il pas compte qu'il y a autre chose ? Que la confrontation d'hier soir soulevait des problèmes bien plus graves ? Comme savoir si je suis heureuse à Atlanta, si nous sommes vraiment faits l'un pour l'autre ainsi que nous l'avons cru à une époque, comme comprendre pourquoi notre mariage nous oppresse déjà tant.

— Ne t'inquiète pas, Andy, j'ai eu une réaction excessive.

Serais-je aussi conciliante si je ne venais pas d'avoir Leo au téléphone ?

Andy hoche la tête, comme pour confirmer qu'en effet j'ai exagéré, ce qui réveille suffisamment mon indignation pour que j'ajoute :

— Mais je ne supporte vraiment, *vraiment* pas Ginny et Craig.

— Je sais… soupire Andy. Mais ils seront difficiles à éviter…

— Est-ce qu'on peut au moins essayer ? dis-je.

Je laisse retomber mes bras en souriant franchement cette fois.

— Bien sûr qu'on essaiera. Et la prochaine fois qu'on se dispute… réconcilions-nous avant de nous endormir. Mes parents ne se sont jamais mis au lit fâchés… c'est sans doute la raison pour laquelle leur mariage a duré aussi longtemps…

La perfection des Graham…

— Eh bien, à proprement parler, je me suis endormie fâchée sur le *canapé*.

— C'est vrai. Pas de ça non plus.

— Très bien.

— Alors tout va bien ?

Les rides d'inquiétude ont déserté son front. J'éprouve une pointe d'amertume en constatant avec quelle facilité il tire un trait sur nos ennuis. Sur mes sentiments.

— Ouais, ça va mieux.

— Mieux, seulement ?

Je plonge mes yeux dans les siens, et l'idée me traverse de lui mettre les points sur les i. De lui expliquer que nous sommes au milieu d'une crise. De *tout* lui dire. Au fond de moi, j'ai conscience que c'est la seule façon d'arranger les choses, de retrouver notre complicité. Mais parce que je ne suis pas tout à fait prête à retrouver cette complicité justement, je rétorque :

— Entre les deux.

— C'est déjà ça, j'imagine, réplique-t-il en se penchant pour me serrer dans ses bras. Je t'aime tant, me chuchote-t-il dans le cou.

Je ferme les paupières et l'étreins à mon tour, cherchant à enterrer mes griefs, mais surtout à oublier que Margot a falsifié mon destin – que ses intentions aient été bonnes ou non.

— Je t'aime aussi, dis-je, envahie par une vague d'affection et de désir.

Je suis soulagée d'éprouver encore ces sentiments. Pourtant, un instant avant de nous séparer, là, devant nos photos de mariage, alors que mes paupières sont toujours closes, deux images m'obsèdent : Leo, dans l'entrée de mon immeuble il y a quelques années, et Leo, à cet instant précis, dans son appartement du Queens, qui écoute un album de Bob Dylan en attendant mon appel.

28

Même si l'envie ne me quitte pas du week-end, je réussis à le passer sans appeler Leo ni lui écrire. J'en profite pour me consacrer à mes *devoirs*. Changer les cadres de nos photos de mariage. Écrire à Stella un mot de remerciement enjoué et presque sincère. Assister à la messe puis déjeuner avec le clan Graham au complet. Prendre près d'une centaine de clichés en noir et blanc de Webb, Margot et son gros ventre. Et, constamment, refréner tout accès de rage, me répéter que je n'ai pas accepté ce contrat par dépit ou vengeance, que je ne rêve pas de réécrire le passé. Je vais à New York pour travailler… et voir Leo. C'est mon droit le plus strict d'avoir une vie professionnelle… et amicale. Ces deux aspects de mon existence ne devraient en aucun cas porter atteinte à mon mariage, ma relation avec Margot ou ma vie à Atlanta.

Tant et si bien que le dimanche soir, alors que je m'installe devant l'ordinateur pour acheter un billet non remboursable pour New York, je suis parvenue à me convaincre que mes intentions, si elles ne sont pas parfaitement pures, le sont *bien assez*. Et pourtant, quand j'annonce, mine de rien, à Andy, qui regarde une partie de golf à la télévision, que j'ai une séance photo à Coney Island pour *Time Out*, le remords désormais familier m'assaille.

— C'est super, dit-il, les yeux rivés sur Tiger Woods.

— Oui… je pars dans une huitaine, je pense… je prendrai les photos… puis je resterai le soir… j'en profiterai pour voir des amis, dis-je comme si je réfléchissais à voix haute.

L'angoisse précipite les battements de mon cœur. Je croise les doigts pour qu'Andy ne pose pas trop de questions et que je ne sois pas contrainte de mentir sur la façon dont j'ai obtenu ce boulot. Mais quand il se contente de lâcher un simple : « Chouette » au lieu de s'enquérir des détails, je ne peux m'empêcher de me sentir légèrement, sinon complètement, négligée. Après tout, nous discutons constamment de ses affaires, de ses relations au bureau – avec son père, les secrétaires et les autres associés. Il teste régulièrement ses plaidoiries sur moi. La semaine dernière, je suis même allée jusqu'à assister au témoignage crucial dans un procès contre une compagnie d'assurances. Je m'étais mise sur mon trente et un et je m'étais installée au premier rang pour le soutenir. Il avait guidé le plaignant plâtré de la tête aux pieds, soi-disant grièvement blessé, puis avait aligné les mensonges avant de montrer une vidéo du type jouant au frisbee. Nous avions ri comme des bossus dans la voiture, au retour, en nous tapant dans la main et en répétant en chœur : « Vous voulez connaître la vérité, mais vous n'êtes pas capables de la supporter ! » – notre réplique préférée du film *Des hommes d'honneur*.

Et c'est tout ce que mérite mon travail ? *Chouette* ?

— Oui, dis-je en m'imaginant avec Leo. Ça devrait être génial.

— Ça a l'air génial, répète-t-il en plissant le front alors que Tiger Woods tente un long putt.

La balle file droit sur le trou, entre, mais ressort aussitôt. Andy abat son poing sur la table basse et hurle :

— Merde ! C'est pas possible !

— Quoi ? Il a un coup de retard maintenant ?

— Ouais. Et il avait *vraiment* besoin de celui-ci.

Andy secoue la tête et rabat la visière de sa casquette verte des Masters – il la met toujours pour porter chance à son idole.

— Tiger ne perd jamais, dis-je alors que le cameraman zoome sur sa sublime femme.

Je me surprends à m'interroger sur leur mariage alors qu'Andy réplique :

— Si, ça arrive.

— En tout cas, c'est l'impression que ça donne. C'est bien que les autres aient leur chance aussi.

Andy a beau m'agacer, je me sens minable de créer la polémique sur un sujet aussi peu controversé que Tiger. Tout le monde l'adore.

— Ouais, lâche Andy comme s'il m'entendait à peine. Peut-être bien.

J'étudie son visage ombré par une barbe de trois jours, ses oreilles, qui paraissent légèrement décollées lorsqu'il porte une casquette, et le bleu apaisant de ses yeux (dont l'effet est rehaussé par les rayures azurées de son polo). Je me rapproche de lui sur le canapé pour que nos cuisses se touchent. Je pose ma tête sur sa poitrine et entremêle nos bras. Puis je ferme les paupières et m'enjoins d'être moins irritable. C'est injuste de faire le procès d'Andy, surtout s'il ne se sait pas jugé. Plusieurs minutes s'écoulent, pendant lesquelles je reste dans ses bras, bercée par les commentaires des présentateurs et les occasionnels tonnerres d'applaudissements de la foule qui observe habituellement un silence religieux. Je me répète que je suis heureuse.

Pourtant, quelques minutes plus tard, le sort s'acharne une fois de plus contre Tiger ; Andy bondit comme un diable et invective la télévision en agitant les bras. Je ne l'ai pas vu aussi passionné depuis des semaines.

— Allez, mon pote ! T'as jamais raté les coups importants !

Je ne réussis pas à retenir l'indignation qui me submerge. *Pas étonnant que nous ayons des problèmes.* Ce qui semblait jusqu'à présent sous-jacent est désormais officiel. Mon mari s'intéresse plus au golf – même lorsqu'il est retransmis à la télévision – qu'à notre mariage. Je l'observe quelques minutes de plus, ma culpabilité envolée. Puis je me lève et monte à l'étage, où j'appelle Leo depuis mon portable. Il décroche à la quatrième sonnerie, le souffle court, comme s'il avait couru pour répondre.

— Ne me dis pas que tu as changé d'avis, lâche-t-il avant que j'aie pu le saluer.

— Bien sûr que non.

— Alors tu viens ?

— Je viens.

— C'est sûr ?

— Oui, c'est sûr.

— Quand ?

— Lundi prochain.

— Chouette.

Les yeux rivés au plafond, je me demande pourquoi cet adjectif n'a pas du tout la même valeur dans la bouche d'Andy et dans celle de Leo. Pourquoi tout est différent avec Leo.

Le lendemain matin, je réussis à joindre Suzanne pour l'informer des derniers rebondissements dans l'interminable saga Leo. Quand j'en arrive à Margot, elle sort de ses gonds – ce qui était prévisible.

— Pour qui se prend-elle ?

Je savais que l'attention de ma sœur se fixerait sur Margot, ce qui me pousse à défendre mon amie.

— C'est vrai, elle aurait dû m'en parler... mais je suis persuadée qu'elle se préoccupait de mon bonheur.

— Elle se préoccupait de celui de son *frère*, oui ! Pas du tien !

— C'est la même chose, dis-je en songeant que, dans une relation idéale, les intérêts des deux parties sont convergents.

Et j'aime penser qu'en dépit de nos problèmes nous avons ce type de lien avec Andy.

— Ce n'est jamais la même chose, affirme Suzanne d'un ton sans appel.

En réchauffant ma tasse de café pour la seconde fois, je réfléchis à ses paroles. Qui a raison ? Suis-je trop idéaliste ? Ou Suzanne trop amère ?

— En plus, reprend-elle, qui est-elle pour jouer les démiurges ?

— Tu y vas fort... ce n'est pas une affaire d'euthanasie... Elle a simplement voulu me protéger...

— Te protéger de quoi ? m'interrompt-elle.

— De Leo. De moi-même.

— Parce que tu aurais choisi Leo ? demande-t-elle avec une pointe de jubilation dans la voix.

Si seulement elle savait être moins partiale dans les moments comme celui-là. Si seulement elle ressemblait davantage à notre mère, instinctivement portée à voir le bien partout, à considérer le bon côté des choses. Une fois de plus, je me dis que la mort de notre mère a peut-être rendu Suzanne telle qu'elle est, à toujours envisager le pire. Je chasse ces pensées en réalisant à quel point la disparition de ma mère complique des situations qui n'ont rien à voir avec elle. À quel point elle infléchit tout, en dépit de son absence. Ou plutôt à cause de son absence.

Je m'efforce d'apporter une réponse honnête à ma sœur... et à moi-même.

— J'aime me dire que j'aurais fait la même chose. Mais bon... j'aurais peut-être aussi... remis en cause mes sentiments et tout fait capoter avec Andy. J'aurais peut-être commis une erreur irréparable.

— Tu es sûre que ç'aurait été une erreur ?

— Oui.

Je me rappelle une page de mon journal intime, que j'ai relue récemment : je l'avais écrite au début de mon histoire avec Andy, pile au moment de la visite de Leo. J'hésite avant d'en parler à Suzanne.

— J'étais tellement heureuse de connaître enfin une relation saine, stable et équilibrée.

— C'est ce que tu as écrit ? Tu avais utilisé ces mots ?

— Plus ou moins.

— Saine et stable, hein ?... Ça a l'air... *sympathique*.

Pas besoin d'être grand clerc pour saisir l'insinuation : tout plutôt qu'une relation sympathique. Même une relation passionnée.

— Ce n'est pas un défaut, dis-je en songeant que la moitié du pays tuerait pour une histoire de ce genre.

— Si tu le dis.

— C'est mieux que ce que je vivais avec Leo.

— C'est-à-dire ?

— Les tourments... l'inquiétude... l'insécurité... tout était différent avec Leo.

— Différent comment ? insiste-t-elle.

Je sors m'installer sur la première marche de l'escalier de notre terrasse avec mon café. La réponse est difficile. Chaque fois que j'essaie de trouver les mots, j'ai l'impression de rabaisser Andy, d'établir une sorte de dichotomie, d'un côté la passion, de l'autre l'amour platonique. Et la réalité est à des kilomètres de ça. La nuit dernière, Andy et moi avons fait l'amour – c'était génial –, à mon initiative (pas par culpabilité ou par obligation, non, mais parce qu'il était irrésistible dans son boxer-short). J'ai couvert son torse de baisers, admirant son ventre ferme d'adolescent. Andy m'a embrassée à son tour, et j'ai pensé à toutes ces femmes qui se plaignent que leur mari esquive les préliminaires. Andy n'oublie jamais d'être tendre.

— Ellen ?

— Je suis là…

Je suis perdue dans la contemplation de notre jardin embrumé de chaleur. Il n'est pas encore neuf heures, et la température avoisine déjà les trente-huit degrés. Le café n'est pas de circonstance. J'avale une dernière gorgée et verse le restant de la tasse dans un tas de paillis.

— Différent comment ? persiste Suzanne.

Ignore-t-elle la réponse ? *Toutes* les femmes ne connaissent-elles pas la différence entre l'homme qu'on épouse et celui qui s'en va ?

— Comme… la montagne et la plage, finis-je par lâcher au désespoir de trouver une image satisfaisante.

— Qui est la plage ? demande Suzanne.

Derrière elle, j'entends l'avertisseur d'un chariot à bagages suivi de l'annonce tonitruante d'un changement de porte d'embarquement. Je donnerais tout pour être à l'aéroport, sur le point d'embarquer. Pour n'importe quelle destination. C'est la première fois que j'envie le travail de Suzanne : la liberté, le mouvement perpétuel. C'est peut-être pour cette raison qu'elle s'accroche à ce qu'elle définit pourtant comme un boulot de serveuse sans les pourboires.

— Andy… dis-je en levant les yeux vers le ciel chauffé à blanc (comme si la vague de chaleur interminable l'avait délavé). Andy est comme une journée ensoleillée au bord d'une eau calme et turquoise, un verre de vin à la main.

Je souris en me laissant momentanément emporter par l'image de nous deux, sur une étendue de sable. Peut-être avons-nous seulement besoin de vacances. Peut-être ai-je besoin de prendre l'avion *avec* Andy au lieu de m'éloigner de lui… Non, une escapade romantique ne réglerait rien…

— Et Leo ? demande Suzanne.

— Leo. (Son nom roule sur ma langue et les battements de mon cœur s'accélèrent.) Leo, c'est comme une randonnée en montagne. Sous un crachin glacial. Quand on s'est un peu éloigné du sentier, qu'on a faim et que la nuit approche.

Suzanne et moi éclatons de rire.

— Y a pas photo, reprend-elle. La plage gagne.

— À tous les coups, dis-je en soupirant.

— Alors, où est le problème ?

— Le problème, c'est… que j'aime bien me retrouver au milieu des bois. J'aime l'obscurité… le silence. C'est mystérieux… excitant. Et la vue au sommet, qui surplombe les forêts de sapins et la vallée…

— … est à couper le souffle.

— Oui, dis-je en secouant la tête pour chasser la vision de Leo avec ses puissants avant-bras, ses larges épaules, son jean usé qui lui va si bien. *Vraiment* époustouflante.

— Eh bien, conclut-elle, va profiter de la vue…

— Tu crois ?

J'attends qu'elle définisse les termes exacts, qu'elle me fixe des limites. Elle se contente de répondre :

— Mais ne t'approche pas trop près du bord… Tu risquerais de sauter.

Au cours des jours qui précèdent mon départ, en dépit du conseil de Suzanne et de mes tentatives pour tenir Leo à distance, je me retrouve beaucoup trop près du bord. Nos mails formels cèdent la place à une rafale d'échanges familiers et badins, qui eux-mêmes se transforment en un flux régulier de mails, de textos et même de coups de fil, et de plus en plus intimes. J'ai beau chercher à me persuader du contraire, je suis redevenue aussi obsédée qu'autrefois.

La veille de mon départ arrive plus vite que je ne m'y attendais. C'est également le jour de la grande fête pour l'arrivée du bébé de Margot. Ginny s'est arrogé l'organisation de la célébration, la transformant en quelque chose de formel et ostentatoire là où ça n'aurait dû être qu'un moment joyeux entre amies proches pour fêter le bébé à venir. Je redoutais cet événement depuis le début ; désormais, il m'apparaît plus que jamais comme l'ultime épreuve à surmonter avant de pouvoir m'échapper à New York, reprendre les choses où nous les avons laissées, Leo et moi, et trouver les réponses.

Je m'étire sous les couvertures, après avoir embrassé Andy et lui avoir souhaité une bonne partie de golf. La sonnerie de mon téléphone portable résonne soudain dans le silence de la chambre. Je l'attrape en espérant qu'il s'agit de Leo. C'est bien son nom qui clignote sur l'écran.

— Bonjour, dis-je d'une voix encore ensommeillée.

— Salut, répond-il d'une voix tout aussi chargée de sommeil. Tu es seule ?

— Oui.

Pour la centième fois, je me demande s'il est toujours avec sa copine. Si je me fie à sa façon parfois abrupte de raccrocher, j'en déduis que oui, et même si une part de moi souhaiterait qu'il soit libre, d'une certaine façon, je suis contente qu'il soit lui aussi en couple. La partie en est plus équilibrée : il a également quelque chose à perdre.

— Qu'est-ce que tu fais ? demande-t-il.

— Je suis encore au lit. Je réfléchis.

— À quoi ?

J'hésite avant de confier, dans un mélange d'exaltation et de peur :

— À demain. Et à toi.

— Quelle coïncidence !... J'ai hâte de te voir, reprend-il.

— Moi aussi, dis-je, parcourue par un frisson en nous imaginant tous les deux à Coney Island, au bord de la mer, dans la lumière dorée de cette heure romantique qui précède le coucher du soleil.

Ensemble.

— Alors, qu'est-ce que tu veux faire ? s'enquit-il d'une voix où transparaît son trouble.

— Maintenant ?

Il rit doucement.

— Non, pas *maintenant*. Demain. Après la séance photo.

— Oh... aucune idée. Tu pensais à quoi ?

Je regrette aussitôt ma réponse, ayant le sentiment d'avoir renoué avec mon vieux travers de le laisser prendre toutes les décisions.

— Je peux t'inviter à dîner ?

— Bien sûr. C'est une super idée.

— C'est toi qui es super. J'adore quand ta voix est éraillée. Ça me rappelle des souvenirs...

Je roule dans le lit, pour m'éloigner du côté d'Andy ; son odeur imprègne encore les draps. Puis je ferme les yeux, un sourire aux lèvres, en me délectant du silence excitant, intime. Une minute s'écoule, peut-être davantage, je m'abandonne au souvenir du passé. De l'époque qui a précédé Andy. De l'époque où je pouvais ressentir ce que je ressens sans remords ni regret. Ou le bonheur était pur, instantané. Et je finis par m'abandonner au désir physique qui m'assaille depuis trop longtemps.

Plus tard, je me répète qu'il ne sait pas ce qui s'est passé et qu'il n'a sans doute pas fait de même de son côté. Je me répète qu'il fallait que je me libère de cette tension et que, demain, nos rapports seront strictement professionnels ou, tout au plus, amicaux. Des amis avec un passé commun. Et surtout, je me répète que, quoi qu'il arrive, j'aime Andy. J'aimerai *toujours* Andy.

29

Quelques heures plus tard, la fête est terminée, les invitées sont parties, et je m'active dans le salon somptueux de Ginny (glands en or aux rideaux, peintures à l'huile de ses chiens, écusson de la famille de Craig, demi-queue dont personne dans la maison ne sait jouer et auquel de toute façon nul n'a le droit de toucher). Je fourre les reliques de rubans et de papier cadeau dans un grand sac-poubelle, de plus en plus préoccupée à l'approche de mon voyage.

Quand je ne suis pas obsédée par des images troublantes de Leo, je refais mentalement ma valise ou revis notre rencontre et notre séparation. Pourtant, malgré moi, j'ai passé un excellent moment, je me suis presque amusée, notamment grâce aux tournées incessantes de cocktails. Je continue à penser que la scène sociale de Buckhead est, de façon générale, superficielle et ennuyeuse à l'extrême, mais il n'empêche que, prises séparément, la plupart des femmes invitées se sont révélées beaucoup plus intéressantes que ce à quoi je pouvais m'attendre en les voyant jacasser au téléphone dans leur Range Rover avec leurs enfants modèles sur la banquette arrière.

En m'asseyant à côté de Margot sur le canapé pour remplir le rôle honorifique de grande organisatrice de la valse des cadeaux, je me suis sentie fière d'appartenir au clan des Graham. D'être la femme d'Andy. La belle-sœur de Margot. La belle-fille de Stella.

Lorsqu'une des voisines m'avait interrogée sur mes parents, alors que j'hésitais à préciser que ma mère était décédée depuis des années, Stella, avec sa présence d'esprit et son tact légendaires, m'avait saisi la main et avait répondu le plus naturellement possible – sans pour autant donner l'impression de parler à ma place.

— Le père d'Ellen vit à Pittsburgh, dans la maison où elle a grandi. C'est un de ses points communs avec Margot ! avait-elle lancé joyeusement alors que la lumière du lustre en cristal de Ginny se reflétait sur le diamant à son doigt.

Je l'avais remerciée d'un regard, soulagée de ne pas avoir à brader le souvenir de ma mère pour éviter la compassion larmoyante de mon interlocutrice – je suis toujours contrainte de choisir entre m'apitoyer avec eux ou dissiper le malaise d'un « Oh, tout va bien, c'était il y a longtemps ».

C'était il y a longtemps, mais ça n'ira jamais *vraiment* bien.

À cet instant précis d'ailleurs, alors que j'attends qu'Andy vienne me chercher après son trente-six trous, une tristesse inattendue me prend en voyant Margot et Ginny avec leurs mères, qui, en sirotant une coupe de champagne, profitent du calme retrouvé pour passer en revue les cadeaux, les plus beaux (une poussette vert vif offerte par les amies du club de tennis) comme les plus honteux (une couverture que sa propriétaire avait refilée sans se rendre compte qu'elle était brodée au nom de sa fille, *Ruby*), les tenues des invitées, la plus belle (un ensemble Chanel vintage) comme la plus moche (un top en crochet rouge porté avec un soutien-gorge). Sans oublier les spéculations les plus folles pour deviner qui avait osé renverser du merlot sur une chaise de la salle à manger.

— Si seulement j'avais branché ma caméra de surveillance, ricane Ginny en trébuchant sur ses talons avant de s'effondrer dans un fauteuil recouvert d'un tissu léopard.

Je souris en songeant combien elle est plus supportable, presque *agréable*, lorsqu'elle a bu et qu'elle ne cherche pas en permanence à démontrer qu'elle est plus proche de Margot que moi. Elle reste une idiote qui croit que tout lui est dû, mais une idiote *joyeuse*, au moins.

— Tu as vraiment une caméra ? demande Stella en scrutant le plafond pour la débusquer.

— Ce n'est pas pour rien qu'on parle de caméra *cachée*, dis-je en jouant avec un brin de raphia jaune.

— Évidemment qu'elle en a une, Stell', rétorque Pam, la mère de Ginny, en indiquant une composition de fleurs artificielles surplombant des rayonnages de livres. Et je conseille à Margot d'en faire également installer une... C'est le seul moyen de surveiller les nourrices et autres aides, surtout avec un nourrisson.

Son usage du terme *aide* me fait tressaillir – il englobe tout, du jardinier aux nourrices, sans oublier les femmes de ménage et les types qui s'occupent de l'entretien de la piscine, voire les chauffeurs (Pam ne s'est pas retrouvée derrière un volant depuis vingt-deux ans, ce dont, étonnamment, elle s'enorgueillit). Que ce soit pour se plaindre ou s'en vanter, il n'y a sans doute rien qui me rebute davantage que de les entendre parler de leurs *aides*. Avec les établissements privés qui accueillent leurs enfants et les dîners de gala (souvent organisés *par* ces établissements privés).

Stella poursuit, les yeux écarquillés :

— As-tu déjà pris quelqu'un... sur le fait ?

Elle, d'ordinaire si volontaire, a l'air complètement éclipsée par sa meilleure amie. Je les observe en me demandant si moi aussi je deviens différente au contact de Margot. Ginny secoue la tête en prenant un petit-four sur un plateau en argent qu'une *aide* a sans doute astiqué le matin même.

— Pas encore… Mais on n'est jamais trop prudent quand il s'agit des enfants.

Nous acquiesçons toutes en silence comme pour laisser la profondeur de cette dernière perle nous pénétrer – perles que Ginny nous livre toujours sur un ton révérencieux, comme si elle venait de faire une découverte révolutionnaire. Je me suis régalée, en l'entendant dire à des invitées qui pensaient que Margot, à en juger par son ventre, aurait un garçon : « Je suis tellement heureuse qu'elle préfère attendre pour savoir ! C'est la seule surprise qu'il leur reste dans la vie. » Ah ! quelle originalité, Ginny ! Je n'avais encore jamais entendu ça ! Et, soit dit en passant, même si je n'ai pas de réelle opinion sur le sujet, qui semble susciter beaucoup de débats, pourquoi autant de couples sont-ils persuadés que se priver de la technologie des ultrasons constitue une *surprise* ? Et puis, à la réflexion, quelles autres surprises de la vie ont disparu depuis un demi-siècle ? Les gens n'organisent-ils plus d'anniversaires-surprises ? Ne fait-on plus livrer de fleurs ou de cadeaux par surprise ? Je ne comprends pas.

Je termine ma coupe de champagne, me tourne vers Ginny et annonce :

— Je crois savoir qui a renversé le vin.

— Qui ? s'exclament-elles en chœur (même Margot, qui pourtant sent habituellement venir mes blagues à des kilomètres).

— Cette affreuse rustaude, dis-je en réprimant un rire.

— Qui ? reprennent-elles, alors que Ginny égrène les noms des invitées au physique le moins avantageux.

Je secoue la tête avant de clamer : « Lucy. » La Lucy d'Andy. Margot m'avait demandé l'autorisation de l'inviter.

— Si ça te met mal à l'aise, je ne la convie pas, m'avait-elle répété à plusieurs reprises avant d'ajouter, chaque fois, qu'elles appartenaient au même country-club et étaient membres des mêmes associations caritatives, sans parler de leur lien de parenté accidentel et lointain (Lucy est mariée à un cousin de Webb).

J'avais systématiquement répondu à Margot que ça ne me gênait pas du tout, que j'étais même curieuse de rencontrer le premier amour d'Andy et que je préférais que cette rencontre ait lieu dans des circonstances que je maîtrisais. À la vérité, mes motivations étaient davantage liées à Leo. Après tout, la présence de Lucy ajoutait un argument en or à ma batterie de justifications : *L'ex de Margot s'occupe de son jardin, celle d'Andy se pointe à la fête de sa sœur. Pourquoi ne pourrais-je pas travailler de temps à autre avec le mien ?*

En tout cas, la plaisanterie saute aux yeux, tant Lucy est ravissante. Ses traits de poupée, sa peau d'ivoire et ses boucles rousses la placent d'emblée dans la catégorie des jolies filles, sans parler de son corps de déesse, que sa tenue ne mettait pourtant pas en valeur. Margot et Stella partent d'un rire complice, alors que Ginny et sa mère échangent un regard entendu, trop heureuses d'avoir, croient-elles, décelé une rivalité féminine.

Je lève les yeux au ciel avant de révéler le pot aux roses :

— Allez. Je *plaisante*. Cette fille est sublime.

Ginny a l'air déçue de découvrir qu'il n'y aura pas de débat, tandis que Pam rejette sa tête en arrière en gloussant et lâche avec beaucoup trop d'enthousiasme :

— N'est-elle pas *irrésistible* ?

Je le concède avec magnanimité, en me rappelant la conversation que j'ai eue avec elle, plus tôt dans la journée. Lucy était presque nerveuse en m'avouant qu'elle se réjouissait de faire ma connaissance. J'avais répondu que j'étais tout aussi ravie de la rencontrer. Ce qui était sincère. Puis, bien qu'assaillie par la vision déplaisante d'elle à califourchon sur mon mari, j'avais ajouté :

— J'ai entendu tellement de compliments à votre sujet.

Lucy, peut-être tourmentée par les mêmes pensées que moi, avait rougi et souri. Puis elle avait évoqué Andy, et leur histoire, avec beaucoup de tact (sans chercher à dissimuler leurs sentiments, elle en parlait comme d'une époque révolue et d'un amour de jeunesse).

— J'espère qu'il s'est débarrassé des photos du bal de promo. J'étais affreuse avec mes cheveux crêpés. Mais qu'est-ce qui m'a pris ?… Est-ce que vous aviez aussi une coiffure années quatre-vingt, Ellen ?

— Je viens de Pittsburgh, la ville où *Flashdance* a été tourné. Non seulement j'avais les cheveux crêpés, mais je portais des jambières.

Dans un éclat de rire, nous étions passées au présent, évoquant son fils de cinq ans, Liam, son autisme léger et combien la pratique du cheval l'avait aidé. Puis nous avions parlé de notre déménagement à Atlanta et de mon travail (j'avais découvert avec surprise que Margot avait informé Lucy – et bien d'autres personnes – de mon contrat avec Drake). Puis, à bout de ressources, nous avions chacune entamé une conversation avec une nouvelle interlocutrice. Pendant le reste de la fête, je l'avais surprise une douzaine de fois en train de me couler un regard de biais – trahissant, à mon avis, qu'elle ne s'était jamais complètement remise de sa séparation avec Andy. Ce qui, bien entendu, provoquait en moi toutes sortes de sentiments mêlés : le remords et la gratitude en tête.

Je ressens exactement le même genre de trouble lorsque Stella lance :

— Lucy est une jolie fille, mais bien moins que toi, Ellen.

— Et elle est moins intelligente, ajoute Margot en ajustant sa robe cache-cœur jaune pâle. Andy a tellement de chance de t'avoir.

Alors que je m'apprête à ouvrir la bouche pour les remercier, Ginny interrompt ce moment de félicité familiale :

— Où sont-ils d'ailleurs ? Il est presque trois heures... Craig m'avait promis de baby-sitter les enfants cet après-midi, pendant que je cuverais mon champagne.

Je tâtonne à la recherche de mon sac en songeant que le temps que les pères consacrent à leurs propres enfants ne devrait pas être qualifié de baby-sitting.

— Peut-être Andy a-t-il appelé, dis-je en sortant mon téléphone portable à la seconde précise où le nom de Leo apparaît sur l'écran.

L'excitation me noue le ventre, et même si je ne devrais pas décrocher, je m'entends dire, en me levant :

— Excusez-moi une seconde. C'est pour ma séance photo.

D'un geste de la tête, elles me signifient qu'elles comprennent, et je me rue dans la cuisine – déjà impeccable, grâce à la femme de ménage invisible. Je chuchote allô dans l'appareil.

— Tu viens toujours demain ?

— À ton avis ? murmuré-je en sentant une nouvelle poussée d'adrénaline monter en moi.

— Je préférais vérifier.

Des éclats de rire suraigus nous parviennent depuis le salon, et Leo demande :

— Où es-tu ?

— À une fête pour une future naissance.

— Tu es enceinte ? demande-t-il avec son humour pince-sans-rire.

— Ouais, c'est ça, dis-je, soulagée que ce ne soit pas le cas avant de me sentir coupable d'un tel soulagement.

— Alors, pour demain : tu viens directement chez moi ? Comme ça on partira ensemble…

— D'accord. Ça me va.

— OK. Je te laisse y retourner, conclut-il alors qu'à l'évidence il a envie de continuer à parler.

— Entendu, dis-je, à contrecœur moi aussi.

— À demain, Ellen.

— À demain, Leo.

En refermant le clapet de mon téléphone, je pivote sur mes talons, et tombe nez à nez avec Margot. Mon sourire idiot s'envole presque aussitôt.

— À qui parlais-tu ? m'interroge-t-elle, le regard brûlant de reproche.

— C'était pour demain, dis-je maladroitement en me repassant mes échanges avec Leo pour savoir ce qu'elle a surpris exactement.

Il est indubitable qu'elle m'a entendue prononcer le prénom de Leo et qu'elle a perçu l'intonation de ma voix, quand elle reprend :

— Comment peux-tu faire une chose pareille ?

— Quoi ? dis-je à voix basse en rougissant.

Son front se plisse et ses lèvres ne forment plus qu'une ligne.

— Tu vas à New York pour le voir, je me trompe ?

— Je… je vais à New York pour le travail.

— Pour le *travail* ? Vraiment, Ellen ?

J'ignore ce qui l'emporte de la déception ou de la colère.

— Oui, pour le *travail*, dis-je en accompagnant ma déclaration d'un mouvement de tête, m'accrochant à ce dernier lambeau de vérité. Pour une séance photo tout ce qu'il y a de plus honnête à Coney Island.

— Oui, je suis au courant. Coney Island. C'est ça, réplique-t-elle alors que je me rappelle mes réponses évasives à ses questions sur le sujet, déviant toujours la conversation vers un terrain moins dangereux. Mais c'est avec lui ? Tu vas le revoir, n'est-ce pas ?

J'acquiesce lentement, espérant sa pitié, sa compréhension.

— Andy est au courant ?

La même question qu'à l'aéroport. Seulement cette fois, sa disposition d'esprit est différente. Je soutiens son regard en silence, ce qui, bien entendu, revient à un *non* franc.

— Pourquoi, Ellen ? Pourquoi agis-tu ainsi ?

— Je... il le faut...

— Il le faut ?

Elle place une main sur son ventre. Même en situation de crise, elle reste gracieuse, posée.

— Margot, je t'en prie, essaie de comprendre...

— Non. Non, Ellen, m'interrompt-elle. Je ne comprends pas... Je ne comprends pas pourquoi tu te comportes de façon aussi immature... et blessante... et destructrice... Accepter la séance avec Drake était une chose, mais là... c'en est trop.

— Ce n'est pas ce que tu t'imagines.

— Je t'ai entendue, Ellen. J'ai entendu le son de ta voix... La façon dont tu t'adressais à lui... Je n'en reviens pas... Tu es en train de *tout* fiche en l'air.

Son autre main vient rejoindre la première, et je comprends que par tout elle entend vraiment *tout*. Sa fête. Notre amitié. Mon mariage. Notre famille. *Tout*.

— Je suis désolée, dis-je.

Et bien que ce soit le cas, je sens ma honte se transformer progressivement en sentiment de légitimité. Nous n'aurions sans doute pas cette conversation si elle avait été honnête avec moi il y a quelques années. Si elle s'était souvenue que nous étions amies avant tout, que notre amitié avait précédé mon histoire avec Andy. Mon esprit s'emballe, j'hésite à lui avouer que je suis au courant, au risque que ça me coûte encore plus cher. Je me contente d'une allusion :

— J'ai besoin… de régler des choses qui auraient dû l'être depuis longtemps…

Elle ne saisit pas la référence et réplique :

— Non, il n'y a aucune excuse au monde…

— Ah vraiment ? Et quelle est la tienne alors, Margot ?

— Pardon ?

Elle a l'air perdue. A-t-elle oublié la visite de Leo ? Ou a-t-elle rayé cet épisode de sa mémoire ?

— Quelle est ton excuse pour ne m'avoir jamais dit qu'il était revenu ?

Ma voix est calme, mais mon cœur bat la chamade. Margot cligne des yeux, un instant déstabilisée, mais elle se reprend aussitôt :

— Tu étais avec Andy. Tu sortais avec Andy.

— Et alors ?

— Et *alors* ? Et *alors* ! lâche-t-elle, horrifiée.

— Je ne suis pas en train de t'expliquer que le fait d'être avec Andy n'avait aucune importance… Je te demande ce qui t'a autorisée à penser que m'informer de la venue de Leo aurait menacé quoi que ce soit ?

Elle croise les bras en éclatant de rire.

— Eh bien. Il me semble que nous avons notre réponse.

Je ne cille pas, refusant d'amalgamer les deux problèmes.

— Tu aurais dû m'en parler, dis-je en crachant les mots. J'avais le *droit* de savoir. J'avais le droit de choisir... Et si tu envisageais la possibilité que je quitte Andy... alors, tu étais d'autant plus tenue de m'en parler.

Margot secoue la tête. Je réalise tout à coup que je ne l'ai jamais entendue reconnaître qu'elle était désolée. Ou qu'elle avait tort. À n'importe quel sujet. Auprès de n'importe qui. Jamais.

— Andy a aussi le droit de savoir. Il a le droit de savoir ce que sa femme trame.

Puis, en se redressant et en relevant le menton, elle lâche d'une voix inflexible :

— Et si tu ne l'en informes pas, Ellen... c'est moi qui m'en chargerai.

30

Quelques secondes plus tard, Craig, Webb, Andy et James déboulent dans la cuisine, trempés de sueur, bronzés et apparemment contents d'eux. J'inspire profondément pour retrouver mon calme, imitée par Margot. L'espace d'un instant, je crains qu'elle ne fasse une scène, avant de me dire qu'elle ne mettrait jamais son frère dans une situation aussi gênante, si elle n'avait pas peur des esclandres. Elle se réfugie entre les bras de Webb pour s'imprégner de leur couple parfait.

Je les regarde et m'étonne de constater qu'il y a encore quelques mois je me serais raccrochée à Andy. Aujourd'hui, pourtant, je me tiens à distance, seule.

— Qui a gagné ? demande Margot en jetant un regard discret à Andy, apparemment dans l'espoir que ce soit lui.

Si sa femme doit le tromper, autant qu'il ait passé une bonne journée sur le parcours de golf. Heureusement, Andy fanfaronne en clignant de l'œil :

— À ton avis, Mag ?

— Ce type est un petit chanceux, lance James, alors que Ginny, Stella et Pam nous rejoignent dans la cuisine, l'air ravies d'avoir récupéré leurs hommes.

— Andy a gagné ! s'exclame Margot avec une joie forcée.

Les hommes nous divertissent avec leurs anecdotes ; ils nous relatent notamment que Craig, dans un accès de colère, a abattu son driver tout neuf contre le tronc d'un magnolia. À plusieurs reprises. Tout le monde rit, à l'exception de Margot et moi, tandis que Craig répète d'un air faussement désespéré que ce type de club coûte très cher. Ce faisant, il extrait quatre bières du réfrigérateur. Il les ouvre avec une telle dextérité qu'on dirait un serveur pendant l'heure de pointe. Il les passe à Andy, Webb et James, tout en buvant la sienne et en appliquant, entre chaque gorgée, la bouteille fraîche sur son front.

— Comment s'est déroulée la fête ? demande Andy.

C'est apparemment le seul homme de la pièce – alors que, faut-il le rappeler, le futur père est présent – capable de penser que la journée ne se résume pas à une partie de golf.

Margot redresse la tête en s'obligeant à sourire.

— C'était formidable.

— C'était *tellement* attendrissant, ajoutent Stella et Pam parfaitement en chœur.

Elles échangent un regard complice, qui rend d'autant plus criant notre différend à Margot et moi. Je crains que nous ne partagions plus jamais cette intimité.

— Tu t'es fait un max de flouze ? demande James en imitant l'accent de New York et en mettant sa casquette à l'envers pour parfaire son look de petite frappe.

Margot s'efforce de rester souriante et répond que oui, elle a reçu de magnifiques cadeaux. Ginny, incapable de retenir sa jubilation, lui coupe quasiment la parole pour ajouter :

— Et Ellen a rencontré Lucy !

Mon estomac se noue à l'idée qu'elle se réjouira encore bien plus lorsque Margot lui aura dressé un tableau complet de la situation.

— C'est vrai ? interroge Andy en haussant les sourcils.

Si les circonstances étaient différentes, sa curiosité réveillerait ma jalousie et mon sentiment d'insécurité.

— Quel est le verdict ? me demande James, avec dans les yeux cette lueur narquoise dont il a le secret.

— Elle est charmante, dis-je d'une voix posée, alors qu'il maugrée, fidèle à lui-même, qu'elle a surtout une « jolie carrosserie ».

— James ! s'exclame Stella, outrée.

— Tu ne sais même pas de quoi je parle, maman, ironise-t-il.

— J'ai ma petite idée, dit Stella en secouant la tête.

Andy s'efforce d'ignorer leurs chamailleries tout en faisant de son mieux pour donner l'impression qu'il n'y a rien de plus ennuyeux que de discuter de Lucy, ce qui a pour seul effet de raviver la colère de Margot.

— Bien, finit-elle par dire, vraisemblablement incapable de me supporter davantage. Je suis épuisée. Webb, on devrait y aller avant que mes contractions ne me reprennent…

— On y va, ma chérie, dit-il en lui massant la nuque.

— Oui, ajoute Andy en bâillant avant d'avaler une longue gorgée de bière, on va y aller nous aussi. Ellen a une dure journée demain. Elle va à New York pour une séance photo.

— À ce qu'il paraît, rétorque Margot d'une voix dénuée de toute émotion.

En dépit de son détachement affecté, il est clair, au moins pour moi, qu'elle est contrariée. Je ne la lâche pas des yeux, dans l'espoir de croiser son regard une dernière fois, même si je ne suis pas certaine du message que je cherche à lui faire passer.

Réclamer sa compréhension ? Une dernière explication ? M'excuser platement ? Lorsque nos yeux se rencontrent enfin, elle doit lire dans les miens une expression implorante. Elle secoue la tête et baisse les paupières vers le carrelage.

De retour chez nous, Andy et moi jouons à la perfection la comédie du dimanche soir normal d'un couple normal, du moins en surface. Nous préparons une salade pour accompagner notre pizza au pepperoni. Nous la mangeons devant la télévision en zappant d'une chaîne à l'autre. Je l'aide à sortir les ordures pour le ramassage du lendemain. Il s'assied à côté de moi à la table de la cuisine pendant que je règle les factures. Nous nous préparons à aller nous coucher ensemble.

À l'intérieur, je bouillonne : je me repasse en boucle notre conversation avec Margot et je sursaute chaque fois que le téléphone sonne, tout en cherchant les mots, la force d'avouer la situation à Andy.

Enfin, nous nous retrouvons au lit, dans le noir. C'est ma toute dernière chance de dire quelque chose. *N'importe quoi.* Avant que Margot ne s'en charge à ma place. Une centaine de phrases me traversent l'esprit lorsque Andy m'embrasse pour me souhaiter bonne nuit. Je lui rends son baiser, m'attardant quelques secondes de plus qu'à mon habitude. Je suis nerveuse et profondément triste à la fois.

— C'était chouette de rencontrer Lucy aujourd'hui, finis-je par dire, me sentant minable de n'avoir rien trouvé de mieux que de relancer la conversation sur l'amitié entre ex.

— Ouais, c'est une chic fille. Dommage qu'elle ait épousé un con, ajoute-t-il en soupirant.

— Son mari est un con ?

— Ouais… il aurait même raté la naissance de son propre fils.

— Ce sont des choses qui arrivent. C'était quoi, son excuse ? dis-je en espérant que mon indulgence sera contagieuse.

— Je sais bien que ça arrive. Si le bébé est en avance… Mais il est parti en voyage d'affaires le jour prévu pour le terme… Comme de bien entendu, il n'a pas pu rentrer à temps.

— Qui t'a raconté ça ?

— Lu.

Malgré moi, je tressaille à l'usage du diminutif. Andy s'en rend sans doute compte, parce qu'il s'éclaircit aussitôt la gorge avant de reprendre :

— Lucy.

— Quand ? Je croyais que vous ne vous parliez plus ?

— C'est le cas, réplique-t-il aussitôt. Elle me l'a dit il y a longtemps.

— Son fils a cinq ans. On se connaît depuis plus longtemps que ça.

— Il a presque six ans, rétorque-t-il en ajustant les couvertures.

— Tu te rappelles sa date de naissance ? dis-je, en ne plaisantant qu'à demi.

— Mollo, inspecteur Gadget, dit-il en éclatant de rire. Tu sais bien que nous ne nous sommes pas parlé depuis des années, Lucy et moi. Je l'ai appris à l'occasion d'un de nos derniers contacts. Juste pour se donner des nouvelles et…

— Et se plaindre de fréquenter un minable ? D'avoir un mari qui ne souffre pas la comparaison avec son premier amour ?

Andy est hilare.

— Non. Elle n'avait pas l'air de penser que l'absence de son mari pour la naissance était un gros problème. C'est quelque chose qu'elle a évoqué en passant… Elle appartient à la catégorie des femmes qui semblent se soucier davantage de leurs enfants que de leur mari.

— Qui a appelé ?... Elle ? Toi ? dis-je, de plus en plus mal à l'aise.

— Mince, Ell, si tu crois que je m'en souviens... On n'a pas parlé longtemps... On voulait tous les deux s'assurer que l'autre allait bien... Qu'il n'y avait pas de malaise entre nous.

— Est-ce qu'il y en avait un ? De malaise ?

En posant ces questions, je me rends compte que Leo et moi n'avons jamais eu de discussion de ce genre. Aucune mise au point.

— Non, répond-il en se redressant avant de me demander d'une voix douce : Où veux-tu en venir ?

— Nulle part. Simplement... je voudrais que tu saches que ça ne me dérangerait pas si tu parlais avec elle... si tu voulais que vous soyez amis.

— Allez, Ell. Tu sais très bien que je n'en ai aucune envie.

— Pourquoi ?

— C'est comme ça. D'abord, je n'ai pas d'amies femmes. Ensuite... elle est devenue une étrangère.

Je réfléchis à ses propos : en dépit d'une rupture brutale, malgré un silence qui s'est prolongé des années, je n'ai jamais eu cette impression avec Leo. Je ne connais peut-être pas les détails de sa vie au quotidien, mais je n'ai jamais eu le sentiment qu'il était un étranger.

— C'est triste...

Pour la toute première fois, j'en viens à m'interroger sur ce qui se passerait si nous ne suivions plus la même route, Andy et moi. Dans quelle catégorie nous rangerions-nous ? Je repousse cette pensée : ça ne se produira jamais. Et si ça se produisait ?

— Qu'est-ce que ça a de triste ? demande Andy.

— Je ne sais pas...

Andy se retourne pour me faire face. Mes yeux s'ajustent encore un peu plus à l'obscurité.

— Qu'est-ce qui te chiffonne, Ell ? Tu es contrariée à cause de Lucy ?

— Non, non. Pas du tout. J'étais *sincèrement* enchantée de la rencontrer.

— Très bien.

Je ferme les yeux, consciente que le moment de vérité est arrivé. Je m'humecte les lèvres et laisse s'écouler quelques secondes avant de me lancer d'une voix tremblante :

— Andy, je dois te dire quelque chose.

— Quoi ? demande-t-il tendrement.

Je prends une profonde inspiration avant de lâcher :

— C'est au sujet de la séance photo de demain.

— Oui ?

— C'est un boulot… avec Leo, dis-je, à la fois soulagée et nauséeuse.

— Leo ? Ton ex-copain ?

Je réussis à acquiescer.

— Qu'est-ce que tu entends par *avec Leo* ?

— Il écrit le papier et je prends les photos, dis-je en choisissant mes mots avec soin.

— D'accord, répond-il en allumant sa lampe de chevet et en plongeant ses yeux dans les miens.

Il semble si calme, si confiant, que, pour la première fois, j'envisage d'annuler mon voyage.

— Comment c'est arrivé ?… Comment vous êtes-vous retrouvés à bosser ensemble ?

— Je suis tombée sur lui à New York, par hasard, dis-je, consciente d'en confier bien trop peu et bien trop tard. Il m'a proposé du boulot…

— Quand ?

Même s'il s'efforce de m'accorder le bénéfice du doute, je devine que nous glissons progressivement vers un interrogatoire en bonne et due forme.

— Quand es-tu tombée sur lui ?

— Il y a quelques mois… c'était sans importance…

— Alors pourquoi ne pas m'en avoir parlé ?

Sa question est logique. C'est même le nœud du problème. Après tout, il est évident que cette rencontre était tout sauf anecdotique. Et que tout a commencé quand, de retour à la maison cet après-midi-là, j'ai décidé, pour la toute première fois, d'avoir un secret pour mon mari. L'espace d'une seconde, je m'interroge : agirais-je différemment si je pouvais remonter le temps ?

J'hésite avant de répondre :

— Je ne voulais pas que tu sois contrarié.

Ce qui est la vérité. C'est lâche, mais c'est la vérité.

— Oui, eh bien, ton silence est encore plus contrariant, rétorque-t-il, le regard meurtri.

— Je sais, je suis désolée... mais... je... je rêvais de ce travail... de ce genre de travail, dis-je en me débattant pour présenter les choses sous leur meilleur jour.

Je reste persuadée que j'y vais surtout pour le boulot. Que je ne peux pas passer mes journées dans une grande et magnifique maison à attendre le retour de mon mari. Que je veux recommencer à exercer mon métier. Motivée par l'espoir qu'il pourrait comprendre, j'ajoute :

— Ça me manque. New York me manque vraiment.

Andy tire sur son oreille, et son visage s'éclaircit lorsqu'il répond :

— On pourrait y retourner de temps à autre... pour un dîner et un spectacle...

— Ce n'est pas ça qui me manque... Le travail me manque. L'énergie de la ville...

— Va travailler là-bas, alors.

— C'est ce que je fais.

— Mais pourquoi avec Leo ? Tu es subitement incapable de bosser sans lui ? Tu as photographié Drake Watters pour la couverture de *Plateforme*, et tu aurais besoin que ton ex t'aide à trouver du boulot ?

Andy vient de mettre le doigt sur ma trahison avec tellement de facilité que je ne peux m'empêcher de me demander s'il n'a pas vu la signature de Leo après tout. Ou si Margot ne lui a pas vendu la mèche au sujet de l'article.

— Puisque tu en parles... J'ai aussi décroché ce contrat-là grâce à lui.

— Attends, c'est quoi ? demande-t-il alors que la colère commence à se peindre sur son visage. Qu'est-ce que tu racontes ? Comment ça, grâce à lui ?

— Il a écrit l'article... C'est lui qui a appelé mon agent pour lui proposer le boulot.

— Il était à Los Angeles ? dit-il d'une voix de plus en plus forte. Tu l'as vu ?

J'acquiesce tout en cherchant à minimiser cet aveu :

— Mais je te jure que j'ignorais qu'il serait là... On ne s'est presque pas vus... on n'est pas sortis dîner... ni rien... Je suis restée avec Suzanne tout le temps. C'était... strictement professionnel.

— Et maintenant ?

— C'est un autre contrat.

— Alors quoi ? Vous allez faire équipe ? s'écrie-t-il en bondissant du lit.

Les bras croisés, il me fixe d'un regard furieux.

— Non, dis-je en secouant la tête. Pas du tout.

— Explique-moi un peu, tu veux ! lance-t-il, la poitrine gonflée par une bouffée de testostérone.

— On est amis. On travaille ensemble... de temps à autre. Ça n'est arrivé que deux fois.

— Oui, eh bien, je ne suis pas sûr d'être d'accord.

— Pourquoi ?

— Parce que... parce que je n'ai jamais rien entendu de positif sur ce type... Pourquoi veux-tu subitement ressusciter une vieille amitié ?

— Margot est injuste avec lui. Elle ne l'a jamais apprécié.

— Tu m'as toi aussi raconté des choses terribles à son sujet.

— J'étais blessée.

— Par *lui* justement.

— C'est quelqu'un de bien.

— C'est un minable.

— Ce n'est pas un minable... Et je tiens à lui... Il...

— Quoi ?

— Il... *compte* pour moi.

— Mais c'est fantastique, Ellen, c'est fantastique. Ton ex compte pour toi. C'est ce que tout mari rêve d'entendre.

— Lucy est venue à la fête de ta sœur, dis-je pour en revenir à mon argumentation de départ. Et Ty s'occupe de son jardin.

— Oui, réplique-t-il en faisant les cent pas au pied du lit. Mais si elle a été invitée, s'il s'occupe du jardin, c'est précisément parce qu'ils ne comptent pas. Ils appartiennent au passé. Ce qui, apparemment, ne s'applique pas à Leo.

Je sais bien qu'il me pose une question. Qu'il n'attend qu'une chose : que je saisisse cette perche pour revenir sur mes propos, pour nier mes sentiments. Mais j'en suis incapable. Tout comme je suis incapable de lui mentir. Je rétorque donc :

— Tu n'as pas confiance en moi ?

D'avoir posé cette question me redonne une forme d'assurance.

— J'avais confiance en toi, répond-il, sous-entendant clairement que ça a changé.

— Je ne te tromperais jamais.

Je regrette aussitôt mes paroles. C'est une promesse qui devrait rester tacite. Évidemment, Andy rétorque :

— Waouh, Ellen. Je suis touché, merci. Compte sur mon vote à l'élection de l'Epouse de l'année.

— Andy...

— Non, sérieusement, merci. Je te remercie de me promettre de ne pas me tromper avec ton ex qui compte *tant* pour toi.

Je ne l'ai jamais vu aussi furax. J'inspire profondément avant de passer, en dernier ressort, à une stratégie plus offensive :

— Très bien, je n'irai pas. Je vais annuler le voyage et rester ici pour prendre de nouvelles photos du ventre de Margot… et des vendeurs de limonade… pendant que tu joueras au golf.

— Qu'est-ce que je suis censé comprendre ?

La perplexité se lit sur son visage.

— Que ta vie est géniale. Et la mienne nulle.

Je déteste l'amertume qui transparaît dans ma voix, même si elle exprime parfaitement ce que je ressens.

— D'accord. Alors laisse-moi résumer ! crie-t-il. Tu vas à New York rejoindre ton ex parce que j'aime le golf ?

— Ne déforme pas ce que je dis.

— Oui, eh bien, tu sembles soudain insinuer que tout ça est ma faute.

— Ce n'est pas ta faute, Andy… Ce n'est la faute de personne.

— C'est pourtant bien la faute de *quelqu'un*.

— Je… je ne suis pas heureuse ici…

Mes yeux se remplissent de larmes que je retiens à grand-peine.

— Ici ? Où, précisément ? Avec moi ? À Atlanta ?

— À Atlanta. Dans *ta* ville natale… je suis tellement fatiguée de prétendre…

— De prétendre quoi, exactement ? Avoir envie d'être avec moi ?

— Être quelqu'un que je ne suis pas.

— Qui te le demande ? Quand ai-je exigé que tu deviennes quelqu'un que tu n'es pas ?

— Je n'ai pas ma place ici, dis-je en essuyant avec un coin du drap les larmes qui ont fini par déborder. Tu ne t'en rends pas compte ?

— Tu te comportes comme si je t'avais forcée à déménager, alors que tu m'avais assuré que c'était ce que tu voulais.

— Je voulais ton bonheur.

Andy part d'un rire triste, vaincu.

— C'est évident. C'est ta mission dans la vie, Ellen. Me rendre heureux.

— Je suis désolée, mais il faut que je le fasse.

Il me dévisage, comme s'il espérait autre chose : une meilleure explication, des excuses plus sincères, l'assurance qu'il est le seul amour de ma vie. Comme je ne trouve pas les bons mots, ni aucun mot d'ailleurs, il baisse les yeux vers ses pieds et me demande :

— Pourquoi faut-il que tu le fasses ?

Quand il relève enfin le menton, je réponds :

— Je ne sais pas.

— Tu ne sais pas ?

— J'ai l'impression de ne plus rien savoir…

— Eh bien, Ellen, on est deux dans ce cas, dit-il en enfilant à la hâte son jean et ses chaussures et en raflant ses clés et son portefeuille sur la table de nuit.

— Où vas-tu ? dis-je entre deux sanglots.

— Je sors, répond-il en se passant une main dans les cheveux comme pour se coiffer. Il est hors de question que je dorme ici ce soir et que je t'embrasse demain matin en te souhaitant un bon voyage comme un pauvre type.

Le cœur brisé, submergée par le désespoir, je bredouille :

— Andy… je t'en prie… essaie de comprendre. Ce n'est pas toi… C'est moi… Simplement… j'ai besoin d'y aller. S'il te plaît.

Il m'ignore et se dirige vers la porte. Je me lève pour le suivre et, la gorge serrée, je lance :

— Est-ce qu'on ne pourrait pas en discuter ?... Je croyais qu'on avait dit qu'on ne se coucherait plus fâchés ?

Andy fait volte-face, mais son regard glisse sur moi quand il réplique tristement :

— Oui, eh bien, on en a dit des choses, Ellen... non ?

31

La scène est plus surréaliste que triste : postée devant la fenêtre de notre chambre à coucher, j'observe la voiture d'Andy qui descend lentement l'allée avant que son clignotant s'allume et qu'elle s'engage dans la rue principale. Je cherche à me rassurer en me disant qu'un homme qui prend le temps de mettre son clignotant ne peut pas être si furieux que ça. Je ne parviens pas à savoir si c'est un réconfort ou la preuve tordue que nous ne sommes pas faits l'un pour l'autre. Que Suzanne avait raison de laisser entendre que notre couple manque de passion, qu'il repose sur une relation tendre et agréable, qui n'est même plus si agréable.

Je me détourne de la vitre, en me répétant que je n'ai rien à prouver à personne. Je suis peut-être dans le déni, mais je n'ai qu'une envie : monter dans un avion demain matin pour aller à New York, faire mon travail, voir Leo et essayer de tout arranger (le passé, mon mariage, mon amitié avec Margot, ma vie). J'ignore comment ça va arriver exactement, en revanche je sais que ça n'arrivera pas si je reste ici, dans cette maison.

J'éteins la lampe de chevet d'Andy et je me glisse dans le lit. J'ai l'impression que je *devrais* pleurer, mais je réalise avec un mélange de crainte et de soulagement que mes émotions sont comme engourdies.

Je ferme les paupières, épuisée et convaincue qu'avec un petit effort je pourrais m'endormir. Je résiste pourtant : les torts ne sont peut-être pas encore tous de mon côté, n'empêche que si je sombrais immédiatement dans le sommeil, je deviendrais l'épouse insensible, celle qui dort sur ses deux oreilles pendant que son mari dévasté erre sans but dans les rues désertes.

Je compose donc le numéro du portable d'Andy, certaine de tomber sur son message d'absence, énoncé d'une voix enjouée et sur lequel on entend, au loin, un klaxon de taxi. *Ne change jamais ton annonce*, lui ai-je dit il y a peu, sans savoir si c'était la tonalité joyeuse ou les bruits new-yorkais que je voulais préserver. Quoi qu'il en soit, il ne répond pas à mon appel… ni aux trois suivants. Il ne veut pas me parler, et comme je ne sais pas quoi lui dire, je ne laisse pas de message. Je renonce à appeler chez Margot, où il finira forcément par débarquer. Qu'ils se liguent contre moi. Qu'ils convoquent Stella, ouvrent une bouteille de vin et se délectent de leur supériorité. Qu'ils vivent leur vie pendant que je vis la mienne. Le regard perdu dans l'obscurité, je me sens seule, et pourtant ma solitude me réjouit.

Un peu plus tard, je descends au rez-de-chaussée, où les choses sont dans l'état où nous les avons laissées avant de monter nous coucher. Je file droit au placard des alcools forts, et je me sers une petite vodka. L'idée de boire seule est déprimante, mais j'ai vraiment envie de vodka à cet instant.

Plantée au milieu de la cuisine, je ressens soudain le besoin de prendre l'air. En me dirigeant vers la porte, je constate qu'Andy a rebranché l'alarme en sortant : il a beau me haïr, il se préoccupe de ma sécurité. C'est déjà ça, me dis-je, en m'asseyant sur la première marche de l'escalier de la terrasse, mon endroit préféré à Atlanta. Je sirote ma vodka en écoutant les cigales dans le silence épais.

Longtemps après avoir fini mon remontant et essayé d'appeler Andy une dernière fois, je rentre, verrouille la porte derrière moi et dépose mon verre dans l'évier. C'est alors que je trouve son message. J'ignore comment il a pu m'échapper avant : le bloc de post-it jaunes est posé au milieu du plan de travail. Nous l'utilisons habituellement pour d'autres types de messages. « Je t'aime », « Bonne journée », « Acheter des lames de rasoir ». Mon cœur manque un battement quand je place le bloc sous la lumière de la cuisinière et que je découvre les mots en lettres capitales :

SI TU PARS, INUTILE DE REVENIR.

J'enlève la feuille du bloc et, au lieu de m'interroger sur la décision à prendre concernant le lendemain, je réfléchis à ce que je vais faire du post-it. Écrire une réponse sous sa phrase ? Le laisser roulé en boule sur le plan de travail ? Le jeter ? Le coller dans mon journal intime en souvenir d'un jour triste ? Aucune de ces options ne me semble la bonne, je le repositionne donc sur le bloc, en m'assurant que les angles sont bien alignés pour donner l'impression qu'il n'a jamais bougé, qu'il n'a jamais été lu. Je le regarde une dernière fois, regrettant que nous soyons devenus le genre de couple qui non seulement se dispute en pleine nuit mais se laisse des ultimatums sur des post-it.

À ce rythme-là, nous pourrions même devenir le couple de Buckhead dont tout le monde parlerait dans les cocktails. *Vous êtes au courant pour Ellen et Andy ? Vous savez ce qu'elle a fait ? Et qu'il l'a mise au pied du mur ?*

J'entends d'ici toutes les Ginny du monde : *Et alors que s'est-il passé ?*

Elle est partie.

Et il l'a quittée.

Je reste plantée là un bon moment, à me remémorer le passé, plus ou moins proche, et à peser les mots d'Andy. Il est sérieux. Il changera peut-être d'avis, mais, pour le moment, il est tout ce qu'il y a de sérieux.

Pourtant, je n'ai pas peur, non, je suis calme, déterminée et indignée quand je remonte me recoucher. Comment ose-t-il me forcer à renoncer ? Sans chercher à comprendre ce que je ressens ? J'essaie de me mettre à sa place, d'imaginer ma réaction s'il était malheureux et aspirait à retrouver quelque chose ou quelqu'un. Je prends alors conscience que c'est la raison pour laquelle j'ai déménagé à Atlanta. Avec lui. Pour lui. Que c'est la raison pour laquelle je suis ici maintenant.

Je m'endors d'un sommeil peuplé de rêves ordinaires. Je me réveille à quatre heures cinquante-neuf, soit une minute avant la sonnerie du réveil. Après m'être douchée et habillée, j'enchaîne les gestes qui précèdent habituellement un voyage. Je vérifie mon matériel photographique et ma valise, j'imprime ma carte d'embarquement, je consulte même la météo à New York : une vingtaine de degrés avec des averses. Étonnamment, je n'arrive plus à me rappeler les sensations que procure une température d'une vingtaine de degrés… peut-être parce que je suis accablée par la chaleur depuis une éternité. Je glisse un parapluie et un imperméable noir dans ma valise en prévision de la pluie.

Tout en m'activant, je pense au mot d'Andy et je me répète que je pourrai toujours renoncer au dernier moment. Au lever du soleil, je peux décider de rester. Même si je monte dans un taxi, que j'atteins l'aéroport, que je passe le contrôle de sécurité et que j'arrive à ma porte d'embarquement, je peux encore faire demi-tour.

Au fond, pourtant, je sais bien que ça ne se produira pas. Que je serai partie depuis longtemps lorsque Andy reviendra et découvrira son message, intact, sur le plan de travail en marbre.

Après cinq heures de flou, je me retrouve dans la queue pour les taxis à l'aéroport de LaGuardia : les sons, les odeurs, les couleurs, tout m'est douloureusement familier. Je suis *chez moi*. Bien plus que Pittsburgh, qu'Atlanta, que n'importe où, cette ville, cette file d'attente sont ma maison.

— Vous allez où ?

La jeune fille derrière moi m'a tirée de mes pensées. Son jean déchiré, sa queue de cheval et son énorme sac à dos laissent penser qu'il s'agit d'une étudiante, sans doute fauchée, en quête d'une bonne âme pour diviser le prix d'une course en deux.

En m'éclaircissant la gorge, je réalise que je n'ai pas encore parlé aujourd'hui.

— Dans le Queens, dis-je, priant pour que ça ne l'arrange pas.

Je ne suis pas d'humeur à discuter, mais je n'ai pas le cœur de l'envoyer bouler.

— Oh, zut... Je voulais vous proposer de partager un taxi... Je devais prendre le bus, mais je suis à la bourre.

— Pourquoi ?

Ce n'est pas que la réponse m'intéresse, simplement, ça saute aux yeux qu'elle a envie de me le dire. Je parie que c'est une histoire de garçon. C'est *toujours* une histoire de garçon.

— Je vais rejoindre mon copain. Il habite à Tribeca.

Elle a prononcé le nom de ce quartier avec fierté, comme si elle n'avait eu que rarement l'occasion de le faire. Peut-être vient-elle seulement de découvrir que c'est l'acronyme de *Triangle Below Canal Street*. Je me rappelle le jour où je l'ai appris...

— Mmmm, dis-je, chouette coin.

— Ouais, répond-elle, il a un *loft* incroyable.

La délectation avec laquelle elle savoure ce mot est palpable. Son amoureux doit en parler avec autant d'emphase. Je me demande si elle est déjà allée dans cet endroit « incroyable », que j'imagine exigu, gris, et pour autant, à sa façon, fantastique.

J'acquiesce en souriant.

— Et vous, où vivez-vous ?

Elle extrait une veste en jean froissée de son sac – et je ne peux pas m'empêcher de penser : très mauvais le total look. Elle la boutonne de haut en bas, ce qui n'arrange rien, et répond :

— Toronto… Mon copain est artiste.

Encore une fois, le ton de sa voix prouve son amour, prouve que tout la ramène à lui.

Attention, danger.

— C'est formidable, dis-je pourtant.

Une foule de questions se bousculent dans ma tête : comment se sont-ils rencontrés ? Depuis combien de temps sont-ils ensemble ? Viendra-t-elle s'installer à New York avec lui ? Comment leur histoire se terminera-t-elle ? si elle se termine…

La file avance, me rapprochant davantage de Leo.

— Et vous alors ? Vous rentrez chez vous ? m'interroge-t-elle.

Devant ma perplexité, elle précise :

— Vous vivez dans le Queens ?

— Oh non… J'ai rendez-vous avec quelqu'un… pour le travail.

— Vous êtes photographe ?

Je suis épatée par son intuition, avant de me rappeler que j'ai mon matériel avec moi.

— Oui, dis-je en me sentant redevenir moi-même.

Je suis photographe. Je suis à New York. Je vais revoir Leo.

— C'est cool, rétorque-t-elle.

J'ai atteint la tête de la file et je prends congé de ma nouvelle amie, dont j'ignore le prénom.

— Au revoir, lance-t-elle joyeusement en agitant le bras (geste étrange lorsqu'on se tient aussi près de la personne que l'on salue).

— Bonne chance, lui dis-je.

Elle me remercie d'un air perplexe, ne saisissant sans doute pas ce que la chance a à voir là-dedans. *Beaucoup*. La chance a beaucoup à voir avec tout, voudrais-je lui expliquer. Mais je me contente d'un sourire avant de me détourner pour tendre mes bagages au chauffeur de taxi.

— Où allez-vous ? me demande-t-il au moment où nous nous engouffrons dans la voiture.

Je lui donne l'adresse, que j'ai apprise par cœur il y a longtemps maintenant, puis je jette un coup d'œil nerveux dans mon miroir de poche. Je ne porte que du mascara et du gloss, et je résiste à la tentation d'en rajouter. J'ai aussi fait preuve de sobriété dans ma coiffure, une queue de cheval, et ma tenue : un jean, une chemise blanche aux manches retroussées, une paire de ballerines noires. Je ne suis peut-être pas seulement en voyage d'affaires, mais la moindre des choses, c'est de faire comme si c'était le cas.

Au moment où je sors mon téléphone portable de mon sac, je reçois un texto de Leo : *Déjà là ?* Mon cœur s'emballe en l'imaginant tout juste sorti de sa douche, l'œil rivé sur sa montre.

Je lui réponds : *Dans le taxi. À tout de suite.* Puis je mets mes écouteurs et sélectionne dans mon iPod *La Cienega Just Smiled*, de Ryan Adams. C'est l'une de mes chansons préférées : elle me rend heureuse ou triste, selon les circonstances. À cet instant précis, les deux sentiments sont, de façon étonnante, à égalité.

Je ferme les yeux, et je pense à Leo, à Andy, encore à Leo.

Après tout, c'est toujours à cause d'un garçon, non ?

32

Quand nous nous engageons dans Newton Avenue, j'en suis à me demander si c'était la veille ou il y a une éternité que j'ai déposé Leo à notre retour de Californie. Je revis cette matinée, ma tristesse infinie, et je me demande si je croyais *vraiment* que je ne le reverrais jamais. Je m'interroge aussi sur ce qui m'a ramenée ici, aujourd'hui. Mon déménagement à Atlanta et tout ce qui s'en est suivi ? La découverte que, par un jour de décembre, il y a longtemps, il avait tenté de revenir ? Ou, tout simplement, mon attirance inexplicable et implacable pour Leo ? Le taxi s'arrête devant son immeuble, et, en payant la course, je fais le vœu que cette journée m'apporte des réponses. J'en ai besoin.

— Vous voulez un reçu ? me demande le chauffeur.

— Non, merci.

Je devrais garder une trace de toutes mes dépenses : c'est ce qu'on fait quand on est en voyage d'affaires. En sortant de la voiture, j'aperçois Leo. Adossé à la rambarde de l'escalier qui mène à l'entrée de son immeuble, pieds nus. Il porte un jean et un polaire gris foncé. Il observe le ciel en plissant les paupières comme s'il guettait la pluie. Je détourne les yeux pour contrôler les battements de mon cœur et je me concentre sur le transfert des sacs du coffre au trottoir. Je n'en reviens pas d'être là pour de vrai. Même lorsque je trouve le courage de croiser le regard de Leo. Il lève un bras, un sourire aux lèvres, l'air parfaitement décontracté.

— Salut, dis-je, mais une soudaine bourrasque et le claquement du coffre masquent ma voix.

Je retiens mon souffle en voyant le taxi disparaître. Quelques secondes plus tard, Leo est à côté de moi.

— Tu es là ! lance-t-il, comme s'il comprenait que ça n'avait pas été aussi simple que monter dans un avion.

Je revois le mot dans la cuisine. Andy a dû le retrouver. Après mon départ.

— Oui, dis-je alors que la culpabilité me gagne. Je suis là.

— Laisse-moi m'occuper de ça, enchaîne-t-il en prenant mes bagages.

— Merci…

Je romps le silence en ajoutant :

— Ne t'inquiète pas… J'ai pris une chambre d'hôtel.

Ce qui, bien entendu, ne contribue pas à détendre l'atmosphère.

— Je ne me faisais aucun souci pour *ça*, répond-il.

S'en fait-il pour autre chose ?

De la main droite, il soulève ma valise à roulettes, tout en prenant mon matériel photographique sur son épaule. Un désir familier m'envahit en pénétrant dans son appartement : il sent le café et une odeur plus particulière. En survolant du regard son salon, je suis assaillie par une avalanche de souvenirs, bons pour la plupart. Je ne contrôle plus mes émotions, ni la nostalgie qui monte en moi. J'ai à nouveau vingt-trois ans.

— Alors, qu'en penses-tu ? m'interroge Leo.

Je ne suis pas certaine de saisir le sens de sa question, mais je préfère ne pas m'aventurer en terrain miné.

— Tu as de nouveaux meubles…

— Tu as vu ? répond-il en indiquant une peinture abstraite noir et bleu surplombant un canapé cannelle en cuir vieilli. J'ai fait quelques changements, ici et là… Ça te plaît ?

— Beaucoup, dis-je en tentant de me détendre et d'éviter de regarder en direction de la chambre à coucher.

— Tant mieux. Tu t'es mariée et tu as déménagé en Géorgie… Et moi, j'ai changé de canapé !

— Je crois que le changement ne s'est pas limité à ça, dis-je en souriant.

Je pense à son travail, et à Carol. Je ne peux d'ailleurs m'empêcher de chercher des traces de leur cohabitation. En vain. Aucune touche féminine, aucune photo d'elle. Aucune photo tout court, d'ailleurs.

— Tu as perdu quelque chose ? me taquine-t-il.

— Oui. Où est ma photo ?

Il agite son index dans ma direction avant de fouiller dans le tiroir d'un vaisselier ancien.

— Tu parles de celle-ci ? demande-t-il en brandissant le fameux cliché qui me représente sans mes dents.

— Je n'en reviens pas que tu l'aies toujours, dis-je en rougissant.

— Elle est très réussie, rétorque-t-il en l'installant sur une étagère censée accueillir des assiettes mais encombrée de journaux.

L'appartement de Leo est toujours aussi dépouillé. À l'exception des livres, journaux, revues et blocs-notes empilés absolument partout – par terre, sur la table basse, les fauteuils, les étagères.

— Bon… reprend-il en se dirigeant vers sa cuisine, la seule pièce à n'avoir pas bougé d'un pouce, y compris pour le linoléum vert qui date des années 1970. Tu as faim ? Tu veux manger quelque chose ?

— Non, merci.

Même si c'était le cas, je serais incapable d'avaler quoi que ce soit.

— Du café ? poursuit-il en remplissant sa tasse.

Une tasse couleur pêche. Aha ! Un indice de présence féminine.

— Avec plaisir, dis-je. Mais seulement un peu…

— Un peu ? s'étonne-t-il en relevant ses manches. Qu'est-ce qui t'arrive ? Tu te prends pour ma grand-mère ?

Je me rappelle avec tendresse ce petit bout de femme, que je n'avais rencontré qu'une seule fois, à l'occasion de l'anniversaire de l'un des neveux de Leo. En dépit de son âge, elle n'avait pas sa langue dans sa poche. Je me rends soudain compte que nous n'avons pas évoqué nos familles pendant notre vol de nuit.

— Comment va-t-elle ?

— Elle est en forme… en très grande forme, même !

Il me sert du café dans une tasse blanche avec une inscription que je ne peux pas lire d'où je me tiens.

— C'est super.

Une image fugitive de ma mère me traverse l'esprit, comme toujours lorsque j'évoque des parents plus âgés, mais je la chasse aussitôt.

— Tu es sûre pour la demi-tasse, mamie ?

— D'accord, remplis-la. Simplement, je…

— Quoi ?

— Je me disais qu'on ferait mieux d'y aller…

— On est pressés ?

— Il risque de pleuvoir.

— Et ?

— Je dois prendre des photos.

— Je le sais bien…

— Eh ben voilà…

— Tu ne peux pas travailler sous la pluie ?

— Bien sûr que si.

— Eh ben voilà… m'imite-t-il.

Notre badinage devient dangereux.

— Je veux simplement dire que…

— Et moi, je veux simplement dire que des photos de Coney Island sous la pluie n'auraient rien de dramatique… si ?

— Sans doute pas, dis-je en pensant qu'elles en seraient peut-être même meilleures et qu'être sous la pluie avec Leo pourrait être un vraiment bon moment.

— Alors assieds-toi, propose-t-il avant de plonger ses yeux dans les miens et d'ajouter : Reste un peu.

Je soutiens son regard, tout en me demandant, avec un mélange de crainte et d'excitation, ce que pourrait recouvrir ce « un peu ». Je m'installe à l'extrémité du canapé et je m'appuie sur l'accoudoir en attendant mon café. Et Leo. Il agrémente le breuvage d'un nuage de lait et de deux cuillerées de sucre.

— Qu'est-ce qui te dit que je bois encore mon café comme ça ?

— Mon petit doigt.

— Sérieusement.

— Tu l'as pris comme ça au *diner*, répond-il en me tendant ma tasse et en s'asseyant sur le canapé, ni trop près ni trop loin. En janvier.

— Tu t'en souviens ?

— Je me souviens de tout.

— C'est-à-dire ?

— Ton pull bleu… le mouvement de ta tête quand je suis entré… l'expression de ton visage quand tu m'as annoncé que tu étais mariée…

— Quel genre d'expression ?

— Tu sais bien.

— Dis-moi.

— Une expression qui criait je te déteste.

— Je ne t'ai jamais détesté.

— Menteuse.

— D'accord. Je t'ai un peu détesté.

— Je sais.

— Et maintenant ? Est-ce que j'ai toujours la même expression ?

Leo plisse les yeux, comme s'il cherchait la réponse sur mon visage.

— Non, elle a disparu. Elle a disparu depuis… depuis le vol de nuit, depuis que je t'ai sauvée de ce répugnant personnage.

Je ris et feins de réprimer un frisson.

— Il était immonde.

— Oui. Dieu soit loué d'ailleurs… Tu n'aurais peut-être pas été aussi heureuse de me voir sinon.

Je secoue la tête, pas pour nier, mais pour signifier *Je ne relèverai pas*.

— Quoi ? demande-t-il.

— Rien.

Mon rendez-vous d'affaires a commencé depuis dix minutes… et déjà je perds pied.

— Parle-moi, insiste-t-il.

— Non, toi, parle, dis-je en prenant une première gorgée de café.

— Eh bien… voyons voir… qu'est-ce que je peux bien te raconter ?…

Il lève la tête vers le plafond, et j'aperçois la peau mate de son cou.

— Je suis heureux que tu sois venue… je suis heureux de te voir… *très* heureux même.

— Moi aussi, je suis très heureuse.

— Parfait, dit-il en posant ses pieds sur la table basse. C'est déjà ça de pris, non ?

— Oui, dis-je, alors que nous fixons tous deux le sol.

Quelques secondes plus tard, nos regards se croisent de nouveau, nos sourires s'évanouissent et, j'en mettrais ma main au feu, nos cœurs battent aussi fort l'un que l'autre. Je pense à Andy, et je me rends compte que la culpabilité est de moins en moins forte, ce qui me terrorise. Surtout lorsque Leo prononce son prénom à voix haute.

— Andy sait que tu es ici ?

— Oui.

Je réalise que ma réponse n'en est pas une. Qu'elle peut aussi bien signifier que je considère ce voyage comme strictement professionnel et que je n'ai rien à cacher à mon mari, ou bien que je lui ai tout avoué. Ou encore que je lui en ai dit suffisamment pour provoquer une dispute et un ultimatum.

— Et ?... Ça ne lui pose aucun problème ? demande-t-il avec sérieux.

Je baisse les yeux vers ma tasse et opine en espérant qu'il saisira le message. C'est apparemment le cas, puisqu'il s'excuse.

Je le remercie d'un mouvement de tête : l'essentiel s'est toujours joué dans les silences entre nous.

— Bon... et ta copine alors ? dis-je pour renverser la vapeur.

— C'est fini.

— Vous êtes séparés ?

— Ouais.

— Depuis quand ?

En vérité, c'est une autre question qui me brûle les lèvres : *Pourquoi ? Qui a rompu ?*

— Quelques semaines.

— Tu veux... en parler ?

— Et toi ?

— Seulement si tu en as envie.

Il hausse les épaules avant de reprendre, sur un ton neutre :

— Je lui ai appris qu'on était de nouveau en contact. Elle l'a très mal pris. Je lui ai expliqué qu'elle se faisait des idées. Que tu étais mariée. Elle m'a demandé ce qui se passait entre nous. Je lui ai répondu qu'il n'y avait rien, mais elle m'a accusé d'avoir encore des sentiments pour toi.

Il se tourne vers moi, et je laisse glisser mon regard de ses yeux à sa bouche.

— Et ? dis-je.

Il hausse les épaules.

— Et je ne pouvais pas lui répondre ce qu'elle voulait entendre. Alors elle est partie.

J'imagine la scène, et j'éprouve de la compassion pour cette femme que je n'ai jamais rencontrée.

— Tu… tu l'as laissée partir ?

Son honnêteté, qui s'apparente parfois à de la cruauté, me fascine toujours autant. C'est l'une de ses meilleures qualités, et l'un de ses pires défauts. Il acquiesce lentement, puis il pose sa tasse et pivote vers moi.

— Ouais, mais bon. Le problème, c'est… qu'elle avait raison. J'ai des sentiments pour toi, Ellie.

Ma gorge se noue. Sans réfléchir, je lui demande :

— Quel genre de sentiments ?

— Des sentiments qui ne devraient plus exister depuis longtemps. Des sentiments qui ont resurgi quand je t'ai revue… et que je ne suis pas censé ressentir pour… pour une femme mariée.

J'ouvre la bouche pour répliquer, mais les mots me manquent.

Leo se frotte les mains puis fait craquer ses articulations avant de lancer une de ces phrases si profondes et pourtant dénuées de sens dont il a le secret :

— Enfin, c'est comme ça.

J'acquiesce.

— Je veux dire… qu'est-ce qu'on y peut ?

Sa question est rhétorique, mais j'y apporte une réponse prudente.

— Je ne sais pas.

Il me considère avec bienveillance, comme s'il comprenait ce que j'éprouve et ce que j'essaie de dire, comme s'il me signifiait que nous sommes tous les deux dans le même bateau.

33

Une heure de conversation anodine et deux tasses de café plus tard, Leo et moi nous retrouvons à bord d'une rame pour ainsi dire vide de la ligne N, en direction du terminus sud, à la pointe de Brooklyn. Nous feignons d'être réunis pour le travail, mais moins nous parlons de la véritable raison de ma présence, plus la tension entre nous est palpable.

En dénombrant les stations qu'il nous reste jusqu'à Stillwell Avenue, j'estime que nous en avons pour une grosse heure. Après avoir refait les lacets de ses baskets noires, Leo se redresse :

— Alors c'est vrai ? Tu n'es *jamais* allée à Coney Island ?

— Non... mais c'est tout comme. Sans doute à cause des films et des photographies.

— Je vois ce que tu veux dire. J'ai la même impression pour beaucoup d'endroits.

— Lesquels par exemple ?

Ses pensées, ses sentiments, même les plus insignifiants, attisent toujours ma curiosité.

— Stonehenge. C'est vrai, à quoi bon faire le voyage une fois qu'on a vu des images ? Après tout, ce ne sont que quelques gros rochers dans un champ.

Sa description irrespectueuse m'arrache un sourire et je reprends :

— Parle-moi de ton article. Tu l'as déjà écrit ?

— Ouais, en grande partie. Il faut encore que je le peaufine.

— Sur quoi porte-t-il exactement ?

— Alors… en résumé, sur le conflit entre l'ancien et le nouveau Coney Island, sur les changements inéluctables qui l'attendent.

Je le regarde d'un air perplexe, et je me rends compte que pour quelqu'un qui s'est évertué à convaincre tout le monde que ce voyage était purement professionnel, je ne sais presque rien sur le sujet du reportage.

— Quels changements ?

Leo extrait de sa besace un dépliant pour me montrer une vue aérienne de la plage.

— Pour faire court, un gros promoteur immobilier a racheté cinq hectares de l'ancien parc d'attractions et compte investir deux milliards de dollars pour les transformer : remise à plat de l'ensemble du site, construction de complexes hôteliers, de résidences, la totale… Pour certains, c'est exactement ce qu'il faut pour insuffler une nouvelle énergie au quartier… lui rendre sa gloire passée.

— Et pour les autres ?

— Ils ont une vision plus nostalgique. Ils craignent que les nouveaux bâtiments fassent fuir la population locale, qu'ils modifient définitivement l'aspect des lieux, qu'ils tuent les petites échoppes familiales et l'héritage du royaume du kitsch, de l'Empire du Nickel, comme on l'appelle.

— L'Empire du Nickel ? Tu peux développer ? dis-je alors que notre métro s'arrête à la station Queensboro Plaza.

Les portes s'ouvrent, livrant passage à une poignée de passagers qui, après un coup d'œil dans notre direction, choisissent tous une autre banquette.

— Il y a très longtemps, le trajet en métro jusqu'à Coney Island coûtait cinq cents, soit un nickel. C'était aussi le prix d'un tour de manège, d'un hot-dog chez Nathan… Si, au départ, il s'agissait d'un parc de loisirs pour les riches, c'est très vite devenu le terrain de jeu de la classe ouvrière. Il suffisait d'un nickel pour s'échapper, relâcher la pression, oublier ses ennuis, m'explique-t-il alors que nous plongeons sous l'East River. À bien des égards, Coney Island possède toujours cette vertu.

— Tu as recueilli beaucoup de témoignages ?

— Oui, j'ai passé plusieurs jours dans le coin à traîner sur la plage, autour d'Astroland et sur Mermaid Avenue… J'ai parlé aux habitants du quartier… Ils m'ont raconté des histoires d'enfer. Tout le monde y va de son anecdote sur le Cyclone.

— C'est le nom des montagnes russes ?

— Ouais.

— Tu y as fait un tour ?

— Quand j'étais gosse… et laisse-moi te dire que ce n'est pas de la petite bière. C'est peut-être un vieux machin en bois de plus de soixante-dix ans, mais côté sensations, tu es servi ! J'ai eu une super conversation avec son gérant, un papy tatoué qui s'en occupe depuis trente ans mais n'est *jamais* monté dessus.

— Sérieusement ? Tu ne te payes pas ma tête ?

— Non.

— Il est sujet au vertige ?

— Non. Il a grimpé dessus des centaines de fois… mais il n'a aucune envie de « plonger ».

Je ne peux m'empêcher de penser que Leo m'a donné plus d'une fois la sensation de plonger, d'avoir le cœur qui remonte dans la gorge.

— Enfin bref, Coney Island est à un carrefour, conclut-il, l'air grave. Le passé contre l'avenir.

— Et dans quel camp te situes-tu ?

Leo réfléchit à ma question quelques secondes avant de me lancer un regard chargé de sous-entendus :

— Je ne sais pas. Le changement a du bon… parfois, mais c'est toujours difficile de lâcher le passé.

Je ne suis pas certaine de saisir parfaitement le message, mais je murmure mon approbation alors que notre rame se balance sur les rails et qu'un nouveau silence pesant s'installe.

Nous émergeons sous un ciel couvert dans Stillwell Avenue. Les nuages d'acier qui pèsent au-dessus de nos têtes promettent une averse prochaine. Il ne fait pas froid à proprement parler, cependant je noue la ceinture de mon trench et je croise les bras sur ma poitrine tout en regardant autour de moi. Je veux graver dans ma mémoire ma première impression de cette célèbre carte postale new-yorkaise. C'est exactement comme je m'y attendais : désolé, défraîchi et pourtant magique. Le sujet idéal pour un photographe. Le décor de rêve pour des souvenirs indélébiles.

— Nous y voilà, dit Leo d'une voix calme.

— Eh oui.

— On commence par la plage ?

J'acquiesce et nous nous dirigeons vers la promenade de planches qui la longe. Assis sur un banc nous contemplons la longue étendue de sable aux tons sourds et les vagues sombres. Le petit air frais et la vision de ce paysage nu me donnent des frissons, même si la présence de Leo à mes côtés y contribue largement.

— C'est magnifique, dis-je enfin.

Son visage s'illumine, comme s'il était lui-même un vieil habitant de cet empire avec ses propres histoires. Je l'imagine tout à coup sur cette plage, enfant, au cœur de l'été, avec une pelle et un seau. Puis adolescent, partageant une barbe à papa bleue avec une fille à couettes avant de tenter sa chance à la carabine dans l'espoir de remporter une peluche pour sa dulcinée.

Il penche la tête et demande :

— Vraiment ?

— Oui. C'est tellement… unique.

— Je suis heureux que tu sois de cet avis, dit-il en passant une main dans ses cheveux. Très heureux.

Nous restons là un long moment, adossés à notre banc, à admirer le paysage, à observer les quelques âmes égarées sous le ciel menaçant. Puis, sans un mot, je sors mon appareil photo, je me glisse entre les rambardes qui séparent la promenade de la plage, et je me dirige vers l'océan. Je prends une douzaine de clichés sans réfléchir, et je commence à me détendre, comme toujours quand je travaille. Je photographie le ciel, et le sable, et l'eau. Je photographie une femme, la cinquantaine, les cheveux longs, en manteau de tweed marron. Elle est trop soignée pour une clocharde, mais son attitude trahit une tristesse profonde. Je me retourne pour prendre les devantures le long de la promenade, petites échoppes serrées les unes contre les autres, ou séparées par des palissades. Puis je m'intéresse à une horde de mouettes rassemblées autour d'un sac rayé rouge et blanc, à la recherche de quelques grains de pop-corn. Enfin, je capture Leo, toujours appuyé contre le dossier du banc, les mains croisées derrière la nuque.

Il agite la main dans ma direction tout en me jetant un regard de reproche amusé.

— La dernière, tu la gardes pour toi !

Me reviennent à l'esprit les photos que j'avais prises de lui à Central Park, et le jugement que Margot avait porté sur elles : affectées, ennuyeuses. En repensant à cette conversation, je réalise qu'elle avait tort. Elle se trompait sur beaucoup de choses.

Je fais glisser la bandoulière de mon appareil sur mon épaule avant de me rasseoir. Un soupir m'échappe.

Leo me donne un coup de coude :

— Tu te souviens de ce que je t'ai dit, Ellen Dempsey ? Les gens viennent ici pour *oublier* leurs problèmes.

Mon nom de jeune fille résonne dans mes oreilles et mon pouce gauche se porte de lui-même sur mon alliance. Je m'efforce de sourire.

— C'est vrai.

Nous regardons les vagues qui viennent se briser inlassablement sur le rivage. Au bout de quelques minutes, je lui demande si la marée monte ou descend.

— Elle monte.

Sa réponse, du tac à tac, m'impressionne, tout comme m'impressionnent les personnes, généralement des hommes, capables de dire sans avoir besoin de réfléchir où se trouve le nord.

— Comment le sais-tu ?

— La plage est sèche, répond-il alors que le tonnerre gronde au loin. Si l'océan se retirait, il y aurait une bande de sable humide.

— Bien sûr… je suis bête… Tu sais quoi ?

— Quoi ?

L'expression de son visage laisse entendre qu'il s'attend à une confession ou à une déclaration importante.

— Je meurs de faim.

— Moi aussi, répond-il en souriant. Un hot-dog, ça te tente ?

— C'est bien ici qu'il a été inventé, non ? dis-je en me souvenant de l'avoir entendu quelque part, peut-être de la bouche de Leo, il y a bien longtemps.

— Exact !

Nous nous levons et rebroussons lentement chemin jusqu'à l'angle des avenues Stillwell et Surf, où se trouve le restaurant Nathan, qui, m'informe Leo, a été construit en 1916. À l'intérieur, nous tombons sur une file d'attente surprenante à cette période de l'année et à près de deux heures de l'après-midi. Je prends quelques photos de la salle, des clients et de l'homme luisant de transpiration devant le gril, pendant que Leo s'occupe de la commande.

— Qu'est-ce que tu veux ?

— Un hot-dog, dis-je en lui jetant un regard interrogateur.

— Sois plus précise ! Nature ? Avec du piment ? Des oignons ? Des frites ?

— La même chose que toi.

— Deux hot-dogs au fromage avec des frites et deux bières, annonce-t-il d'une voix décidée.

— Parfait.

Pendant qu'il paye, je récupère des serviettes en papier, du ketchup et de la moutarde. Nous choisissons une table près de la vitrine. La pluie se met à tomber.

— On a été bien inspirés, lâche-t-il en s'asseyant en face de moi.

J'imagine Andy derrière son bureau, en costume-cravate. Le contraste entre ces deux univers est frappant. D'un côté le royaume du hot-dog à Brooklyn, de l'autre un cabinet d'avocats rutilant en Géorgie. Le contraste entre les deux hommes est encore plus étonnant. Je me sens si différente avec chacun d'entre eux…

— Pas vraiment, dis-je en soutenant son regard. On est plutôt très mal inspirés.

Leo relève le nez de son assiette de frites, surpris. Puis il en attrape une et la pointe vers moi :

— Parle pour toi.

— Non, pour toi.

— Parle pour toi, répète-t-il d'un ton sans appel.

Nous avions l'habitude de discuter sur ce mode, de nous comprendre à demi-mot, de faire des phrases apparemment absurdes et pour autant pleines de sens. Je n'ai jamais eu ce type d'échanges avec Andy, lui qui fuit toutes les formes de conflit. Je me répète, pour au moins la centième fois de la journée, qu'il n'y a pas de bonne ou de mauvaise façon, seulement des différentes.

Nous finissons notre repas pour ainsi dire en silence. Puis, sans hésiter, nous ressortons arpenter les avenues Surf, Neptune et Mermaid sous une pluie battante. Leo tient le parapluie pendant que je mitraille. Photos des attractions fermées, du fameux Cyclone et de la gigantesque Wonder Wheel qu'on a déjà vue partout. Mais aussi d'un match de basket à trois contre trois. De terrains vagues jonchés d'ordures. D'un boucher, d'un barbier et d'un boulanger.

— Comme dans une comptine, dis-je.

— Oui, il ne nous manque qu'un bottier.

J'éclate de rire, et mon attention est aussitôt attirée par deux adolescentes plantées devant la vitrine d'un tatoueur.

— Regarde l'orchidée ! s'écrie l'une d'elles. Elle est trop classe !

— Ouais… Je préfère le papillon, rétorque l'autre. Sur l'épaule ? Mais en violet ?

J'immortalise la scène en songeant : *Ne le fais pas, un jour tu le regretteras.*

La nuit tombe sur Coney Island quand je suis enfin contente de moi, ou plutôt de mes photos. La pluie s'est arrêtée, et les nuages se sont dissipés. Ce sera une belle soirée d'automne. Nous retournons à notre banc, trempés, fatigués et transis. Nous nous asseyons suffisamment près pour que Leo passe un bras autour de mes épaules : son geste est aussi familier que romantique.

Je résiste à la tentation de poser ma tête sur son épaule, mais je ferme les yeux. Tout serait tellement plus simple si j'arrivais à déchiffrer mes sentiments.

— À quoi penses-tu ? m'interroge-t-il.

La chaleur de son souffle vient me chatouiller la nuque.

— À ce jour de décembre… où tu es revenu…

Leo pousse un soupir, et cette fois les poils de mes bras et de mes jambes se hérissent.

— Je regrette de ne pas l'avoir su, dis-je.

— Moi aussi, je regrette que tu ne l'aies pas su. Et je regrette de ne pas avoir compris que ça aurait peut-être tout changé.

— Ça aurait tout changé.

Je suis envahie par un mélange de mélancolie, d'amertume, de culpabilité et de désir.

— Tout peut encore changer, ajoute Leo en prenant mon menton dans sa main pour tourner mon visage vers le sien.

— Leo… je suis mariée… dis-je en le repoussant doucement.

Je repense à Andy, au serment que nous avons prêté, à l'amour que je lui porte même si certains aspects de ma vie me déplaisent. Même si je suis ici aujourd'hui.

Leo laisse tomber sa main.

— Je sais bien, mais…

— Mais quoi ? dis-je, lasse des spéculations interminables, des questionnements éternels, des interprétations incessantes.

— Mais je ne peux pas m'empêcher… d'avoir envie d'être avec toi.

— Maintenant ? Ce soir ?

— Oui, ce soir. Et demain… et après-demain…

Je respire l'odeur de sa peau et je prononce son prénom, sans démêler si c'est une résistance ou un abandon. Il pose un doigt sur mes lèvres et murmure :

— Je t'aime, Ellie.

C'est une déclaration qui sonne comme une promesse, et, alors que mon cœur menace d'exploser, je ferme les yeux et je répète les mêmes mots.

34

Serrés dans un coin de la voiture bondée, indifférents au reste du monde, nous retournons vers le Queens. Le trajet semble beaucoup plus court : il en est presque toujours ainsi des retours, et, dans notre cas, ce sentiment est décuplé par la peur et l'excitation.

Je sais que mon attitude est répréhensible, faible, indéfendable, mais je m'entête. Et je la justifie en me repassant en boucle tous mes griefs. Andy ne comprend pas ce que je ressens. Pire, il n'essaie même pas. C'est lui qui m'a quittée la nuit dernière. Il n'a pas appelé aujourd'hui pour essayer d'atténuer la violence de ses propos. C'est lui qui a posé un ultimatum. Lui qui s'intéresse davantage à sa famille, à sa ville natale, à son travail et à ses propres désirs qu'à moi. Et plus simplement peut-être, plus essentiellement surtout, il n'est pas Leo. Il n'est pas celui qui, dès la première seconde, m'a fait chavirer dans tous les sens du terme. Pour le meilleur et pour le pire.

Et voilà. Nous reprenons les choses où nous les avons laissées : les doigts enlacés, nous nous préparons à la suite. J'ignore à quoi précisément, mais je me suis juré d'être honnête avec moi-même, avec Andy et Leo. J'écouterai mon cœur. Je me dois d'agir ainsi pour moi. Et pour les autres.

Une fois à la station de Leo, ma respiration s'accélère, pourtant je suis incroyablement paisible. La nuit est belle et claire – on doit y voir des étoiles par milliers hors de la ville –, et, alors que nous descendons les escaliers du métro, des souvenirs nocturnes me reviennent en mémoire. Je parierais que Leo aussi est plongé dans le passé. Nous marchons en silence jusqu'à sa rue. Alors que nous approchons de son immeuble, il me demande si j'ai froid.

— Non, dis-je en réalisant que je tremble.

Il glisse un bras sur mes épaules. Mon téléphone portable choisit ce moment-là pour sonner, alors qu'il est resté silencieux toute la journée. Nous feignons tous deux de ne pas l'entendre et accélérons le pas, comme si cela pouvait le faire taire. Et ça fonctionne. Mais, quelques secondes plus tard, il carillonne encore, plus fort semble-t-il, avec davantage d'insistance. Je lâche la main de Leo pour le sortir de ma poche, espérant et redoutant qu'il s'agisse d'Andy.

Si tu pars, ne reviens pas. Je retiens mon souffle. C'est le nom de Suzanne qui apparaît sur l'écran. Je suis à la fois soulagée et déçue. Leo détourne le regard, mais je ne décroche pas. Je range le téléphone et laisse ma main dans ma poche.

Nous ne sommes plus qu'à quelques pas de l'entrée quand je m'immobilise. Leo me regarde avec une mimique interrogative. Je hausse les épaules en esquissant un sourire d'ignorance. À la vérité, j'aimerais figer cet instant éternellement, remettre à tout jamais ma décision, restée suspendue entre deux endroits, deux mondes, deux amours.

Quand il ouvre la porte de son appartement, l'odeur du passé me submerge une fois de plus. Mon estomac se noue. Rien n'a changé depuis notre première nuit, après le verdict : le vertige est identique, même si nous n'avons pas bu. Tout peut arriver. Je dépose mon matériel photographique et mon sac à main dans l'entrée, à côté de la besace de Leo. Nous nous dirigeons vers le canapé, mais ne nous asseyons pas. Leo jette ses clés sur la table basse et allume une petite lampe à abat-jour rouge sombre sur un guéridon. Il plisse les paupières en regardant sa montre :

— Nous sommes attendus dans vingt-cinq minutes.

— Où ?

— Dans un petit restaurant italien. Il n'est pas très loin, mais il faut qu'on se dépêche pour y être à temps… à moins que je n'appelle pour décaler la réservation ?

Curieusement, sa nervosité a un effet apaisant sur moi. Je retire mon imperméable, le pose sur l'accoudoir du canapé et rassemble mon courage pour prononcer les mots qu'il espère :

— Je n'ai pas envie d'y aller.

— Moi non plus, dit-il en me tendant sa main.

Je la prends, il m'attire contre lui, et je m'abandonne en enlaçant sa taille. Ses épaules, sa poitrine, ses bras, tout en lui est si fort et si rassurant, encore plus que dans mon souvenir. Je ferme les paupières en me serrant davantage contre lui, et nous nous balançons lentement sur une musique imaginaire – une ballade tendre et mélancolique, de celles qui vous tirent des larmes sans raison.

Il murmure mon nom. Je l'imite, les yeux humides.

— Je te poursuis dans mes rêves depuis longtemps, chuchote-t-il.

Dans la bouche de n'importe qui d'autre, cette phrase sonnerait superficielle. Dans celle de Leo, elle respire la sincérité. C'est le refrain de notre ballade, dictée par le cœur.

C'est bien vrai ? Je me pose la question en silence avant de la formuler à voix haute. Leo acquiesce et souffle :

— Oui.

Je pense à Andy – évidemment que je pense à lui –, mais je tourne la tête vers Leo. Nos visages s'effleurent, se touchent, joue contre joue, nez contre joue, nez contre nez. Nous demeurons parfaitement immobiles, nos deux respirations se mêlent. Une éternité s'écoule avant que ses lèvres ne viennent caresser les miennes. Après un ultime ajustement, nos bouches entrouvertes s'imbriquent parfaitement. Alors que nous commettons l'impensable, je perds pied avec la réalité : l'univers se résume à ce minuscule appartement dans le Queens et à nous deux.

Jusqu'à ce que la sonnerie de mon téléphone résonne à nouveau.

Je sursaute comme si j'avais entendu la voix d'une tierce personne. Celle d'Andy. Pourtant, après avoir fouillé, une fois de plus, les poches de mon imperméable, je découvre un texto de Suzanne. Je me mets aussitôt à paniquer et à imaginer le pire : *Papa est mort*. Les mots qui s'affichent sur l'écran sont bien moins tragiques : *Appelle-moi tout de suite*.

— Tout va bien ? me demande Leo en baissant les yeux vers mon téléphone puis en les détournant aussitôt, comme s'il était indiscret.

Je rabats le clapet et bredouille :

— Je… je ne sais pas.

— C'est Andy ?

— Non, ma sœur. Je crois… je crois que je devrais la rappeler… je suis désolée…

— Aucun souci, dit-il tout en reculant et en se frottant la joue. Je… serai à côté, ajoute-t-il en indiquant sa chambre.

Je résiste à la tentation de le suivre, consumée par le désir de m'asseoir sur son lit et de sentir ses yeux sur moi. Je prends plusieurs inspirations avant de me laisser tomber sur le canapé pour composer le numéro de Suzanne. Elle a peut-être interrompu notre baiser, mais elle ne réussira pas à briser la magie de ce moment. Elle décroche à la première sonnerie et prononce les mots auxquels je m'attendais :

— Où es-tu ?

— À New York.

— Où à New York ?

— Dans le Queens…

— Ellen. *Où* es-tu ?

— Chez Leo… On vient de rentrer de la séance photo… À Coney Island. Tu te souviens ?

Je suis surprise de mon absence de franchise avec ma sœur, en qui j'ai pourtant une confiance absolue.

— Qu'est-ce qui se passe ? demande-t-elle d'une voix trahissant l'inquiétude.

— Rien, dis-je sur un ton qui clame le contraire.

— Vous vous êtes embrassés ? rétorque-t-elle aussitôt.

Je marque un temps d'hésitation, espérant qu'elle saura interpréter mon silence. C'est le cas, puisqu'elle reprend :

— Vous avez… couché ensemble ?

— Non…

Je devrais sans doute m'indigner, mais j'en suis incapable, parce que l'idée m'a traversé l'esprit plus d'une fois au cours des dernières heures, des dernières minutes, des dernières secondes.

— Mais tu l'as embrassé ? répète-t-elle.

— Oui.

Le fait de l'affirmer à voix haute rend subitement tout plus réel. Mes sentiments pour Leo. Ma traîtrise envers Andy. La menace qui pèse sur mon mariage.

— Tu dois t'arrêter là, me presse-t-elle d'une voix où perce maintenant l'angoisse. Arrête ça tout de suite.

— Suzanne… *non*.

Elle claque la langue avant d'ajouter :

— Tu t'en repentiras.

— Peut-être pas.

— Si, Ellen… Bon sang, je ne veux pas que tu sois malheureuse. Je ne veux pas que tu aies des regrets.

À cet instant précis, la seule chose que je regrette, c'est de l'avoir rappelée – ou de ne pas avoir éteint mon téléphone.

— Je me suis disputée avec Andy, hier soir. C'était horrible.

— J'imagine très bien ce qui s'est passé, dit-elle en ayant recouvré un semblant de patience, mais tu… aggraves la situation.

Mise au pied du mur, je recours à un argument de cour de récré.

— C'est lui qui m'a quittée, hier soir. Il est sans doute allé chez sa sœur…

— Non, m'interrompt Suzanne, il a pris une chambre d'hôtel… et il a appelé *ta* sœur.

Je fixe l'abat-jour rouge un long moment avant de réagir :

— Il t'a téléphoné ?

Elle acquiesce.

— Ce matin, du Ritz, puis à nouveau il y a moins d'une demi-heure.

Elle ne finit pas sa phrase : *pendant que tu embrassais Leo*.

— Qu'est-ce qu'il t'a dit ?

— Il est bouleversé, Ell. Il a peur, il voudrait te parler.

Il n'y a pas la moindre trace de reproche dans la voix de Suzanne, rien que de l'inquiétude, et de la tristesse, un peu.

— C'est faux. Il n'a pas essayé de m'appeler une seule fois.

— Il est blessé, Ell… Profondément… et soucieux.

— C'est ce qu'il t'a dit ?

— Oui. Plus ou moins.

— Qu'est-ce que tu lui as répondu ?

— Je l'ai rassuré... Je lui ai expliqué que tu étais à New York pour le travail, pas pour Leo, et qu'il fallait qu'il te fasse confiance.

Je baisse les yeux vers mes chaussures encore humides de pluie, et je m'interroge : serais-je ici si Andy n'était pas parti ? s'il ne m'avait pas posé d'ultimatum ? Était-ce joué d'avance ou pas ?

— Ellen, je ne dis pas qu'Andy est parfait, loin de là. Et tu connais mon sentiment sur Margot, son égoïsme, sa manie de vouloir tout contrôler. Dieu sait si je n'en reviens toujours pas qu'elle t'ait caché la visite de Leo... mais...

— Mais quoi ?

— Mais c'est ta famille. Tu as la chance d'en avoir une.

Des images se bousculent dans ma tête. De mon père et de sa nouvelle vie avec Sharon et ses enfants. De Vince, son refus de s'engager et la souffrance de ma sœur. Et, bien sûr, de ma mère. J'en reviens toujours à elle.

— Toi aussi, tu es ma famille, Suzanne.

— Évidemment, et toi la mienne, mais, Ellen, ne fais pas comme si tu ignorais où je veux en venir... Ils forment une *vraie* famille. Et ils te considèrent comme l'une des leurs. Tu es l'une des leurs.

Je ferme les yeux et je revois le toast que M. Graham a porté le jour de notre mariage. Stella et lui me considèrent comme leur fille, et Margot comme sa sœur (et ce bien avant mon mariage avec Andy).

— Tu es prête à perdre tout ça ? me demande-t-elle d'une voix douce et maternelle. Tu es prête à perdre Andy ?

— Je ne sais pas, dis-je en prenant progressivement conscience de la situation et en me sentant gagnée par la peur.

Pourtant, je refuse que la peur décide à ma place. Une minute de silence s'écoule avant que Suzanne n'ajoute :

— Je peux te poser une question ?

— Bien sûr.

— Est-ce que tu l'aimes ?

Je ne suis pas certaine de savoir de qui elle parle – Andy ou Leo –, mais la réponse est identique dans les deux cas.

— Oui.

— Alors ne fais pas ça.

— Suzanne, dis-je en jetant un regard vers la chambre de Leo, ce n'est pas aussi simple.

— Si, bien sûr que si. Vois-tu, Ell, justement, c'est aussi simple.

35

Une fois que j'ai raccroché, je me prends la tête entre les mains. L'énormité de la situation me submerge. Je suis bien trop perdue pour comprendre ce que je ressens, sans parler de l'expliquer à Leo, qui vient de me rejoindre. Une chose est certaine cependant : j'aurai beau faire tous les efforts du monde, je ne réussirai pas à effacer la conversation que je viens d'avoir avec Suzanne. Je ne réussirai pas à reprendre là où nous nous sommes arrêtés, Leo et moi. La magie s'est dissipée, rien ne pourra la restaurer. Et Leo, si j'en crois son malaise, en est conscient, lui aussi.

— Ça va ? me demande-t-il en s'asseyant à côté de moi.

Son front est plissé d'inquiétude. Il pose une main réconfortante sur mon genou, puis la retire au bout de quelques instants.

— Je ne sais pas. Je ne sais pas ce que je fabrique.

Il souffle dans ses mains.

— C'est difficile pour toi… je suis désolé.

Ce ne sont pas des excuses contrites pour réclamer une absolution mais bien une marque d'empathie, de celles que l'on offre à ceux qui sont dans le malheur. Il n'ignore pas que la situation est compliquée, mais il ne regrette ni notre baiser ni ce qu'il éprouve. Je ne suis pas sûre de pouvoir en dire autant. Il est trop tôt pour que je me prononce.

Je le remercie en silence d'un mouvement de tête. Je suis frappée que Suzanne ne m'ait pas interrogée sur Leo ou mes sentiments pour lui.

— Ça aurait marché entre nous ?

Ma question subite surprend Leo (et le rassure peut-être s'il a noté mon emploi du conditionnel passé).

— Comment cela ?

— D'après toi… si nous nous étions remis ensemble… ça aurait marché, toi et moi ?

— Pour toujours ?

Son intonation est une réponse en soi. Il ne croit pas aux toujours. Il n'y a jamais cru.

Alors que moi, si. Du moins en théorie.

— Oui, pour toujours, dis-je en songeant au mariage et à la maternité.

Autant de choses dont je rêve encore.

— Qui sait ? répond-il, l'air lointain.

Je repense à notre rupture, puis à celle, plus récente, avec Carol, et je m'interroge : le scénario s'est-il répété ?

— Pourquoi vous êtes-vous séparés, Carol et toi ?

— Je te l'ai expliqué, ce matin.

— Pas vraiment.

Il laisse tomber une main, comme de découragement. Il a eu exactement le même geste, dans le *diner* à Los Angeles, lorsque je l'ai questionné sur notre séparation.

— Pour un tas de raisons…

Son visage se ferme, ses paupières tombent, son regard est absent.

— Comme ?

— Je ne sais pas… c'était une fille géniale… mais ce n'était pas… la bonne.

— Comment peux-tu en être sûr ?

Je suis à la recherche de ces réponses pour moi-même. D'une révélation, de la définition du véritable amour, de l'âme sœur.

— Je le sais, c'est tout. On le sait toujours.

— C'est pour cette raison qu'on s'est séparés, toi et moi ?

— Ellen… dit-il en soupirant.

La lassitude et la pointe d'ennui qui transparaissent dans son intonation réveillent de mauvais souvenirs. Mais je maintiens le cap.

— Explique-moi, j'ai besoin de comprendre.

— Très bien, écoute : on a déjà discuté de tout ça… Notre séparation est le fruit des circonstances, rien d'autre. Nous étions trop jeunes.

— Nous n'étions pas si jeunes que ça.

— Nous étions jeunes. Je n'étais pas prêt pour… *ça*, dit-il en indiquant l'espace entre nous.

Il vient de faire l'aveu de sa responsabilité. C'est lui qui m'a quittée. Je hoche la tête, comme si je saisissais ce qu'il raconte, alors que ce n'est pas le cas. C'est vrai, nous étions jeunes, mais Leo a jeté l'éponge avant que nous ayons réellement essayé la vie à deux. Peut-être parce qu'il refusait de tenter le coup. Peut-être parce qu'il pensait que nous échouerions. Peut-être parce qu'il ne m'aimait pas assez.

— Est-ce qu'en restant avec moi tu aurais eu l'impression de… renoncer ?

Cette question me brûle la langue depuis des mois, et je ne peux plus la retenir. Le nœud du problème est là. Quelque part, j'ai peur d'avoir, moi aussi, renoncé en disant oui à Andy. De ne pas avoir su attendre le véritable amour. De ne pas avoir cru que Leo reviendrait, un jour.

— Non ! Bien sûr que non ! Ce n'était pas du tout ça… Écoute, Ellie, tu étais la bonne… tu es la bonne… À supposer qu'une telle chose existe…

Je plonge dans ses iris, si sombres que je les distingue à peine de ses pupilles, puis je détourne la tête : je ne dois pas me perdre dans son regard, il y a trop de choses en jeu.

— D'accord, dis-je.

Ma réponse est totalement hors de propos, mais c'est la seule qui me vienne à l'esprit.

— Et toi, Ellen ? Qu'est-ce que tu en penses ? Qu'est-ce que tu veux, toi ?

Je ferme les yeux. Le temps paraît suspendu, et je suis désorientée, comme lorsqu'on se réveille dans un endroit peu familier et qu'on ne sait plus où l'on est. Puis je rouvre les paupières, et je réalise alors avec effroi que la décision dont Leo puis Margot m'ont privée il y a des années est maintenant entre mes mains. Enfin. Je visualise une route avec un embranchement façon dessin animé de Walt Disney : deux chemins terreux et sinueux, deux pancartes fixées à un tronc noueux, pointant chacune dans une direction différente. De ce côté-ci pour Andy. De l'autre pour Leo.

Je décroise mes bras et les laisse pendre de chaque côté ; le cuir usé du canapé est doux sous mes doigts. Je me répète les dernières paroles de Suzanne. Se pourrait-il que ma grande sœur, en dépit de ses désillusions, ait vu juste ? Il ne s'agit pas de ce qui aurait pu se passer ni de savoir si, au-delà de la nostalgie et du désir, j'éprouve de l'amour pour Leo. Il ne s'agit pas de Leo.

Il s'agit d'Andy. Tout simplement.

Il s'agit de savoir si j'aime *réellement* mon mari.

— Il vaut mieux que j'y aille, dis-je enfin.

Leo pose une main sur ma jambe.

— Ellen… ne…

Mon esprit est déjà ailleurs, et je n'entends la suite que par bribes : qu'il ne veut pas me perdre à nouveau, qu'il n'oublie pas que je suis mariée, mais que nous sommes faits l'un pour l'autre. Il conclut ainsi : « Notre histoire me manque. » C'est pareil pour moi. Elle m'a toujours manqué et elle me manquera sans doute toujours. Dévastée par la tristesse et la perspective d'un adieu définitif, je recouvre sa main de la mienne. Parfois, tout ne finit pas bien. Quoi qu'il advienne, je perdrai quelque chose, quelqu'un.

C'est peut-être ça, l'amour. Non pas succomber à la passion mais faire un choix et s'y tenir quels que soient les obstacles et les tentations qui se dressent sur la route. Et peut-être que réitérer ce choix, jour après jour, année après année, en dit davantage sur la force de cet amour que tout le reste.

J'ai le cœur brisé, mais je me sens déterminée et, d'une certaine façon, libérée.

— Je *dois* y aller, dis-je en me relevant et en rassemblant méthodiquement mes affaires.

Leo se lève aussi pour m'aider à enfiler mon manteau et m'accompagner jusqu'à la porte de son appartement, puis de son immeuble. J'aperçois un taxi qui arrive dans notre direction, c'est la preuve que j'ai pris la bonne décision. Je me précipite sur le trottoir, me glisse entre deux voitures garées et lui fais signe de s'arrêter. Leo, qui m'a suivie, reste légèrement en retrait.

— Où vas-tu ? demande-t-il.

Sa voix est calme, mais son regard enfiévré. Je ne l'avais jamais vu ainsi. Il y a encore peu, je me serais délectée de cette victoire. Aujourd'hui, la souffrance de Leo ne fait qu'accroître ma tristesse.

— À mon hôtel.

— Tu m'appelles quand tu es arrivée ?

— Oui, dis-je sans savoir si je tiendrai parole.

Leo vient poser une main sur mon bras et prononce mon prénom en guise d'ultime protestation.

— Je suis désolée, dis-je en me dégageant pour me glisser sur la banquette arrière.

Je me force à sourire alors que les larmes me brouillent la vue. Puis je ferme la portière en ravalant mes sanglots. J'agite la main par la vitre pour lui dire au revoir. Comme à notre retour de Los Angeles.

Mais cette fois je ne pleure pas, et je ne me retourne pas.

36

Nous traversons le pont de Queensboro en un temps record, filant vers les lumières de Manhattan, à contre-courant des banlieusards. La vitesse et les incessants changements de file du taxi me donnent l'impression d'être en fuite. D'avoir échappé, de justesse, à la catastrophe.

Assise au milieu de la banquette arrière, le regard rivé sur le pare-brise, je m'efforce de digérer les événements des dernières vingt-quatre heures, et plus particulièrement des dernières minutes. Pour la première fois, je me sens coupable d'avoir franchi la limite.

Je n'en reviens pas d'avoir trompé mon mari. Andy.

Non sans une forme de facilité, je tente de me persuader que j'avais *besoin* d'embrasser Leo pour tourner la page – et pour chasser l'idée que mon mariage s'apparente à un renoncement, que je suis avec Andy par défaut. Après tout, si c'était le cas, aurais-je eu le choix ? Parce que c'est bien ce qui s'est passé : je me suis retrouvée face à un choix. Et je l'ai effectué.

Cette prise de conscience est suivie d'une autre : j'ai toujours considéré qu'Andy était parfait, que notre vie ensemble était parfaite. Jusqu'au retour de Leo dans mon existence. Étrangement, à ce moment-là, la « route de brique jaune » s'est mise à ressembler à un renoncement. Comme si j'avais tout sacrifié à la perfection. Une vraie famille. Une belle maison. L'opulence. En quelque sorte, j'avais dévalorisé mes sentiments pour Andy, parce qu'il me paraissait impossible d'être vraiment amoureuse de lui en plus de tout le reste. La réussite aurait été totale. Inconsciemment, j'en avais conclu que l'amour que j'éprouvais pour le sombre, le difficile, le distant Leo était forcément plus sincère. De ceux que chantent les ballades mélancoliques.

Tandis que nous nous frayons un chemin dans la circulation dense de l'Upper East Side, je repense à ce que m'avait dit ma mère : il est aussi facile d'aimer un riche qu'un pauvre – conseil qui, à l'époque, me paraissait dépassé. Nous étions sur le parking de la banque et venions de croiser son amoureux du lycée, un certain Mike Callas, que ma mère avait quitté pour mon père. Suzanne et moi étions restées des heures à regarder sa photo de classe ; nous en avions conclu qu'en dépit de ses oreilles décollées il était plutôt mignon avec ses cascades de boucles noires. Le jour où nous l'avions rencontré, il avait perdu la plupart de ses cheveux, ce qui mettait davantage en valeur ses oreilles ; il m'avait semblé banal. Pire peut-être, il avait un sourire trop grand pour être franc – j'avais sans doute tiré cette conclusion après avoir vu qu'il roulait en Cadillac tape-à-l'œil et que ma mère avait gloussé lorsqu'il lui avait fait un baisemain. Pourtant, ma mère n'était pas sortie nostalgique de cette rencontre. Ou alors j'étais trop jeune pour le percevoir.

Aujourd'hui, je me demande ce qu'elle a ressenti à l'époque. A-t-elle jamais regretté ses choix ? Ses décisions étaient-elles plus tranchées que les miennes – ou y a-t-il toujours des nuances de gris quand on en vient aux affaires de cœur ? Si seulement je pouvais l'interroger...

En imaginant Andy dans notre cuisine, la cravate desserrée, le costume froissé, la réponse m'apparaît soudain comme une évidence. Je le vois lisant attentivement les instructions sur la boîte d'une pizza surgelée, hésitant entre la mettre au four à micro-ondes ou avoir la patience de préchauffer le four traditionnel, tout en s'efforçant de nous oublier, moi et son ultimatum.

Si tu pars, ne reviens pas.

Dans un accès de peur, je réalise que ce n'est pas parce que j'ai fait mon choix que celui d'Andy sera identique. Surtout si je lui avoue ce qui vient de se passer entre Leo et moi – et je ne vois pas comment l'éviter. La panique me gagne : je sens qu'Andy s'éloigne de moi. J'ai une subite envie de voir son visage, une envie dévorante comme lorsqu'on est sur le point de perdre quelque chose.

— Changement de direction, dis-je en me penchant vers le siège avant.

— Je vous écoute...

Je bredouille l'adresse de mon ancien appartement. *Notre* ancien appartement. J'ai besoin d'y retourner. De me rappeler comment c'était. Comment ça pourrait encore être avec beaucoup de travail et un peu de chance.

Le chauffeur hoche la tête avec nonchalance avant de tourner dans la Seconde Avenue. Ma vision se brouille : les panneaux, les phares, les taxis, les gens se mélangent. Je ferme les yeux. Quand je les rouvre, nous nous engageons dans la Trente-Septième. Je prends une profonde inspiration et expire doucement avant de payer la course et de sortir de la voiture.

Seule sur le trottoir, je lève la tête vers notre immeuble et la nuit noire qui l'enveloppe. Puis je m'assieds sur les marches de pierre irrégulières et je sors mon téléphone de ma poche. Sans me laisser le temps de changer d'avis, je compose le numéro d'Andy. Je suis surprise de tomber sur lui.

— Salut, dis-je.

J'ai l'impression qu'on ne s'est pas parlé depuis des jours, voire des années. Je lui laisse le temps de réagir, mais, comme il reste silencieux, j'ajoute :

— Devine où je me trouve ?

— Où ? demande-t-il d'une voix distante et fatiguée.

Il n'est pas d'humeur à jouer aux devinettes. Je ne peux pas le lui reprocher. Je ne peux pas lui reprocher grand-chose.

— Devant notre ancien appartement.

Il ne me demande pas pourquoi. Peut-être le sait-il.

— Il y a de la lumière, dis-je en observant la fenêtre du salon et en imaginant la pièce douillette.

Si l'on m'apprenait que ses nouveaux occupants sont malheureux, je ne le croirais pas.

— Ah oui ? répond-il d'un ton distrait.

— Oui, dis-je en entendant une voix derrière lui.

C'est peut-être la télévision. Ou alors il est sorti, dans un bar ou un restau, pour faire des rencontres. Je cherche comment enchaîner, mais le terrain est miné, truffé de mensonges par omission, de semi-vérités.

— Tu me détestes ? finis-je par demander.

Je réalise que j'ai eu un échange similaire avec Leo, il n'y a pas si longtemps, lorsqu'il m'a accusée de l'avoir haï après notre rupture. Pourquoi la haine semble-t-elle si souvent indissociable de l'amour ? Je retiens mon souffle dans l'attente de son verdict. Il finit par soupirer et lâcher :

— Ellen... tu sais bien que je ne te déteste pas.

Pas encore... Je crains de ne jamais avoir le courage de lui avouer ce que j'ai fait ; je prie donc pour qu'un jour ce soit le cas.

— Je m'en veux tellement, Andy, dis-je en m'excusant de quelque chose dont il ignore encore tout.

Il hésite, et je ne peux m'empêcher de m'interroger : a-t-il deviné, d'instinct, ce qui est arrivé ? Et peut-être même *pourquoi* c'est arrivé ?

— Je m'en veux aussi.

Je n'éprouve ni soulagement ni reconnaissance. Rien que de la culpabilité. Andy est loin d'être irréprochable – personne ne l'est jamais dans un couple –, mais en comparaison de ce que j'ai fait il n'a aucune raison de s'en vouloir. Que ce soit pour notre déménagement à Atlanta. Ou pour avoir pris le parti de Ginny. Pour toutes ces heures passées sur un parcours de golf. Le mépris apparent avec lequel il traite ma carrière. Ou même pour son ultimatum de la veille, qui me semble tout à coup parfaitement justifié.

Quelques secondes s'écoulent avant qu'il n'ajoute :

— Je viens de raccrocher avec Webb.

Quelque chose me dit qu'il ne cherche pas simplement à meubler la conversation.

— Margot va bien ?

— Oui, mais, à en croire le rythme de ses contractions, le bébé serait sur le point d'arriver.

— Le travail a commencé ?

— Apparemment. Il y a eu une fausse alerte cet après-midi. Elle est allée à l'hôpital et ils l'ont renvoyée à la maison. Mais ils viennent de repartir. Elle a des contractions toutes les huit minutes...

Je regarde ma montre et croise les doigts pour que le bébé n'arrive que demain. Pour qu'il ne naisse pas le jour où j'ai embrassé Leo. Je suis excitée par cette nouvelle, tout en étant triste : j'ai imaginé cet instant si souvent...

Je me rends alors compte que j'ai pardonné à Margot. J'espère qu'elle saura faire de même un jour. Je songe que les tours et détours de la vie sont incroyables. Qu'elle nous réserve parfois d'heureuses surprises, comme cette rencontre inattendue avec Leo, au milieu de la rue. Et que parfois nous prenons des décisions qui en infléchissent le cours : comme Margot le jour de la visite de Leo, ou comme moi, ce soir. Au final, on peut parler de destin, même si je préfère penser que c'est une question de foi.

— Tu pars pour l'hôpital ?

— Pas encore...

— Je regrette de ne pas être avec toi, dis-je en réalisant avec soulagement et bonheur que c'est la vérité.

— À Atlanta ou à New York ? demande-t-il, un sourire dans la voix.

— Les deux, dis-je alors qu'un taxi s'arrête devant moi.

Je lève les yeux au ciel à la recherche d'étoiles, ou d'un quartier de lune, avant de reporter mon attention sur la voiture. La portière s'ouvre, révélant Andy : il porte exactement le costume et la cravate rouge que je lui avais imaginés dans notre cuisine, ainsi que son pardessus bleu marine. Je n'en crois pas mes yeux. Quelques secondes, je retrouve l'excitation de l'enfance, de cet âge où l'on croit encore que la magie existe. Au sourire hésitant d'Andy, je comprends que ce n'est pas trop beau pour être vrai.

— Salut, toi, dit-il en s'approchant.

— Salut, toi, dis-je en me levant et en lui retournant son sourire. Qu'est-ce que tu fais... ici ?

— Je suis venu te chercher, répond-il en soutenant mon regard et en plaçant sa main à quelques centimètres de la mienne sur la rambarde.

— Comment... ?

— J'ai pris un vol ce soir... J'étais déjà dans un taxi quand tu as appelé...

Les détails de son voyage n'ont plus aucune importance quand je réalise qu'il est monté dans un avion pour *me* voir et qu'il risque de rater la naissance du bébé de sa sœur. Mes yeux se gonflent de larmes.

— Je n'en reviens pas que tu sois là, dis-je.

— Je n'en reviens pas de t'avoir trouvée ici.

— Je suis désolée, dis-je en sanglotant maintenant.

— Oh, trésor, ne le sois pas, me console-t-il tendrement. J'ai eu tort de tout chambouler dans nos vies et d'attendre de toi que tu t'adaptes en un claquement de doigts… C'était injuste.

Il fait un pas dans ma direction. Nous ne sommes plus séparés que par une marche, mais nous ne nous touchons pas encore.

— Je veux ton bonheur, murmure-t-il.

— Je sais, dis-je en songeant à mon métier, à New York, à tout ce qui me manque dans notre nouvelle vie. Mais je n'aurais pas dû partir. Pas comme ça.

— Peut-être que c'était nécessaire.

— Peut-être, dis-je en repensant à notre dernier baiser, à Leo et moi.

Je me répète que deux amours n'ont rien de comparable, et surtout que je n'ai plus à les comparer.

— Je suis quand même désolée…

— Ça n'a aucune importance maintenant, répond-il.

— Dis-moi que ça va aller, dis-je en essuyant mes joues mouillées.

— Mieux que ça, répond-il, les yeux pleins de larmes à son tour.

Je me jette dans ses bras en me rappelant le soir où nous faisions la vaisselle dans la cuisine de ses parents : je m'étais alors demandé si je pouvais tomber amoureuse du frère de Margot. J'avais conclu que c'était possible – que tout est possible –, et c'était arrivé. Maintenant, sous ce sombre ciel d'automne, je me souviens pourquoi c'est arrivé, si l'on peut parler de pourquoi en amour.

— Rentrons à la maison, chuchoté-je au creux de son oreille.

— Tu es sûre ? demande-t-il de sa voix douce et familière.

— Oui, je suis sûre.

Pour la première fois depuis que j'ai croisé Leo, peut-être même pour la première fois depuis toujours, j'écoute ma tête *et* mon cœur. Ce sont eux deux qui m'ont conduite à cette décision. Qui m'ont ramenée vers Andy. J'ai trouvé ma place et je veux la garder, éternellement.

Un an et un jour plus tard…

C'est le premier anniversaire de Louisa. Je suis en salle d'embarquement, à l'aéroport de LaGuardia. Je vais assister à la fête que Margot a organisée pour sa fille. Je fais fréquemment le voyage, parfois seule, parfois avec Andy. Nous avons pris l'habitude de naviguer entre notre maison à Buckhead et notre deux-pièces à Manhattan. Cet arrangement en étonne plus d'un, Stella en particulier, qui m'a demandé l'autre jour si je devais choisir entre les paires de chaussures que je laissais en Géorgie et à New York ou si j'avais tout en double. J'ai souri ; je ne comprendrai jamais son obsession pour les chaussures, tout comme elle ne comprendra jamais comment Andy et moi pouvons être heureux de ce compromis. Ce n'est pas parfait, mais ça nous convient, en tout cas pour le moment.

Je me sens toujours davantage moi-même à Manhattan. J'adore travailler avec Sabina, Julian et Oscar dans notre vieil atelier traversé par les courants d'air, et retrouver Andy ou Suzanne pour le week-end. Mais je commence aussi à apprécier Atlanta, à m'habituer aux gens que je méprisais autrefois et à me faire mes propres amis, en dehors du cercle Graham. J'ai découvert un vrai filon professionnel : les portraits d'enfants. Ça a débuté avec Louisa, et très vite les clients se sont multipliés. Ce n'est pas un travail excitant, mais il est plaisant et je crois qu'un jour il me comblera.

Ou peut-être pas. Peut-être devrons-nous toujours chercher, Andy et moi, le bon équilibre – au sein de notre famille, de notre mariage, de nos vies. Oui, je suis la femme d'Andy. Et une Graham. Mais je suis également la sœur de Suzanne, la fille de ma mère et moi-même.

Mes relations avec Margot sont restées tendues un moment. Nous nous obstinions l'une et l'autre à prétendre que tout allait bien, ce qui ne servait qu'à aggraver la situation. Jusqu'à ce qu'un jour, enfin, elle vienne me trouver pour discuter. Les premiers mots avaient eu du mal à sortir, surtout avec les pleurs de Louisa.

— Je n'aurais sans doute pas dû me mêler de vos histoires, avait-elle commencé. J'ai eu si peur, Ellen… j'ai été si surprise par… ta trahison.

Un sentiment de culpabilité m'avait envahie : elle avait raison, j'avais mal agi. Mais j'avais tenu bon et défendu ma position.

— J'imagine ce que tu as ressenti, avais-je répondu en repensant à ce que moi j'éprouvais quand Vince, ou quiconque, blessait Suzanne. Andy est ton frère… Mais et ta loyauté envers moi ? Envers notre amitié ?

Alors qu'elle faisait courir son doigt sur la joue rebondie de Louisa, j'avais trouvé le courage de lui dire la vérité nue.

— J'avais besoin d'y aller. J'étais obligée.

J'avais attendu que son regard croise le mien, et quand c'était enfin arrivé, j'y avais lu ce que j'espérais : le déclic s'était produit, elle avait compris que mes sentiments pour Leo n'avaient rien à voir avec son frère, rien à voir avec notre amitié.

Elle avait bercé sa fille tendrement avant de répondre :

— Je suis désolée, Ellen. Je suis désolée de ne pas t'avoir informée de sa visite. Je suis désolée de ne pas avoir été là pour toi…

— Moi aussi, je suis désolée. Du fond du cœur.

Puis nous avions toutes les deux éclaté en sanglots, jusqu'à ce que Louisa nous imite. Nous étions alors passées des larmes au rire. Comme seules les meilleures amies du monde le peuvent.

L'avion prend de la vitesse sur la piste de décollage, et je ferme les paupières. Je n'ai plus peur de voler – en tout cas moins qu'avant –, mais mon cœur s'emballe toujours quand nous quittons le sol. C'est le seul moment où je pense encore à Leo. Peut-être en souvenir de notre vol de nuit. Peut-être parce que je peux presque voir son immeuble du hublot. Le dernier endroit où je l'ai vu il y a un an et un jour.

Je ne lui ai pas reparlé depuis. Je n'ai pas non plus répondu à ses deux appels. Pas même après lui avoir envoyé les photos de Coney Island, notamment la sienne, sur la plage. J'avais envisagé de joindre un mot. *Merci… je te demande pardon… je t'aimerai toujours*.

Autant de vérités qu'il vaut mieux taire. C'est pour cette raison que j'ai décidé de ne jamais avouer à Andy que j'avais été à deux doigts de tout perdre. Je préfère garder le souvenir de cette journée bien vivant pour me rappeler que l'amour est fait de nos choix, de nos engagements et des liens qui nous unissent aux êtres qui nous sont chers.

Remerciements

Ma plus profonde gratitude à Mary Ann Elgin, Sarah Giffin, Nancy Mohler, Lisa Elgin et Stephen Lee, qui m'ont accompagnée du début à la fin. J'ai bien de la chance de vous avoir.

Un grand merci à mon incroyable éditrice et amie, Jennifer Enderlin, ainsi qu'à bien d'autres chez St. Martin's Press, en particulier Sally Richardson, Matthew Shear, John Murphy, Matt Baldacci, Steve Troha, Dori Weintraub, Alison Lazarus, Tom Siino, Jeff Capshew, Andy Lecount, Brian Heller, Rob Renzler, Ken Holland, Christine Jaeger, Nancy Trypuc, Anne Marie Tallberg, Mike Storrings, Harriet Seltzer, Christina Harcar, Kerry Nordling, Sara Goodman, Jeff Cope et Jeff Willmann. Sans oublier tous les représentants de Broadway et de la Cinquième Avenue.

Ma reconnaissance la plus sincère à mes parents, ma famille, mes amis, avec une mention spéciale à Allyson Jacoutot, Jennifer New, Julie Portera, Brian Spainhour, Laryn Gardner, Michelle Fuller, Jim Konrad et Yvonne Boyd. Mes remerciements également à Stephany Evans, Theresa Parks et Carrie Minton.

Un merci éternel à David « Sarge » Tinga, mentor unique en son genre et ami très cher que je n'oublierai jamais.

Et enfin, avec tout mon amour, merci à Buddy, Edward, George et Harriet.

9345

Composition
NORD COMPO

Achevé d'imprimer en Espagne
par LITOGRAFIA ROSÉS
le 8 août 2010.

Dépôt légal août 2010.
EAN 9782290023921

ÉDITIONS J'AI LU
87, quai Panhard-et-Levassor, 75013 Paris

Diffusion France et étranger : Flammarion